2025

모두 풀어버리는

ALL

올풀

타임논술연구소

수원대
논술고사

핵심이론 ➕ 실전문제

인문+자연

수원대 논술고사
핵심이론+실전문제
[인문+자연]

인쇄일 2024년 9월 1일 3판 1쇄 인쇄
발행일 2024년 9월 5일 3판 1쇄 발행
등 록 제17-269호
판 권 시스컴 2024

발행처 시스컴 출판사
발행인 송인식
지은이 타임논술연구소

ISBN 979-11-6941-399-2 13800
정 가 17,000원

주소 서울시 금천구 가산디지털1로 225, 514호(가산포휴) | **홈페이지** www.siscom.co.kr
E-mail siscombooks@naver.com | **전화** 02)866-9311 | Fax 02)866-9312

그동안 내신 모의고사 3등급 이하의 학생들이 대학에 입학하기 위한 도구로써 활용했던 대입적성검사가 폐지되고 가칭 약술형 논술고사가 새로운 대안으로 떠올랐다. 약술형 논술고사는 400~1,000자의 서술을 요구하는 상위권 대학의 작문형 논술고사가 아니라, 한두 어절이나 30~40자 이내의 한 문장 또는 빈칸 채우기 등의 단답형 논술고사이다.

약술형 논술고사는 학생들의 시험 준비부담을 덜기 위해 고교 교과과정 내에서 또는 EBS 수능연계 교재를 중심으로 출제되므로, 학생들은 별도의 사교육 부담 없이 학교 수업과 정기고사의 단답형 주관식 시험을 충실하게 준비하고, 아울러 EBS 연계 교재를 꼼꼼히 학습한다면 좋은 성과를 얻을 수 있다.

본 도서는 약술형 논술고사를 통해 대학 입학의 관문을 두드리는 학생들에게 각 대학에서 시행하는 약술형 논술고사의 출제경향과 문제흐름을 익힐 수 있도록 다음과 같은 특징들을 갖고 출간되었다.

시험장에서 바로 볼 수 있는 핵심이론

실전문제를 풀기에 앞서 각 과목별 핵심이 되는 기본 이론이나 공식들만 간추려 수록함으로써, 시험장에서 꼭 필요한 필수 이론과 공식을 암기할 수 있도록 하였다.

해당 단원을 총괄하는 대표문제

해당 단원을 가장 대표하는 예시문제를 엄선하여 모범답안, 바른해설, 채점기준에서부터 예상 소요 시간과 배점에 이르기까지 해당 대표문제에 대한 총괄적인 문항 내용을 직관적으로 파악할 수 있게 하였다.

기출유형과 100% 똑 닮은 실전문제

각 대학별 약술형 논술 유형을 철저히 분석하여 실제 시험과 문제 스타일이나 출제방식이 똑 닮은 싱크로율 100%의 실전문제를 수록하였다.

실제 시험 유형을 대비한 최신 기출문제

각 대학에서 시행한 최신 기출문제를 수록하여 학생들이 각 대학들의 논술시험 특징을 파악하고 엉뚱한 시험 범위와 잘못된 공부 방법으로 시간을 낭비하지 않도록 유도하였다.

부디 이 책이 학생들의 대학 진학에 조금이나마 도움이 되길 바라며, 아울러 수험생들의 충실한 길잡이가 되기를 기원한다.

● ● 2025학년도 약술형 논술대학

※ 전형일정 및 입시요강 등은 학교 측의 입장에 따라 변경 가능하므로, 추후 공지되는 변경사항을 각 대학교 홈페이지에서 반드시 확인하시기 바랍니다.

[전형기초]

대학	계열	선발인원	전형방법	문항수			출제범위							고사시간	수능최저
							국어					수학			
				국어	수학	합계	독서	문학	화작	문법	기타	수학I	수학II		
가천대	인문	286	논술 100%	9	6	15	○	○	○	○	국어	○	○	80분	○
	자연	686		6	9										
고려대(세종)	자연	193	논술 100%		±6	6	X	X	X	X		○	○	90분	○
삼육대	인문	40	논술 70%교과 30%	9	6	15	○	○	○	○		○	○	80분	○
	자연	87		6	9										
상명대	인문	54	논술 90%교과10%	8	2	10	○	○	○	○	국어	○	○	60분	X
	자연	47		2	8										
서경대	공통	216	논술 90%교과 10%	4	4	8	○	○	X	X		○	○	60분	X
수원대	인문	135	논술 60%교과 40%	10	5	15	○	○	X	X		○	○	80분	X
	자연	320		5	10										
신한대	인문	75	논술 90%교과 10%	9	6	15	○	○	X	X		○	○	80분	○
	자연	49		6	9										
을지대	공통	219	논술 70%교과 30%	7	7	14	○	○	X	○		○	○	70분	X
한국공학대	공통	290	논술 80%교과 20%		9	9	X	X	X	X		○	○	80분	X
한국기술교대	인문	26	논술 100%	±12		12	X	X	X	X	국어사회	○	○	80분	X
	자연	144			±10	10									
한국외대(글로벌)	자연	66	논술 100%		7	7	X	X	X	X		○	○	90분	○
한신대	인문	108	논술 60%교과 40%	9	6	15	○	○	X	X		○	○	80분	X
	자연	157		6	9										
홍익대(세종)	자연	122	논술 90%교과 10%		7	7	X	X	X	X		○	○	70분	○

●● 2025학년도 수원대 논술전형

[전형일정]

구분		일시	비고
원서접수		2024. 9. 9(월) ~ 13(금) 18:00	
시험일	자연계열 지원자 [혁신공과대학/지능형SW융합대학/라이프케어사이언스대학 (스포츠과학부 제외)]	2024. 11. 16(토)	시험시간 30분전 입실완료
	인문계열 지원자 [인문사회융합대학/경영공학대학/디지털콘텐츠]	2024. 11. 17(일)	
합격자 발표		2024. 12. 13(금) 17:00 이전	본교 입학홈페이지 공고

[특징]

수원대학교 교과논술고사는 별도의 사교육 없이도 충분히 도전할 수 있는 문제로 구성되어 평소 고등학교 교육과정과 대학수학능력시험을 충실하게 준비하는 학생이라면 부담 없이 준비할 수 있는 전형입니다. 수원대학교 교과논술고사 전형은 고교 교육과정 개념에 대한 이해를 바탕으로 한 교과 서술형 논술로 출제된다는 점에서 기존 논술고사에 어려움을 느끼는 수험생에게 차별성 있는 지원의 기회로 다가가게 될 것입니다.

- **약술형 논술** : 묻는 바에 대해서 주어진 요건에 맞게 두세 개의 핵심어로 이루어진 문장이나 수식으로 간략하게 서술하는 논술임.
- **쉬운 논술** : 학교 수업을 충실히 이수한 중위권 학생이라면 누구나 쉽게 도전할 수 있도록 전후 맥락과 주장의 독창성 보다는 핵심적인 개념을 명확하게 이해하고 있는지를 중요하게 평가하는 논술임.

[출제범위]

고교교육과정 범위에서 EBS 수능 연계 교재를 중심으로 고등학교 정기고사 서술·논술형 문항 난이도로 출제

[지원자격]

고등학교 졸업(예정)자 또는 고등학교 졸업학력 검정고시 합격자

2025학년도 약술형 논술고사

[평가방법]

계열	문항수		배점	총점	고사시간	답안지 형식
	국어	수학				
인문	10	5	각 문항 10점	150점 + 450점(기본점수)	80분	노트 형식의 답안지 작성
자연	5	10				

※ 대소문항 구분 없음 / 문항별 부분점수 있음
※ 디지털콘텐츠 전공은 인문계열 평가방법을 따름

[세부 출제범위 및 평가기준]

구분	출제범위	평가기준
국어	문학	• 제시문의 핵심 내용을 정확하게 이해한 표현
	독서	• 문항에서 요구하는 조건에 충실한 서술
수학	수학 I	• 문제에 필요한 개념과 원리에 대한 정확한 서술
	수학 II	• 정확한 용어, 기호를 사용한 표현

[모집단위 및 모집인원]

계열	대학	모집단위	논술
			교과논술 전형
인문	인문사회 융합대학	한국언어문화 영미언어문화 일본언어문화 중국언어문화 러시아언어문화 법학 행정학 미디어커뮤니케이션 디지털헤리티지 소방행정	75

계열	대학	모집단위		논술 교과논술 전형
인문	경영공학대학	경제학부	경제금융 국제개발협력	15
		경영학부	경영 회계 글로벌비즈니스	30
		호텔관광학부	호텔경영 외식경영 관광경영	15
자연	혁신 공과대학	바이오화학산업학부	바이오공학 및 마케팅 융합화학산업	15
		건설환경에너지공학부	건설환경공학 환경에너지공학	30
		건축도시부동산학부	건축학 도시부동산학	25
		산업 및 기계공학부	산업공학 기계공학	30
		반도체공학과		15
		전기전자공학부	전기공학 전자공학	30
		화학공학 · 신소재공학부	화학공학 신소재공학	30
	지능형SW 융합대학	데이터과학부		30
		컴퓨터학부	컴퓨터SW 미디어SW	30
		정보통신학부	정보통신 정보보호	30
	라이프케어 사이언스대학	간호학과		20
		아동가족복지학과		10
		의류학과		5
		식품영양학과		10
예체능	문화예술융합 대학	아트앤엔터테인먼트학부	디지털콘텐츠	10
합계				455

2025학년도 약술형 논술고사

[제출서류]

구분	제출서류	비고
고교 졸업(예정)자	학교생활기록부	온라인 제공 동의자 제외
검정고시 출신자	검정고시 성적증명서	
비교내신 대상자	졸업증명서 또는 검정고시 합격증명서	2024. 9. 20(금)까지 제출

[전형방법]

구분		선발방법	학생부	논술	총점	수능최저기준
논술위주(논술)	논술고사	일괄합산	40(40)%	60(60)%	1,000	없음

[학생부 반영방법]

• 인문계열 : 국어, 수학, 영어, 사회 교과 내 학생이 이수한 과목 중 각 교과별 상위등급 5과목만 반영
• 자연계열 : 국어, 수학, 영어, 과학 교과 내 학생이 이수한 과목 중 각 교과별 상위등급 5과목만 반영
• 졸업자, 졸업예정자 모두 3학년 1학기까지의 성적 반영
• 반영과목이 5과목 미만일 경우에는 이수한 교과목만 반영

[등급점수표] - 2017년 2월 이후 졸업(예정)자

석차등급	1	2	3	4	5	6	7	8	9	비고
배점	100	98.75	97.50	96.25	95.00	93.75	82.50	78.75	75	최고 400
점수차	–	1.25	1.25	1.25	1.25	1.25	11.25	3.75	3.75	최저 300

※ 성적산출 방식은 학교생활기록부 반영방법(공통) 참조

[등급점수표] - 검정고시 합격자 및 2016년 이전 졸업자

논술고사 성적	600	599 ~584	583 ~568	567 ~552	551 ~536	535 ~505	504 ~479	478 ~451	450 ~0	비고
배점	100	98.75	97.50	96.25	95.00	93.75	82.50	78.75	75	최고 400
점수차	–	1.25	1.25	1.25	1.25	1.25	11.25	3.75	3.75	최저 300

[논술고사성적 반영방법]

구분		내역
평가영역		국어능력 + 수학능력
고사시간		80분
문항수	인문계열	국어 10문항 + 수학 5문항 = 15문항
	자연계열	국어 5문항 + 수학 10문항 = 15문항
배점기준	인문계열	[(10문항 × 10점) + (5문항 × 10점)] + 450점 기본점수 = 600점
	자연계열	[(5문항 × 10점) + (10문항 × 10점)] + 450점 기본점수 = 600점

[유의사항]

1. 수험생은 신분증(주민등록증, 운전면허증, 여권, 청소년증 또는 학생증(사진, 생년월일 필수)) 및 수험표를 반드시 지참해야 함.
2. 필기도구: 답안작성을 위한 흑색필기구를 준비하며, 답안수정이 불가하므로 화이트나 수정테이프 등은 지참하지 않도록 함.
3. 수험생은 휴대폰이나 기타 전자기기 등을 휴대해서는 안 됨(※ 휴대폰 전원은 반드시 OFF).
4. 논술고사 일시 및 장소는 본교 입학홈페이지를 통하여 공고하며, 예비소집은 따로 실시하지 않음.

[동점자 처리기준]

구분	전형유형	계열	비고	
논술위주	교과논술전형	인문계열 (디지털콘텐츠 포함)	① 논술고사성적(총점) ② 논술고사성적(국어영역)	③ 논술고사성적(수학영역) ④ 학교생활기록부성적(국어)
		자연계열	① 논술고사성적(총점) ② 논술고사성적(수학영역)	③ 논술고사성적(국어영역) ④ 학교생활기록부성적(수학)

※ 단계별 전형의 경우, 1단계 동점자는 모두 합격으로 처리함.
※ 비교내신 성적 적용자의 동점자처리 시 학교생활기록부 성적 반영은 비교내신 성적 반영 방법에 준하여 처리함.

[신입생 장학안내]

장학금 명칭		선발대상	지급내역
수시우수 장학금	논술최우수	수시 교과논술전형 최종합격자 중 모집단위별 전형 총점 최상위자	등록금전액(1학기)
	논술우수	수시 교과논술전형 최종합격자 중 모집단위별 전형 총점 차상위자	등록금의 50%(1학기)

[원서접수 방법]

1. 원서접수는 인터넷으로 하며, 방문접수는 실시하지 않는다.
2. 본교는 인문계열, 자연계열 구분 없이 교차지원이 가능하다.
3. 원서접수 시 유의사항을 반드시 확인하고 안내문의 지시에 따라 작성한다.
4. 본교는 전형유형별 복수(중복)지원이 가능하다. 단, 전형유형별로 1개의 모집단위만 지원할 수 있으며 중복 합격 시 반드시 1개 전형만 등록해야 한다(예체능 포함).
5. 원서접수시 반명함판(3×4cm) 사진을 입학원서 사진란에 업로드해야 하므로 사전에 사진파일을 저장(보관)하고 있어야 한다.
6. 본교에 2025학년도 수시모집 원서접수를 하는 것으로써 본교가 지원자의 학교생활기록부 및 검정고시(온라인제공 사전 동의자에 한함) 자료를 온라인으로 제공받는 것에 동의하는 것으로 본다.
7. 비동의자 및 비대상교 출신자는 출신고교의 학교장 직인 및 간인이 날인된 학교생활기록부 사본을 서류 제출 마감일까지 등기우편(우편물 도착 기준) 또는 직접 방문하여 제출해야 한다.
8. 원서접수는 전형료 결제 후 수험번호가 부여되어야 완료된 것이며, 수험표를 출력하여 접수 여부를 재확인한다.
9. 원서접수가 완료된 후에는 수시모집 6회 초과지원이 아닌 이상 지원취소, 전형관련 서류반환은 불가하며 전형료도 환불하지 않는다.
10. 서류 위·변조, 허위기재 등 부정한 방법으로 합격(입학)한 사실이 확인될 경우 입학한 후에도 합격(입학)이 취소되며, 합격 또는 입학이 취소된 경우 납부한 등록금은 일절 반환하지 않는다(관련 서류 반환은 불가하며 전형료도 환불하지 않음).
11. 본교 원서접수 시 수집한 지원자의 개인정보를 본교에서 입학전형을 위한 자료로 활용하며, 본교 입학 이후에는 교육, 연구, 행정, 대학생활 및 정보 안내의 목적으로 활용·제공하는 것에 동의한 것으로 본다.
12. 성명, 주민등록번호 등은 반드시 주민등록상의 내용과 같아야 하며, 성명, 주민등록번호, 주소, 전화번호 등이 변경되었을 경우 즉시 입학처에 통보한다.
13. 장애학생은 원서 접수 후 고사 참여에 도움이 필요한 경우 사전에 입학처로 장애정도를 통보하여야 한다(전형방법과 평가기준을 변경할 수 없으나 학생선발과 관련하여 장애로 인한 불이익은 없음).
14. 수험표 분실 시에는 원서접수 대행업체 사이트에서 재출력한다.

2025 올풀 수원대 논술고사를 효율적으로 학습하기 위한

● ● Study plan

영 역				날 짜	시 간
PART 1 국어 영역	I. 문학		핵심이론		
			실전문제		
	II. 독서		핵심이론		
			실전문제		
PART 2 수학 영역	수학 I	I. 지수함수와 로그함수	핵심이론		
			실전문제		
		II. 삼각함수	핵심이론		
			실전문제		
		III. 수열	핵심이론		
			실전문제		
	수학 II	IV. 함수의 극한과 연속	핵심이론		
			실전문제		
		V. 다항함수의 미분법	핵심이론		
			실전문제		
		VI. 다항함수의 적분법	핵심이론		
			실전문제		

●● 구성과 특징

핵심 이론

시험장에서 바로 볼 수 있는 핵심이론

실전문제를 풀기에 앞서 각 과목별 핵심이 되는 기본 이론이나 공식들만 간추려 수록함으로써,
시험장에서 꼭 필요한 필수 이론과 공식을 암기할 수 있도록 하였다.

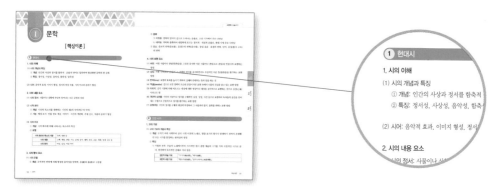

실전문제

기출유형과 100% 똑 닮은 실전문제

각 대학별 약술형 논술 유형을 철저히 분석하여
실제 시험과 문제 스타일이나 출제방식이 똑 닮
은 싱크로율 100%의 실전문제를 수록하였다.

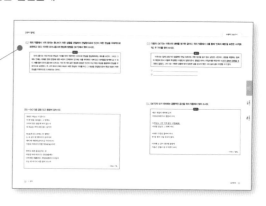

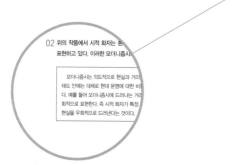

대표문제 해당 단원을 총괄하는 대표문제

해당 단원을 가장 대표하는 예시문제를 엄선하여
모범답안, 바른해설, 채점기준에서부터 예상 소요
시간과 배점에 이르기까지 해당 대표문제에 대한
총괄적인 문항 내용을 직관적으로 파악할 수 있게
하였다.

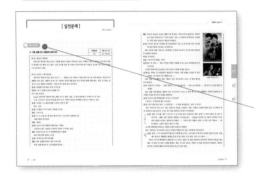

기출문제 실제 시험 유형을 대비한 모의 또는 기출문제

각 대학에서 시행한 모의 또는 기출문제를 수록하여 학생들이 각 대학들의 논술시험 특징을 파악하고
엉뚱한 시험범위와 잘못된 공부 방법으로 시간을 낭비하지 않도록 유도하였다.

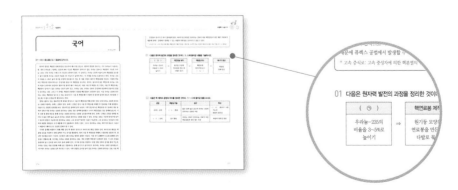

합격을
기원합니다

CONTENTS

수원대 논술고사 핵심이론 + 실전문제[인문 + 자연]

시스컴은
여러분을
응원합니다

PART **1**

Ⅰ 문학

[핵심이론]

① 현대시

1. 시의 이해

(1) 시의 개념과 특징
    ① 개념: 인간의 사상과 정서를 함축적 · 운율적 언어로 압축하여 형상화한 문학의 한 갈래
    ② 특징: 정서성, 사상성, 음악성, 함축성, 압축성

(2) 시어: 음악적 효과, 이미지 형성, 정서적 연상 작용, 시의 어조와 분위기 형성

2. 시의 내용 요소

(1) 시의 정서: 사물이나 상황에 부딪혀 일어나는 모든 감정과 상념

(2) 시적 화자
    ① 개념: 시인의 목소리를 대변하는 시인의 제2의 자아(허구적 자아)
    ② 기능: 배경 묘사, 인물 정보 제공, 이야기 · 사건의 객관화, 주제 강조, 작품의 분위기 형성

(3) 시의 어조
    ① 개념: 시적 화자에 의해 나타나는 목소리의 특성
    ② 유형

시적 화자의 목소리 지향	독백, 대화 등
시의 내용	고백, 애원, 찬양, 기도, 분개, 풍자, 해학, 관조, 교훈, 회화, 염세, 냉소 등
시의 화자	여성, 남성, 어린 아이

3. 시의 형식 요소

(1) 시의 운율
    ① 개념: 규칙적인 반복에 의해 형성된 음악성을 말하며, 운(韻)과 율(律)로 구분됨

② 종류

    ⊙ 외형률: 반복의 양식이 겉으로 드러나는 운율로, 고전 시가에서 주로 나타남

    ⓒ 내재율: 의미와 융화되어 내밀하게 흐르는 정서적 · 개성적 운율로, 현대 시에 주로 나타남

③ 요소: 음보의 반복(음보율), 음절수의 반복(음수율), 동일 음운 · 음절의 반복, 단어, 문장(통사 구조)의 반복

4. 시의 표현 요소

(1) **비유**: 어떤 사물이나 관념(원관념)을 그것과 유사한 다른 사물이나 관념(보조 관념)과 연결시켜 표현하는 방법

(2) **상징**: 어떤 시어(보조 관념)가 그 자체의 의미를 유지하면서도 추상적인 다른 뜻(원관념)을 환기하는 표현 방법

(3) **반어(irony)**: 표현의 효과를 높이기 위하여 실제와 반대되는 뜻의 말을 하는 것

(4) **역설(paradox)**: 겉으로 보면 명백히 모순된 문장이지만 표현 속에서 나름의 진실을 담고 있는 표현 방법

(5) **이미지**: 감각 기관에 의해 떠오르는 대상에 대한 영상이나 대상을 감각적으로 표현하는 것으로 심상(心象)이라고도 함

(6) **객관적 상관물**: 시인의 사상이나 정서를 구체적인 심상, 상징, 사건 등으로 표현하여 독자들의 공감을 얻어 내는 수법으로 간접적으로 정서를 환기하는 표현 방법

(7) **감정이입**: 시인의 정서를 구체적 대상에 투영하여 그 사물과의 합치, 융화를 꾀하는 표현 방법

② 고전 시가

1. 고대 가요

(1) **고대 가요의 개념과 특징**

① **개념**: 구석기 씨족 사회부터 삼국 시대 이전의 노래로, 향찰 표기의 향가가 발생하기 전까지 존재했던 모든 시가를 통칭하는 편의상의 명칭

② **특징**

    ⊙ 기원과 전개: 주술적 노래에서부터 서사적인 원시 종합 예술의 시기를 거쳐 서정적인 시가로 분리, 발전하여 독자적인 갈래로 자리 잡음

집단적 주술 가요	「구지가(龜旨歌)」, 「해가(海歌)」
개인적 서정 가요	「황조가(黃鳥歌)」, 「공무도하가(公無渡河歌)」

      ⓒ 문자 없이 구전되다가 한자의 습득과 더불어 한역으로 전해짐

      ⓒ 배경 설화와 함께 전해짐

(2) 주요 작품: 공무도하가(公無渡河歌), 구지가(龜旨歌), 황조가(黃鳥歌), 정읍사(井邑詞)

2. 향가

(1) 향가의 개념과 특징

    ① 개념: 신라 때부터 고려 초기까지 존재했던 정형시가를 의미하며, 넓은 의미로는 중국 한시에 대한
      우리나라의 노래를 의미함

    ② 특징

      ㉠ 표기: 한자의 음과 뜻을 빌려 순 우리말을 국어의 어순대로 적은 향찰(鄕札)로 표기

      ㉡ 형식: 4구체, 8구체, 10구체

(2) 주요 작품

4구체	「서동요(書童謠)」, 「풍요(風謠)」, 「헌화가(獻花歌)」, 「도솔가(兜率歌)」
8구체	「모죽지랑가(慕竹旨郎歌)」, 「처용가(處容歌)」
10구체	「혜성가(彗星歌)」, 「원왕생가(願往生歌)」, 「원가(怨歌)」, 「제망매가(祭亡妹歌)」, 「안민가(安民歌)」, 「찬기파랑가(讚耆婆郎歌)」

3. 고려 가요

(1) 고려 가요의 개념과 특징

    ① 개념: 고려 때 서민, 평민들이 부르던 민요를 궁중에서 일부 개편하여 궁중 속악으로 부른 노래가사
      로, 경기체가를 제외한 고려 가요를 말하는데, 향가계 가요까지도 포함된다.

    ② 특징

      ㉠ 형식

구조	분절체(=분연체, 연장체) 구조가 많음
후렴구	각 연마다 후렴구가 붙음(후렴구는 일정하지 않음)
운율	3 · 3 · 2조 또는 3 · 3 · 4조의 3음보 운율을 지님

      ㉡ 내용: 남녀 간의 애정, 자연에 대한 예찬, 이별에 대한 아쉬움 등

(2) 주요 작품: 동동(動動), 정석가(鄭石歌), 처용가(處容歌), 청산별곡(靑山別曲), 서경별곡(西京別曲), 가시리,
    쌍화점(雙花店), 만전춘(滿殿春), 사모곡(思母曲), 상저가(相杵歌), 유구곡(維鳩曲)

4. 경기체가

(1) **개념**: 고려 중엽 이후 대두되기 시작한 신흥 사대부에 의해 향유된 시가로, 노래 말미에 반드시 '위~경긔 엇더하나잇고'라는 후렴구가 붙음

(2) **특징**

① 형식

형식	몇 개의 연이 중첩되어 한 작품을 이루는 연장(聯章) 형식
구조	분절 구조로 각 장은 4구의 전대절(前大節)과 2구의 후소절(後小節)로 나누어짐
운율	전 3구는 3·3·4조, 4·4·4조 등으로 이루어진 3음보이며, 후 3구는 4·4·4·4조로 4음보인 경우가 많음

② **내용**: 귀족들의 멋과 풍류, 사물이나 경치, 학식과 체험 등을 주로 노래하였으며, 고답적·퇴폐적·도피적 성격의 내용이 대부분임

(3) **주요 작품**: 한림별곡(翰林別曲), 관동별곡(關東別曲), 죽계별곡(竹溪別曲)

5. 시조

(1) **시조의 개념과 형식**

① **개념**: 고려 말에서 조선 초에 이르는 기간에 정제되어, 조선 시대와 개화기를 거쳐 현재에 이르기까지 생명력을 유지해 온 서정 시가

② **형식**

평시조	3장 6구 45자 내외의 기본 형태를 가진 시조
엇시조	초장 또는 종장 중 어느 한 장이 긴 중형 시조
사설시조	3장의 의미 단락만 유지되고, 3장 중 2장 이상이 길어져 파격을 이룬 시조
연시조	2수 이상의 시조를 거듭하여 한 편의 작품을 이룬 시조

(2) **주요 작품**

① **조선 전기**: 맹사성 「강호사시사」, 이현보 「어부사」·「농암가」, 이황 「도산십이곡」, 이이 「고산구곡가」, 정철 「훈민가」·「장진주사」 등

② **조선 후기**: 박인로 「오륜가」·「조홍시가」, 윤선도 「견회요」·「어부사시사」, 안민영 「오륜가」, 작자미상 「창 내고쟈 창 내고쟈」·「귀또리 져 귀또리」 등

6. 가사

(1) 가사의 개념과 특징

   ① 개념: 고려 말에 경기체가가 쇠퇴하면서 나타난 시가 문학으로, 조선조(朝鮮朝)에 들어와 본격적으로 전개되면서 사대부들에게 널리 향유되었던 4음보의 운문 장르

   ② 특징

      ㉠ 형식: 보통 3 · 4조, 4 · 4조의 4음보 연속체로 구성(한 행의 길이는 제한이 없음)

      ㉡ 내용: 강호한정, 연주충군, 사대부 여인의 신세 한탄 등

(2) 주요 작품: 「누항사(陋巷詞)」, 「속미인곡(續美人曲)」, 「일동장유가(日東壯遊歌)」, 「농가월령가(農家月令歌)」, 「규원가(閨怨歌)」

---

③ 소설

1. 소설의 이해

(1) 소설의 개념과 특징

   ① 개념: 현실 세계에 있을 법한 일을 작가의 상상력에 의해 창조해 낸 허구의 이야기로, 인물이나 사건의 전개를 통일성 있게 구성하여 인생의 진리를 표현하려는 산문 문학

      현실 세계 ⇨ 모방(창조) ⇨ 허구의 세계

   ② 특징: 허구성, 개연성, 진실성, 모방성, 서사성, 산문성

(2) 소설의 요소

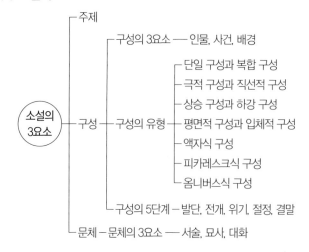

2. 주제

(1) **개념**: 작가가 작품을 통해서 전달하고자 하는 말(작품 속 중심 사상)

(2) **표현 방법**

　　① 작품 속에서 직접 제시 ㉎고전 소설, 신경향파 소설, 카프 소설

　　② 갈등 구조와 해소를 통해 제시 ㉎하근찬 「수난 이대」, 윤흥길 「장마」

　　③ 상징적 사물에 의해 제시 ㉎이상 「날개」, 이범선 「오발탄」

　　④ 작중 인물의 대화를 통해 제시 ㉎김승옥 「서울, 1964년 겨울」, 이태준 「해방전후」

3. 구성

(1) **개념**: 주제를 효과적으로 표현하기 위해 일정한 형식과 작가의 미적 안목에 의해 통일성 있게 구성하는 것

(2) **구성의 단계**

발단	이야기가 시작되는 부분으로 인물과 배경이 처음으로 제시되고, 주제와 사건의 실마리가 암시되는 단계
전개	사건이 구체적으로 전개되면서 갈등이 표면화되는 단계
위기	새로운 사건이 발생하기도 하고, 갈등이 고조되고 심화되는 단계
절정	갈등이 최고조에 이르고, 사건 해결의 분기점이 되는 단계
결말	갈등과 위기가 해소되고, 등장인물의 운명이 분명해지는 단계

4. 인물

(1) **개념**: 소설에서 행위나 사건을 수행하는 주체

(2) **인물의 성격 제시 방법**

직접적 제시(분석적, 논평적 제시)	간접적 제시(극적, 장면적 제시)
말하기(telling), 설명적	보여주기(showing), 묘사적
인물의 성격이나 특성을 서사, 서술을 사용하여 설명함	인물의 성격이나 특성을 행동, 대화, 장면의 묘사를 통해 보여줌
서술이 간단하고 시간이 절약됨	구체적이고 감각적인 묘사로 독자의 상상적 참여가 가능함
구체성을 잃고 추상적 설명으로 흐르기 쉬운 단점이 있음	표현상의 제약이 있음

5. 갈등(사건)

(1) **개념**: 등장인물이 겪게 되는 대립적 관계로서, 한 인물의 내부적 혼란이나 그를 둘러싼 외적인 요소 간의 대립

(2) **갈등의 양상**

내적 갈등		개인 내부의 심리적 모순에 의한 내적 갈등
외적 갈등	개인과 개인	주인공과 그와 대립하는 인물 간의 갈등
	개인과 사회	개인과 개인이 속해 있는 사회적 환경과의 갈등
	개인과 운명	개인과 인간의 조건과의 대결에서 오는 갈등

6. 시점과 거리

(1) **시점의 개념**: 서술의 진행 양상을 바라보는 서술자의 각도와 위치를 말하며, 서술자의 위치나 태도에 따라 시점은 달라짐

(2) **시점의 종류**

① **1인칭 주인공 시점**: 주인공이 자기 자신의 이야기를 하는 시점

② **1인칭 관찰자 시점**: '나'가 관찰자의 입장에서 주인공에 대해 이야기하는 시점

③ **전지적 작가 시점**: 작가(서술자)가 전지전능한 위치에서 인물의 심리나 행동을 분석하여 서술하는 시점

④ **작가 관찰자 시점**: 서술자가 외부 관찰자의 입장에서 이야기를 서술하는 시점

④ 기타 문학의 갈래

1. 수필

(1) **수필의 개념** : 인생이나 자연의 모든 사물에서 보고, 듣고, 느낀 것이나 경험한 것을 형식과 내용상의 제한을 받지 않고 붓 가는 대로 쓴 글

(2) **수필의 종류**

① **경수필** : 일정한 격식 없이 개인적 체험과 감상을 자유롭게 표현한 수필로 주관적, 정서적, 자기 고백적이며 신변잡기적인 성격이 담김

② **중수필** : 일정한 격식과 목적, 주제 등을 구비하고 어떠한 현상을 표현한 수필로 형식적이고 객관적

이며 내용이 무겁고, 논증, 설명 등의 서술 방식을 사용

③ **서정적 수필** : 일상생활이나 자연에서 느낀 정서나 감정을 솔직하게 주관적으로 표현한 수필

④ **교훈적 수필** : 인생이나 자연에 대한 지은이의 체험이나 사색을 담은 교훈적 내용의 수필

2. 희곡

(1) 희곡의 정의와 특성

① **희곡의 정의** : 희곡은 공연을 목적으로 하는 연극의 대본, 등장인물들의 행동이나 대화를 기본 수단으로 하여 관객들을 대상으로 표현하는 예술 작품

② **희곡의 특성**

ㄱ 무대 상연을 전제로 한 문학 : 공연을 목적으로 창작되었기 때문에 여러 가지 제약(시간, 장소, 등장인물의 수)이 따름

ㄴ 대립과 갈등의 문학 : 희곡은 인물의 성격과 의지가 빚어내는 극적 대립과 갈등을 주된 내용으로 함

ㄷ 현재형의 문학 : 모든 사건을 무대 위에서 배우의 행동을 통해 지금 눈앞에 일어나는 사건으로 현재화하여 표현함

(2) 희곡의 구성 요소와 단계

① **희곡의 구성 요소**

ㄱ 해설 : 막이 오르기 전에 필요한 무대 장치, 인물, 배경(때, 곳) 등을 설명한 글로, '전치 지시문'이라고도 함

ㄴ 대사 : 등장인물이 하는 말로, 인물의 생각, 성격, 사건의 상황을 드러냄

ㄷ 지문 : 배경, 효과, 등장인물의 행동(동작이나 표정, 심리) 등을 지시하고 설명하는 글로, '바탕글'이라고도 함

ㄹ 인물 : 희곡 속의 인물은 의지적, 개성적, 전형적 성격을 나타내며 주동 인물과 반동 인물의 갈등이 명확히 부각됨

② **희곡의 구성 단계**

ㄱ 발단 : 시간적, 공간적 배경과 인물이 제시되고 극적 행동이 시작됨

ㄴ 전개 : 주동 인물과 반동 인물 사이의 갈등과 대결이 점차 격렬해지며, 중심 사건과 부수적 사건이 교차되어 흥분과 긴장이 고조

ㄷ 절정 : 주동 세력과 반동 세력 간의 대결이 최고조에 이름

ㄹ 반전 : 서로 대결하던 두 세력 중 뜻하지 않은 쪽으로 대세가 기울어지는 단계로, 결말을 향하여 급속히 치닫는 부분

ⓜ 대단원 : 사건과 갈등의 종결이 이루어져 사건 전체의 해결을 매듭짓는 단계

TIP

〈희곡의 구성단위〉
- **막(幕, act)** : 휘장을 올리고 내리는 데서 유래된 것으로, 극의 길이와 행위를 구분
- **장(場, scene)** : 배경이 바뀌면서, 등장인물이 입장하고 퇴장하는 것으로 구분되는 단위

---

(3) 희곡의 갈래

① **희극(喜劇)** : 명랑하고 경쾌한 분위기 속에 인간성의 결점이나 사회적 병폐를 드러내어 비판하며, 주인공의 행복이나 성공을 주요 내용으로 삼는 것으로, 대개 행복한 결말로 끝남

② **비극(悲劇)** : 주인공이 실패와 좌절을 겪고 불행한 상태로 타락하는 결말을 보여 주는 극

③ **희비극(喜悲劇)** : 비극과 희극이 혼합된 형태의 극으로 불행한 사건이 전개되다가 나중에는 상황이 전환되어 행복한 결말을 얻게 되는 구성 방식

④ **단막극** : 한 개의 막으로 이루어진 극

(4) 희곡의 제약

① 희곡은 무대 상연을 전제로 하기 때문에 시간적, 공간적 제약을 받음

② 등장인물 수가 한정

③ 인물의 직접적 제시가 불가능, 대사와 행동만으로 인물의 삶을 드러냄

④ 장면 전환의 제약을 받음

⑤ 서술자의 개입 불가능, 직접적인 묘사나 해설, 인물 제시가 어려움

⑥ 내면 심리의 묘사나 정신적 측면의 전달이 어려움

3. 시나리오(Scenario)

(1) 시나리오의 정의와 특징

① **시나리오의 정의** : 영화나 드라마 촬영을 위해 쓴 글(대본)을 말하며, 장면의 순서, 배우의 대사와 동작 등을 전문 용어를 사용하여 기록

② **시나리오의 특징**

㉠ 등장인물의 행동과 장면의 제약 : 예정된 시간에 상영될 수 있도록 해야 함

㉡ 장면 변화와 다양성 : 장면이 시간이나 공간의 제약 없이 자유자재로 설정

㉢ 영화의 기술에 의한 문학 : 배우의 연기를 촬영해야 하므로, 영화와 관련된 기술 및 지식을 염두에 두고 써야 함

(2) 시나리오의 갈래

　① 창작(original) 시나리오 : 처음부터 영화 촬영을 목적으로 쓴 시나리오

　② 각색(脚色) 시나리오 : 소설, 희곡, 수필 등을 시나리오로 바꾸어 쓴 것

　③ 레제(lese) 시나리오 : 상영이 목적이 아닌 읽기 위한 시나리오

(3) 시나리오와 희곡의 공통점

　① 극적인 사건을 대사와 지문으로 제시

　② 종합 예술의 대본, 즉 다른 예술을 전제로 함

　③ 문학 작품으로 작품의 길이에 어느 정도 제한을 받음

　④ 직접적인 심리 묘사가 불가능

PART 1
국어

PART 2
수학

PART 3
해답

[실전문제]

▶ **다음 글을 읽고 물음에 답하시오.**

배점(총점)	예상 소요 시간
10점	5분 / 전체 80분

S# 39. 방송국 전경(낮)

　김추자의「빗속의 여인」흐르는 가운데 방송국 건물이 비에 젖고 있다. 카메라 스튜디오 창가로 다가가면 석영이 창가에 서서 밖을 보고 있다. 노란 우비를 입은 한 여성이 오토바이를 타고 방송국 입구를 지나 방송국 마당으로 들어오고 있다.

S# 40. 라디오 스튜디오(낮)

　김추자의「빗속의 여인」계속 흐르고……. 창밖을 보던 석영이 고개를 돌려 부스를 보면 최곤과, 박민수까지 짬뽕을 먹고 있다. 배달부 장 씨, 부스 안에서 최곤의 헤드폰을 끼고 음악에 흠뻑 취해 있다. 석영, 포기하는 표정으로 다시 창밖을 바라본다. 그때 김 양이 문을 열고 들어선다.

김 양: (낭랑한 목소리로) 커피 시키신 분.

박민수: (부스 안에서 마이크 통해) 여기.

하고 손을 흔든다.

　(jump) 김추자의「빗속의 여인」계속 흐르고 있다. 최곤, 김 양이 배달해 온 커피를 마시고 있다.

　김 양, 김추자의「빗속의 여인」에 젖어 든다. 석영이 최곤을 못마땅한 표정으로 바라보고 있다.

김 양: 아저씨, 이 노래 한 번만 더 틀어 주면 안 돼?

　최곤, 보면

김 양: 안 돼요? 우리 다방은 리필해 주는데.

최곤: 그러지 뭐.

김 양: 난 이 노래 들으면 엄마 생각나더라. 우리 엄마 십팔번이거든.

　그때 석영이 들어온다.

석영: 나와요.

김 양: 손님 다 마실 때까지 옆에 있는 거예요.

　노래 끝나 간다. 최곤을 노려보던 석영이 나가려는 순간,

최곤: (석영 들으란 듯) 너 엄마한테 한마디 할래?

　최곤 말에 깜짝 놀라는 김 양.

김 양: 아저씨 뭔 이야기를 해?

최곤: 엄마 십팔번이라며. 엄마 이야기해.

　석영, 멈춰 돌아보고 노래 완전히 끝난다.

최곤: (마이크 올리고) 오늘은 애청자 중 한 분을 스튜디오에 모셨습니다. 밖에서 듣고 있던 박민수와 박 기사가 놀란다. 최곤, 김 양에게 얘기하라고 손짓한다. 석영, 화난 표정으로 최곤을 바라본다.

김 양: (마이크 앞으로 다가앉으며) 안녕하세요? 저는 요 앞 터미널 바로 건너편 터미널 다방에 근무하는 김 양입니다.

INS. 터미널 다방. 다방 안 스피커에서 김 양의 목소리가 나오자 다방 안에 있던 사람들이 놀란다.

박 양: 김 양이다.

손님 1: 쟤 저기서 뭐하는 거냐?

김 양 (E): 저, 먼저…… 평소 터미널 다방을 이용해 주시는 손님 여러분들께 감사드리구요.

〈영화 '라디오스타'〉

김 양의 말에 다방 손님들과, 특히 사장이 흐뭇한 표정을 짓는다.

김 양 (E): 세탁소 김 사장님하고 철물점 박 사장님, 이번 달에는 외상값 꼭 갚아 주세요. 김 사장님 4만 7천원이구요……

INS. 영월 시내 세탁소 내부. 세탁소 사장, 라디오에서 나오는 김 양의 얘기를 듣다 놀란다.

김 양: 철물점 박 사장님…… 맨날 쌍화차 드셔서 좀 많은데…… 10만 4천 원인데…… 4천 원 까고 10만 원만 받을게요.

INS. 영월 시내 철물점. 철물점 사장, 라디오에서 나오는 김 양의 얘기를 듣고 당황한다. 옆에서 철물들을 정리하던 사장의 와이프가 남편을 째려본다.

김 양: 안 갚으시면 제 월급에서 까지는 거 아시죠?

스튜디오, 김 양의 말 계속 이어진다.

김 양: (잠시 뜸들이다) 엄마, 나 선옥인데…… 나 방송 출연했거든. 엄마, 잘 있지?

석영, '어디까지 가나 보자.' 하는 표정으로 최곤을 노려본다. 최곤, 석영의 시선에 아랑곳 않고 김 양에게 계속 말하라고 손을 흔든다. 김 양, 잠시 말을 멈추더니 표정이 무거워진다.

[A]
김 양: 엄마, 비 오네. 엄마, 기억 나? 나 집 나오던 날도 비 왔는데. 엄마, 알어? 나 엄마 미워서 집 나온 거 아니거든. 그때는 내가 엄마를 미워하는 줄 알았는데…… (울음을 삼키며) 집 나와서 생각해 보니까 세상 사람들 다 밉고, 엄마만 안 미웠어…… 그래서 내가 미웠어. 엄마, 나 내가 너무 미워서…… 좀 막 살았다. 그래서 지금은 내가 더 미워.

김 양을 삐딱하게 바라보는 석영의 표정이 동정으로 변한다.

INS. 지국장실. 라디오에서 나오는 김 양의 사연을 듣고 있는 지국장의 표정 슬프다.

[B]
김 양: 엄마, 나 비 오면 엄마가 해 주던 부침개 해 보거든. 근데 엄마가 해 주던 것처럼 맛있게 안 돼. 이렇게도 해 보고 저렇게도 해 봤는데 잘 안 돼. 엄마, 보고 싶어. 너무 보고 싶어……

하고는 무너져 테이블에 고개를 묻고 흐느낀다. 최곤이 김 양을 바라보다 김추자의 「빗속의 여인」을 내보낸다. 김 양의 흐느낌이 노래에 묻힌다. 최곤, 부스를 나온다. 석영이 김 양을 측은하게 바라본다. 최곤이 창가에 선 박민수에게 다가가면 박민수의 눈이 젖어 있다.

최곤: 뭐야?

박민수: 장마가 지려나?

　박민수, 괜히 목을 빼고 창밖을 바라본다.

— 최석환, 「라디오 스타」

[예시문제]

[A]와 [B]에 드러난 '김 양'의 발화는 '비 오는 날'을 공통적인 화제로 삼고 있다. 발화 내용을 중심으로 ㉠ 과 ㉡의 내용을 기술하시오.

	행동		엄마에 대한 회상		정서
[A]	집을 나옴	⇒	"엄마를 미워하는 줄 알았어."	⇒	㉠
[B]	㉡		"엄마가 해 주던 것처럼 맛있게 안 돼."		엄마가 보고 싶음

모범답안 ㉠ 자신이 미움. / 내가 미웠어.

　　　㉡ 부침개를 해봄.

바른해설 [A]에서 '김양'은 자신이 집을 나온 행동에 대해 '내가 미웠어.'라는 정서를 드러내고 있으며, [B]에서 '김양'은 비오는 날에는 '부침개를 해 보'았지만 엄마가 해 주던 것처럼 맛있게 안 된다고 하면서 엄마가 보고 싶다고 한다.

채점기준

답안	배점
㉠, ㉡	각 5점
㉠ '엄마가 안 미움.', '엄마가 밉지 않음.'은	3점
㉡ '부침개'만 적으면	3점
㉡ '부침게', '부침개 만듬'에서와 같이 오타는	1점 감점
㉡ '요리를 해보다'는	3점

〈2022학년도 수원대 논술 기출문제〉

[01~02] 다음 글을 읽고 물음에 답하시오.

현기증 나는 활주로의
최후의 절정에서 흰나비는
돌진의 방향을 잊어버리고
피 묻은 육체의 파편들을 굽어본다

기계처럼 작열한 심장을 축일
한 모금 샘물도 없는 허망한 광장에서
어린 나비의 안막을 차단하는 건
투명한 광선의 바다뿐이었기에—

진공의 해안에서처럼 과묵한 묘지 사이사이
숨가쁜 제트기의 백선과 이동하는 계절 속—
불길처럼 일어나는 인광(燐光)의 조수에 밀려
흰나비는 말없이 이즈러진 날개를 파닥거린다

하얀 미래의 어느 지점에
아름다운 영토는 기다리고 있는 것인가
푸르른 활주로의 어느 지표에
화려한 희망은 피고 있는 것일까

신도 기적도 이미
승천하여버린 지 오랜 유역—
그 어느 마지막 종점을 향하여 흰나비는
또 한번 스스로의 신화와 더불어 대결하여본다

— 김규동, 「나비와 광장」

---

01 다음의 〈보기〉는 위 작품에 대한 감상평이다. 밑줄 친 ⓐ가 가장 잘 드러난 시행(詩行)을 찾아 쓰시오.

> **보기**
>
> 이 작품은 흰나비를 관찰하면서 흰나비가 처한 현실을 전달하는데, 이는 현대인이 현대 문명 사회를 살면서 경험하게 되는 현실을 노래한 것이다. 이 현실은 현대 문명에 의해 개발된 무기들이나 공간들이 가진 폭력적인 이미지를 드러내고, 그 폭력성 때문에 희생되고 있는 존재들을 보여 준다. 하지만 ⓐ흰나비를 통해 이러한 폭력적인 현실을 극복해 보고자 하는 의지를 보여 주기도 한다.

02 위의 작품에서 시적 화자는 흰나비가 처한 상황을 관찰하여 전달함으로써 인간이 처한 현실을 우회적으로 표현하고 있다. 이러한 모더니즘시의 형상화 방법을 〈보기〉에서 찾아 쓰시오.

> **보기**
>
> 　모더니즘시는 의도적으로 현실과 거리를 두며 객관적인 시각으로 현실을 형상화하려는 태도를 보인다. 그리고 그 태도 안에는 대체로 현대 문명에 대한 비판이 전제되어 있기에, 이를 파악하면 시에 담긴 의미들을 탐색해 갈 수 있다. 예를 들어 모더니즘시에 드러나는 거리 두기와 같은 형상화 방법은 인간이 아닌 특정 대상을 활용하여 현실을 우회적으로 표현한다. 즉 시적 화자가 특정 대상이 처한 현실과 거리를 두고 그 대상을 관찰함으로써 특정 대상이 처한 현실을 우회적으로 드러낸다는 것이다.

[03~04] 다음 글을 읽고 물음에 답하시오.

> 동방은 하늘도 다 끝나고
> 비 한 방울 내리잖는 그 땅에도
> 오히려 꽃은 발갛게 피지 않는가
> 내 목숨을 꾸며 쉬임 없는 날이여
>
> 북(北)쪽 툰드라에도 찬 새벽은
> 눈 속 깊이 꽃 맹아리가 옴작거려
> 제비 떼 까맣게 날아오길 기다리나니
> 마침내 저버리지 못할 약속(約束)이여!
>
> 한바다 복판 용솟음치는 곳
> 바람결 따라 타오르는 꽃성(城)에는
> 나비처럼 취(醉)하는 회상(回想)의 무리들아
> 오늘 내 여기서 너를 불러 보노라
>
> — 이육사, 「꽃」

03 다음의 〈보기〉는 이육사의 생애를 평가한 글이다. 위의 작품에서 ⓐ를 통해 '민족의 해방'을 표현한 시구(詩句), 두 가지를 찾아 쓰시오.

보기

　　이육사는 일제 강점기의 암울했던 현실 속에서도 저항 정신을 잃지 않고 살았던 시인이다. 생명을 위협하는 일제의 폭압에 맞서 극렬히 투쟁했던 의열단의 일원으로서, 열일곱 번이나 옥살이를 하였지만 ⓐ조국 광복의 염원을 포기하지 않았다. 그의 시는 가혹한 상황에 맞서 당당한 길을 걷고자 했던 그의 삶과 결코 무관할 수가 없다.

① _____

② _____

04 〈보기〉의 ⓑ가 의미하는 공통적인 공간을 위의 작품에서 찾아 쓰시오.

보기

매운 계절의 채찍에 갈겨
마침내 북방으로 휩쓸려 오다.

ⓑ하늘도 그만 지쳐 끝난 고원(高原),
서릿발 칼날진 그 위에 서다.

어데다 무릎을 꿇어야 하나
한 발 재겨 디딜 곳조차 없다.

이러매 눈 감아 생각해 볼밖에
겨울은 강철로 된 무지갠가 보다.

－ 이육사, 「절정」

[05～06] 다음 글을 읽고 물음에 답하시오.

　　그가 처음 이곳에 와서는 무엇보다도 방 안이 맘에 안 들고 도야지굴이나 쇠 외양간같이 생각되었다. 그리고 어쩌다 손님이 오면 피해 앉을 곳도 없었다. 그러니 멍하니 낯선 손님과도 마주 앉지 않으면 안 되게 되었다. 그러나 시일이 차츰 지나니 낯선 남성 손님이 온다더라도 처음같이 그렇게 어색하지는 않았다. 그저 그렁저렁 지낼 만하였다. 그리고 반드시 부뚜막 앞에는 비밀 토굴을 파 두는 것이다. 그랬다가 어디서 총소리가 나든지 개 소리가 요란스레 나면 온 식구가 그 움 속에 들어가서 며칠이든지 있곤 하였다. 그리고 옷이나 곡식도 이 움에다 넣고서 시재 입는 옷이나 먹을 양식을 조금씩 꺼내 놓고 먹곤 하였다. 말할 것도 없이 보위단이며 마적단 등이 무서워서 이렇게 하곤 하였다.

　　시렁을 손질한 그는 바구니에 담아 둔 팥을 고르기 시작하였다. 고요한 방 안에 팥알 소리만 재그럭 자르르 하고 났다. 팥알과 팥알로 시선이 옮아지는 그는 눈이 피곤해지며 참새 소리가 한층 더 뚜렷이 들린다. 동시에 저 참새 소리같이 여러 가지 생각이 순서 없이 생각났다. 내일이라도 파종을 하게 되면 아침 점심 저녁에 몇 말의 쌀을 가져야 할 것, 오늘 봉식이가 팡둥을 만나지 못해서 쌀을 못 가져올 것, 그러나 나무를 팔아서 사라고 한 찬감은 사 오겠지…… 생각이 차츰 희미해지며 졸음이 꼬박꼬박 왔다. 그는 눈을 비비고 문밖으로 나오다가 무심히 눈에 뜨인 것은 벽에 매달아 둔 메주였다. '참 메주를 내놓아야겠다.' 하며 바구니를 밖에 내놓고서 메주를 떼어서 문밖에 가지런히 내놓았다. 그리고 그는 비를 들고 메주의 먼지를 쓸어 내었다. 그는 하나하나의 메줏덩이를 들어 보며, 간장이나 서너 동이 빼고 고추장이나 한 단지 담그고…… 그러자면 소금이나 두어 말은 가져야지 소금…… 하며 그는 무의식간 한숨을 푹 쉬었다. 그리고 또다시 고향을 그리며 멍하니 앉아 있었다. 고향서는 소금으로 이를 다 닦았건만…… 다리는* 데도 소금 한 줌이면 후련하게 내려갔는데 하였다. 그가 고향 있을 때는 하도 없는 것이 많으니까 소금 같은 데는 생각이 미치지 못하였는지는 모르나 어쨌든 이곳 온 후로부터는 그는 소금 때문에 남몰래 운 적이 한두 번이 아니었다. 소금 한 말에 이 원 이십 전! 농가에서는 단번에 한 말을 사 보지 못한다. 그러니 한 근 두 근 극상 많이 산대야 사오 근에 지나지 못한다. 그러므로 장 같은 것도 단번에 담그지를 못하고 소금 생기는 대로 담그다가도 어떤 때는 메주만 썩혀서 장이라고 먹곤 하였다. 장이 싱거우니 온갖 찬이 싱거웠다.

　　끼니때가 되면 그는 남편의 얼굴부터 살피게 되고 어쩐지 맘이 송구하였다. 남편은 입 밖에 말은 내지 않으나 번번이 얼굴을 찡그리고 밥술이 차츰 느려지다가 맥없이 술을 놓곤 하는 때가 종종 있었다. 이 모양을 바라보는 그는 입안의 밥알이 갑자기 돌로 변하는 것을 느끼며 슬며시 술을 놓고 돌아앉았다.

[중략 부분 줄거리] 그는 공산당에 의해 남편을 잃고 가장으로서의 고된 삶을 살아가다가 봉염과 봉희 두 딸마저 병으로 잃고 혼자 남겨진다. 갖은 노력에도 먹고살 일이 막막해진 그에게 평소 가깝게 지내던 한 이웃이 일본 순사의 눈을 피해 소금 밀수라도 하여 돈을 벌어 보라는 제안을 한다.

　　우레 같은 바람 소리가 대지를 뒤흔드는 어느 날 밤 봉염의 어머니는 소금 너 말을 자루에 넣어서 이고 일행의 뒤를 따랐다. 그들 일행은 모두가 여섯 사람인데 그중에 여인은 봉염의 어머니뿐이었다. 앞에서 걷는 길잡이는 십여 년을 이 소금 밀수로 늙었기 때문에 눈 감고도 용이하게 길을 찾아가는 것이다. 그러므로 그들은 이 길잡이에게 무조건 복종을 하였다. 그리고 며칠이든지 소금 짐을 지는 기간까지는 벙어리가 되어야 하며 그 대신 의사 표시는 전부 행동으로 하곤 하였다.

　　그들은 열을 지어 나란히 걸었다. 바람은 여전히 불었다. 그들은 앞사람의 행동을 주의하며 이 바람 소리가 그들을 다그쳐 오는 어떤 신발 소리 같고 또 어찌 들으면 순사의 고함치는 소리 같아 숨을 죽이곤 하였다. 그리고 어제도 이 근방 어디서 소금 짐을 지다 총에 맞아 죽은 사람이 있다지 하며 발걸음 옮김을 따라 이러한 불안이 저 어둠과 같이 그렇게 답답하게 그들의 가슴을 캄캄케 하였다.

　남들은 솜옷을 입었는데 봉염의 어머니는 겹옷을 입고 발가락이 나오는 고무신을 신었다. 그러나 추운 것은 모르겠고 시간이 지날수록 머리에 인 소금 자루가 무거워서 견딜 수 없다. 머리 복판을 쇠뭉치로 사정없이 뚫는 것 같고 때로는 불덩이를 이고 가는 것처럼 자꾸 따가웠다. 그가 처음에 소금 자루를 일 때 사내들과 같이 엿 말을 이려 했으나 사내들이 극력 말리므로 아쉬운 것을 참고 너 말을 이게 된 것이다. 그런 것이 소금 자루를 이고 단 십 리도 오기 전에 이렇게 머리가 아팠다. 그는 얼굴을 잔뜩 찡그리고 두 손으로 소금 자루를 조금씩 쳐들어 아픈 것을 진정하렸으나 아무 쓸데도 없고 팔까지 떨어지는 듯이 아프다. 그는 맘대로 하면 이 소금 자루를 힘껏 쥐어뿌리고 그 자리에서 자신도 그만 넌떡 죽고 싶었다. 그러나 그것은 공연한 맘뿐이었다. 발길은 여전히 사내들의 뒤를 따라간다. 사내들과 같이 저렇게 나도 등에 져 봤더라면…… 이제라도 질 수가 없을까. 그러려면 끈이 있어야지 끈이…… 좀 쉬어 가지 않으려나. 쉬어 갑시다, 금시로 이러한 말이 입 밖에까지 나오다는 꽉 막고 만다. 그리고 여전히 손길은 소금 자루를 들어 아픈 것을 진정하려 하였다.

　이마와 등허리에서는 땀이 낙수처럼 흘러서 발밑까지 내려왔다. 땀에 젖은 고무신은 왜 그리도 미끄러운지 걸핏하면 그는 쓰러지려 하였다. 그래서 그는 정신을 바짝 차리면 벌써 앞에 신발 소리는 퍽이나 멀어졌다. 그는 기가 나서 따라오면 숨이 콱콱 막히고 옆구리까지 결린다. 두 말이나 일 것을…… 그만 쏟아 버릴까? 어쩌누? 소금 자루를 어루만지면서도 그는 차마 그리하지는 못하였다.

　어느덧 강물 소리가 어렴풋이 들린다. 그들은 이 강물 소리만 들어도 한결 답답한 속이 좀 풀리는 듯하였다. 강가에 가면 이 소금 짐을 벗어 놓고 잠시라도 쉴 것이며 물이라도 실컷 마실 것 등을 생각하였던 것이다. 그러면서도 강 저편에 무엇들이 숨어 있지나 않을까 하는 불안이 강물 소리를 따라 높아 간다. 봉염의 어머니는 시원한 강물 소리조차도 아픔으로 변하여 그의 고막을 바늘 끝으로 꼭꼭 찌르는 듯 이 모양대로 조금만 더 가면 기진하여 죽을 것 같았다. 마침 앞의 사내가 우뚝 서므로 그도 따라 섰다. 바람이 무섭게 지나친 후에 어디선가 벌레 울음소리가 물결을 따라 들렸다. 낑 하고 앞의 사내가 앉는 모양이다. 그도 털썩하고 소금 자루를 내려놓으며 쓰러졌다. 그리고 얼른 머리를 두 손으로 움켜쥐며 바늘로 버티어 있는 듯한 눈을 억지로 감았다. 그러면서도 앞의 사내들이 참말로 다들 앉았는가 나만이 이렇게 쓰러졌는가 하여 주의를 게을리하지 않았다.

　아픈 것이 진정되니 온몸이 후들후들 떨린다. 그는 몸을 웅크릴 때 앞의 사내가 그를 꾹 찌른다. 그는 후다닥 일어났다. 사내들의 옷 벗는 소리에 그는 한층 더 정신이 바짝 들었다. 그는 잠깐 주저하다가 옷을 훌훌 벗어 돌돌 뭉쳐서 목에 달아매었다. 그때 그는 놀릴 수 없이 아픈 목을 어루만지며 용정까지 이 목이 이 자리에 붙어 있을까 하는 의문이 들었다. 그리고 사내가 이어 주는 소금 자루를 이고 다시 걷기 시작하였다.

　벌써 철버덕철버덕하는 물소리가 나는 것을 보아 앞사람은 강물에 들어선 모양이다. 벌써 그의 발끝이 모래사장을 거쳐 물속에 들어간다. 그는 오스스 추우며 알 수 없는 겁이 버쩍 들어서 물결을 굽어보았다. 시커멓게 보이는 그 속으로 물결 소리만이 요란하였다. 그리고 뭉클뭉클 내리 밀치는 물결이 그의 몸을 울려 주었다. 그때마다 머리끝이 쭈뼛해지며 오한을 느꼈다. 그리고 흑 하고 숨을 들이마셨다.

　물이 깊어 갈수록 발밑에 깔린 돌이 굵어지며 걷기도 몹시 힘들었다. 그것은 돌이 께느른한 해감탕* 속에 묻히어 있기 때문이다. 그래서 걸핏하면 미끈하고 발끝이 줄달음을 치는 바람에 정신이 아득해지곤 하였다. 봉염의 어머니는 몇 번이나 발이 미끄러지고 또 곱디었다. 물은 젖가슴을 확실히 지나쳤다. 그때 그의 발끝은 어떤 바위를 디디다가 미끈하여 달음질쳐 내려간다. 그 순간 온몸이 화끈해지도록 그는 소금 자루를 벗녀 이고 서서 넘어지려는 몸을 바로잡으려 하였다. 그러나 벌어지는 다리와 다리를 모으는 수가 없었다. 그리고 소리를 쳐서 앞의 사내들에게 구원을 청하려 하나 웬일인지 숨이 막히고 답답해지며 암만 소리를 질러도 나오지도 않거니와 약간 나오는 목소리도 물결과 바람결에 묻혀 버리곤 하였다. 그는 죽을힘을 다하여 왼발에 힘을 들이고 섰다. 그때 그는 죽는 것도 무서운 것도 아뜩하고 다만 소금 자루가 물에 젖으면 녹아 버린다는 생각만이 미끄러져 내려가는 발끝으로부터 머리털 끝까지 뻗치었다.

앞서가는 사내들은 거의 강가까지 와서야 봉염의 어머니가 따르지 않는 것을 눈치채고 근방을 찾아보다가 하는 수 없이 길잡이가 오던 길로 와 보았다. 길잡이는 용이하게 그를 만났다. 그리고 자기가 조금만 더 지체하였더라면 봉염의 어머니는 죽었으리라 직각*되었다. 그는 봉염의 어머니의 손을 잡아 일으키며 일변 소금 자루를 내리어 자기의 어깨에 메었다. 그리고 그의 발끝에 밟히는 바위를 직각하자 봉염의 어머니가 이렇게 된 원인이 여기 있는 것을 곧 알았다. 그리고 자기는 이 바위 옆을 훨씬 지나쳐 길을 인도하였는데 어떤 일인가 하며 봉염의 어머니의 손을 꼭 쥐고 걸었다.

봉염의 어머니는 정신이 흐릿해졌다가 이렇게 걷는 사이에 정신이 조금 들었다. 그러나 몸을 건사하기 어렵게 어지러우며 입안에서 군물이 슬슬 돌아 헛구역질이 자꾸 나온다. 그러면서도 머리에는 아직도 소금 자루가 있거니 하고 마음대로 머리를 움직이지 못하였다. 그들이 강가까지 왔을 때 맘을 졸이고 있던 나머지 사람들은 우 쓸어 일어났다. 그리고 저마큼* 두 사람을 어루만지며 어떤 사람은 눈물까지 흘리었다. 자기들의 신세도 신세려니와 이 부인의 신세가 한층 더 불쌍한 맘이 들었다.

– 강경애, 「소금」

***다리는**: 체한(경북 방언).

***해감탕**: 바닷물 따위에서 흙과 유기물이 썩어서 이루어진 진흙탕(북한어).

***직각**: 보거나 듣는 즉시 곧바로 깨달음.

***저마큼**: 저만큼(전라 방언).

05 다음의 설명에 해당하는 위 작품의 중심 소재를 찾아 차례대로 쓰시오.

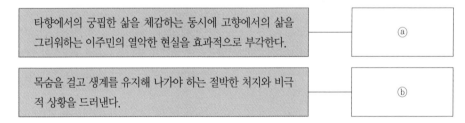

타향에서의 궁핍한 삶을 체감하는 동시에 고향에서의 삶을 그리워하는 이주민의 열악한 현실을 효과적으로 부각한다.	ⓐ
목숨을 걸고 생계를 유지해 나가야 하는 절박한 처지와 비극적 상황을 드러낸다.	ⓑ

06 다음의 〈보기〉에서 ⊙의 '내적 연대'가 형성된 단락을 위 작품에서 찾아 마지막 문장을 서술하시오.

> 보기
>
> 간도 이주민인 주인공은 일상의 기본적인 요건도 갖추지 못한 지독한 가난과 외압에 대한 두려움, 가족의 해체와 이산의 아픔으로 고통스러워하면서도 절망적 현실에 매몰되지 않고 적극적으로 대응하고자 하는 모습을 보인다. 이는 외압에 직접적으로 맞서 싸우기는 어렵더라도 비슷한 고통을 겪고 있는 사람들 간의 공감을 통해 그들만의 ⊙ 내적 연대를 형성해 나감으로써 부정적 현실에 대항하고자 했던 당시 이주민들의 생존 과정을 사실적으로 보여 주는 것이라 할 수 있다.

[07~08] 다음 글을 읽고 물음에 답하시오.

[앞부분의 줄거리] 회사에서는 준비위원회에서 통과된 내용으로 사원들의 제복을 맞추지만 민도식과 우기환은 제복 맞추는 것을 거부한다. 이에 사장은 두 사람을 불러 이야기를 나눈다.

"아주 좋은 말을 했어. 하지만 그건 일이 실천에 옮겨지기 전에 했어야 할 얘기야. 대대수 사원들 지지를 얻어서 실천 단계에 들어선 지금은 사정이 달라. 그리고 기업 발전에 단결력이 중요하냐 창의력이 중요하냐 하는 문제는 자네가 아니라 내가 결정할 문제야. 또 제복을 입었다고 어제는 있던 창의력이 오늘 싹 죽는다는 논리도 설득력이 없어. 민 군, 자네는 일찍이 제복 제도를 도입한 K직물이 창의력 없이 그저 눈감땡감으로 오늘날의 위치에 올라섰다고 생각하나?"

"K직물은 사정이 다릅니다."

잠자코 있던 우기환이가 불쑥 말했다.

"호오, 그래? 어떻게 다르지?"

"자기 개성에 맞는 옷을 입을 권리를 포기할 때는 뭔가 그 이상의 보상이 뒤따라야 합니다. 그런 면에서 K직물의 기업 정신은 아주 훌륭하다고 봅니다."

이때 옆방이 다소 소란해졌다. 사장실 도어 저 쪽에서 여비서가 누군가하고 들어가겠다느니 안 된다느니 하면서 실랑이하는 눈치였다. 그 소리를 듣더니 사장의 낯빛이 싹 달라졌다.

"자네들이 이러지 않아도 난 지금 복잡한 일이 많은 사람이야. 우 군이 K직물을 동경하는 그 심정은 나도 알아. 허지만 앞으로 가까운 장래에 다른 사람들이 자네들을 동경하도록 만들기 위해서는 나도 노력하고 자네들도 적극 협조해야 되잖나. 그동안을 못 참아서 협조할 수 없다면 별수 없지. 이런 일엔 누군가 한 사람쯤 희생이 따른다는 사실을 각오해야 돼."

"무슨 뜻인지 알겠습니다. 제가 희생이 되죠. 피고용자한테도 권리는 있습니다. 들어올 때는 제 맘대로 못 들어오지만 나갈 때는 제 맘대로 나갈 수 있으니까요."

우기환이가 분연히 소파에서 일어나 빠른 걸음으로 도어를 향해 갔다. 순식간의 일이었다. 사장실을 나서는 우기환이와 엇갈려 웬 사내가 잽싸게 뛰어들었다. 다방에서 두 번 본 적이 있는 생산부의 잡역부 권 씨였다. 사장실로 들어서기 무섭게 권 씨는 민도식을 향해 눈자위를 하얗게 부릅떠 보였다. 우기환의 돌연한 행동에 초벌 놀랐던 도식은 권 씨의 험악한 표정에 재벌 놀라면서 엉거주춤 궁둥이를 들었다. 빨리 자리를 비켜 달라는 권 씨의 무언의 협박이 빗발치고 있었다.

"죄송해요, 사장님. 한사코 안 된다는데두 부득부득 우기면서 이 사람이……."

뒤쫓아 들어온 여비서를 손짓으로 내보낸 다음 사장이 말했다.

"어서 오게, 권 군."

자기보다 더 사정이 절박한 사람을 위해서 민도식은 사장실에서 물러나지 않을 수 없었다.

"잘 생각해서 스스로 결정을 내리도록 하게."

도어가 채 닫히기 전에 사장의 껄껄한 목소리가 도식의 등 뒤에 따라붙는다.

"장 선생 집에 전화 걸었더니 부인이 받데요. 새로 맞춘 유니폼 입구 아침 일찍 출근했다구요."

아내의 바가지 긁는 소리로 창업기념일의 아침은 시작되었다. 체육대회가 열리는 제1공장까지 가자면 다른 날보다 더 일찍 나서야 되는데도 여전히 밍기적거리고만 있는 남편 곁에서 아내는 시종 근심스러운 눈초리를 거두지 않았다. 제복 때문에 총각 사원 하나가 사표를 던졌다는 소문을 아내는 믿지 않았다. 사표를 제출한 게 아니라 강제로 모가지가 잘린 거라고 굳게 믿고 있었다.

"까짓것 난 필요 없어. 거기 아니면 밥 빌어먹을 데 없는 줄 알아? 세상엔 아직도 유니폼 안 입는 회사가 수두룩하다 말야!"

거듭되는 재촉에 이렇게 큰소리로 대거리는 했지만 결국 민도식은 뒤늦게나마 집을 나서고 말았다.

시내를 멀리 벗어나서 교외에 널찍하게 자리 잡은 제1공장 앞에 당도했을 때는 벌써 개회식이 시작된 뒤였다. 공장 정문 철책 너머로 검정 곤색 일색의 운동장을 넘어다보는 순간 민도식은 갑자기 숨이 턱 막혀 옴을 느꼈다. 새로 맞춘 제복으로 단장한 남녀 전 사원이 각 부서별로 군대처럼 질서 정연하게 도열해 서서 연단에 선 지휘자의 손끝을 우러러보며 사가(社歌)를 제창하기 직전의 예비 운동으로 목청을 가다듬는 헛기침들을 하고 있었다. 이윽고 공장 일대를 한바탕 들었다 놓는 우렁찬 노래가 터지기 시작했다. 노래 부르는 사원들 모두가 작당해서 지각한 사람을 야유하는 듯한 기분이 들었다. 검정 곤색의 제복들이 일치단결해가지고 사복 차림으로 꽁무니에 따라붙으려는 유일한 사람을 완강히 거부하는 듯한 기분에 사로잡혔다. 세상 전체가 온통 제복 투성이인 가운데 저 혼자만 외돌토리로 떨어져 있는 셈이었다. 자기 한 사람쯤 불참한다 해도 아무렇지도 않게 체육대회 개회식은 진행될 수 있다는 사실이 민도식을 무척 화나면서도 그지없이 외롭게 만들었다. 정문으로 들어서지도 못하고 그렇다고 뒤돌아서서 나오지도 못한 채 그는 일단 멈춘 자리에 붙박여 버린 듯 언제까지고 움직일 줄을 몰랐다.

- 윤흥길, 「날개 또는 수갑」

07 위 작품의 제목은 『날개 또는 수갑』이다. 윗글에서 '날개'와 '수갑'에 해당하는 각 소재들을 찾아 차례대로 쓰시오.

ⓐ 날개 ⇒ _____

ⓑ 수갑 ⇒ _____

08 위 작품의 내용으로 볼 때 제복의 착용에 대해 가장 순응적인 태도를 보이는 인물부터 그렇지 않은 인물까지 순서대로 나열하시오.

[09~10] 다음 글을 읽고 물음에 답하시오.

신축년에 홍건적이 고려의 서울인 개성을 점령하자 임금은 복주(福州)로 피란을 갔다. 홍건적은 집을 불태우고 사람을 죽이고 가축을 잡아먹었다. 백성들은 부부, 친척끼리도 서로를 보호하지 못하고 이리저리 달아나 숨은 채 각자 자기 살기를 도모해야 하는 처지가 되었다.

이생도 가족들을 데리고 외진 산골로 숨었는데 도적 한 명이 칼을 빼 들고 그들의 뒤를 좇아왔다. 이생은 달아나 겨우 목숨을 건졌지만 최 씨는 도적에게 사로잡히고 말았다. 도적이 자신을 겁탈하려 하자 최 씨는 크게 꾸짖으며 말하였다.

"호귀(虎鬼)야, 나를 죽여 삼켜 버려라. 차라리 죽어 승냥이와 이리의 배 속에 들어갈지언정 어찌 개돼지 같은 놈의 짝이 되겠느냐."

도적은 노하여 최 씨를 죽였다. 이생은 거친 들판에 숨어서 겨우 목숨을 보전하다가 얼마 후 도적이 물러갔다는 소식을 듣고 부모님이 사시던 옛집을 찾아갔다. 그러나 집은 이미 전쟁 통에 불타 버린 후였다. 그래서 이번에는 최 씨의 집으로 가 보았더니 행랑채만 덩그러니 남아 황량한 가운데 쥐들이 찍찍대고 새들이 지저귀고 있었다.

이생은 슬픈 마음을 억누를 길이 없어 작은 누각에 올라가서 눈물을 훔치며 길게 탄식할 뿐이었다. 어느새 날이 저물었다. 그는 우두커니 홀로 앉아 지난날을 가만히 떠올려 보았지만 모든 게 한바탕 꿈만 같았다.

이경(二更)쯤 되어 달빛이 희미한 빛을 토하며 들보를 비추었다. 그런데 회랑 끝에서 웬 발소리가 들렸다. 그 소리는 멀리서부터 들려오더니 차츰 가까워졌다. 발소리가 이생 앞에 이르렀을 때 보니 바로 최 씨였다.

이생은 그녀가 이미 죽은 것을 알고 있었지만 너무도 사랑하는 나머지 한 치의 의심도 없이 물었다.

"당신은 어디로 피란하여 목숨을 부지하였소?"

최 씨는 이생의 손을 잡고 한바탕 통곡하더니 그간의 사정을 이야기하기 시작했다.

"저는 본디 양가의 딸로서 어려서부터 어버이의 가르침을 받들어 수놓기와 바느질에 힘쓰고 시서(詩書)와 인의(仁義)의 방도를 배울 뿐이었습니다. 오로지 규문의 법도만 알았을 뿐 어찌 집 밖의 일을 헤아릴 수 있었겠습니까? 그런데 당신께서 붉은 살구꽃이 핀 담장 안을 한 번 엿보신 후 제가 스스로 푸른 바다의 구슬을 바쳤지요.

〈중략〉

집도 없어지고, 부모님도 돌아가셨으니 고단한 혼백조차 의지할 곳이 없었지만 절의는 귀중하고 목숨은 가벼우니 쇠잔한 몸뚱이일망정 치욕을 면한 것만으로도 다행이라 생각했지요. 하지만 누가 마디마디 끊어져 재처럼 식어 버린 제 마음을 불쌍히 여겨 주겠습니까? 그저 조각조각 끊어진 썩은 창자만 모아 두었을 뿐, 해골은 들판에 던져졌고 간과 쓸개는 땅바닥에 버려져 흙먼지를 뒤집어쓰고 있지요. 가만히 지난날의 즐거움을 헤아려 보기도 하지만 오늘의 근심과 원한만이 마음에 가득 차 버렸습니다.

　　이제 추연(鄒衍)이 피리를 불어 적막한 골짜기에 봄바람을 일으켰으니 저도 천녀(倩女)의 혼이 이승으로 돌아왔
　　듯이 이곳으로 돌아오렵니다. 봉래산에서 십 년 만에 만나자는 약속을 이미 단단히 맺었고, 취굴(聚窟)에서 삼생
[A]　(三生)의 향이 그윽이 풍겨 나오니 그동안 오래 떨어져 있던 정을 되살려서 옛 맹세를 저버리지 않겠다고 약속하겠
　　어요. 만약 당신이 아직도 옛 맹세를 잊지 않으셨다면 저는 끝까지 잘해 보고 싶어요. 당신도 허락하시는 거지요?"

　이생은 기쁘고도 감격하여 말했다.

"그건 바로 내가 바라던 바요."

　두 사람은 다정하게 마주 앉아 그간의 회포를 풀었다. 그러다가 재산을 얼마나 도적에게 약탈당했는가에 관해 묻자 최
씨가 말하였다.

"조금도 잃지 않았어요. 아무 산 아무 골짜기에 묻어 두었답니다."

　이생이 또 물었다.

"양가 부모님의 유해는 어디에 있소?"

　최 씨가 대답하였다.

"아무 곳에 그냥 버려져 있는 상태랍니다."

　두 사람은 그간의 정회를 다 나눈 후 나란히 잠자리에 들었다. 지극한 즐거움이 예전과 같았다.

－ 김시습, 「이생규장전(李生窺墻傳)」

09 위 작품의 제목인 「이생규장전」의 유래를 알 수 있는 문장을 찾아 첫 어절과 마지막 어절을 쓰시오.

첫 어절: ＿＿＿＿＿＿＿＿＿＿＿＿, 마지막 어절: ＿＿＿＿＿＿＿＿＿＿＿＿

10 위 작품의 [A]를 통해 엿볼 수 있는 위 작품의 주제를 서술하시오.

〈유의 사항〉
－ 15자 이내로 기술할 것(공백 제외)

[11~12] 다음 글을 읽고 물음에 답하시오.

순창 서리(胥吏) 최윤재는 사또님께 소지(所志) 올려
원통함을 아뢰오니 올바르게 처결해 주소서
구월 십사일은 담양 부사 생신이라
소인의 사또가 사흘 전에 달려갈 때
소인이 사령의 우두머리로 행차를 따라갔는데
광주 고을 목사와 화순 창평 남평 원님
십사일 조식 후에 일제히 모이셨네
바야흐로 큰상에 성찬을 벌여 놓고
관악기 현악기는 누각에 늘어놓고
구름 같은 묘한 곡에 씩씩한 몸 상좌에 앉아 있고
도내의 제일 명창 담양 순창 명기들이
가무를 대령하여 이날을 보낸 후에
십오야 밝은 달의 후약이 어디인가
호남 소금강의 경치를 보시려고
화려한 육각 양산 청산에 나부끼고
오마(五馬) 쌍전은 단풍 숲으로 들어갈 제
옥패는 쟁그랑쟁그랑 걸음마다 울리고
낭랑한 말소리는 말 위에서 오갈 제
동산의 고상한 놀이* 용문의 눈 구경*에
기생이 따르기는 자고로 있는지라
아리따운 기생들이 의기양양 무리 지어
말 타고 군졸들과 수레를 뒤따르니
창안백발 화순 원님 기생에게 다정하사
굽이진 곳에서 자주 돌아보시기에
소인은 하인이라 말에 앉아 있기 황송하와
올랐다가 내렸다가 내렸다가 올랐다가
오르락내리락 몇 번인 줄 모르겠네
망망히 내렸다가 다시 올라타노라니
석양에 큰길 아래서 실족하야 넘어지니
돌들이 흩어진 곳에 콩 태 자로 자빠지니
팔다리도 부러지고 옆구리도 삐어서
어혈(瘀血)이 마구 흘러 흉격이 펴지지 않고
금령이 지엄하와 개똥도 못 먹고
병세가 기괴하와 날로 위중하니
푸닥거리 경 읽기는 다 해 봐야 헛되도다

이제는 하릴없이 죽을 줄로 알았더니
곰곰 앉아 생각하니 이것이 뉘 탓인고
강천에서 배행하던 기생들의 탓이로다
네 쇠뿔이 아니런들 내 담이 무너지랴
속담에 이른 말씀 예부터 이러하니
소인의 죽는 목숨 그 아니 불쌍한가
소인이 죽거든 저년들을 죽이시어
불쌍히 죽는 넋을 위로하여 주옵실까
실낱같이 남은 목숨 살려 주시길 바라나이다

〈중략〉

죄범이 중타 하시어 저리 행하옵시니
수화(水火)에 들라 하신들 감히 거역하리까
죽이시거나 살리시거나 처분대로 하려니와
의녀 등도 원통하와 소회를 아뢸 것이니
일월같이 밝으신 순찰 사또님께
한 말씀만 아뢰옵고 매를 맞고 죽겠나이다
의녀 등은 기생이요 최윤재는 아전이라
기생이 아전에게 간섭할 일 없사옵고
화순 사또 뒤돌아보시기는 구태여 의녀들을 보시려 하셨던 건지
산 좋고 물 좋은데 단풍이 우거지니
경물을 구경하려다 우연히 보셨던 건지
아전이 제 인사로 제 말에서 내리다가
우연히 낙마하여 만일에 죽는다 한들
어찌 의녀들이 살인이 되리이까

― 이운영, 「순창가」

*동산의 고상한 놀이: 진(晉)나라 사안(謝安)이 회계 땅 동산에서 은거하면서 한가로이 노닐 적에 항상 가무에 능한 기녀를 대동했다는 고사를 이름.

*용문의 눈 구경: 서도(西都)의 태수 전유연이 송나라 사희심과 구양수가 눈이 내린 용문의 향산(香山)에 이르자 용문의 눈경치를 구경할 것을 권유한 고사를 이름.

11 위의 작품을 다음과 같이 송사 과정에 따른 시상 전개로 구성할 때, 빈칸에 들어갈 인물들을 위의 작품에서 찾아 차례대로 쓰시오.

원고		판사		피고
ⓐ	청원 ⇒	ⓑ	변론 ⇐	ⓒ

12 위의 작품에서 화자가 '소인의 죽음 목숨'이라며 자신의 억울함을 하소연하기 위해 인용한 속담을 찾아 쓰시오.

〈유의 사항〉
– 하나의 완전한 문장으로 쓸 것

[13~14] 다음 글을 읽고 물음에 답하시오.

청조(靑鳥)*는 아니 오고 두견(杜鵑)이 슬피 울 제
여관(旅館) 한등(寒燈) 적막(寂寞)ᄒᆞᆫ듸 온 가슴에 불이 난다
이 불을 뉘 쓰리오 님 아니면 홀 씰 업고
이 병을 뉘 곳치리 님이라야 편작(扁鵲)*이라
밋친 ᄆᆞ음 외사랑은 나는 졈졈 깁건마ᄂᆞᆫ
무심(無心)ᄒᆞᆯ손 이 님이야 허랑(虛浪)코도 박정(薄情)ᄒᆞ다
삼경(三更)에 못 든 잠을 사경(四更)에 계요 드러
졉마(蝶馬)*를 놉히 달녀 녯 길흘 ᄎᆞ자 가니
월태화용(月態花容)을 반가이 만나 보고
천수만한(千愁萬恨)을 역력(歷歷)히 ᄒᆞ렷더니
창젼(窓前) 벽오(碧梧) 소우셩(疏雨聲)*에 삼혼(三魂)이 흣터지니
낙월(落月)이 창창(蒼蒼)ᄒᆞᆫ듸 삼오(三五) 소셩(小星)ᄲᅮᆫ이로다
어와 내 일이야 진실로 가소(可笑)로다
너도 싱각ᄒᆞ면 뉘웃츰이 이시리라
황옥경(黃玉京)*에 올나가셔 상제(上帝)ᄭᅴ 복명(復命)*ᄒᆞᆯ 제
이 말ᄉᆞᆷ 다 알외면 네 죄가 즁ᄒᆞ리라
다시곰 싱각ᄒᆞ야 회심(回心)을 두온 후에
삼생(三生) 숙연(宿緣)*을 져ᄇᆞ리지 말게 ᄒᆞ라

– 민우룡, 「금루사」

*청조: 반가운 사자(使者)나 편지를 이르는 말
*편작: 중국 전국 시대의 유명한 의사
*졉마: '나비 말'이란 뜻으로, 꿈속에서 나비를 말로 삼아 타고 감을 말함.
*소우성: 성긴 비 오는 소리
*황옥경: 하늘 위 옥황상제가 있는 궁궐
*복명: 명령을 받고 일을 처리한 사람이 그 결과를 보고함
*삼생 숙연: 전생(前生), 현생(現生), 내생(來生)에 걸친 오래된 인연

13 위의 작품과 다음의 〈보기〉는 임에 대한 그리움을 노래한 작품들이다. 임과 헤어져 만날 수 없는 상황에서 임과 소통하기 위한 매개로 활용된 공통된 소재를 찾아 쓰시오.

보기

꿈의 단니는 길이 즈최곳 나량이면
님의 집 창(窓)밧기 석로(石路)ㅣ라도 무듸리라
꿈길히 즈최 업스니 글을 슬허 ᄒ노라

---

14 위의 작품에서 화자가 임과의 인연을 운명적인 것으로 여기는 시행(詩行)을 찾아 쓰시오.

[15～16] 다음 글을 읽고 물음에 답하시오.

(가) 수양산(首陽山) ᄇ라보며 이제(夷齊)를 한(恨)ᄒ노라
　　　주려 주글진들 채미(採薇)도 ᄒ는 것가
　　　비록애 푸새엣 거신들 긔 뉘 ᄯ헤 낫ᄃ니

– 성삼문의 시조 –

(나) 어져 내 일이야 그릴 줄을 모로ᄃ냐
　　　이시라 ᄒ더면 가랴마는 ⓐ제 구ᄐ야
　　　보내고 그리는 정(情)은 나도 몰라 ᄒ노라

– 황진이의 시조 –

(다) 백구(白鷗) l 야 말 무러보쟈 놀라지 마라스라

　　명구승지(名區勝地)룰 어듸어듸 브렷드니

　　날드려 자세(仔細)히 닐러든 네와 게 가 놀리라

– 김천택의 시조 –

(라) 창(窓) 내고쟈 창(窓)을 내고쟈 이내 가슴에 창(窓)을 내고쟈

　　고모장지 세살장지 들장지 열장지 암돌져귀 수돌져

　　귀 비목걸새 크나큰 쟝도리로 둑닥 바가 이내 가슴에 창(窓) 내고쟈

　　잇다감 하 답답홀 제면 여다져 볼가 호노라

– 작자 미상의 시조 –

15 다음의 〈보기〉를 참고하여 글 (가)에서 화자가 '이제(夷齊)'의 고사를 인용한 이유를 서술하시오.

〈보기〉

　　성삼문은 사육신(死六臣) 가운데 한 사람이다. 그는 수양 대군이 단종(端宗)을 몰아내고 왕위에 오르자, 이에 반발하여 단종의 복위를 계획하였다가 발각되어 처형당했다.

〈유의 사항〉

– 20자(±5)로 기술할 것(공백 제외)

16 글 (나)의 ⓐ는 주체를 누구로 보느냐에 따라 중의적 해석이 가능하다. 중장 또는 종장과 연결 지은 해석 내용을 차례대로 쓰시오.

① 중장 ⇒ _____

② 종장 ⇒ _____

[17~18] 다음 글을 읽고 물음에 답하시오.

산중을 매양 보랴 동해로 가쟈스라
남여(藍輿) 완보(緩步)하야* 산영누의 올나하니
녕농(玲瓏) 벽계(碧溪)와 수성(數聲) 뎨됴(啼鳥)는 니별을 원(怨)하는 듯
정긔(旌旗)를 떨치니 오색이 넘노는 듯
고각(鼓角)을 섯부니 해운(海雲)이 다 짓는 듯
명사 길 니근 말이 취션(醉仙)을 빗기 시러
바다를 겻태 두고 해당화로 드러가니
백구야 나디 마라 네 버딘 줄 엇디 아난

[A]
　　금난굴 도라드러 총셕뎡 올나하니
　　백옥누 남은 기동* 다만 네히 셔 잇고야
　　공슈(工倕)*의 셩녕*인가 귀부(鬼斧)로 다드믄가
　　구태야 뉵면은 므어슬 샹(象)톳던고

고성을란 뎌만 두고 삼일포를 차자가니
단셔(丹書)는 완연하되 사션(四仙)*은 어디 가니
예 사흘 머믄 후의 어디 가 또 머믈고
선유담 영낭호 거긔나 가 잇는가
쳥간뎡 만경대 몃 고대 안돗던고

　　　　　　　　　　　　　　(중략)

텬근(天根)을 못내 보와 망양뎡의 올은말이
바다 밧근 하늘이니 하늘 밧근 므서신고
갓득 노한 고래 뉘라셔 놀내관대
블거니 뿜거니 어즈러이 구는디고
은산(銀山)을 것거 내여 뉵합(六合)의 나리는 듯
오월 댱텬(長天)의 백셜(白雪)은 므사 일고
져근덧 밤이 드러 풍낭이 뎡(定)하거늘
부상(扶桑) 지쳑(咫尺)의 명월을 기다리니
셔광(瑞光) 천댱(千丈)이 뵈는 듯 숨는고야
쥬렴을 고텨 것고 옥계를 다시 쓸며
계명성* 돗도록 곳초 안자 바라보니
백년화(白蓮花) 한 가지를 뉘라서 보내신고
일이 됴흔 세계 남대되 다 뵈고져
뉴하쥬(流霞酒)* 가득 부어 달다려 무론 말이
영웅은 어디 가며 사션(四仙)은 긔 뉘러니
아매나 맛나 보아 녯 긔별 뭇쟈 하니

선산(仙山) 동해(東海)예 갈 길히 머도 멀샤

솽근(松根)을 볘여 누어 픗잠을 얼픗 드니

꿈애 한 사람이 날다려 닐온 말이

그대를 내 모르랴 샹계(上界)예 진션(眞仙)이라

황뎡경(黃庭經)* 일자(一字)를 엇디 그릇 닐거 두고

인간의 내려와셔 우리를 딸오는다

져근덧 가디 마오 이 술 한 잔 머거 보오

북두셩(北斗星) 기우려 챵해슈(滄海水) 부어 내여

저 먹고 날 머겨늘 서너 잔 거후로니

화풍(和風)이 습습(習習)하야* 냥액(兩腋)*을 추혀 드니

구만리 댱공(長空)애 져기면 날리로다

이 술 가져다가 사해(四海)예 고로 난화

억만 창생을 다 츼케 맹근 후의

그제야 고텨 맛나 또 한 잔 하쟛고야

말 디쟈 학을 타고 구공(九空)의 올나가니

공듕 옥쇼(玉簫) 소래 어제런가 그제런가

나도 잠을 깨여 바다할 구버보니

기픠를 모르거니 가인들 엇디 알리

명월이 천산 만낙(千山萬落)*의 아니 비쵠 대 업다

– 정철, 「관동별곡」

*남여 완보하야: 남여(가마)가 천천히 나아가.

*백옥누 남은 기동: 총석정 앞의 돌기둥.

*공슈: 중국 고대의 솜씨 좋은 장인의 이름.

*셩녕: 솜씨.

*사션: 신라 때의 선도(仙徒) 네 사람.

*계명성: 샛별.

*뉴하쥬: 신선이 먹는다는 술.

*황뎡경: 도가의 경서로, 이 경서의 한 글자만 잘못 읽어도 이 세상에 내쳐진다는 말이 있음.

*화풍이 습습하야: 바람이 부드럽게 부는 모양.

*냥액: 양 겨드랑이.

*천산 만낙: 온 세상.

17 다음의 〈보기〉를 바탕으로 위의 작품을 감상할 때, 밑줄 친 ⓐ, ⓑ와 관계된 소재를 위의 작품에서 찾아 쓰시오.

> <보기>
>
> 고전 문학에서 적강 모티프는 일반적으로 ⓐ천상계의 신선이 죄를 지어 인간계로 쫓겨나 죗값을 치른 후에 다시 복귀하는 것을 의미한다. 위의 작품에서 적강 모티프는 화자가 남다른 자질과 능력을 지닌 인물임을 드러내는 데 효과적인 장치로 작용한다. 화자는 이러한 자질과 능력을 통해 목민관으로서 먼저 백성을 즐겁게 한 후에 나중에 자신이 즐기겠다는 선우후락(先憂後樂)을 고려한 선정의 포부를 밝히고 있다. 그리고 자신이 다스리는 관동 지방을 교화시켜 ⓑ백성들이 임금의 덕을 누리게 하겠다는 소망을 상징적인 자연물을 통해 드러내고 있다.

ⓐ _____   ⓑ _____

〈유의 사항〉
– 각각 한 단어로 쓸 것

18 〈보기〉는 [A]의 총셕뎡 을 소재로 한 다른 작품의 일부이다. [A]와 〈보기〉에서 구체적 수치를 통해 사물의 외양을 나타낸 시행을 찾아 쓰시오.

> <보기>
>
> 총석정 좋단 말을 일찍이 들었거니
> 바람 불면 못 보려니 몰아라 어서 보자
> 벽해 위의 높은 집이 저것이 총석정인가
> 올라 보니 후면이라 전면으로 보오리라
> 배 대어라 사공들아 풍랑이 일지 않아
> 층파로 돌아 저어 총석 전면 보게 하라
> 배 띄워라 굽이마다 따라 저어 볼 양이면
> 영소전 태을궁*을 지으려고 경영턴가
> 돌기둥 천백 개를 육각으로 깎아 내어
> 개개이 묶어 세워 몇만 년이 되었던지
> 황량한 데 벌였으니 배 없어 못 실린가
>
> – 구강, 「총석곡」에서
>
> *태을궁: 옥황상제가 사는 궁궐.

[A]	⇒	ⓐ
〈보기〉	⇒	ⓑ

[19~20] 다음 글을 읽고 물음에 답하시오.

> 찻간 안으로 들어오며 나는 혼자 속으로 외쳤다.
> '무덤이다! 구더기가 끓는 무덤이다!'
> 나는 모자를 벗어서 앉았던 자리 위에 던지고 난로 앞으로 가서 몸을 녹이며 섰었다. 난로는 꽤 달았다. 뱀의 혀 같은 빨간 불길이 난로 문틈으로 날름날름 내다보인다. 찻간 안의 공기는 담배 연기와 석탄재의 먼지로 흐릿하면서도 쌀쌀하다. 우중충한 남폿불은 웅크리고 자는 사람들의 머리 위를 지키는 것 같으나 묵직하고도 고요한 압력(壓力)으로 지그시 내리누르는 것 같다. 나는 한번 휘 돌려다 보며,
> '공동묘지다! 공동묘지 속에서 살면서 죽어서 공동묘지에 갈까 봐 애가 말라 하는 갸륵한 백성들이다!'
> 하고 혼자 코웃음을 쳤다.
> '공동묘지 속에서 사니까 죽어서나 시원스런 데 가서 파묻히겠다는 것인가? 그러나 하여간에 구더기가 득시글득시글 하는 무덤 속이다. 모두가 구더기다. 너도 구더기, 나도 구더기다. 그 속에서도 진화론적 모든 조건은 한 초 동안도 거르지 않고 진행되겠지! 생존 경쟁이 있고, 자연 도태가 있고, 네가 잘났느니 내가 잘났느니 하고 으르렁댈 것이다. 그러나 조만간 구더기는 낱낱이 해체가 되어서 원소가 되거나 흙이 될 것이다. 에잇! 뒈져라! 움도 싹도 없이 스러져 버려라! 망할 대로 망해 버려라! 사태가 나든지 망해 버리든지 양단간에 끝장이 나고 보면 그중에서 혹은 조금이라도 쓸모 있는 나은 놈이 생길지도 모를 것이다.'
>
> [뒷부분 줄거리] 서울에 도착한 '나'는 병석에 누운 아내를 보지만 불편하기만 하다. 또 현대 의학으로 고칠 수 있는 병을 방치한 아버지와 주변 사람들의 무지에 환멸을 느끼지만 적극적으로 바꾸려고 하지 않는다. 며칠 후 아내가 숨지고, '나'는 아내의 장례를 치르고 서둘러 도쿄로 떠나려고 하지만 집안 식구의 만류로 발이 묶인다. 그 사이에 일본에서 새로운 생활을 찾아 대학에 진학하겠다는 술집 여급인 정자의 편지가 오고, '나'는 그녀의 새 출발을 축하하는 의미에서 돈을 부쳐 준다. 집안이고 사회고 구더기가 끓는 공동 묘지 같은 조선을 떠나고 싶어 하는 '나'는 불쌍한 아내, 사랑보다 연민이 앞섰던 가련한 아내를 생각하면서 탈출하듯 다시 도쿄로 떠난다.
>
> – 염상섭, 「만세전」

19 윗글에서 '무덤'과 '구더기'는 '나'의 현실 인식이 반영된 대상물이다. '무덤'과 '구더기'가 상징하는 바를 각각 한 문장으로 서술하시오.

ⓐ '무덤' ⇒ _____

ⓑ '구더기' ⇒ _____

〈유의 사항〉
– ⓐ는 20자, ⓑ는 25자 이내의 한 문장으로 기술할 것(공백 제외)

20 다음의 〈보기 2〉는 일제 강점기 조선의 암담한 현실에 대해 〈보기 1〉의 시적 화자와 윗글의 '나'가 바라보는 태도를 비교하여 설명한 것이다. 빈칸에 들어갈 단어를 차례대로 쓰시오.

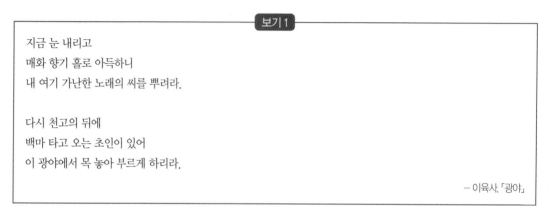

보기 1

지금 눈 내리고
매화 향기 홀로 아득하니
내 여기 가난한 노래의 씨를 뿌려라.

다시 천고의 뒤에
백마 타고 오는 초인이 있어
이 광야에서 목 놓아 부르게 하리라.

— 이육사, 「광야」

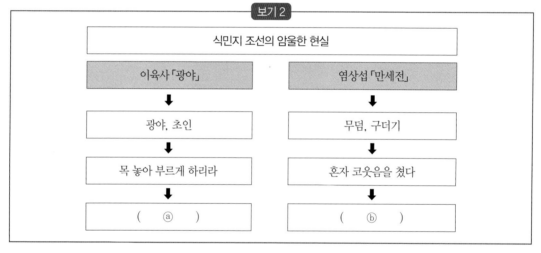

보기 2

식민지 조선의 암울한 현실

이육사 「광야」	염상섭 「만세전」
↓	↓
광야, 초인	무덤, 구더기
↓	↓
목 놓아 부르게 하리라	혼자 코웃음을 쳤다
↓	↓
(ⓐ)	(ⓑ)

[21~22] 다음 글을 읽고 물음에 답하시오.

여관에 들어서자 우리는 모든 프로가 끝나 버린 극장에서 나오는 때처럼 어찌 할 바를 모르고 거북스럽기만 했다. 여관에 비한다면 거리가 우리에게는 더 좁았던 셈이었다. 벽으로 나뉜 방들, 그것이 우리가 들어가야 할 곳이었다.

"모두 같은 방에 들기로 하는 것이 어떻겠어요?"

내가 다시 말했다.

"난 지금 아주 피곤합니다."

안이 말했다.

"방은 각각 하나씩 차지하고 자기로 하지요."

"혼자 있기가 싫습니다."

라고 아저씨가 중얼거렸다.

"혼자 주무시는 게 편하실 거예요."

안이 말했다.

우리는 복도에서 헤어져서 사환이 지적해 준, 나란히 붙은 방 세 개에 각각 한 사람씩 들어갔다.

"화투라도 사다가 놉시다."

헤어지기 전에 내가 말했지만,

"난 아주 피곤합니다. 하시고 싶으면 두 분이나 하세요."

라고 안은 말하고 나서 자기의 방으로 들어가 버렸다.

"나도 피곤해 죽겠습니다. 안녕히 주무세요."

라고 나는 아저씨에게 말하고 나서 내 방으로 들어갔다.

ⓐ숙박계엔 거짓 이름, 거짓 주소, 거짓 나이, 거짓 직업을 쓰고 나서 사환이 가져다 놓은 자리끼를 마시고 나는 이불을 뒤집어썼다. 나는 꿈도 안 꾸고 잘 잤다.

다음 날 아침 일찍이 안이 나를 깨웠다.

"그 양반, 역시 죽어 버렸습니다."

안이 내 귀에 입을 대고 그렇게 속삭였다.

"예?"

나는 잠이 깨끗이 깨어 버렸다.

"방금 그 방에 들어가 보았는데 역시 죽어 버렸습니다."

"역시……."

나는 말했다.

"사람들이 알고 있습니까?"

"아직까진 아무도 모르는 것 같습니다. 우린 빨리 도망해 버리는 게 시끄럽지 않을 것 같습니다."

"자살이지요?"

"물론 그것이겠죠."

나는 급하게 옷을 주워 입었다. 개미 한 마리가 방바닥을 내 발이 있는 쪽으로 기어 오고 있었다. 그 개미가 내 발을 붙잡으려고 하는 것 같은 느낌이 들어서 나는 얼른 자리를 옮겨 디디었다.

밖의 이른 아침에는 싸락눈이 내리고 있었다. 우리는 할 수 있는 한 빠른 걸음으로 여관에서 떨어져 갔다.

"난 그 사람이 죽으리라는 걸 알고 있었습니다."

안이 말했다.

"난 짐작도 못했습니다."

라고 나는 사실대로 얘기했다.

"난 짐작하고 있었습니다."

그는 코트의 깃을 세우며 말했다.

"그렇지만 어떻게 합니까?"

"그렇지요. 할 수 없지요. 난 짐작도 못 했는데……"

내가 말했다.

"짐작했다고 하면 어떻게 하겠어요?"

그가 내게 물었다.

"어떻게 합니까? 그 양반 우리더러 어떡하라는 건지……"

"그러게 말입니다. 혼자 놓아두면 죽지 않을 줄 알았습니다. 그게 내가 생각해 본 최선의 그리고 유일한 방법이었습니다."

"난 그 양반이 죽으리라고는 짐작도 못 했다니까요. 약을 호주머니에 넣고 다녔던 모양이군요."

안은 눈을 맞고 있는 어느 앙상한 가로수 밑에서 멈췄다. 나도 그를 따라서 멈췄다. 그가 이상하다는 얼굴로 나에게 물었다.

"김 형, 우리는 분명히 스물다섯 살짜리죠?"

"난 분명히 그렇습니다."

"나두 그건 분명합니다."

그는 고개를 한번 기웃했다.

"두려워집니다."

"뭐가요?"

내가 물었다.

"그 뭔가가, 그러니까……."

그가 한숨 같은 음성으로 말했다.

"우리가 너무 늙어 버린 것 같지 않습니까?"

"우린 이제 겨우 스물다섯 살입니다."

나는 말했다.

"하여튼……."

하고 그가 내게 손을 내밀며 말했다.

"자, 여기서 헤어집시다. 재미 많이 보세요."

하고 나도 그의 손을 잡으며 말했다.

우리는 헤어졌다. 나는 마침 버스가 막 도착한 길 건너편의 버스 정류장으로 달려갔다. 버스에 올라서 창으로 내다보니 안은 앙상한 나뭇가지 사이로 내리는 눈을 맞으며 무언지 곰곰이 생각하고 서 있었다.

- 김승옥, 「서울, 1964년 겨울」

21 윗글의 ⓐ에서 작가가 전달하고자 하는 현대인의 성향을 한 단어로 쓰시오.

22 윗글에서 '나'와 '안'이 외면한 '사내의 죽음'을 통해 작가가 말하고자 하는 주제 의식을 두 단어로 쓰시오.

[23~24] 다음 글을 읽고 물음에 답하시오.

　구보가 머리를 돌렸을 때, 그는 그 곳에, 지금 막 차에 오른 듯싶은 한 여성을 보고, 그리고 신기하게 놀랐다. 집에 돌아가, 어머니에게 오늘 전차에서 '그 색시'를 만났죠 하면, 어머니는 응당 반색을 하고, 그리고 "그래서 그래서", 뒤를 캐어물을 게다. 그가 만약 오직 그뿐이라고라도 말한다면, 어머니는 실망하고, 그리고 그를 주변머리 없다고 책할지도 모른다. 그러나 누가 그 일을 알고, 그리고 아들을 졸(拙)하다고라도 말한다면, 어머니는, 내 아들은 원체 얌전해서……. 그렇게 변호할 게다.

　구보는 여자와 시선이 마주칠까 겁(怯)하여, 얼토당토않은 곳을 보며, 저 여자는 내가 여기 있는 것을 보았을까, 하고 생각한다.

〈중략〉

　그는 결코 대담하지 못한 눈초리로, 비스듬히 두 칸 통 떨어진 곳에 앉아 있는 여자의 옆얼굴을 곁눈질하였다. 그리고 다음 순간, 그와 눈이 마주칠 것을 겁하여 시선을 돌리며, 여자는 혹은 자기를 곁눈질한 남자의 꼴을, 곁눈으로 느꼈을지도 모르겠다고, 그렇게 생각하여 본다. 여자는, 남자를 그 남자라 알고, 그리고 남자가 자기를 그 여자라 안 것을 알고 있을지도 모른다. 이러한 경우에, 나는 어떠한 태도를 취해야 마땅할까 하고, 구보는 그러한 것에 머리를 썼다. 알은체를 하여야 옳을지도 몰랐다. 혹은 모른 체하는 게 정당한 인사일지도 몰랐다. 그 둘 중에 어느 편을 여자는 바라고 있을까. 그것을 알았으면, 하였다. 그러다가, 갑자기, 그러한 것에 마음을 태우고 있는 자기가 스스로 괴이하고 우스워, 나는 오직 요만 일로 이렇게 흥분할 수가 있었던가 하고 스스로를 의심해 보았다. 그러면 나는 마음속 그윽이 그를 생각하고 있었던지도 모르겠다고 생각해 보았다. 그러나 그가 여자와 한 번 본 뒤로, 이래 일 년간, 그를 일찍이 한 번도 꿈에 본 일이 없었던 것을 생각해 내었을 때, 자기는 역시 진정으로 그를 사랑하고 있는 것은 아닌지도 모르겠다고, 그러한 생각이 들었다. 만약 그렇다면 자기가 여자의 마음을 헤아려 보고, 그리고 이리저리 공상을 달리고 하는 것은, 이를테면, 감정의 모독이었고, 그리고 일종의 죄악이었다.

〈중략〉

　행복은 그가 그렇게도 구하여 마지않던 ㉠행복은, 그 여자와 함께 영구히 가 버렸는지도 모른다. 여자는 자기에게 던져 줄 행복을 가슴에 품고서, 구보가 마음의 문을 열어 가까이 와 주기를 갈망하였는지도 모른다. 왜 자기는 여자에게 좀더 대담하지 못하였나. 구보는, 여자가 가지고 있는 온갖 아름다운 점을 하나하나 세어보며, 혹은 이 여자 말고 자기에게 행복을 약속해 주는 이는 없지 않을까, 하고 그렇게 생각하였다.

방향판을 한강교로 갈고 전차는 훈련원을 지났다. 구보는 자리에 앉아, 주머니에서 오 전 백동화(白銅貨)를 골라 꺼내면서, 비록 한 번도 꿈에 본 일은 없었더라도, 역시 그가 자기에게는 유일한 여자가 아닐까 하고 생각해 본다.

– 박태원, 「소설가 구보 씨의 일일」

23 위 작품의 ㉠과 〈보기〉의 ㉡은 각각 '구보'와 '나'가 소망하는 대상인데, 이를 바라보는 정서적 차이점을 서술하시오.

보기

마침내 나는 ㉡너에게로 간다
아주 먼 데서 나는 너에게 가고
아주 오랜 세월을 다하여 너는 지금 오고 있다
아주 먼 데서 지금도 천천히 오고 있는 너를
너를 기다리는 동안 나도 가고 있다
남들이 열고 들어오는 문을 통해
내 가슴에 쿵쿵거리는 모든 발자국 따라
너를 기다리는 동안 나는 너에게 가고 있다.

– 황지우, 「너를 기다리는 동안」

〈유의 사항〉
– '행복'과 '너'를 각 문장의 주어로, 25자 이내의 '대등하게 이어진문장'으로 기술할 것(공백 제외)

24 다음의 〈보기〉는 위 작품의 서술 방법과 그 효과를 설명한 것이다. 빈칸에 들어갈 말을 차례대로 쓰시오.

보기

이 작품은 시간의 순서와 논리성을 무시한 채 생각의 흐름에 따라 등장인물의 이야기를 전개하는 (ⓐ) 기법에 따라 서술하고 있다. 생각의 흐름대로 이어지는 서술 방법은 일제 강점하에서 무기력하게 살아가는 인물들의 (ⓑ)을/를 드러내는 데 효과적이다.

[25~26] 다음 글을 읽고 물음에 답하시오.

자진모리

　흥보가 들어간다, 흥보가 들어간다. 흥보 치레를 볼작시면 철대 부러진 헌 파립(破笠) 버레줄 총총 매여 조사 갓끈 달아 쓰고 편자 떨어진 헌 망건(網巾) 밥풀 관자(貫子) 노당줄을 뒤통 나게 졸라매고 떨어진 헌 도포(道袍) 실띠로 총총 이어 고픈 배 눌러 띠고 한 손에다가 곱돌 조대를 들고 또 한 손에다 가는 떨어진 부채 들고 죽어도 양반(兩班)이라고 여덟 팔자걸음으로 엇비식이 들어간다.

┌─────────────┐
│　　　ⓐ　　　│
└─────────────┘

　흥보가 들어가며 별안간 걱정이 하나 생겼지. "내가 아모리 궁핍(窮乏)할망정 반남 박씨(潘南朴氏) 양반인듸 호방을 보고 허재를 하나 존경(尊敬)을 할까. 아서라 말은 하되 끝은 짓지 말고 웃음으로 얼리는 수밖에 없다." 질청으로 들어가니 호방이 문(門)을 열고 나오다가, "박 생원(朴生員) 들어오시오.", "호방 뵌 지 오래군.", "어찌 오셨소.", "양도(糧道)가 부족(不足)해서 환자 한 섬만 주시면 가을에 착실히 갚을 테니 호방 생각이 어떤는지. 하하하.", "박 생원, 품 하나 팔아 보오.", "돈 생길 품이라면 팔고말고.", "다른 게 아니라 우리 고을 좌수(座首)가 병영영문(兵營營門)에 잡혔는듸 좌수 대신 가서 곤장(棍杖) 열 대만 맞으면 한 대에 석 냥씩 설흔 냥은 꼽아 논 돈이오. 마삯까지 닷 냥 제시했으니 그 품 하나 팔아 보오.", "돈 생길 품이니 가고말고, 매품 팔러 가는 놈이 말 타고 갈 것 없고 내 발로 다녀올 테니 그 돈 닷 냥을 나를 내어 주지."

중모리

　저 아전(衙前) 거동(擧動)을 보아라. 궤(櫃) 문을 철컹 열고 돈 닷 냥을 내어 주니 흥보가 받아 들고, "다녀오리다.", "평안(平安)히 다녀오오." 박흥보 좋아라고 질청 밖으로 썩 나서서, "얼씨구나 좋구나 돈 봐라 돈 돈 봐라 돈돈 돈돈돈 돈을 봐라 돈. 이 돈을 눈에 대고 보면 삼강오륜(三綱五倫)이 다 보이고 조금 이따 나는 지화를 손에다 쥐고 보면 삼강오륜이 끊어져도 보이는 건 돈밖에 또 있느냐. 돈돈돈 돈 봐라 돈." 떡국집으로 들어를 가서 떡국 한 푼어치를 사서 먹고 막걸릿집으로 들어를 가서 막걸리 두 푼어치를 사서 먹고 어깨를 느리우고 죽통을 빼뜨리고, "대장부(大丈夫) 한 걸음에 엽전(葉錢) 설흔닷 냥이 들어를 간다. 얼씨구나 돈 봐라." 저의 집으로 들어가며, "여보게 마누라, 집안 어른이 어딜 갔다가 집 안이라고서 들어오면 우루루루루루 좇아 나와서 영접(迎接)하는 게 도리(道理) 옳지. 계집 이 사람아 당돌(唐突)이 앉아서 좌이부동(坐而不動)이 웬일인가, 에라 이 사람 몹쓸 사람."

중중모리

　흥보 마누라 나온다 흥보 마누라 나온다. "아이고 여보 영감, 영감 오실 줄 내 몰랐소. 어디 돈 어디 돈 돈 봅시다 돈 봐.", "놓아두어라 이 사람아, 이 돈 근본(根本)을 자네 아나. 잘난 사람도 못난 돈 못난 사람도 잘난 돈 맹상군(孟嘗君)의 수레바퀴처럼 둥글둥글 생긴 돈 부귀공명(富貴功名)이 붙은 돈, 이놈의 돈이 아나 돈아 어디를 갔다가 이제 오느냐 얼씨구나 절시구 돈돈돈 돈돈돈 돈 봐라."

┌─────────────┐
│　　　ⓐ　　　│
└─────────────┘

　"이 돈 가지고 쌀팔고 고기 사서 육죽을 누구름하게 열한 통만 쑤소." 육죽을 쑤어서 아이도 한 통 어른도 한 통 [A] 각기 한 통씩 먹여 노니 모두 식곤증(食困症)이 나서 앉은자리에서 고자백이 잠을 자는듸 죽 말국이 코끝에서 소주(燒酒) 후 주 내리듯 맹강맹강하겠다. 흥보 마누라가 이 틈을 타서 막내둥이를 하나 만들었지. "여보 영감, 이 돈이 무슨 돈이오. 돈 속이나 좀 압시다.", "이 돈이 다른 돈이 아닐세. 우리 고을 좌수가 병영 영문에 잡혔는듸 대신 가서 곤장 열 대만 맞으면 한 대에 석 냥씩 준다기에 대신 가기로 삯전으로 받아온 돈이제." 흥보 마누라가 이 말을 듣더니, "아이구 여보 영감, 중한 가장 매품 팔아 먹고산다는 말은 고금천지(古今天地) 어디 가 보았소."

– 작자 미상, 「흥보가」

25 다음의 〈보기〉에서 설명하는 내용이 잘 드러나는 부분을 윗글의 [A]에서 찾아 한 문장으로 쓰시오.

〈보기〉

우리의 설화, 고전 소설, 판소리, 탈놀이 등에는 해학이 풍부하게 드러난다. 우리는 이러한 해학 문화를 통해 선인들의 삶의 자세를 엿볼 수 있다. 선인들은 해학을 통해 악한 대상을 효과적으로 비판하거나 풍자했으며, 힘들고 슬픈 현실을 해학의 웃음으로써 씻어 내기도 했다. 또한 속마음을 재치 있게 드러내기 위해서 해학적 표현을 사용하기도 했다. 이와 같은 해학적 표현은 글을 읽는 독자나 공연을 보는 관객에게 재미와 흥취를 더하는 역할을 했다.

26 다음의 〈보기〉는 소리, 발림과 함께 판소리를 구성하는 주요 3요소 중 하나인 '이것'에 대한 설명이다. 윗글의 [ⓐ   ]에 공통적으로 들어가는 '이것'을 쓰시오.

〈보기〉

창의 중간중간에 이야기하듯 엮어 나가는 사설 부분으로 주로 사건의 변화, 시간의 경과, 작중 인물과의 대화, 인물의 심리 묘사 등을 전달한다.

[27~28] 다음 글을 읽고 물음에 답하시오.

나는 멍하니 서 있다. 양말을 벗고 바지를 걷어 올렸다. 현관 앞 신발들을 모두 신발장 안에 넣고, 컴퓨터와 티브이 등 가전제품의 콘센트를 뽑았다. 피아노 주위엔 마른 수건 몇 장을 단단히 둘러놓았다. 방바닥에 고인 물은 걸레로 훔쳐 내면 될 일이었다. 나는 걸레로 바닥을 닦은 뒤 세숫대야에 물을 짜내고 훔쳐 내는 일을 반복했다. 구정물은 화장실에 버리고, 마른 수건으로 한 번 더 물기를 없앴다. 순서대로 일을 처리하다 보니 언니 말대로 별일 아닌 것처럼 느꼈다. 조금쯤 내가 어른이 된 것 같은 기분도 들었다. 한바탕 집 안을 정리하고 숨을 돌리며 허리를 폈다. 그리고 상쾌한 표정으로 주위를 둘러봤다. 조금 전 물기를 닦아 낸 곳에 다시 빗물이 고여 있었다. 아까보다 더 많은 양이었다. 나는 하얗게 질려 언니에게 전화했다.

"언니."

언니가 주위 눈치를 보는 듯 조그맣게 대꾸했다.

"왜?"

나는 울먹이며 말했다.

"비 와."

언니가 한숨을 쉬며 답했다.

"그래, 아까도 말했잖아."

나는 아이처럼 훌쩍였다.

"응, 근데 자꾸 와."

언니는 조용히 나를 타이르며 집으로 갈 테니, 그때까지만 참으라고 했다.

"언제 올 건데?"

언니는 모르겠다고, 하지만 곧 가겠다는 말만 반복했다. 나는 전화를 끊고 손등으로 눈물을 훔쳤다. 물은 발등까지 차올랐다. 빗물에서 매캐하고 비릿한 도시 냄새가 났다. 주인집에 도움을 청할까 싶었지만, 너무 늦은 시간이었다. 어쨌든 다시 일을 시작해야 했다. 우선 컴퓨터 전선을 한데 묶어 서랍장 위에 올려놓았다. 그리고 쓰레받기를 이용해 빗물을 퍼내기 시작했다. 물은 계단과 창문을 타고 자꾸자꾸 들어왔다.

〈중략〉

물은 정강이까지 올라와 있었다. 책장 아래 칸의 책들은 빗물에 퉁퉁 불어 가고 있었다. 그중에는 언니가 아직 풀지 못한 영어 문제집도 있었다. 나는 가까스로 사내를 옮겨 피아노 의자 위에 누일 수 있었다. 사내는 평온한 표정을 지었다. 몸통이 기역 자로 꺾여, 발목은 물에 잠긴 채였다. 나는 한숨을 쉰 뒤 사내를 바라봤다. 양 볼이 불그스레한 게 좀 모자라 보였다. 한참 사내의 얼굴을 보고 있자니, 언니가 말한 이 얘기가 떠올랐다. 그러자 나도 사내의 이를 보고 싶다는 마음이 들었다. 신속하게, 잠깐만 보면 괜찮지 않을까 하고. 나는 사내의 입술을 향해 조심스럽게 손을 뻗었다. 그는 자세가 불편한지 돌아누웠다. 나는 다급히 손을 거두며 스스로를 책망했다. 셋방이 물에 잠겨 가는데 무슨 짓인가 싶었다. 빗물은 어느새 무릎까지 차 있었다. 나는 피아노가 물에 잠겨 가고 있다는 걸 깨달았다. 저대로 두다간 못 쓰게 될 것이 분명했다. 순간 '쇼바'를 잔뜩 올린 오토바이 한 대가 부르릉— 가슴을 긁고 가는 기분이 들었다. 오토바이가 일으키는 흙먼지 사이로 수천 개의 만두가 공기 방울처럼 떠올랐다 사라졌다. 언니의 영어 교재도, 컴퓨터와 활자 디귿도, 아버지의 전화도, 우리의 여름도 모두 하늘 위로 떠올랐다 톡톡 터져 버렸다. 나는 피아노 뚜껑을 열었다. 깨끗한 건반이 한눈에 들어왔다. 건반 위에 가만 손가락을 얹어 보았다. 엄지는 도, 검지는 레, 중지와 약지는 미 파. 아무 힘도 주지 않았는데 어떤 음 하나가 긴소리로 우는 느낌이 들었다. 나는 나도 모르게 손가락에 힘을 주었다.

"도—"

도는 긴소리를 내며 방 안을 날아다녔다. 나는 레를 짚었다.

"레—"

사내가 자세를 틀어 기억 자로 눕는 모습이 보였다. 나는 편안하게 피아노를 연주하기 시작했다. 하나 둘 손끝에서 돋아나는 음표들이 눅눅했다.

"솔 미 도레 미파솔라솔라솔……"

물에 잠긴 페달이 뭉텅뭉텅 공기 방울이 새어 나왔다. 음은 천천히 날아올라 어우러졌다 사라졌다.

"미미 솔 도라 솔……"

사내의 몸에서 만두처럼 김이 모락모락 피어났다. 빗줄기는 거세졌다 잦아지길 반복하고, 검은 비가 출렁이는 반지하에서 나는 피아노를 치고, 발목이 물에 잠긴 채 그는 어떤 꿈을 꾸는지 웃고 있었다.

– 김애란, 「도도한 생활」

27 윗글에서 나타난 문제 상황에 대한 '나'의 반응을 〈보기〉와 같이 도식화 할 때, 반응이 변하게 된 계기가 무엇인지 다음의 핵심어를 사용하여 기술하시오.

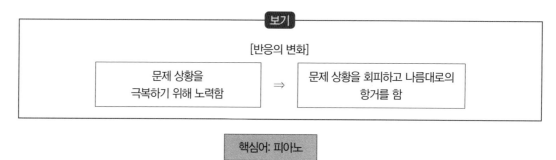

〈유의 사항〉

– 25자 이내의 한 문장으로 기술할 것(공백 제외)

28 윗글에서 '나'가 빗물을 퍼내는 과정에서 느낀 도시 생활의 고단함과 비정함을 후각적으로 나타낸 표현을 찾아 4어절로 쓰시오.

[29~30] 다음 글을 읽고 물음에 답하시오.

내가 감히 존재의 테이블을 갖겠다고 생각한 것은 바슐라르를 흉내 내려는 치기에서가 아니다. 아마도 그가 이룬 업적이나 성공보다는 한 인간으로서 고통과 외로움을 이겨 내는 방식에 대해 더 깊이 공감했기 때문일 것이다. 그리고 내게도 그런 자리가 필요하다면 이렇게 자그마하고 나지막한 테이블일 거라고 생각하면서 나는 그것을 샀다. 다리는 접었다 폈다 조립이 가능하고, 둥근 판 위에는 작은 꽃문양을 새겨 넣은 테이블이었다.

그 테이블을 사는 순간 어찌나 행복했던지 그것만으로도 인도에 온 보람이 있다고 생각할 정도였다. 그러나 행복함은 차차 후회로 변해 갔다. 여행 초기에 커다란 짐 하나가 생긴 셈이니 여행 내내 나는 그것을 끌고 다니느라 여간 고생을 한 게 아니었으니까. 존재의 자리를 낙타의 혹처럼 자기 등 뒤에 짊어지고 다니는 내 모습이라니! 그처럼 우매한 충동과 집착이 또 어디 있을까 싶었다.

그 테이블을 사지 않고도, 이미 집에 있는 테이블로도 충분히 만들 수 있는 존재의 자리를 나는 왜 그 테이블이 아니면 안 될 것처럼 생각했던 것일까. 그것은 아마도 오랫동안 자기 존재의 자리를 잃어버린 채 생활에 휘둘려 살아가고 있다는 위기감 때문이었을 것이다. 그리고 아무리 큰 집을 가졌다 해도 그 속에 정작 존재의 자리를 갖지 못한 사람들보다는 덜 우매해지려는 욕심에서였을 것이다.

이런 쓸쓸한 자부심이 그 테이블에는 깃들어 있다. 그런데 문제는 '존재의 테이블'을 인도에서 한국 땅까지 끌고 와서 집 안에 들여놓은 후에도 그 앞에 앉을 시간을 그리 많이 갖지 못했다는 것이다. 아주 오래도록 거기에 앉지 못할 때도 있었다. 그럴 때는 바로 곁에 있는 그 테이블이 아주 멀리, 그것이 만들어진 인도보다도 멀리 있는 것처럼 느껴진다. 새겨진 꽃문양 사이사이로 먼지가 끼어 가는 걸 보면서 내 마음이 그 모습 같거니 생각할 때도 많았다. 그토록 애착을 느꼈으면서도 어느 순간 잡동사니 속에 함부로 굴러다니며 삐걱거리게 된 그 테이블을 볼 때마다 나는 새삼 쓸쓸해지고는 한다.

매일 학교에 갔다가 부랴부랴 돌아와 밥하고 청소하고 빨래하고 아이들 챙겨서 재우고 나면 자정이 넘어 버리는 일상 속에서 그 앞에 앉기란 사실 쉬운 일이 아니다. 행복하면 그 짧은 행복을 즐기느라. 고통스러우면 그 지루한 고통에 진절머리를 치느라 그 앞에 가 앉지 못했다. '존재의 테이블'을 장만한 뒤에도 존재의 자리는 쉬이 생기지 않았다.

그러다가도 그 삐걱거리는 ⓐ테이블을 잘 만져서 바로잡고 아주 공들여서 먼지를 닦는 날이 있다. 그러면 나는 내가 닦고 있는 것이 테이블이 아니라 실은 하나의 거울이라는 것을 알게 된다. 내가 지금 어디에 어떻게 앉아 있는가를 가장 잘 비추어 주는 거울. 그리고 힘든 일이 닥칠수록 그 테이블만큼 더 작아지고 고요해지는 것이 필요하다고 넌지시 일러 주는 거울.

그렇게 잘 닦고 나면 다시 그 앞에 앉을 엄두도 나는 것이다.

볕이 잘 드는 창문 쪽으로 그 테이블을 가져다 놓고 두 손을 씻고……. 이렇게 누추한 생활에서 간신히 스스로를 건져 올려 그 앞에 데려다 놓는다. 그 드문 순간들에야 비로소 나는 고통스러우면서도 행복하다는 것이 무엇인지를 어렴풋하게나마 느끼게 된다.

– 나희덕, 「존재의 테이블」

29 '나'의 삶에서 '존재의 테이블'이 갖는 의미를, 윗글의 주제 의식을 반영하여 두 단어로 기술하시오.

30 다음의 〈보기〉에서 ⓐ의 '테이블'과 같은 역할을 하는 대상을 찾아 쓰시오.

> 보기
>
> 파란 녹이 낀 구리거울 속에
> 내 얼굴이 남아 있는 것은
> 어느 왕조(王朝)의 유물(遺物)이기에
> 이다지도 욕될까.
>
> 나는 나의 참회(懺悔)의 글을 한 줄에 줄이자.
> ─ 만 이십사 년 일 개월을
> 무슨 기쁨을 바라 살아왔던가.
>
> 내일이나 모레나 그 어느 즐거운 날에
> 나는 또 한 줄의 참회록(懺悔錄)을 써야 한다.
> ─ 그때 그 젊은 나이에
> ─ 왜 그런 부끄런 고백(告白)을 했던가.
> 밤이면 밤마다 나의 거울을
> 손바닥으로 발바닥으로 닦아 보자.
>
> 그러면 어느 운석(隕石) 밑으로 홀로 걸어가는
> 슬픈 사람의 뒷모양이
> 거울 속에 나타나 온다.
>
> ─ 윤동주, 「참회록」

[31~32] 다음 글을 읽고 물음에 답하시오.

　예로부터 하늘과 땅은 어질지가 않다[天地不仁]는 말이 있다. 온갖 생물을 낳고 기르면서도 그 생물들 가운데 어느 것을 편들거나 어느 것을 떼치거나 하지 않고 자연에 그대로 맡긴다는 뜻이다. 서양의 한 자연주의 작가 역시 자연은 인간의 운명에 대해 관심을 두지 않는다고 말한 적이 있다. 이를테면 큰 잉어가 어린 붕어를 먹고, 큰 붕어가 어린 피라미를 먹고, 큰 피라미가 어린 송사리를 먹고, 큰 송사리가 어린 생이를 먹고 살더라도 말리지 않으며, 넓고 넓은 바닷가의 오막살이집에서 늙은 아비가 고기잡이를 하며 철모르는 딸과 함께 살다가 배가 뒤집혀 돌아오지 않는다고 하더라도 모르쇠를 댄다는 것이다.

그러고 보면 '자연스럽다'라는 말처럼 매몰스럽고 정나미가 떨어지는 말도 드물 걸 같다. 그러나 그것은 어디까지나 인간의 이기주의적인 생각에 지나지 않는다. 자연은 인간의 힘을 더하지 않은 채 우주 사이에 저절로 된 그대로 그냥 있는 것이 제 본성이기 때문이다.

아무 데나 나는 풀도 이름이 없는 풀은 없다고 한다. 그러나 농부는 저마다 논밭에 심고 가꾸는 것이 아닌 것은 죄다 잡풀이라고 한다. 자기에게 필요할 때는 나물도 되고 화초도 되고 약초도 되고 목초도 되고 거름도 되고 하는 풀도 필요가 없을 때는 잡풀이 되는 것이다. 잡풀로 그치는 것만도 아니다. 논밭에 나서 서로가 살려고 작물과 경쟁을 할 때는 여지없이 농부의 원수가 되어 낫에 베이거나 호미에 뽑히거나 농약에 마르거나 하여 덧없이 죽어 가기 마련이다. 논밭의 작물은 주인의 발걸음 소리에 자란다는 말을 들을 때 잡풀의 서러움은 그 무엇에 견주어 말한대도 성에 찰 리가 없을 터이다.

나는 장마 전에 시골집에 가서 고추밭과 집터서리에 뒤덮인 잡풀을 이틀에 걸쳐서 뽑고 베고 하였다. 장마가 지면 고추밭이 풀밭이 되고 울안의 빗물도 빠지지 않아서 나간 집이나 다름이 없어질 터이기 때문이었다. 풀을 뽑고 베는 동안에 팔과 다리에 '풀독'이 올랐다. 뽑히고 베일 때 성이 난 풀잎에 팔과 다리가 긁히더니 이윽고 벌겋게 부르트면서 옻이나 옴이 오른 것처럼 가렵고 따갑고 쓰라려서 안절부절못하게 된 거였다.

약국에서는 접촉성 피부염이라면서 먹는 약과 바르는 약을 주었지만, 열흘이 지나고 보름이 지나도 가라앉지 않았다. 누구는 병원의 주사 한 방이면 직방으로 나을 텐데 미련을 떤다고 흉을 보기도 했다. ㉠그러나 장마가 끝나도록 병원을 찾지 않았다.

한갓 잡풀일망정 뽑히고 베일 때 왜 느낌이 없을 수 있겠는가. 느낌이 있다면 왜 가만히 있을 수 있겠는가. 자연스럽다는 것은 본디 인간의 뜻과 무관한 것이 아니었던가. 풀독은 근 달포나 되어서야 자연스럽게 가라앉았다.

– 이문구, 「성난 풀잎」

31 다음의 〈보기〉는 풀독이 오르기 전과 오른 후에 뒤바뀐 글쓴이의 인식 변화를 설명한 것이다. 빈칸에 들어갈 말을 차례대로 쓰시오.

보기

인간 중심의 (　　ⓐ　　) 사고가 생명을 존중하는 (　　ⓑ　　) 사고로 전환되었다.

32 윗글의 글쓴이가 풀독이 오른 후에도 ㉠처럼 행동한 이유가 무엇 때문인지 서술하시오.

〈유의 사항〉

– 15자 이내로 기술할 것(공백 제외)

[33～34] 다음 글을 읽고 물음에 답하시오.

다링: 마침내 결정한 거예요?

기임: 그래, 함께 가서 살기로 했어.

다링: (살림 도구들이 있는 곳에서 접시, 그릇, 찻잔들을 가져와 낡은 짐 가방에 담으며) 무조건 다 가져가요.

기임: (다링이 담은 것들을 다시 꺼내 놓으며) 아냐, 반절만 내 것인걸!

다링: 둘이서 함께 쓰던 물건은 어쩌려구요? 반절로 나눌 수도 없잖아요.

　

　자앙과 운전수, 손수레에 상자를 싣고 창고 안으로 들어온다.

　

운전수: 우린 트럭에 상자들을 다 옮겼어. 그런데 너희는 짐도 안 싸고 뭘 했지?

자앙: 짐이라니……?

기임: 으음, 그렇게 됐어. 오늘 나는 이 창고 속을 떠난다구!

자앙: 정말 가는 거야? 이렇게 갑자기……?

기임: 미안해! 그런데 막상 떠나려니까 조금은 서운하군.

　　　(창고 안을 둘러보며) 너하고 여기서 얼마나 살았더라……? 몇십 년은 훨씬 더 될 거야, 아마…….

자앙: 그래…… 우린 철부지 시절부터 이 창고지기였어.

기임: 언제나 너는 나를 고맙게도 보살펴 줬지.

자앙: 날 의붓어미라고 미워했으면서 뭘…….

기임: 진짜로 미워한 건 아니잖아?

자앙: 나도 알아. (기임을 껴안는다.) 제발 가지 말아! 이 창고도, 나도, 전혀 달라진 게 없잖아?

기임: 그건 안 돼. 이 창고는 더 이상 내가 살 곳이 아냐.

운전수: 남자들끼리 헤어지면서 무슨 말이 그렇게 많아? (창고 밖으로 나가며) 시간 없어! 나 먼저 트럭에 가서 있을 테니까 너희는 어서 짐 싸 들고 나와!

〈중략〉

　창고 밖으로 떠나는 것이 즐겁다는 듯이 기임의 환호성이 들린다. 트럭 운전수와 다링의 웃음소리도 들린다. 잠시 후, 트럭이 경음기를 울리며 떠나는 소리가 들린다. 창고는 조용해진다. 자앙, 식탁 앞에 힘없이 주저앉는다. 늙고 허약해진 모습이다. 그는 식탁 위에 놓여 있는 ㉠북어 대가리를 물끄러미 바라본다.

　

자앙: 그래, 나도 너처럼 머리만 남았군. 그저 쓸쓸하고…… 허무한 생각으로 가득 찬…… 머리만…… 덜렁…… 남은 거야. (두 손으로 북어 대가리를 집어서 얼굴 가까이 마주 바라보며) 말해 보렴, 네 눈엔 내가 어떻게 보이는지? 그토록 오랜 나날…… 나는 이 어둡고 조그만 창고 속에서…… 행복했었다. 상자들을 옮겨 오고…… 내보내며…… 내가 맡고 있는 일을 성실하게 잘 하고 있다는 뿌듯함…… 그게 내 삶을 지탱해 왔었는데……. 그러나 만약에…… 세상이 엉뚱하게 잘못되고 있는 것이라면…… 이 창고 속에서의 성실함이…… 무슨 소용 있는 거지? (사이) 북어 대가리야, 왜 말이 없냐? 멀뚱멀뚱 바라만 볼 뿐 왜 대답이 없어? (북어 대가리를 식탁 위에 내려놓는다.) 아냐, 내 의심은 틀린 거야. 덜렁 남은 머릿속의 생각만으로 세상을 잘못됐다구 판단해선 안 돼. (손수레에 실린 상자들을 옮겨 놓아라! 정확하게 쌓아! 틀리면 안 돼! 단 하나의 착오도 없게, 절대로 틀려서는 안 된다!

자앙, 느릿느릿 정성을 다해 상자들을 쌓는다. 무대 조명, 서서히 자앙에게 압축되면서 암전한다.

– 이강백, 「북어 대가리」

33 윗글에서 창고에 혼자 남은 자앙의 처지와 심리를 고려하여, ⊙의 '북어 대가리'가 의미하는 현대인의 삶의 모습을 기술하시오.

〈유의 사항〉

– 25자(±5)로 기술할 것(공백 제외)

34 위 작품에 대한 〈보기 1〉의 감상 내용을 바탕으로 〈보기 2〉의 빈칸에 알맞은 말을 차례대로 쓰시오.

보기1

이 작품은 인간의 이성과 육체를 두 명의 인물로 형상화하여, 한 개인의 내면 풍경을 그려 내고 있다. 두 인물은 창고라는 한 인간의 공간에서 오랫동안 함께해왔다. 인간의 이성은 육체를 통제하려 하기 때문에, 이 작품에서도 이성적 자아가 우위에 있는 모습을 보인다. 그러나 육체적 자아를 상실하면 인간은 존재감을 상실하고 무기력한 존재로 남게 된다. 이 작품 역시 그러한 인간의 내면을 드러내고 있다.

보기2

• 성실함을 중요하게 생각하는 자앙은 (ⓐ) 자아를, 현실적 행복을 찾아 떠나는 기임은 (ⓑ) 자아를 상징한다.

• 자앙이 자신을 보살펴 주었다는 기임의 말을 통해 (ⓒ) 자아가 (ⓓ) 자아보다 우위에 있는 모습을 확인할 수 있다.

• 자앙이 쓸쓸하고 허무한 생각으로 가득 찬 자신을 북어 대가리와 같다고 느끼는 것을 통해 (ⓔ) 자아를 상실하면 무기력한 존재로 남게 됨을 확인할 수 있다.

[35~36] 다음 글을 읽고 물음에 답하시오.

[앞 부분의 줄거리] 판문점 내 공동 경비 구역 북측 초소에서 총격전이 벌어져 중립국 감독 위원회가 조사를 벌인다. 조사 과정에서 북측 병사인 경필과 우진, 남측 병사인 수혁과 성식이 공동 경비 구역 북측 초소와 벙커에서 자주 만났다는 사실이 드러난다.

S# 60. 돌아오지 않는 다리(밤)

걷는 두 사람의 네 발을 길게 따른 카메라. 군사 분계선에 도착하면 그중 발 하나가 벽돌 너머를 디디려다 허공에서 잠시 머뭇거리더니, 홱 돌려 도로 남쪽으로 돌아온다.

성식: (속삭이는 목소리) 저…… 안 가면 안 될까요?
수혁: (자못 진지한 목소리) 뭐? 야, 넌 지금 분단의 반세기…… 음…… 오욕과 고통의 세월을 뛰어넘어…… 에…… 통일의 물꼬를 트러 가는 거야.
성식: (목소리) …… 나중에…… 트면 안 될까요?

고개를 푹 떨구는 성식, 고개 숙인 채 곁눈질로 분계선을 내려본다. 분계선과 이미 넘어가 있는 수혁의 다리가 보인다. 조심스레 한 다리를 움직이는 성식. 분계선 너머로 내려오는 성식의 군화 발바닥 클로즈업*에서 프리즈 프레임*.
잠시 후 - 경필과 우진, 수혁과 성식을 반갑게 맞는다.

경필: (손을 내밀며) 얘기 많이 들었다. 나 오경필이야.

반응이 없어 어색해지는 경필. 머뭇거리는 성식, 불안한 듯 손은 권총 손잡이에 가 있다. 수혁이 눈치를 주자 손을 떼는 성식. 경필을 향해 멋쩍게 웃어 보이는 수혁. 마주 보며 억지로 웃으려고 노력하는 경필과 우진. 식은땀을 흘리는 성식. 성식의 손 클로즈업. 주저하다가 드디어 권총을 포기하고 앞으로 뻗어 나간다. 성식의 손을 굳게 쥐고 흔드는 경필, 갑자기 성식을 확 끌어당긴다. 끌려와서 팍 안기는 성식의 놀란 얼굴.

경필: 반갑다.

포옹을 풀면서 성식의 어깨를 잡고 밀어내는 경필. 밀려나는 성식, 무릎이 풀리면서 풀썩 주저앉는다.

(중략)

S# 62. 벙커(밤)

경필: (수혁에게) 갖구 왔니? (수혁에게서 맛동산을 받아들며 기쁘게) 왜 공화국은 이런 거 못 만드나 몰라?

경필, 봉지를 가운데 놓고 두 손바닥으로 박수치듯 때린다. 봉지 터지는 소리 대신 딱! 하고 호두 껍질 빠개지는 소리. 경필이 권총 손잡이로 호두를 깨는 중이다. 옆에서는 우진이 총알 다섯 개로 공기놀이를 하고 있다. 손등에 오른 총알 하나가 굴러떨어진다. 땅을 치는 우진, 환호하는 수혁과 성식. 혀를 차는 경필.

우진: (총알들을 팽개치며 성식에게) 아이 씨, 그냥 돌 갖구 하자니까!
성식: (총알을 거두며) 이게 뭐 어렵다구 그래?

공기놀이를 시작하는 성식, 완벽한 테크닉으로 순식간에 다섯 바탕을 끝내 버린다. 경탄하는 경필과 우진, 으쓱하는 수혁.

(중략)

S# 70. 북측 초소(밤)

수혁: 형, 정말 어제 무슨 일이 나려고 했던 거야?
경필: 낸들 알갔니. 미국 놈들이 폭격을 정말 하면 도리 없는 거지, 뭐.
성식: 그러니까 핵무기, 미사일 그런 거 안 만들면 되잖아.
경필: (버럭 소리 지르며) 아, 그걸 내가 만드냐?
성식: (덩달아 언성을 높이며) 왜 화를 내고 그래요?
우진: 전쟁 얘기 좀 그만해요. 무섭단 말이에요.
경필: (차분해지며) 부모님께 편지나 한 통씩 써. 수정이한테두 쓰구.
수혁: 정말로 전쟁이 나면 어쩌지? (경필과 우진을 보며) 우리도…… 서루 쏴야 돼?

잠시 아무도 말이 없다.

경필: 난 안 쏜다구 장담 못 한다.
수혁: 형은 그렇지 모르지만 난 안 쏠 거예요.
우진: 우리끼리는 절대 쏘지 맙시다.
성식: 그래. 최소한 우리끼리는…….
우진: (좋은 생각이 났다는 듯) 우리, 증명서 같은 걸 서루 써 주면 어떨까? '위의 남성식 동지는 공화국을 위하여 복무한
    자임을 증명함. 중사 오경필, 전사 정우진.' 뭐, 이런 식으루…….
성식: (목소리) 그래, 좋은 생각 같다, 그거…….
경필: …… 얼씨구? 육갑들 떨구 자빠졌네……. 미국 애들이 '워 게임'인지 뭔지 하면 여기 경비병 생존 확률 빵이야, 빵!
    남북 모두 삼 분 안에 전멸! 몰라? (뒤통수를 긁적이는 우진과 성식. 경필, 잠자코 노래를 듣다가 혀를 차며) ……
    아, 오마니 생각 나누나! 공화국 애들은 왜 이런 노랠 못 만들까? 근데 앤 왜 그렇게 일찍 죽었대니? 자, 우리, 광
    석이 위해서 딱 한 잔만 하자우!

— 박상연 원작, 박찬욱 외 각색, 「공동 경비 구역 JSA」

*클로즈업: 피사체에 가까이 접근해 찍어 피사체가 화면에 가득 차도록 하는 효과
*프리즈 프레임: 하나의 프레임을 반복 재생하여 화면을 정지 상태처럼 보이게 하는 효과

35 다음의 〈보기〉는 위 작품 속에 등장하는 인물들의 사건 전개에 대한 설명이다. 빈 칸에 들어갈 인물들을 차례대로 쓰시오.

> **보기**
>
> ① 성식은 (   )의 성화에 마지못해 군사 분계선을 넘어갔다.
> ② 경필은 수혁을 통해 (   )에 관한 이야기를 들은 적이 있다.
> ③ (   )은/는 전쟁이 발발하면 공동 경비 구역이 위험에 처할 수 있다는 점을 알고 있다.

① _____

② _____

③ _____

36 위 작품에서 상대의 신뢰를 바탕으로 상대가 위험에 처할 경우를 대비하려는 인물의 심리가 드러난 소재를 찾아 한 단어로 쓰시오.

Life isn't fair. It's just fairer than death, that's all.
삶은 공평하지 않다. 다만 죽음보다는 공평할 뿐이다.

– 윌리엄 골드먼 –

독서

[핵심이론]

1 독서의 본질

1. 독서의 준비

(1) 독서의 목적에 따라 글을 선택하는 방법

목적	글의 선택 방법
학업 독서	나에게 필요한 분야의 지식을 잘 정리한 책을 찾아서 정독함
교양 독서	나에게 필요한 교양이 무엇인지 생각하고 나서 읽을 만한 책을 찾음
문제 해결 독서	당면한 문제에 대해 분석하고 해결책을 제시한 책을 찾음
여가 독서	나의 흥미와 관심을 생각하여 책을 찾음
타인과의 관계 유지를 위한 독서	사람들의 공통적인 관심사를 생각하여 책을 찾음

(2) 독서 수준에 맞는 글을 선택하는 방법

① 표지를 통해 책의 성격에 대한 단서 찾기

② 목차와 서문을 통해 책에서 다룬 내용의 범위 확인하기

③ 본문을 보고 나의 지식이나 어휘력으로 이해할 수 있을지 짐작하기

(3) 가치 있는 글을 선택하는 방법

① 다른 사람이 쓴 서평 등을 참고하여 책 선택하기

② 여러 세대를 거치면서 검증되어 '고전'으로 인정된 책 선택하기

③ 권장 도서나 추천 도서로 선정된 책 선택하기

2. 주제 통합적 읽기

(1) 개념: 같은 화제를 다룬 여러 글을 읽고 비판적 · 통합적으로 이해하여 의미를 재구성하는 활동

(2) 필요성

① 다양하고 폭넓은 관점으로 주제를 바라볼 수 있음

② 주관적이고 비판적인 시각으로 다른 사람의 글을 읽을 수 있음

③ 인간과 세계를 폭넓게 이해하는 능력을 기를 수 있음

④ 문제 상황을 창의적으로 해결할 수 있는 능력을 기를 수 있음

(3) 과정

읽기의 목적 구체화하기

⇩

읽기 목적에 맞는 글 찾기

⇩

글의 분야, 글쓴이의 관점, 형식이 다른 글을 서로 비교하며 읽기

⇩

글의 주장을 비판적으로 검토하고 유용한 정보 추려 내기

⇩

자신의 관점에 따라 정보를 가려내어 화제에 대한 자신의 견해 정리하기(재구성하기)

② 독서의 방법

1. 사실적 읽기

(1) **개념**: 글에 드러난 정보를 확인하면서 읽는 활동으로, 글을 이해하기 위한 가장 기본적인 읽기 방법

(2) **방법**

① 제목을 주의 깊게 살펴보고 내용을 요약하기

② 글의 종류와 그에 따른 글 전체의 논리를 살펴 글의 구조를 파악하기

③ 글의 화제나 내용, 글의 전개 방식을 알려 주는 담화 표지 등을 살펴 글의 전개 방식을 파악하기

2. 추론적 읽기

(1) **개념**: 글에 드러난 내용 이외의 것들을 추측하며 읽는 활동

(2) **방법**

① 배경지식, 담화 표지, 글의 문맥 등을 종합적으로 활용하여 생략되거나 암시된 정보를 추론하기

② 글의 종류, 글 전체의 내용과 글의 맥락을 고려하여 글쓴이의 의도나 목적을 추론하기

③ 글쓴이의 입장, 글의 예상 독자, 글의 화제나 대상을 대하는 글쓴이의 태도 등을 종합하여 숨겨진 주제를 추론하기

3. 비판적 읽기

(1) 개념: 글의 내용과 표현 방법, 글쓴이의 관점, 글의 배경이 되는 사회·문화적 이념 들을 판단하며 읽는 활동

(2) 방법

① 글쓴이의 관점이 타당한지, 내용이 논리적으로 타당한지, 정확하고 믿을 만한지, 공정한지, 자료가 적합한지 등을 판단하기

② 글에 쓰인 표현 방법이 적절하고 효과적인지 판단하기

③ 글에 숨겨진 의도, 글에 전제되거나 글쓴이가 의도적으로 반영한 사회·문화적 이념을 판단하기

4. 감상적 읽기

(1) 개념: 글에 대해 정서적으로 반응하며 읽는 활동

(2) 방법

① 공감하거나 감동을 느낀 부분의 의미를 생각하기

② 글에서 깨달음과 즐거움을 얻기

③ 글의 내용을 자신에게 맞게 수용하기

5. 창의적 읽기

(1) 개념: 글의 내용과 글쓴이의 생각에 독자 자신의 지식과 경험을 더해 새로운 의미를 만들어 내는 활동

(2) 방법

① 문제 해결에 도움이 되는 글을 찾아 읽기

② 문제와 관련된 글쓴이의 생각을 평가하고 이에 대한 대안을 찾으며 능동적으로 읽기

3 독서의 분야

1. 인문 · 예술 분야의 글 읽기

(1) 글의 특성

① **인문 분야**: 인간 존재에 대해 철학적으로 탐구하고, 인간의 삶을 기록하기 위한 인간의 지적 활동이 축적된 글

　예 문학, 역사, 철학, 언어, 종교, 심리 등에 관한 글

② **예술 분야**: 인간의 상상력과 기술을 발휘해 아름다움을 표현하려는 활동 및 그 결과로 만들어진 작품에 대한 설명, 예술이 탄생한 배경과 창작된 과정 등을 다룬 글

　예 예술 철학, 미학 등 예술론 일반에 대한 글, 작품론, 작가론, 음악, 미술, 연극, 영화, 무용, 건축, 사진, 공예 등

(2) 글을 읽는 방법

① 인문 분야와 예술 분야에 대한 배경지식을 활용하며 읽기

② 인문학적 세계관과 인간에 대한 글쓴이의 성찰을 비판적으로 이해하며 읽기

③ 예술과 삶의 문제를 대하는 인간의 태도를 비판적 시각에서 읽기

2. 사회 · 문화 분야의 글 읽기

(1) 글의 특성

① **사회 분야**: 정치, 경제, 언론, 법률, 국제 관계, 교육 분야를 다룬 글

② **문화 분야**: 의식주, 언어, 풍습, 종교, 학문 분야를 다룬 글

(2) 글을 읽는 방법

① 글에 담긴 사회적 요구와 신념을 비판적으로 파악하며 읽기

② 사회적 현상의 특성을 이해하며 읽기

③ 역사적 인물과 사건의 사회 · 문화적 맥락을 비판적으로 이해하며 읽기

3. 과학 · 기술 분야의 글 읽기

(1) 글의 특성

① **과학 분야**

　㉠ 자연 현상이나 물리적 세계를 대상으로 하며, 대상의 구조나 변화의 원리를 보편적 인과 법칙에 의해 서술함

　　　ⓛ 객관적 자료에 근거한 과학적 사실이나 법칙을 제시함

　　　ⓒ 자연 과학에 관한 글뿐 아니라 과학에 관한 일반적인 글도 포함함

　② 기술 분야

　　　⑤ 과학 이론을 실제로 적용하여 자연과 사물 등을 인간 생활에 유용하도록 가공한 다양한 기술에 관해 서술함

　　　ⓛ 기술 공학적 원리나 법칙을 탐구하고 설명함

(2) 글을 읽는 방법

　① 과학 용어나 개념을 명확하게 이해하며 읽기

　② 지식과 정보의 객관성을 파악하며 읽기

　③ 논거의 입증 과정을 파악하고 논거의 타당성을 판단하며 읽기

　④ 과학적 원리의 응용과 한계를 파악하며 읽기

4. 시대의 특성을 고려한 글 읽기

(1) 글쓰기 관습의 변화

　① 세로쓰기 → 가로쓰기

　② 한문 또는 한문과 한글의 병기 → 한글 표기

(2) 글 읽기 방법

　① 글이 생산된 당대의 글쓰기 관습이나 독서 문화를 고려하며 읽기

　② 글쓴이의 상황이나 당시의 사회 · 문화적 맥락을 고려하며 읽기

　③ 자신의 필요나 상황에 맞추어 글의 의미를 재구성하며 읽기

5. 지역의 특성을 고려한 글 읽기

(1) 필요성

　① 인간과 세계의 다양성에 대한 이해의 폭을 넓힐 수 있다.

　② 다른 지역의 사회 · 문화가 갖는 특수성을 알 수 있다.

　③ 다른 지역과 비교하여 우리 사회와 문화의 고유한 가치, 한 인간으로서 자신에 대한 이해를 높일 수 있다.

(2) 글 읽기 방법

　① 글이 쓰인 당시 그 지역을 지배한 가치관과 문화를 고려하며 읽기

② 글이 지역의 가치관이나 문화에 끼친 영향을 생각하며 읽기

③ 지역적으로 편중되지 않도록 세계와 국내 여러 지역의 문화를 다룬 글을 두루 읽기

④ 각 지역의 문화적 특성을 존중하는 문화 상대주의적 관점을 지니고 읽기

6. 매체의 특성을 이용한 글 읽기

(1) 독서 환경의 변화

① 정보 통신 기술의 발달로 다양한 읽기 매체(스마트폰, 태블릿 컴퓨터, 전자책 단말기 등)가 생겨남

② 인터넷을 통해 사람들이 지식과 정보의 구성에 직접 참여하고, 손쉽게 자료를 복제하고 전송할 수 있게 됨

(2) 글 읽기 방법

① 매체의 유형과 특성을 고려하여 매체 자료를 읽기

② 매체 자료의 타당성, 신뢰성, 공정성 등을 평가하며 비판적으로 읽기

③ 다양한 매체에서 필요한 정보를 수집하여 활용할 수 있도록 능동적이고 주체적으로 읽기

4 독서의 태도

1. 지속적인 독서 활동

(1) 효과

① 지식과 정보를 얻어 시대의 변화에 대응할 수 있음

② 자기 분야의 전문가로 성장할 수 있음

ⓒ 독서 문화를 향유하고 건전한 독서 문화 형성에 이바지할 수 있음

(2) 실천

① 독서에 대한 흥미와 관심을 유지함

② 자발적인 독서 태도를 지님

③ 자신의 독서 이력을 관리함

2. 독서를 통해 타인과 교류하는 방법

① 자신의 관심사에 맞는 다양한 독서 활동 찾기

② 독서 활동에 능동적으로 참여하기

③ 독서 활동의 경험을 공유하고 확산하기

대표문제

▶ **다음 글을 읽고 물음에 답하시오.**

배점(총점)	예상 소요 시간
20점	5분 / 전체 80분

　　사업에 필요한 돈을 마련하는데, 이때 회사의 정관에 발행 예정인 주식의 총수를 기재해야 한다. 이를 '수권 자본'이라고 하며 처음에는 수권 자본 내에서 주식의 일부만을 발행하고 나머지는 회사 설립 이후 필요에 따라 발행할 수도 있다. 이렇게 실제 발행한 주식의 수와 주식의 액면가를 곱한 것을 '자본금'이라고 한다. 예를 들어 액면가가 1천 원인 주식을 1만 주 발행하면 자본금은 1천만 원이 되는 것이다. 하지만 주식회사에서 초기의 자본 금만으로 사업을 하는 것은 아니다. 회사를 경영하면서 더 많은 돈이 필요하게 될 수 있는데 이럴 때에는 금융 기관에서 대출을 받거나 회사의 이름으로 채권을 발행할 수 있다. 하지만 대출이나 채권은 원금 상환과 이자 지 급의 의무가 발생하고 장기적으로는 회사에 부담이 될 가능성이 존재한다. 따라서 이런 방법들 외에 더 많이 쓰 이는 방법은 주식을 새로 발행하여 자본금을 늘리는 증자이다.

　　증자에는 두 가지 방식이 있는데, 먼저 주식을 발행할 때 주주들에게 대가를 받는 '유상 증자'가 있다. 유상 증 자는 모집 대상을 기준으로 하여 3가지로 나뉜다. 첫째, 기존의 주주들을 대상으로 주식을 발행하는 주주 배정 방식이다. 이는 새로운 주식을 발행하는 기본적인 방식으로 기존 주주들의 권리를 잘 보장해 준다. 기존의 주주 들은 보유하고 있는 주식의 비율대로 새로운 주식을 구입할 수 있는 권리를 가지고 이에 따라 주식 구입 여부를 결정할 수 있다. 둘째, 불특정 다수의 투자자들을 대상으로 새로운 주식을 발행하는 일반 공모 방식이다. 대부분 의 유상 증자는 기존의 주주들에게 먼저 새로운 주식을 배정한 후 기존의 주주들이 구입하지 않은 나머지 주식 을 일반 공모로 처리하는 방식으로 이루어지고 있다. 이 방식을 시행하면 새로운 주주들을 모을 수는 있지만 기 존 주주들은 주식 보유 비율이 낮아지고 주가의 하락으로 손해를 입을 수 있다. 마지막으로는 특정인에게 새로 운 주식을 발행해서 투자금을 받는 제삼자 배정 방식이 있다. 이는 주로 회사와 밀접한 관련이 있는 특정 대상의 투자가 필요할 때 이루어지는데, 신기술의 도입이나 재무 구조의 개선 등 회사의 경영상 목적을 달성하기 위한 특별한 경우로 한정된다. 또한 기존 주주들의 이해관계나 지분에 따른 경영권 문제가 발생할 수 있으므로 정관 에 의거하거나 정관에 관련 규정이 없는 경우에는 이사회의 의결 외에도 주주들의 의결 절차를 거치는 등 엄격 한 규제 속에서 이루어진다.

　　한편, 증자의 다른 방식으로 주식을 발행하지만 이를 주주들에게 대가 없이 나누어 주는 '무상 증자'가 있다. 무상 증자도 유상 증자와 마찬가지로 새로운 주식이 발행되는 것이기 때문에 자본금의 총액은 증가한다. 주주들 에게 주식이 무상으로 제공되기 때문에 회사에 실제로 돈이 들어오지는 않지만 재무적 변화는 발생한다. 그렇다 면 어떻게 자본금이 늘어나는 것일까? 회사의 자산은 자기 자본과 부채로 조달되는데, 자기 자본은 자본금과 잉 여금 등으로 구성된다. 잉여금에는 자본금을 바탕으로 사업을 해서 얻은 이익인 이익 잉여금과 시장의 현재 주 가가 액면가보다 높을 때 주식을 새로 발행하여 얻게 된 이익인 자본 잉여금이 있다. 무상 증자는 이러한 잉여금 을 자본금으로 이동시키는 것이다. 잉여금 중 일부에 해당하는 금액만큼의 주식을 발행한 후, 기존의 주주들이 보유한 주식의 비율에 따라 주식을 나누어 준다.

무상 증자는 회계상으로는 자본금이 증가하지만 기존 자산 내의 숫자가 이동한 것일 뿐, 실제로 회사가 보유한 자산이 늘어나는 것은 아니다. 기존의 주주는 새로운 주식을 받을 수 있기 때문에 보유한 주식의 수는 늘어나지만 시장 전체의 주식 수가 늘어난 만큼 주당 가격은 떨어지게 되므로 주주들 각자가 보유한 주식의 전체 가치는 달라지지 않는다. 하지만 무상 증자를 실시한다는 것은 회사 내에 잉여금이 많다는 것이고 그만큼 재무 구조가 건전한 것으로 해석될 수 있기 때문에 투자자의 심리에 긍정적인 영향을 줄 수 있다.

[예시문제]

다음은 어느 기업의 유상증자에 대한 사례이다. 윗글의 내용을 토대로 하여 ⓐ의 이유를 기술하시오.

(주)○○상사는 신규 사업 진출에 따라 일반 공모 방식의 유상증자를 실행하고자 하였다. 그러자 ⓐ기존 주주들이 크게 반발하였다.

〈유의 사항〉
– 30자(±5)로 기술할 것(공백 제외)

모범답안 주식 보유 비율이 낮아지고 주가 하락으로 손해를 입을 수 있기 때문

바른해설 불특정 다수의 투자자들을 대상으로 새로운 주식을 발행하는 일반 공모 방식을 시행하면 기존 주주들은 주식보유 비율이 낮아지고 주가의 하락으로 손해를 볼 수 있다고 설명하고 있다.

채점기준

답안	배점
25~35자는 10점, 20~24자와 36~40자는 2점 감점, 그 외에는 4점 감점	
주식 보유 비율이 '낮아지고', 주가 하락으로 '손해를 입었다'는 의미를 모두 포함해야	10점
'주식 보유 비율이 낮아짐', '주가 하락으로 손해를 입음'	각 5점
'주식 보유 비율', '주가'의 키워드만 포함되면	각 2점
'손해 본다'의 문구가 없으면	2점 감점

〈2022학년도 수원대 논술 기출문제〉

[01~02] 다음 글을 읽고 물음에 답하시오.

ⓐ교과서에 포함된 글은 기능에 따라 '메타 텍스트', '서술 텍스트', '자료 텍스트'로 나뉜다. 메타 텍스트는 교과서 전체나 단원이 어떻게 구성되어 있는지 안내하는 부분이라서 학습 내용 자체를 서술하고 있지는 않다. 서술 텍스트는 학습해야 하는 내용을 직접 서술한 글이다. 가령 요약하며 읽기 단원이라면 요약하기의 전략과 유의점에 대해 구체적으로 서술되어 있다. 자료 텍스트는 제재(題材)라고도 하며, 서술 텍스트에서 배운 내용을 적용해 볼 수 있고 학습을 위한 활동의 대상이 되는 글이다. 이러한 제재는 독자의 학년을 고려하여 선정이 된다.

제재를 학년에 맞게 선정하기 위해서는 읽기 쉬운 정도, 즉 수준을 측정해야 하는데 측정 방법으로는 양적 평가와 질적 평가를 함께 사용하는 것이 권장된다. 양적 평가에서는 글의 표면적 특성인 문장의 길이, 쉬운 단어의 비율만을 특정한 공식에 대입하여 나온 점수로 수준을 평가한다. 하지만 이 두 가지 요소만으로는 글의 수준을 완벽하게 평가하기 어렵다. 단어와 단어가 만나면 개별 단어의 의미를 넘어서는 이면적인 의미가 만들어지기도 하기 때문이다. 한편 질적 평가에서는 전문가가 주관에 기초하여 글의 수준을 종합적으로 평가한다. 관습적인 글의 구조가 사용되었는지, 문장의 의미는 명료한지, 독자가 글을 읽는 목적은 무엇이며, 글을 이해하는 데 필요한 배경지식은 어느 정도인지를 종합하는 것이다. 하지만 이 방식은 전문가마다 측정한 결과의 편차가 클 수도 있다는 단점이 있다.

ⓑ국어 교과서의 제재를 선정할 때는 수준뿐만 아니라 '대자성', '균형성', '계열성'도 함께 고려한다. 다양하게 해석할 수 있는 글은 대자성이 있다고 하며, 조립 설명서는 의미가 고정된 글이어서 대자성이 없다. 대자성이 있는 글은 의견을 주고받는 수업에 활용할 수 있으므로 교과서에 일정 비율 수록된다. 균형성이란 다양한 유형의 제재가 수록되어야 한다는 것으로, 이를 갖추기 위해서는 설명문, 논설문, 문학이 모두 수록되어야 한다. 계열성이란 학습 순서의 선후 배치와 관련된 것인데, 이를 갖추기 위해서는 학년이 높아질수록 배우는 내용이 심화되거나 현재 배우는 것과 과거에 배운 것이 서로 관련되어야 한다.

보기

ⓒ고등학교 국어 교과서를 배부받았다. 차례를 보니 이 교과서에는 설명문, 논설문, 문학이 모두 제재로 수록되어 있었고 마지막 장에는 저자의 약력도 소개되어 있었다. 시 「진달래꽃」은 ⓓ중학교 국어 교과서에서 배웠는데 오늘 받은 교과서에도 있었다. 그때는 '화자의 정서와 태도'를 설명한 교과서 글을 읽은 후 「진달래꽃」의 화자의 정서와 태도를 정리해 보고, 중의적인 마지막 구절로 토론을 했던 기억이 났다. 고등학교에서는 가사 「속미인곡」을 읽은 후 정서와 태도가 「진달래꽃」과 비교해서 이별의 정한이라는 주제로 계승되는 양상을 배우는 것 같다.

01 제시문의 ⓐ를 참고하여 〈보기〉의 ⓒ, ⓓ을 이해할 때 다음의 빈칸에 들어갈 말을 차례대로 쓰시오.

ⓒ에 실린 가사 「속미인곡」은 (①) 텍스트이다.
ⓓ에 실린 시 「진달래꽃」은 (②) 텍스트이다.
ⓓ에 포함된 '화자의 정서와 태도'를 설명한 글은 (③) 텍스트에 해당한다.

① _____   ② _____   ③ _____

02 제시문의 ⓑ를 참고하여 〈보기〉의 ㉠, ㉡을 이해할 때 다음의 빈칸에 들어갈 말을 차례대로 쓰시오.

㉠에 설명문, 논설문, 문학이 모두 제재로 수록되었으므로 (①)을 갖추었다.

㉡에 실린 시 「진달래꽃」의 경우, ㉠의 마지막 장에 소개된 '저자의 약력'과 달리 (②)이 있는 글이다.

㉠은 시 「진달래꽃」을 활용하여 학습 내용을 심화하고 있고 ㉡에서 배운 것과도 연관되므로 (③)을 갖추었다.

① _____   ② _____   ③ _____

[03~04] 다음 글을 읽고 물음에 답하시오.

오늘날 우리는 금융 거래를 통해 가계의 생활 자금이나 기업의 운영 자금의 부족을 해소한다. 그런데 자금의 수요자에게는 자금을 빌린 대가로 지불하는 비용이 발생하게 되는데 이를 이자라 하며, 빌린 자금의 원금에 대한 이자의 비율을 이자율 또는 금리라고 한다. 금리는 자금이 거래되는 금융 시장에서 수요와 공급에 큰 영향을 끼친다. 일반적으로 금리가 높으면 자금의 수요자 입장에서는 자금을 빌리는 데 많은 비용을 지급해야 하기 때문에 수요를 줄이게 된다. 반면에 자금의 공급자 입장에서는 높은 수익을 기대할 수 있기 때문에 공급을 늘리게 되는데, 이때 금리는 수요와 공급의 균형점에서 결정된다.

자본주의 경제에서 금리는 금융 시장에서의 수요와 공급에 의하여 정해지는 것이 원칙이지만, 경제 상황에 따라 자금에 대한 지속적인 수요로 인해 금리가 지나치게 높아지는 경우에는 최고 금리를 법으로 규정하여 이를 제한할 필요가 있다. 지나치게 높은 금리는 경제 사정이 좋지 않은 채무자의 금융 및 경제생활에 악영향을 미치고, 결국 그 사회의 경제적 안정성까지 위협할 수 있기 때문이다.

[A] 금융 시장에서 상품의 가격이라 할 수 있는 금리를 제한하는 것은 결국 금융 상품에 대한 가격 통제의 결과를 일으킨다. 가격 통제는 정부가 직접적으로 상품의 가격 형성에 개입하는 것을 의미하는데, 시장에서 결정되는 재화나 서비스의 가격이 소비자 혹은 생산자에게 공평하지 못하다고 판단될 때 시행된다. 가격 통제의 한 유형으로서 최고 가격제가 있다. 최고 가격제는 시장에 상품의 공급량이 절대적으로 부족하여 물가가 치솟을 때 물가를 안정시키고 수요자를 보호할 목적으로 정부가 가격의 상한선을 설정하고 그 상한선 이상에서의 거래를 법으로 금지하는 제도를 말한다. 최고 가격의 경우 현재 시장에서 결정되는 가격보다 낮은 수준에서 설정될 때 그 영향력이 발휘된다. 즉 현재의 시장 가격이 매우 높게 형성되어 있고 정부가 이를 낮추고자 한다면 그 시장 가격보다 낮은 수준의 최고 가격을 설정하여 이를 초과하는 가격으로 거래가 이루어지지 않도록 강제하는 것이다.

정부는 금융 시장에서 자금 공급량이 부족하여 금리가 치솟을 때 어떤 타당성을 가지고 법정 최고 금리를 규정하여 시행한다. 정부는 법정 최고 금리를 통해 시장에서 도출된 금리보다 낮은 수준에서 금리를 규정하여 인위적으로 금리를 낮추고자 한다. 이로 보아 법정 최고 금리는 최고 가격제의 일종이라고 볼 수 있다. 자금 수요자들은 법정 최고 금리를 통해 시장의 균형점보다 낮은 금리로 자금을 빌릴 수 있게 된다. 하지만 시장에서 결정된 금리보다 낮은 금리로 돈을 빌릴 수 있게 됨에 따라 수요량이 공급량을 초과한 초과 수요가 발생하여 공급량이 부족하게 되는 현상이 발생하기도 한다.

공급량 부족 현상은 일부 자금 수요자들이 여전히 자금을 조달할 수 없도록 만든다. 자금을 조달하지 못한 일부 자금 수요자들은 최고 금리보다 높은 금리를 치르고서라도 부족한 자금을 충당하고자 하기 때문에, 정부의 최고 가격제를 따르지 않는 자금 공급자들에 의해 불법적인 금융 시장이 형성되기도 한다. 자금 수요자를 보호할 목적으로 법정 최고 금리를 실시하지만 부족한 자금을 구하기 위한 수요자들의 기회비용이 커지므로 법정 최고 금리가 자금 수요자의 후생을 반드시 증진시킨다고 말하기는 어렵다

– 「법정 최고 금리의 필요성과 한계」

03 위의 제시문을 바탕으로 수요와 공급의 법칙에 따른 '법정 최고금리'의 부작용에 대해 서술하시오.

〈유의 사항〉

– 30자(±5)로 기술할 것(공백 제외)

04 다음에 제시된 그래프를 보고 〈보기〉의 이유를 제시문의 [A]에서 찾아 쓰시오.

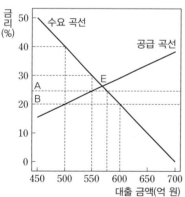

▶ E는 공급과 수요의 균형점을 표시한 것이다.

보기

자금의 공급보다 자금에 대한 수요가 더 커서 정부가 법정 최고 금리를 통해 금리 상한을 규제할 때에는 E에 해당하는 금리보다 낮은 수준에서 금리를 결정해야 한다.

〈유의 사항〉

– 45자 이내로 기술할 것(공백 제외)

[05~06] 다음 글을 읽고 물음에 답하시오.

사람은 제 모습과 유사한 사람에게 가장 흥미를 보인다고 한다. 사람을 찍은 사진은 단지 타인의 모습을 남기는 것에 그치지 않는다. 다른 사람들의 모습에서 자신의 현재를 발견하는 것이다. 어쩌면 사람을 찍는 일은 사진에 투영된 자아를 드러내고 싶은 욕망일지도 모른다. 결국 다른 사람의 모습을 통해 자신의 이야기를 하려는 것이다.

또한 사람을 찍는다는 것은 소통의 간절함을 드러낸다. 그토록 많은 사람이 사람을 찍는 이유가 여기에 있다. 자신의 존재를 세상과 연결하고 싶은 속내를 드러내는 것이다. 자신이 보고 만났던 사람을 통해 더 많은 이야기를 나누고 싶어 하는 것이다. 그래서 사람들은 누구나 찍지 못하는 인물 사진, 이야기가 담겨 있는 인물 사진, 나만의 방식으로 표현하는 인물 사진을 찍고 싶어 한다.

사람을 찍은 사진은 세월을 초월하는 힘이 있다. 시간이 흐르는 동안 온갖 기억들이 사진에 덧입혀져, 사진의 의미는 더 다양해지고 깊어진다. 사진에서 읽어 낼 수 있는 내용과 감동이 끊임없이 샘솟기 때문이다.

우리는 자신과 상관없는 다른 사람의 모습을 담은 사진에서 설명하기 어려운 공감대를 형성하기도 한다. 내가 찍은 소년의 모습에서 자신의 어린 시절 모습을 떠올리는 것처럼 말이다. 첫 키스의 떨리는 순간을 담은 연인의 사진, 스포츠 경기에 환호하는 사람들의 사진 등. 인간사의 모든 드라마는 나에게도 일어났거나, 일어날 개연성이 높다.

우리는 우리가 살고 있는 어제와 오늘이 크게 다르지 않다고 생각할지 모른다. 하지만 어제 겪었던 일들은 결코 오늘 다시 일어나지 않는다. 지하철 안은 늘 혼잡하지만 타고 있는 사람은 모두 새로운 사람들 아니던가? 그렇기에 바로 지금 벌어지는 삶의 순간을 프레임 속에 고정한 사진의 강렬함은 인상적이다. 사진은 순간을 잘라 낸 과거의 시간과 행동을 현재로 되돌려 놓는다. 이미 지나간 시간의 비밀을 다시 확인하는 놀라움은 크다. 미처 보지 못한 많은 것들이 사진 속에 여전히 선명하게 남아 있기 때문이다.

이토록 매력적인 소재인 인물을 사진가들이 놓칠 리 없다. 그래서 이를 아는 사진가들은 무엇보다 먼저 사람에 초점을 맞춘다. 겁내지 말고 사람을 찍어라. 사람이라는 소재는 마르는 법이 없다. 그러니 사람들을 향해 카메라를 들어라. 그리고 사람에 대해 애정을 가지고 사진을 찍어라. 그러면 사진 속의 삶을 이어 가는 수많은 인물은 끝없는 감동을 만들어 갈 것이다. 그 일은 결국 자신이 살아 있음을 확인하는 일이기도 하다.

한편 우리가 인물 사진만큼 많이 찍는 사진이 있다. 바로 풍경 사진이다. 사진 공모전 출품작의 대부분도 풍경 사진으로 채워진다. 봄이면 꽃, 여름에는 바다, 가을이면 낙엽 진 숲속, 겨울에는 눈 내린 산이 약속이나 한 듯 동시에 올라온다. 1년 사계를 통틀어 꾸준히 등장하는 바닷가 일출 장면과 석양의 노을 풍경 또한 말할 것도 없다.

그런데 이상하게도 절경을 보고 감탄하며 사진을 찍어 보아도, 찍고 나면 풍경들은 다 비슷하게 보인다. 아무리 자연 풍경을 정밀한 묘사력으로 재현한다 하더라도 실제의 감동에는 미치지 못한다. 애초에 눈앞에 펼쳐지는 입체적 공간의 느낌을 이차원 평면인 사진으로 표현한다는 것 자체가 불가능하기 때문이다. 어차피 실제의 입체적인 느낌을 살려 낼 수 없다면 풍경 사진을 찍을 때 염두에 두어야 하는 것은 무엇일까? 바로 풍경을 보는 자신의 인식과 프레임이다. 다시 말해 풍경의 재현이 아니라 해석인 것이다. 방법은 분명해졌다. 풍경 사진은 더 많이 생각하고, 자신의 해석을 더할 때 비로소 의미 있는 사진이 된다.

– 윤광준, 「내가 찍고 싶은 사진」

05 윗글에서 글쓴이가 제시한 인물 사진을 찍는 두 가지 방법을 서술하시오.

① _____

② _____

〈유의 사항〉

– 명령문의 형식을 활용하여 기술할 것(공백 제외)

06 다음의 〈보기〉는 제시문의 내용을 바탕으로 풍경 사진의 한계와 그 극복 방안을 설명한 것이다. 빈칸에 들어갈 단어를 차례대로 쓰시오.

> 보기
>
> 풍경 사진이 한계를 갖는 이유는 눈앞에 펼쳐지는 (ⓐ) 공간의 느낌을 (ⓑ) 평면인 사진으로 표현한다는 것 자체가 불가능하기 때문이며, 이를 극복하려면 풍경을 보는 자신의 인식과 (ⓒ)이/가 필요하다.

[07~08] 다음 글을 읽고 물음에 답하시오.

야구나 축구와 같은 구기 스포츠에서는 공을 강하게 멀리 보내거나, 날아오는 공을 멈추게 하는 등의 기술이 필요하다. 이를 역학의 개념으로 본다면 정지해 있거나 운동을 하는 물체(공)에 신체나 기구로 충격을 가하여 물체의 운동 상태를 변화시키는 것이라고 할 수 있다. 실제 공을 배트로 치거나 발로 찰 때에는 공이 찌그러졌다가 원래대로 돌아오면서 생기는 탄성력, 충격을 줄 때의 속도와 시간, 공기 저항, 마찰력 등의 다양한 요인이 작용한다. 이 모든 요인을 고려하여 운동의 변화를 설명하는 것은 매우 복잡하고 어렵지만 운동하는 물체의 질량과 속도의 곱으로 표현되는 물리량인 운동량을 사용하면 간단하게 설명할 수도 있다.

운동의 양은 사용하는 물리량과 정의 방법에 따라 달라질 수 있지만, 데카르트는 운동하는 물체가 직선으로 운동을 계속하려 한다는 점을 고려하여 질량과 속력의 곱으로 운동량을 정의했다. 데카르트가 정의한 운동량은 물체들 간의 충돌이 있어도 물체들의 운동량 총합은 보존되었기 때문에 물체의 운동을 나타내는 데 유용한 점이 있었다. 그런데 데카르트는 방향이 없는 스칼라양인 속력을 사용하였기 때문에 실제 충돌 실험에서는 예측과 맞지 않는 사례들이 있었다. 뉴턴은 이런 문제를 해결하기 위해 속력 대신 방향이 있는 벡터양인 속도를 사용하였다. 예컨대 1kg의 물체가 10m/s의 속력으로 날아간다면 운동량은 10kg·m/s로 표시할 수 있다. 이 물체가 다른 물체와 충돌 후 운동 방향만 반대가 되었다면 운동량은 −10kg·m/s로 표시할 수 있다. 운동량의 변화량, 즉 물체가 받은 충격량은 충돌 후의 운동량에서 충돌 전의 운동량을 뺀 값이므로 −20kg · m/s로 표시할 수 있다. 뉴턴은 물체끼리 충돌할 때 모든 작용에는 크기가 같고 방향은 반대인 반작용이 존재한다는 법칙을 통해 물체끼리 충돌할 때 운동량의 총합은 보존된다고 보았다.

충격량은 뉴턴의 운동 제2 법칙을 이용해서도 나타낼 수 있다. 뉴턴의 운동 제2 법칙에서 F(힘)=m(질량)×a(가속도)로 나타낸다. 이때 가속도 a는 속도 변화(Δv)를 작용 시간(Δt)으로 나눈 것이므로 $F = m \times a = m \times \frac{\Delta v}{\Delta t}$로 나타낼 수 있다. 이를 변형하면 ㉠$F \times \Delta t = m \times \Delta v$로 나타낼 수 있는데, 우변의 $m \times \Delta v$는 충격량을 나타내는 것이므로, 충격량은 힘과 작용 시간의 곱이라는 것을 알 수 있다. 이 식은 스포츠나 일상생활에서 볼 수 있는 여러 상황들을 이해하는 데 필요한 중요한 의미를 내포한다. 야구나 골프에서 공을 멀리 내보내기 위해서는 충격량이 커야 한다. 충격량을 크게 하기 위해서는 공에 작용하는 힘을 크게 하거나, 같은 힘으로도 작용 시간을 길게 하면 된다. 공을 친 후에도 자세가 흐트러지지 않고 타격 궤적을 유지하는 기술을 '폴로 스루'라고 하는데, 폴로 스루를 하면 작용 시간이 길어져 충격량을 늘릴 수 있다.

이 식이 가진 또 다른 의미는 충격량이 같을 경우 작용 시간이 길면 충돌 시 받는 힘을 완화할 수 있다는 것이다. 예를 들어 날아오는 야구공을 받았다면 운동하던 공이 정지하게 되므로 맨손으로 받거나 글러브로 받거나 충격량은 같다. 포수 글러브의 경우 완충 재질로 되어 있기 때문에 작용하는 시간이 늘어나며, 이에 따라 손에 작용하는 힘의 크기가 줄어들게 된다. 이러한 원리는 일상생활에서도 흔히 볼 수 있다. 자동차의 에어백이나 운동화의 밑창 등은 충격을 흡수하여 인체를 보호해 준다. 이러한 것들은 모두 작용 시간을 늘릴 수 있는 재료를 사용하여 인체가 받는 힘을 최소화하는 것이다.

07 제시문의 ㉠을 통해 설명할 수 있는 사례로 적절한 것을 다음의 〈보기〉에서 모두 골라 그 기호를 쓰시오.

보기

ㄱ. 같은 탄환을 쓰더라도 총열이 긴 총일수록 화약의 폭발력이 더 오래 탄두에 작용하기 때문에 사정거리가 길어진다.

ㄴ. 야구에서 스윙을 할 때 팔꿈치를 최대한 몸에 붙이고 하체와 몸통 회전을 하게 되면 더 큰 힘을 가할 수 있으므로 공을 더 멀리 보낼 수 있다.

ㄷ. 놀이기구인 범퍼카끼리 정면충돌을 하면 처음 진행하던 방향과 반대 방향으로 튕겨 나가게 된다.

ㄹ. 유리로 만든 제품을 택배로 보낼 때 스펀지로 포장하면 제품에 작용하는 충격을 줄여 유리가 손상되는 것을 막을 수 있다.

08 제시문을 바탕으로 다음의 〈보기 1〉을 이해할 때 〈보기 2〉에 들어갈 알맞은 식을 쓰시오.

보기 1

　　질량과 속력이 같은 두 물체가 직선상에서 에너지 손실이 없는 완전 탄성 충돌을 한다고 할 때, 데카르트의 이론으로는 각각의 운동량이 a라면 운동량의 총합은 $2a$이며, 충돌 후 각각 반대 방향으로 움직일 때도 운동량의 총합은 $2a$로 같다. 뉴턴은 두 물체의 운동량을 각각 $+a$와 $-a$로 나타냈는데, 두 물체는 운동량 총합은 0이며 충돌 후의 운동량의 총합도 0으로 같다. 이 경우 두 사람의 표현은 다르지만 운동량 보존 법칙은 성립한다. 그런데 아래 〈그림〉처럼 질량이 m으로 같고, 속력이 각각 $2v$와 $4v$인 두 물체 A, B가 직선상에서 완전 탄성 충돌을 할 때, 데카르트는 운동량이 큰 물체 B가 물체 A를 밀고 가기 때문에 두 물체 모두 $3v$의 속력으로 B가 진행하던 방향으로 움직인다고 보았다. 뉴턴은 충돌할 때 속도 교환이 일어나기 때문에 각각 $+2v$, $-4v$였던 속도가 충돌 후에는 $-4v$, $+2v$가 된다고 보았다. 한편 물체의 운동 에너지는 $\dfrac{질량 \times 속도^2}{2}$으로 나타내는 물리량이며, 운동 에너지의 총합은 운동량과 마찬가지로 보존된다. 뉴턴의 설명은 운동 에너지 보존 법칙에 위배되지 않지만, 데카르트의 설명으로는 충돌 전에 $m \times 10v^2$이었던 운동 에너지의 총합이 충돌 후에는 $m \times 9v^2$이 된다.

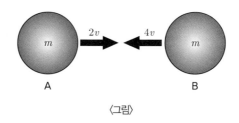

〈그림〉

보기 2

뉴턴의 이론에 따르면 물체 A의 운동 방향이 반대일 경우, 물체 A와 물체 B가 충돌했을 때 물체 A가 받은 충격량은

 이 된다.

[09~10] 다음 글을 읽고 물음에 답하시오.

　　동화 속 피노키오의 이야기는 매우 행복한 결말에 이른다. 그러나 우리의 미래도 그럴까? 미래 세대와 동등한 권리로 살아갈지도 모를 인공 생명들이 모두 '착한 로봇'일까? 어떤 사람들은 '모두 착한 로봇으로 만들면 되지!'라고 반박할지도 모른다.

　　실제로 일본의 유명한 로봇 과학자인 시게오 히로세는, 지능을 갖도록 설계된 로봇이라면 그 어떤 로봇도 도덕적 존재가 될 수 있다고 주장한다. 무엇보다도 로봇은 생물학적 생존을 위해 투쟁할 필요가 없으므로, 로봇을 이기적이지 않게 만들 수 있다. 그는 예의 바르고, 똑똑하고, 심지어 성인(聖人) 같은 로봇을 만들 수 있다고 주장한다. 이는 인간을 해치지 않을 로봇을 염두에 둔 것이다. 이처럼, 로봇이 이기적이거나 인간으로부터 완전히 독립적인 존재가 될까 염려하는 것은 결국 인간을 위한 로봇이라는 개념을 전제하기 때문이다.

모든 창조 행위에는 조물주의 통제를 벗어나는 묘한 자유의 영역이 있다. 이는 조물주 신화를 담고 있는 종교의 창세기에서도 알 수 있다. 우리는 조물주인 신의 명령을 거역한 최초 인간의 자유 행위와 그 결과로 낙원에서 쫓겨난 이야기를 잘 알고 있지 않은가. 하물며 인간이라는 창조자가 자신의 피조물을 완벽히 통제할 수 있다는 생각은 공허한 희망일 것이다.

그렇다면 미래에는 인공 생명과의 관계를 통제가 아니라 자율과 평등의 원칙으로 해결해 나가야 하지 않을까? '로봇에게 인권을!'과 같은 구호가 일상의 현실인 시대가 머지않아 올지 모른다.

로봇(robot)이라는 말은 원래 '강제 노동'을 뜻하는 체코어 '로보타(robota)'에서 유래했다. 이 명칭은 1920년대 초 카렐 차페크의 연극 〈로섬의 만능 로봇〉에서 처음 쓰였는데, 이 작품은 로봇이 노동자를 대체하는 미래 사회를 그리고 있다. 로섬의 공장은 인간 대신에 천하고 힘든 일을 하게 될 '인공 노예'를 생산하는 곳이다.

하지만 오늘날 로봇들은 이미 단순한 공장 노동자 이상의 역할을 한다. 청소 로봇이나 가정부 로봇처럼 주로 인간이 하는 노동을 대신하는 로봇도 있지만, 인간의 동반자 역할을 하는 로봇 또한 인공 지능 발명 계획의 목록에서 날로 늘고 있다. 애완동물 로봇은 이미 상용화되고 있고, 간병인 로봇이나 가정 교사 로봇 또는 배우 로봇 등도 개발 중이다. 다시 말해, 오늘날 로봇 공학은 노예나 단순 노동자보다는 삶의 동반자 역할이 강조되는 로봇을 개발하려는 경향을 보인다.

로드니 브룩스는 언젠가 로봇이 인간과 같은 정도의 지능과 의식을 갖게 될 것이라고 믿고 있다. 브룩스는 이것이 현실이 될 때, 인간을 위해 이들 로봇을 인공 노예나 대체 노동자로 부리는 것은 비윤리적인 일이 될 것이라고 말한다. 우리가 우리의 창조물을 노예처럼 취급해서는 안 된다는 것이다.

– 김용석, 「로봇에도 인권이 있을까」

09 다음의 〈보기〉는 초기 로봇의 역할과 비교하여 미래 사회 로봇의 역할이 어떻게 달라졌는지 보여주고 있다. 빈칸에 들어갈 말을 위의 제시문에서 골라 차례대로 쓰시오.

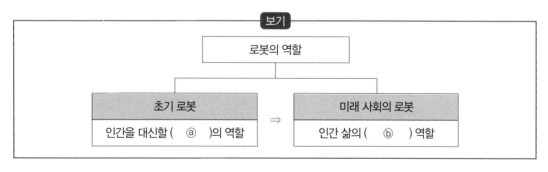

10 다음 〈보기〉의 '로봇 공학의 3원칙'을 수행하기 위한 로봇의 기본 전제가 무엇인지 제시문에서 찾아 두 어절로 쓰시오.

보기

[로봇 공학의 3원칙]

제1 원칙: 로봇은 인간에게 해를 끼쳐서는 안 되며, 인간이 해를 입게 방관해서도 안 된다.

제2 원칙: 제1 원칙에 위배되는 경우가 아니면 반드시 인간의 명령에 복종해야 한다.

제3 원칙: 앞의 두 원칙에 위배되지 않는 범위에서 로봇은 자기 자신을 보호해야 한다.

[11~12] 다음 글을 읽고 물음에 답하시오.

1870년 프랑스는 독일과의 전쟁에서 패배한다. 나폴레옹의 영광을 기억하는 프랑스는 충격과 분노에 빠지며 애국주의적 분위기가 사회를 뒤덮는다.

1894년 육군 참모부 소속 유대인 장교인 드레퓌스가 적국 독일에 기밀을 팔아넘긴 혐의로 군사 재판에 회부된다. 그는 유죄 판결을 받고 장교직을 박탈당하며 대서양 작은 섬에서 종신 유배 된다. 반(反)유대주의적 언론과 여론은 이를 환영한다.

1896년 육군 참모부에 부임한 정보 책임자 피카르 중령은 진범이 에스테라지 소령임을 밝혀낸다. 상관들은 이 사실을 덮기 위해 피카르를 튀니지로 전출 보낸다. 그러나 1897년 국회 상원 부의장 케스트네르를 중심으로 하여 드레퓌스를 위한 재심 청원 운동이 일어난다.

1898년 군사 법정은 에스테라지에게 무죄를 선고한다. 이 판결로 프랑스 국론은 분열된다. 에밀 졸라는 판결 이틀 후 대통령에게 보내는 편지 〈나는 고발한다〉를 신문에 기고하고, 해당 신문은 삽시간에 30만 부가 팔린다.

드디어 드레퓌스가 군사 법정에 섰습니다. 재판은 완전 비공개로 진행되었습니다. 적에게 국경을 열어 독일 황제를 노트르담 성당까지 안내한 반역자라 하더라도 이보다 더 쉬쉬하며 재판을 하지는 않았을 겁니다. 국민들은 대경실색한 채 온갖 풍문이 떠도는 이 무시무시한 배신 행위에 대해 수군거렸습니다. 물론 그들은 국가의 조치를 존중했습니다. 그들은 그 어떤 가혹한 형벌도 충분치 않다고 생각했습니다. 그들은 죄인에 대한 공개 군적 박탈식에 갈채를 보냈고, 죄인이 회한을 씹으며 오욕의 바위에 영원히 묶여 있기를 바랐습니다. 그런데 저 비밀의 방에서 조심조심 묻어야만 했던 그 말할 수 없는 것들, 전 유럽을 화염에 휩싸이게 할 수도 있다던 그 위험한 것들은 과연 진실이었을까요? 아닙니다! 그 방에는 오직 뒤파티 드클랑 소령의 기괴하고도 광기 어린 상상력만이 있었습니다. 기상천외한 삼류 소설을 실화로 만들기 위해 그는 모든 것을 날조했습니다. 군사 법정에서 낭독된 기소장을 주의 깊게 살펴보면, 이 사실은 금방 드러납니다.

아! 이 얼마나 어처구니없는 기소장인지요! 이런 기소장으로 한 인간에게 유죄 판결이 내려진다면, 그것이야말로 불의의 극치입니다. 저는 정직한 사람이라면 이 기소장을 읽고 저 악마도에서 말도 안 되는 속죄를 강요당하고 있는 한 인간을 생각하면 참을 수 없는 분노를 느끼고 반항의 외침을 내지르지 않을 수 없으리라고 장담합니다. 드레퓌스는 수 개 국어를 구사합니다. 유죄. 그의 방에서는 위험한 서류가 한 장도 발견되지 않았습니다. 유죄. 그는 가끔 조상의 나라를 방문합니다. 유죄. 그는 근면하며 모든 것을 알고자 할 정도로 지식욕이 강합니다. 유죄. 그는 마음의 동요를 일으키지 않습니다. 유죄. 그는 마음의 동요를 일으킵니다. 유죄. 얼마나 터무니없는 내용이며, 얼마나 황당한 주장인지요! 기소 항목은 모두 열네 가지였습니다. 그런데 결국 문제는 오직 한 항목, 즉 명세서입니다. 우리는 필적 전문가들의 의견이 일치하지 않았다는 사실과 그들 중 한 명인 고베르 씨가 참모 본부의 의도대로 결론을 내리지 않기에 험악한 처우를 받았다는 사실도 알고 있습니다. 법정에는 스물세 명의 장교가 드레퓌스를 생매장할 증언을 하러 왔습니다. 우리는 지금도 심문이 어떻게 진행되었는지 모르지만, 그래도 그들 모두가 드레퓌스에게 불리한 증언을 한 것은 아니라는 점만은 분명합니다. 그런데 한 가지 주목할 것은 그들 모두가 국방부 소속이었다는 사실입니다. 말하자면 모두가 한통속인 가족 재판이었던 셈입니다. 그 점을 잊지 마시기 바랍니다. 참모 본부가 재판을 원했고, 판결을 내렸습니다. 그리고 방금 막 두 번째 판결을 내렸습니다.

명세서가 유일한 물증이었지만 필적 전문가들조차 의견 일치를 보지 못한 상태였습니다. 군법 회의 재판관들이 당연히 무죄 판결을 내릴 것이라는 소문이 돌았습니다. 참모 본부가 유죄 선고를 정당화하기 위해 한 장의 기밀 서류의 존재를 주장하기 시작한 것은 바로 그때부터입니다. 일반에 공개할 수 없는 기밀 서류, 모든 것을 정당화해 주는 기밀 서류, 우리가 경배해야 할 기밀 서류, 볼 수도 없고 알 수도 없는 전지전능한 신과도 같은 기밀 서류! 저는 그 기밀 서류의 내용을 온몸으로 부인합니다! 한마디로 웃기는 서류입니다. 그렇습니다. 여자들 이름으로 오간 이 서류, 이 편지의 내용 가운데 'D'라는 이니셜로 불리는 자가 등장한다고 합니다. 그런데 이런 편지가 선전 포고 없이는 공개할 수 없는 국방 관련 기밀 서류라니요! 아닙니다. 아니고 말고요. 그것은 거짓입니다! 아무런 양심의 가책도 없이 새빨간 거짓말을 늘어놓다니 정말 가증스럽고 파렴치한 인간들입니다. 그들은 국민 감정 뒤에 몸을 숨긴 채 뭇사람의 가슴을 동요시키고, 정신을 왜곡하고, 입을 막고 있습니다. 저는 이보다 더 큰 공민 범죄를 본 적이 없습니다.

대통령 각하, 바로 이렇게 해서 사법적 오판이 저질러졌습니다. 게다가 드레퓌스의 도덕성, 부유한 환경, 범죄 동기의 부재, 끝없는 무죄의 외침은 그가 뒤파티 드클랑 소령의 기발한 상상력, 그를 둘러싼 종교적 환경, 우리 시대의 불명예인 '더러운 유대인' 사냥 등의 희생자였음을 더욱 확신하게 합니다.

– 에밀 졸라, 「나는 고발한다」

11 다음의 〈보기〉는 윗글에 등장한 인물들과 사건의 연관성을 열거한 것이다. 〈보기〉에 들어갈 등장인물들을 차례대로 쓰시오.

간첩 누명 피고인	⇒ (ⓐ)
사건 조작자	⇒ (ⓑ)
진범	⇒ (ⓒ)
진범을 밝힌 사람	⇒ (ⓓ)
재심 청원 운동 주도자	⇒ (ⓔ)
글쓴이	⇒ (ⓕ)

[국어 영역]

12 윗글에서 드레퓌스가 유죄라고 날조된 '명세서'와 '기밀서류' 상의 근거를 각각 기술하시오.

① 명세서 ⇒ _____

② 기밀 서류 ⇒ _____

〈유의 사항〉
– ①은 20자, ②는 30자 이내의 한 문장으로 기술할 것(공백 제외)

[13~14] 다음 글을 읽고 물음에 답하시오.

영국의 경제학자 엘프리드 마셜은 어떤 상품을 구매함으로써 소비자가 얻는 이익을 소비자 잉여라는 개념으로 설명했다. 소비자 잉여는 소비자가 얻고 싶은 재화를 낮은 가격에 살 경우 실제 구입 가격과 최대한 지불할 수 있다고 생각했던 가격과의 차이에서 소비자가 얻는 이득 부분, 즉 지불 용의 가격에서 실제로 지불한 가격을 뺀 금액으로 정의한다.

[A] 예를 들어, 과일 가게에서 사과를 사려고 하는 소비자에게, 얼마까지 돈을 낼 용의가 있느냐고 묻는다고 가정해 보자. A 소비자는 1,500원까지는 지불할 수 있다고 마음속으로 생각하고 B 소비자는 1,000원까지는 낼 수 있다고 생각할 때, A와 B 소비자의 지불 용의 가격은 각각 1,500원과 1,000원이다. 그런데 상인이 사과의 가격이 한 개에 500원이라고 말한다면, A 소비자는 1,000원에 해당하는 만큼의 이득을 얻게 되고 B 소비자는 500원에 해당하는 만큼의 이득을 얻게 된다. 왜냐하면 A 소비자는 사과 한 개를 먹기 위해서 1,500원까지는 돈을 낼 용의가 있었는데, 실제로는 500원만 지불했고, B 소비자는 1,000원까지는 돈을 낼 용의가 있었는데, 실제로는 500원만 지불했기 때문이다. 이때 각각 1,000원과 500원의 덤을 경제 이론에서 소비자 잉여라고 말하며, A와 B 소비자 중 소비자 잉여가 큰 A 소비자가 시장을 이용하여 좀 더 많은 혜택을 보았다고 말할 수 있다. 이러한 정의에 의하면, 포그와 같이 높은 지불 용의 가격을 가진 사람은 시장을 이용함으로써 큰 소비자 잉여를 누린다고 할 수 있다.

반대로 상품의 공급자가 모든 소비자의 지불 용의 가격을 정확히 알고, 이에 맞춰 상품 가격을 달리 책정한다면 소비자 잉여는 발생하지 않을 것이다. 그러나 이것은 현실적으로 매우 어려운 일이다. 예를 들어 어떤 극장에서 같은 등급의 좌석 요금을 지불 용의 가격에 따라 다르게 책정한다면, 관람객들은 강하게 반발하며 다른 극장을 이용할 것이기 때문이다.

기업이 어떤 상품을 독점해서 판매하는 경우가 아니라면, 일반적으로 품질이 같은 상품은 소비자들에게 같은 가격으로 팔린다. 이처럼 각 소비자에게 같은 상품에 대한 가격을 다르게 받을 수 없을 때 소비자 잉여가 발생한다는 사실은 경쟁적 시장이 소비자에게 효율적이라는 것을 증명한다.

『80일간의 세계 일주』로 돌아가서, 포그는 2만 파운드의 상금을 염두에 두고 배포 있게 높은 지불 용의 가격을 부름으로써 매 순간 위기를 극복했고, 마침내 80일 만에 세계 일주를 할 수 있다는 것을 입증했다. 포그는 상금으로 2만 파운드를 받았지만, 여행 중에 약 1만 9,000파운드를 써 버렸다. 그리고 나머지 1,000파운드는 하인 파스파르투와, 자신을 은행 강도로 오해하여 여행을 방해했던 픽스 형사에게 주었기 때문에 포그가 실제로 얻은 금전적 소득은 거의 없었다.

혹자는 포그가 세계 일주를 하면서 얻은 것이 하나도 없다고 말할 것이다. 그러나 포그는 세계 일주에 도전하지 않았다면 누리지 못했을 체험을 수없이 했으며, 값을 매길 수 없는 소중한 이익을 얻었다. 런던으로 돌아와 아우다 부인과 결혼을 약속한 것이다. 소설의 작가 쥘 베른은 소설의 마지막에서 '사람들은 이보다 더 작은 것을 위해서라도 세계 일주를 하지 않을까?'라는 질문을 던지며 펜대를 내려놓는다. 포그처럼 평생을 함께할 동반자를 만나는 만큼의 가치를 얻지 못한다 하더라도 우리는 여행을 떠난다. 그리고 나름의 소비자 잉여를 얻고 돌아올 것이다.

– 박정호, 「80일간의 세계 일주」와 소비자 잉여

13 '소비자 잉여'가 발생하기 위한 전제 조건이 다음의 〈보기〉와 같을 때 제시문의 내용을 바탕으로 밑줄 친 부분에 들어갈 말을 서술하시오.

> **보기**
>
> 소비자 잉여가 발생하려면 공급자가 ＿＿＿＿＿＿＿＿＿＿＿＿＿＿＿＿＿＿＿＿＿＿＿＿＿＿＿＿＿.
>
> (단, 기업이 해당 상품을 독점해서 판매하지 않는다.)

14 다음의 〈보기〉는 제시문의 [A]를 그래프로 나타낸 것이다. 각 소비자의 지불 용의 가격과 소비자 잉여를 차례대로 구하시오.

보기

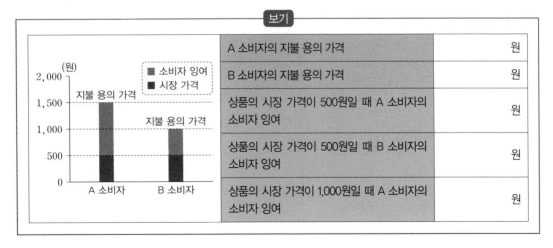

A 소비자의 지불 용의 가격	원
B 소비자의 지불 용의 가격	원
상품의 시장 가격이 500원일 때 A 소비자의 소비자 잉여	원
상품의 시장 가격이 500원일 때 B 소비자의 소비자 잉여	원
상품의 시장 가격이 1,000원일 때 A 소비자의 소비자 잉여	원

[15~16] 다음 글을 읽고 물음에 답하시오.

웹에는 수많은 웹 페이지가 있다. 이러한 웹 페이지들을 검색하기 위한 프로그램을 검색 엔진이라 한다. 사용자가 검색창에 검색어를 입력하면 검색어가 포함된 웹 페이지가 위에서 아래로 화면에 나타난다. 이는 웹 페이지를 찾아내는 매칭 알고리즘과, 찾아낸 웹 페이지에 순위를 매기는 랭킹 알고리즘이 순서대로 작동한 것이다. 찾아낸 웹 페이지는 수백 개가 넘을 수도 있지만, 보통 사용자는 적은 수의 결과만을 보고 싶어 한다. 그래서 매칭 알고리즘의 개발자들은 검색어를 포함하면서도 적은 개수의 웹 페이지만 찾는 방법을 고민해 왔다.

매칭 알고리즘은 미리 저장해 놓은 인덱스를 이용한다. 인덱스란 웹상의 데이터를 수집하여 데이터가 있는 위치를 기록한 자료 구조를 말한다. 검색이 요청될 때마다 검색어에 맞는 웹 페이지를 모든 웹 페이지에서 찾는다면 상당한 시간이 걸리겠지만, 매칭 알고리즘은 인덱스의 기록에서 찾기 때문에 소요되는 시간을 줄일 수 있다. 또한 (ⓐ) 인덱스의 기록과 실제 웹상의 데이터가 다른 시점도 있으므로 인덱스를 자주 갱신해 주어야 사용자의 만족도를 높일 수 있다.

인덱스를 만드는 기본적인 방식은 웹 페이지에 있는 단어를 알파벳순으로 정리한 후, 각 단어와 등장하는 웹 페이지를 함께 기록하는 것이다. 웹상에 〈표 1〉의 세 개의 웹 페이지만 있고 각각 1, 2, 3이

my vehicle story	my truck	street story
the car ran behind a truck	my car stood on the road	the car stood while a truck ran
[웹 페이지 1]	[웹 페이지 2]	[웹 페이지 3]

〈표 1〉

라는 번호를 할당받았다고 하자. 웹 페이지 첫 줄은 제목이며 그 아래는 본문이라는 서식*이 사용된 문장이다. 해당 방식의 인덱스는 단어에 (웹 페이지 번호)를 붙여 기록하므로, car는 (1, 2, 3)이고, ran은 (1, 3)이 된다. car를 검색하면 매칭 알고리즘은 인덱스를 통해 [웹 페이지 1, 2, 3]을 찾아낸다. 만약 검색어로 car ran이라는 복수의 단어를 입력하면 어떻게 될까? 이는 car와 ran이라는 단어가 모두 포함된 웹 페이지를 찾으라는 뜻이므로 공통된 [웹 페이지 1, 3]을 찾아낸다.

이번에는 검색어에 큰따옴표를 붙여 "car ran"을 입력하면 어떻게 될까? car ran과 "car ran"은 의미가 다르다. 전자는 car와 ran의 순서에 상관없이 두 단어가 모두 포함된 웹 페이지를 찾는 것이지만, 후자는 car 다음에 ran이 바로 이어진 웹 페이지를 찾으라는 뜻이다. 하지만 단어에 웹 페이지 번호만 붙인 인덱스로는 이런 웹 페이지만을 찾을 수가 없다. 그래서 인덱스에 웹 페이지 번호와 단어 위치를 함께 기록하는 방식이 개발되었는데 이를 단어 위치 방식 인덱스라 한다. 이때 각 단어는 (웹 페이지 번호-위칫값)으로 기록된다. 위칫값은 웹 페이지 안에서 단어가 나열된 순서를 뜻하므로, car는 (1-5), (2-4), (3-4)이고, ran은 (1-6), (3-9)이다. "car ran"이 입력되면 검색 엔진은 해당 인덱스를 참고하여 웹 페이지 번호는 같고 위칫값이 연속된 [웹 페이지 1]을 찾아낸다.

truck은 제목과 본문에 모두 쓰이는 단어이다. 만약 제목에만 truck이 사용된 웹 페이지를 검색할 수 있다면, (ⓑ) 사용자의 만족도를 높일 수 있다. 그래서 개발자들은 인덱스를 기록할 때 태그를 이용하는 방식을 고안했다. 이를 이용하면 특정 서식에 포함된 단어가

〈title〉 my struck 〈/title〉

〈body〉 my car stood on the road 〈/body〉

〈표 2〉

있는 웹 페이지만 찾을 수 있다. 실제로 웹 페이지에는 서식이 태그로 기록된다. 〈title〉과 〈/title〉은 제목의 시작과 끝을, 〈body〉와 〈/body〉는 본문의 시작과 끝을 나타내는 태그이다. 〈표 2〉는 〈표 1〉의 [웹 페이지 2]에 사용된 태그를 표현한 것으로 다른 웹 페이지에서도 동일하게 적용된다. 다만 사용자의 화면에서는 태그가 숨겨져 있어서 사용자에게는 〈표 1〉처럼 보일 뿐이다. 태그를 이용하는 방식의 인덱스에서는 태그도 단어로 본다. 그래서 각각의 태그도 (웹 페이지 번호-위칫값)으로 기록되며, 위칫값을 셀 때 태그도 포함한다. 〈표 1〉의 인덱스의 경우 〈title〉은 (1-1, 2-1, 3-1)이고, 〈/title〉은 (1-5, 2-4, 3-4)가 된다. 사용자가 제목에 있는 truck만 검색한다고 하자. 해당 인덱스에서 truck은 (1-12), (2-3), (3-11)이다. 이 중에서 (2-3)만 제목 인덱스인 (2-1)과 (2-4) 사이에 있으므로 검색 엔진은 [웹 페이지 2]를 찾아내게 된다.

– 「매칭 알고리즘」

*서식: 화면에서 문장의 배치

15 윗글의 흐름상 ⓐ는 2문단을 참고하여, 그리고 ⓑ는 1문단을 참고하여 들어갈 내용을 각각 서술하시오.

ⓐ _____

ⓑ _____

〈유의 사항〉

– ⓐ와 ⓑ 각각 20자 이내로 기술할 것(공백 제외).

16 윗글을 바탕으로 다음의 〈보기〉 중 '단어 위치 방식의 인덱스'에서 [웹 페이지 1]의 'my'와 '태그를 이용하는 방식의 인덱스'에서 [웹 페이지 2]의 'my'가 공통으로 갖는 위칫값을 구하시오.

보기

oh my cat a cat sat on the carpet	my dog a dog stood on the mat	my pets a cat stood while a dog sat
[웹 페이지 1]	[웹 페이지 2]	[웹 페이지 3]

[17~19] 다음 글을 읽고 물음에 답하시오.

　사회 속에서 행동하는 개인이나 집단의 의식 및 행동을 연구하는 학문을 사회 심리학이라고 한다. 사회 심리학의 개념 중 하나인 동조 현상은 집단이 구성원에게 가하는 압력에 의해 개인의 행동이나 태도가 변하는 것을 말한다. 집단의 압력이 실제로 존재하지 않더라도 집단이 압력을 가하고 있다고 개인이 느낄 수 있는데, 이런 경우에도 동조 현상이 일어날 수 있다. 동조 현상은 다양한 규모의 집단에서 일어날 수 있는데, 국가와 같은 대규모 집단은 물론 특정한 상황으로 인해 모인 소수의 사람으로 구성된 소규모 집단에서도 일어날 수 있다.

　구성원들의 행동이나 태도를 규율하는 기준을 의미하는 집단의 규범은 동조와 밀접한 관련이 있는데, 집단의 규범은 어떤 행동이나 의견이 적절한 것인지 부적절한 것인지를 판단하는 기준이 될 수 있기 때문이다. 집단의 규범에는 명문화되어 있거나 공식적으로 발표된 명시적 규범과, 명문화되어 있지 않으며 공식적으로 발표되지 않았지만 사람들이 암묵적으로 동의하는 묵시적 규범이 있다.

　동조 현상이 일어나는 원인은 규범적 영향력과 정보적 영향력으로 구분할 수 있다. 규범적 영향력은 개인이 집단에서 고립되지 않고 구성원으로 받아들여지기 위해 집단의 명시적 규범이나 묵시적 규범을 따르는 것을 의미한다. 개인이 집단의 규범을 잘못된 것이라 생각해도 규범적 영향력에 의해 동조가 일어날 수 있는데, 이런 경우 개인의 신념 변화와 같은 내적인 변화보다는 행동 변화와 같은 외적인 변화가 주로 일어난다.

정보적 영향력은 개인이 판단의 근거가 부족하거나 판단이 어려운 상황에서 집단의 규범이나 의견을 정보로 여기고 따르는 것을 의미한다. 어떤 생각이나 행동을 할지 판단하기 어려운 낯선 상황에 처한 개인은 상황에 맞는 적절한 생각과 행동을 하기 위하여, 집단의 규범이나 다른 구성원들의 생각을 습득해야 할 정보로 여기고 이를 습득한 후 따르게 되는 것이다. 정보적 영향력에 의한 동조는 규범적 영향력보다 쉽게 내적인 변화를 일으킬 수 있다.

ⓐ동조 현상은 동조가 일어나는 상황이나 동조 정도에 따라 순응, 동일시, 내면화로 나눌 수 있다. 우선 순응은 보상을 얻거나 벌을 피하기 위해, 또는 다른 구성원들과 좋은 관계를 유지하기 위해 일시적으로 동조하는 것이다. 순응의 단계에서는 순간적인 행동의 변화가 있을 뿐, 신념이나 태도는 변화하지 않는다. 보상을 얻거나 처벌을 피하는 것 외에 구성원이 규범을 따라야 하는 다른 이유가 없다면, 특정 규범에 대한 순응은 태도나 신념의 변화로 이어지기 어렵다. 동일시는 집단의 특정 구성원과 비슷해지고 싶다는 욕구 때문에 일어나는 동조이다. 개인은 자신이 잘 모르는 행동을 해야 할 때 집단의 다른 구성원의 행동을 기준으로 삼는다. 이 때 매력적인 구성원이 있다면 그와 비슷해지고 싶다는 욕구가 생기며 이를 통해 동조가 일어나는 것이다. 동일시의 욕구를 가지는 개인은 판단이 필요한 상황에서 자신이 닮고자하는 사람의 태도와 행동을 무비판적으로 따르게 될 가능성이 높다. 마지막으로 내면화는 집단의 규범을 자신의 내면에 완벽하게 수용한 것이다. 순응과 달리, 내면화의 단계에 이른 집단 규범은 외부 압력 없이도 자발적으로 유지되며 오랫동안 지속된다. 반복적인 순응으로 인해 내면화가 일어나기도 하지만, 모든 순응이 내면화로 이어지는 것은 아니다.

17 제시문의 내용을 바탕으로 〈보기 1〉을 이해할 때 〈보기 2〉의 빈칸에 들어갈 말을 제시문에서 찾아 쓰시오.

보기 1

어두운 곳에서 고정된 광점(光點)을 보면 움직이는 것처럼 보인다. 어두운 방에 있는 세 명의 피험자에게 고정된 광점을 보게 한 후, 이들을 분리하여 각자가 인식한 광점의 이동 범위를 말하게 했다(답변 1). 그 후 피험자들을 모아 이에 대해 대화를 나누게 한 후 광점의 이동 범위를 말하게 했으며(답변2), 광점의 이동 범위에 대해 더 많은 대화를 나누게 한 후 광점의 이동 범위를 다시 말하게 했다(답변 3). 마지막으로 피험자를 따로 분리한 후 각자 최종적으로 생각한 광점의 이동 범위를 말하게 했다(답변 4). 실험의 결과는 아래 그래프와 같으며, 답변으로 인한 보상이나 처벌은 없었다.

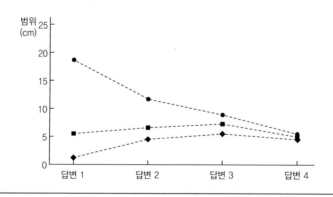

보기 2

'답변 1'의 결과에서 '답변 4'의 결과로 변화하는 것을 보면 정답에 대한 판단이 모호한 문제에 대해서도 집단의
(   )이/가 정해질 수 있음을 알 수 있다.

〈유의 사항〉

– 20어절로 쓸 것

18 제시문의 내용을 바탕으로 다음의 〈보기〉를 이해할 때 빈칸에 들어갈 말을 제시문에서 찾아 쓰시오.

보기

연구자는 피험자에게 선분 하나가 그려진 카드 A와 서로 다른 길이의 선분 셋이 그려진 카드 B를 보여 주었다.
B의 선분 중 하나는 A의 선분과 길이가 같았으며, B의 선분 중 어느 것이 A의 선분과 길이가 같은지 피험자가 명
확하게 판단할 수 있게 선분이 그려져 있었다. 피험자에게 B의 선분 중 A의 선분과 길이가 같은 것이 무엇인지 물
었을 때, 혼자 실험에 임한 피험자가 오답을 말한 비율은 1%가 되지 않았다. 하지만 오답을 말하도록 공모한 다수
의 가짜 피험자 사이에 진짜 피험자를 두고 실험을 한 결과, 진짜 피험자가 오답을 말한 비율은 36.8%에 달했다.
이 실험을 통해 (   )이/가 발생하기 어려운 상황에서도 동조 현상이 일어날 수 있다는 것을 알 수
있다.

〈유의 사항〉

– 20어절로 쓸 것

19 제시문의 @를 참고하여 다음의 〈보기〉에서 설명하는 갑의 동조화 현상은 무엇인지 쓰시오.

> 보기
>
> 갑은 학교 방침상 모든 학생이 동아리 활동을 해야 한다는 것을 알게 되었다. 갑은 동아리 활동을 하기 싫었으나, 학교 방침에 따라 원하지 않는 환경 동아리에 가입하였다. 이후 갑은 환경 동아리 부장인 을이 많은 학우에게 신뢰와 존경을 받고 있음을 알게 되었다. 갑은 점점 을을 신뢰하고 존경하게 되면서 을처럼 되고 싶다고 생각했고, 을의 행동을 관찰하고 따라 하면서 동아리 활동에 집중하기 시작했다.

〈유의 사항〉

− 한 단어로 쓸 것

[20~21] 다음 글을 읽고 물음에 답하시오.

밀리미터파는 직진성과 대기 감쇠 특성 때문에 한 번에 먼 거리로 데이터를 전송하는 데 어려운 점이 있다. 그러나 파장이 짧아 전자 회로와 안테나의 크기를 작게 만들 수 있으며, 가용 대역폭이 넓어서 수 기가헤르츠 대역폭을 필요로 하는 대용량 데이터의 고속 전송에 유용한 장점이 있다. 근래 들어 반도체 공정 기술의 발달로 밀리미터파 부품의 가격이 떨어지고, 고품질 영상 데이터와 같은 고속 데이터의 전송 수요가 많아짐에 따라 밀리미터파는 점점 더 우리 생활 속 깊숙이 파고들고 있다.

밀리미터파는 대역별로 다양하게 활용되고 있다. 먼저 60기가헤르츠 대역은 넓은 가용 대역폭을 활용해 근거리에서 대용량의 데이터를 고속 전송하는 데 사용되고 있다. 이 대역을 이용해 데이터를 전송하면 전송 속도가 초당 1기가비트에서 3기가비트까지 가능하다. 이는 700메가바이트 용량의 고화질 영화 한 편을 내려받는 데 2, 3초 정도면 가능한 속도이다. 이것은 하드 디스크, 셋톱 박스, 고화질 텔레비전(HDTV), 캠코더 등에 대용량의 데이터를 보내면서 굳이 케이블을 사용할 필요가 없어 편리함과 공간 활용도를 높일 수 있게 한다. 또한 밀리미터파의 넓은 대역폭은 영상 신호를 압축할 필요가 없게 하기 때문에 영상 신호의 지연도 나타나지 않을 뿐만 아니라, 압축 기술을 사용하면서 지불하는 기술 사용료도 사라지게 했다.

77기가헤르츠 대역은 차량 충돌 방지 레이더에 쓰이고 있다. 차량 충돌 방지 레이더는 밀리미터파 신호를 이용해 200미터 이내의 전방 차량과 옆으로 다가오는 차량 및 갖가지 장애물을 감지하여 사전에 충돌을 경고하거나 차량의 속도를 조절해 주는 장치이다. 낮은 주파수를 자동차 레이더에 이용하면 전파 간섭과 넓은 파장으로 앞차의 위치를 정확하게 판단하기 어려운 반면 밀리미터파를 이용하면 그 정확성이 매우 높아진다. 특히 앞에 가고 있는 차량이 같은 차선의 차량인지 옆 차선의 차량인지 알기 위해서는 해상도가 좋아야 하는데, 밀리미터파는 이런 특성을 모두 만족시켜 자동차 레이더에 알맞은 최적의 전파로 각광받고 있다.

94기가헤르츠 대역은 이미지 스캐닝 시스템에 활용되어 가시광선이 투과할 수 없는 숨겨진 물체에 대한 선명한 영상을 얻는 데 쓰이고 있다. 주파수가 높으면 투과나 반사의 성질이 커지고 적외선에 가까워질수록 더 높은 해상도를 얻을 수 있다. 병원에서 이용하는 엑스선의 파장은 10나노미터로 더 높은 해상도를 줄 수 있지만 방사선의 일종이라는 점에서 인체에 해로울 가능성이 있다. 또한 적외선은 넓은 영역을 스캔할 수 없다. 이러한 이유 때문에 상대적으로 넓은 영역을 스캔할 수 있는 밀리미터파의 활용도가 높다. 그래서 안개나 구름, 눈, 모래 폭풍 등의 기상 상태에 따라 가시거리가 달라지는 항공 시스템에서 전방 스캔용으로 쓰이고 있다. 또 공항이나 은행처럼 보안이 중요한 장소에서는 무기를 탐지하는 용도로 쓰인다.

– 한국 전자 통신 연구원 전파 기술 연구부, 「밀리미터파가 바꾸는 세상」

20 다음의 〈보기〉는 제시문의 내용을 바탕으로 밀리미터파의 장·단점을 도표로 정리한 것이다. 빈칸에 들어갈 밀리미터파의 특성을 차례대로 쓰시오.

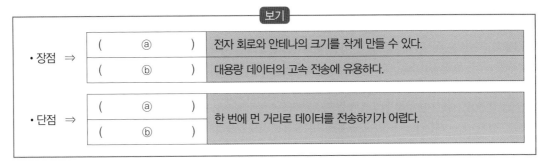

〈유의 사항〉
– 장점의 ⓐ와 ⓑ는 순서대로 작성하고, 단점의 ⓐ와 ⓑ는 순서와 상관 없이 작성할 것

21 다음의 〈보기〉는 밀리미터파의 대역별 활용 사례를 설명한 것이다. 제시문을 바탕으로 각 활용 사례에 맞는 대역별 주파수를 쓰시오.

보기

(①) ⇒ 항공 시스템의 전방 스캔용 또는 무기 탐지용 이미지 스캐닝

(②) ⇒ 대용량 데이터의 근거리 고속 전송

(③) ⇒ 차량 충돌 방지 레이더

[22~23] 다음 글을 읽고 물음에 답하시오.

구글이 소유한 인공 지능 기술 개발 업체인 딥마인드가 창조해 낸, '알파고'는 최첨단 정보 통신 기술이 총동원된 인공 지능 바둑 시스템이다. 바둑의 확률을 수학적으로 계산하는 것이 불가능하기 때문에, '알파고'는 무작위로 바둑돌을 대입해 보며 예상 확률을 알아낸 뒤, 가장 가능성이 높은 수를 선택하는 몬테카를로 트리 탐색(MCTS)을 바탕으로 한다. 몬테카를로 트리 탐색은 선택지 중 가장 유리한 선택을 하도록 돕는 방식이다. 예를 들어 '알파고'가 검은 돌로 대결을 벌인다면, 흰 돌이 어디에 놓이느냐에 따라 검은 돌을 둔다는 의미이다. 당연히 최적의 선택이 반복될수록 대국은 유리하게 풀린다.

일반적으로 말하는 인공 지능은 사실 딥 러닝으로 이루어지는 강화 학습을 말한다. 일반 컴퓨터는 정해진 규칙을 따라 연산을 수행하면서 '예' 또는 '아니오'의 결과를 내놓는다. 반면에 딥 러닝은 연산 과정에 여러 층을 두어 컴퓨터 스스로 정보를 잘게 조각내어 작은 판단을 내리고, 그것을 종합하여 결과를 내놓는다. 즉 딥 러닝은 다층 구조의 정보망을 기반으로 하는 기계 학습의 한 분야로, 다량의 데이터에서 높은 수준의 추상화를 가능하게 하는 방법이다.

기계 학습은 정확하게 입력되지 않은 내용을 기반으로 인공 지능이 자체적으로 학습하는 것이다. 이때 인공 지능은 방대한 양의 자료를 수집하고, 그 자료를 기반으로 다음 단계를 예측한다. 구글이 '알파고'에 도입한 딥 러닝도 이러한 기계 학습의 한 종류이다. '알파고'의 개발자인 데미스 하사비스 박사는 '알파고'를 개발하면서 프로 바둑 기사의 대국 기보 3,000만 건을 입력했다고 말했다. 이후 '알파고'는 입력된 기보를 바탕으로 쉬지 않고 바둑을 두며 학습했는데, 무려 1,000년에 해당하는 시간만큼 바둑을 학습한 수준이라고 한다. '알파고'는 경기를 진행하면서 경험을 쌓아 스스로 학습하고 전략을 짜기 때문에 딥마인드 개발자들도 '알파고'가 어느 단계까지 진화할 수 있을지는 의문이라고 했다. '알파고'가 이세돌 9단을 상대로 연승할 수 있었던 것은 스스로 진화하는 학습 능력을 갖추었기 때문이다.

이러한 딥 러닝은 이미 여러 분야에서 활용되고 있다. 자동으로 음성을 인식하여 인간이 요구하는 기능을 작동하도록 하는 것도 이와 같은 예로 볼 수 있다 그뿐 아니라 이미지 분류에서도 딥 러닝을 이용해 자동으로 영상을 인식하여 이를 분류하고 분류 목적에 맞게 저장까지 할 수 있게 되었다.

제약 산업에서도 딥 러닝이 사용된다. 새로운 약이 개발되어도 생각만큼 약효를 보이지 못하거나, 예상치 못한 다른 작용을 일으켜서 상업적으로 출시되지 못하는 경우가 많다. 딥 러닝을 이용한 가상 실험 방법이 가능해지면서 많은 연구자들이 약물 개발에 유용하게 활용하고 있다. 마케팅 분야에서도 딥 러닝은 고객에 따라 활용 가능한 마케팅 방법을 선정하고 효과를 예측하는 데 활용되고 있다.

무엇보다도 우리에게 가장 잘 알려진 딥 러닝 활용 분야는 자율 주행 자동차이다. 자율 주행 자동차는 앞에 횡단보도가 있는지 사람이 있는지와 같은 정해진 물음에 답할 뿐 아니라, 안전하거나 위험한 상황을 담은 동영상 정보를 기반으로 스스로 학습해 자동차를 운행한다. 무엇이 더 중요한 정보인지 판단해 그것을 다음 연산에 반영하는 것이다. 참조할 자료가 많을수록 인공 지능은 단련된다. 인공 지능 연구자들은 이전에 없던 새로운 창의성이 나타날 수도 있다고 말한다.

– 이종호, 「인공 지능의 미래, 딥 러닝」

22 제시문의 내용을 바탕으로 빈칸에 알맞은 딥 러닝의 활용 분야를 순서에 상관 없이 쓰시오.

자동 음성 인식
ⓐ
ⓑ
ⓒ
ⓓ

딥 러닝의 활용 분야

23 다음의 〈보기〉는 위의 제시문을 읽은 학생이 쓴 일기이다. 기기를 조작하거나 작동시킨 행위 중 인공 지능을 활용한 것으로 보기 어려운 사례를 찾아 쓰시오.

> 보기
>
> 아침부터 비가 오길래 스피커에게 오늘 날씨에 어울리는 노래를 틀어 달라고 말했다. 서정적인 피아노 협주곡을 들으며 외출 준비를 마친 후 자동차에 타 목적지를 입력하니 자동차가 스스로 시동을 걸고 주행을 시작하였다. 차에 편히 앉아 스마트폰에 미리 입력해 둔 오늘의 일정을 확인하였다. 시간이 남아 쇼핑몰 사이트에 접속하자 내 취향과 쇼핑 습관에 맞는 추천 제품 목록이 떴다. 구경을 하다가 문득 오늘 오후에 친구가 놀러 오기로 한 것이 생각나 홈 네트워크를 통해 거실의 로봇 청소기를 작동시켰다.

[24~25] 다음 글을 읽고 물음에 답하시오.

> 1780년 6월 21일.
>
> 책이 있으면서 남에게 빌려주지 않으면 ⓐ책 바보다. 자신에게 없는 책을 무슨 수를 써서든 소장하려고 드는 것도 책 바보다. 오직 책을 엮고 인쇄하여 마음이 통하는 고상한 사람에게 주고 뜻이 있는 시골 선비들과도 나누어야지만 책 바보가 아니다.
>
> 비록 만 권의 책을 쌓아 두고 있다 할지라도 문장과 학문에 뜻이 없다면 한 글자도 제대로 읽어 낼 수가 없으리니, 그저 좀벌레들 좋은 일만 시킬 따름이다. 비록 집에 책 한 질 없어도 글을 읽고자 하는 정성이 있다면 상아 책갈피가 꽂혀 있고 옥색 비단으로 장정된 멋진 책들이 절로 눈앞에 올 것이다.
>
> 책을 소장할 적에 오직 내 것이길 고집한다면 이는 사사로운 행동이다. 책을 쌓아 두고 내 것이라 하지 않아야 공정한 행위이다. 공정한 행위는 상쾌한 결과를 맞고, 사사로운 행동은 째째한 탐욕으로 귀결된다. 이걸 보면 무엇을 따라야 할지 알 수 있다.

사용하지 않는 물건은 본디 없는 물건이나 마찬가지이다. 훌륭한 서화를 소장하고 있으면서 더 깊은 곳에 숨겨 두어야 하지 않을까 걱정하는 것과 멋진 책을 쌓아 두고 있으면서 더러운 것이 묻지나 않을까 근심하는 것, 서화를 늘어놓고는 문을 닫아걸고 혼자 구경하는 것, 책꽂이를 맴돌며 먼지를 떨고 책갑이나 정돈하는 것 등도 모두 똑같이 어리석은 행동이다. 아마도 이런 무리는 죽을 때까지 이 사소한 물건의 노비가 되고 말 것이다.

내 것이라는 이름표를 달지 않은 채 만 권의 책을 소장해도 좋고, 집에 책이 한 권도 없어도 좋고, 아침에 모은 책을 저녁에 다 흩어 버려도 좋고, 옛 책을 보내고 새 책을 맞이해도 좋다. 선비는 하루라도 책이 없을 수 없겠으나, 이 또한 살아 있을 때의 일일 뿐이다. 자손이 책을 좋아한다면야 당연히 내가 가진 책을 그대로 물려주겠지만, 책을 좋아하지 않는다면 책을 물려준들 무슨 소용이 있으랴? 세상에서는 서적을 모아 두는 것을 자손을 위한 계획으로 삼곤 하는데, 참으로 지나친 행동이다.

1780년 10월 20일.
ⓑ오이 덩굴을 뽑아내는 방식으로 책을 읽으면 관련 서적을 모두 꺼내 보게 되므로, 다 읽은 글이 책 열 편이 안 되더라도 뽑아 본 책은 수백 권에 이르는 때도 있다. 내가 예전에 듣기로 성천 부사 민 아무개가 역사 공부를 할 때 이 방법을 썼다고 한다.

1781년 2월 18일.
책에 장서인을 찍는 법으로 말하자면, 우리나라와 중국은 공사와 아속의 측면에서 현저히 다르다. 중국인들은 책을 수집하더라도 유통하는 것을 근본으로 삼는다. 그러므로 그들이 장서인을 찍는 것은 나중에 그 책을 소유한 사람에게 이 책이 누구로부터 전해졌고 누가 평비하며 읽었는지 알려 주려 해서이다. 비유하자면 서화에 제발문을 쓰는 것과 같으니 어찌 공정하고 고상하다 하지 않겠는가? 우리나라 사람들은 책을 모을 때 소장하는 것을 근본으로 삼는다. 그래서 반드시 본관과 성명, 자와 호 등 서너 가지 장서인을 무슨 관청의 장부와 같이 거듭거듭 찍는다. 그 책이 남의 것이 될까 근심하는 듯하니, 어찌 사사롭고 저속하다 하지 않겠는가?

사사로운 마음으로 책을 대하기 때문에 간혹 책을 팔아 치우게 되면 반드시 장서인을 찍은 것을 없애면서 무언가 잃은 양 한탄스러워하는 것이고, 공정한 마음으로 책을 대하기 때문에 간혹 책을 기증하게 되어도 장서인 찍은 것을 그대로 남겨 두며 마치 증여하지 않은 것처럼 아무렇지도 않게 여긴다. 한탄스러워하는 것과 아무렇지도 않게 여기는 것의 사이에서 고상함과 저속함이 갈린다.

– 유만주, 「옛사람의 독서 일기」

24 윗글에서 ⓐ의 '책 바보'는 어떤 사람을 의미하는지 서술하시오.

〈유의 사항〉
– 25자(±5)로 기술할 것(공백 제외)

25 윗글에서 ⓑ의 '오이 덩굴을 뽑아내는 방식'과 유사한 현대의 독서 방법은 무엇인지 세 어절로 쓰시오.

[26~27] 다음 글을 읽고 물음에 답하시오.

순(舜)임금은 밭 갈고 씨 뿌리며 질그릇 굽고 물고기 잡는 일에서부터 황제가 되기까지 남에게 배우지 않은 것이 없었다. 공자가 말하기를, "나는 젊은 시정에 미천했기 때문에 막일에 많이 익숙했다."라고 했으니 그 막일 역시 밭 갈고 씨 뿌리며 질그릇을 굽고 물고기를 잡는 일 따위였을 것이다. 비록 순임금과 공자같이 거룩하고 재능 있는 분일지라도 사물에 나아가 기교를 창안하고 일에 임해 도구를 만들려면 시일도 부족하고 지혜도 막히는 바가 있었을 것이다. 그러므로 순임금과 공자가 성인이 된 것은 남에게 잘 묻고 잘 배운 것에 지나지 않는다.

우리나라 선비들은 한쪽 모퉁이 땅에 편협한 기질을 타고나, 발은 중국 대륙의 땅을 밟아 보지 못하고 눈은 중국의 사람을 보지 못한 채 태어나 늙고 병들어 죽기까지 국경 안을 떠나 본 적이 없다. 그래서 학은 다리가 길고 까마귀는 검은 것이 각자 자기의 천성을 지키는 것이고, 우물 안 개구리나 밭의 두더지는 오직 자기 땅만을 의지해야 한다고 여기며 살아왔다. 예(禮)는 차라리 소박해야 한다고 말하고 누추한 것을 검소한 것이라고 인식했다. 이른바 ⓐ   의 사민(四民)이라는 것도 겨우 명목만 남아 있고, ⓑ   의 도구는 날이 갈수록 어렵고 구차해졌다. 이는 다른 게 아니다. 배우고 물을 줄을 몰라 생긴 잘못이다.

장차 배우고 물어야 한다면 중국을 버려두고 어떻게 하겠는가? 그러나 그들은 말하기를, 지금 중국을 다스리는 자는 오랑캐들이라고 하면서 배우기를 부끄러워해 중국의 옛 법마저 싸잡아 천하고 야만적이라 여긴다. 저들이 진실로 변발을 하고 옷깃을 왼편으로 여미는 오랑캐이지만 저들이 살고 있는 땅이 삼대(三代) 이래 한(漢)·당(唐)·송(宋)·명(明)의 대륙이 어찌 아니겠는가? 그 땅 안에 살고 있는 사람들이 삼대 이래 한·당·송·명의 후손이 어찌 아니겠는가? 만약 법이 좋고 제도가 아름답다면 진실로 오랑캐라도 나아가 본받아야 할 터인데, 하물며 그 규모의 광대함과 마음 씀씀이의 정교함과 제작(制作)의 심원함과 문장의 찬란함이 아직도 삼대 이래 한·당·송·명의 옛 법을 보존하고 있음에랴?

우리를 저들과 비교한다면 진실로 한 치도 나은 점이 없다. 그럼에도 유독 상투를 튼 것만 가지고 스스로 천하에 제일이라고 뽐내면서 "지금 중국은 옛날의 중국이 아니다."라고 말한다. 그 산천은 비린내와 노린내가 난다고 헐뜯고, 그 백성은 개나 양이라고 욕을 하며, 그 언어는 오랑캐 말이라고 모함하면서, 중국 고유의 좋은 법과 아름다운 제도마저 싸잡아 배척해 버린다. 그렇다면 어디를 본받아 나아가야겠는가?

[A]
내가 북경에서 돌아오니 재선(在先) 박제가 자신이 지은 《북학의(北學議)》 내외(內外) 두 편을 보여 주었다. 재선은 나보다 먼저 북경에 들어갔던 사람이다. 그는 농사짓고, 누에 치고, 가축을 기르고, 성을 쌓고, 집을 짓고, 배와 수레를 만드는 일에서부터 기와를 굽고, 대자리를 짜고, 붓과 자를 만드는 일에 이르기까지 눈으로 헤아려 보고 마음으로 비교해 보지 않은 것이 없었다. 눈으로 보지 못한 것이 있으면 반드시 물어보았고, 마음으로 깨닫지 못한 것이 있으면 반드시 배웠다. 시험 삼아 책을 한번 펼쳐 보니, 내가 쓴 《열하일기》와 조금도 어긋나는 것이 없어 한 사람의 손에서 나온 것 같았다. 이러하니 그가 진실로 즐거워하며 내게 보여 준 것이고, 나도 기분 좋게 사흘간 읽어도 싫증 나지 않았던 것이다.

아, 이것이 어찌 한갓 우리 두 사람이 눈으로만 보고 나서 그렇게 된 것이겠는가? 진실로 비 내리는 지붕과 눈 쌓이는 처마 아래서 연구하고, 술이 거나하고 등잔 심지 돋우는 즈음에 손뼉 치며 좋아했던 이야기를 한차례 눈으로 경험한 것일 뿐이다. 요컨대 이를 남들에게 말할 수가 없으니, 남들은 정말 믿지 않으리라. 믿지 않으니 참으로 화를 낼 것이다. 화를 내는 성질은 편협한 기질에서 말미암은 것이고, 믿지 않는 원인은 중국의 산천을 헐뜯은 데 있다.

– 박지원, 「북학의 참뜻」

26 다음의 〈보기〉를 참고하여 윗글의 ⓐ와 ⓑ에 들어갈 사자성어를 차례대로 쓰시오.

보기

ⓐ 조선 시대 백성을 나누던 네 가지 계급으로 선비, 농부, 공장(工匠), 상인을 이르던 말
ⓑ 기구를 편리하게 쓰고 먹을 것과 입을 것을 넉넉하게 하여, 국민의 생활을 나아지게 함

ⓐ _____

ⓑ _____

27 다음의 〈보기〉를 참고하여 윗글의 [A]에 드러난 사상이 무엇인지 한 단어로 쓰시오.

보기

양란 이후 조선 사회의 성리학 사상과 양반 중심 사회가 안고 있는 내부 결점으로 인해 드러난 사회적 모순을 바로잡아 민생을 안정시키고, 우리 실정에 맞는 새로운 사상을 정립할 필요성에 의해 대두되었다.

PART 1
국어

PART 2
수학

PART 3
해답

[28~29] 다음 글을 읽고 물음에 답하시오.

신경 전달 물질이 신경 세포막에 있는 수용체 단백질과 결합하면 연접 틈에서 신경 세포로 이온이 들어올 수 있는 길, 즉 이온 통로가 열린다. 이온은 원자나 분자가 전기를 띠고 있는 것이다. 양(+)의 전기를 띠고 있는 것은 양이온, 음(−)의 전기를 띠고 있는 것은 음이온이라고 한다. 이온 통로가 열리는 방법은 수용체 분자 자신이 이온 통로가 되는 방법, 또는 수용체 옆에 있는 이온 통로가 활성화되는 방법이 있다. 이렇게 이온 통로가 열리게 되면 나트륨 이온, 칼슘 이온과 같은 양이온, 혹은 염소 이온과 같은 음이온이 신경 세포로 들어올 수 있게 된다.

평상시 신경 세포는 음전하를 띠고 있다. 만일 나트륨 이온, 칼슘 이온 등의 양이온이 들어오면 신경 세포는 양전하를 띠게 되어 흥분하게 된다. 반대로 염소 이온과 같은 음이온이 세포 내로 들어오면 세포의 음전하가 커지게 되어 신경 세포의 흥분이 억제된다. 신경 세포를 흥분시키는 신경 전달 물질로는 글루탐산, 신경 세포의 흥분을 억제하는 신경 전달 물질로는 감마 아미노뷰티르산이 대표적이다. 단순하게 보면 신경 전달 물질은 신경에 전기를 흐르게 하는 여닫개와 같은 역할을 한다고 생각할 수 있다.

[A] 그러나 신경 전달 물질만 가지고 온전한 여닫개 역할을 하지 못한다. 신경 전달 물질이 적절히 방출된다고 하더라도 이와 결합하는 수용체가 적절한 기능을 하지 못하면 신경 정보는 효율적으로 전달되지 못하기 때문이다. 신경 전달 물질과 수용체가 합쳐져야 온전한 여닫개의 역할을 할 수 있다. 물론 여닫개의 비유는 이해를 돕기 위함이고 실제로는 이보다 훨씬 복잡하다. 신경 전달 물질의 종류도 많고, 그 각각에 맞는 수용체도 다르기 때문이다. 또한 재미있는 점은 방출되는 신경 전달 물질의 양이 어떤 이유로 줄어들면 수용체의 수는 증가하고, 반대로 방출되는 신경 전달 물질의 양이 너무 많아지면 수용체의 수는 줄어든다는 것이다. 쉽게 비유하자면 여닫개에 자동 수리 기능까지 있는 셈이다. 그래서 우리 뇌는 기능이 일정하게 유지되는 항상성을 지니게 된다. 이러한 항상성이 깨지면 여러 가지 신경 정신 질환이 발생한다.

어떻게 보면 신경 전달 물질은 인간 활동의 최고 주체이자, 인류 문화 창조의 근원이라고 해도 과언이 아니다. 중요한 역사적 사건의 주체들, 인류에 큰 타격을 준 사건을 일으켰던 사람들의 신경 전달 물질 체계가 보통 사람들의 것과 어떻게 다른가를 연구하는 것은 중요하다. 이들의 사상과 행동의 원인을 가시적으로 이해할 수 있기 때문이다. 고도의 정신 기능, 감정, 운동 및 감각 기능을 위하여 얼마나 많은 신경 전달 물질이 필요한지 아직도 완전히 알지 못한다. 앞으로 과학이 발달함에 따라 서로 다른 기능을 하는 많은 신경 전달 물질들이 끊임없이 발견될 것이다. 이 신경 전달 물질들의 체계와 특성을 밝혀 나감으로써 인간 정신세계의 본질을 규명할 수 있을 것이다.

– 서유헌, 「뇌 속의 전달자, 신경 전달 물질」

28 제시문의 내용을 바탕으로 다음의 〈보기〉를 이해할 때 빈칸에 들어갈 말을 쓰시오.

보기

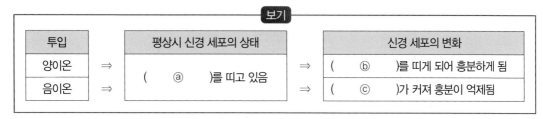

투입		평상시 신경 세포의 상태		신경 세포의 변화
양이온	⇒	(ⓐ)를 띠고 있음	⇒	(ⓑ)를 띠게 되어 흥분하게 됨
음이온	⇒		⇒	(ⓒ)가 커져 흥분이 억제됨

29 제시문의 [A]를 바탕으로 뇌가 항상성을 유지하는 원리를 다음의 연관어를 사용하여 서술하시오.

연관어
신경 전달 물질의 양 / 수용체의 수

〈유의 사항〉

− 증가와 감소 표현을 사용하여 60자 이내로 기술할 것(공백 제외)

[30~31] 다음 글을 읽고 물음에 답하시오.

　접점에서 만나지 않는 사람들, 즉 다른 의견을 듣지 않는 사람들은 마치 메아리 방에서 살 듯 자신의 소리만 듣고 살 가능성이 크다. 아니면 비슷한 생각을 가진 사람끼리 만나 동종 교배 하듯 서로 동의하며 기존의 입장을 기형적으로 견고하게 다질지도 모른다. 서로 다른 의견을 가진 사람들 각각의 집단 편향(집단 극화)이나 쏠림 현상이 강화되는 것이다.

　이러한 현상은 인터넷 시대에 들어와서 더욱 심화되고 있다. 최근의 각종 연구 결과에 따르면, 이전과는 다르게 사람들은 소수의 여론 주도자에게 끌려 다니지 않고 ⓐ자신과 비슷한 생각을 가진 사람들에게 동조하면서 기존의 의견과 입장을 더욱 강화하는 경향을 보이고 있다. 이에 따라 사람들의 의견이 극단적으로 나뉘는 현상마저 발생하고 있다.

　우리 사회에는 서로 다른 의견이 첨예하게 대립하는 사회 문제가 많지만, 그에 대해 치열하게 논쟁하는 모습은 찾아보기 힘들다. 또한 토론의 자리가 마련된다 하더라도 맞부딪쳐 조목조목 제대로 논쟁하는 모습을 보기 어렵다. 찬반 의견이 제시되는 것 같지만 논쟁의 내용을 들여다보면 찬성하는 사람은 찬성의 이유를 나열하고, 반대하는 사람은 반대의 이유를 나열하는 수준에 머무르는 경우가 허다하다.

　이처럼 우리 사회가 토론과 논쟁에 서툴다는 것을 대부분의 사람은 알고 있다. 그러나 토론 부재와 논쟁 불능 사회가 가져오는 부작용이 얼마나 큰지는 제대로 인식하지 못하는 것 같다. 밀은 "사회에서 널리 통용되는 의견이나 감정이 부리는 횡포 그리고 그런 통설과 다른 생각과 습관을 가진 이견 제시자에게 사회가 법률적 제재 이외의 방법으로 윽박지르면서 통설을 행동 지침으로 받아들이도록 강요하는 경향에 대해서도 대비를 해야 한다."라고 했다. 이는 다수의 의견을 모든 사회 구성원에게 강요하고 조금이라도 다른 의견은 묵살해 버리는 사회의 위험성과 폭력성을 경계하는 말이다. 그런 사회에서는 소수의 권익도, 다수를 위한 합리적인 정책도 보장되기 어렵다.

　무릇 모든 소통이 그러하듯 논쟁의 출발점도 상대방의 입장을 듣는 데서 시작한다. 상대방의 논리에서 허점을 찾아내고 상대방이 납득할 만한 이유를 제공하는 것이 논쟁의 규칙이다. 그러자면 어울리기 싫어도 생각이 다른 이들과 대화를 하고 그들의 입장을 들어야 한다.

ⓑ미국의 법학자 선스타인은 "나는 네 의견에 동의하지 않는다."라고 말하지 않는 사람들은 집단의 의견에 동조하거나 강화된 자기 의견 속에 안주한다고 했다. 그렇게 되면 자기 합리화와 상호 비방만 있게 된다. 반대 의견을 내고 기꺼이 논쟁하는 사람들이 이러한 상황을 흔들 수 있는 생산적 논쟁에 나서야 한다. 치열하게 논쟁을 한다면 우리 사회의 의견 스펙트럼이 지금보다는 다양해질 것이다.

논쟁이 활발한 사회는 의견 스펙트럼의 중간층이 두껍다. 의견 양극화와 쏠림 현상이 두드러진 곳에서는 집단들 간에 공유되지 않는 정보가 많아지고 소수자들은 침묵하게 된다. 그래서 사람들이 의견을 잘 내지 않는 사회가 되기 쉽다. 그런 곳에서는 의견의 양극단만 보이고 중간이 보이지 않는다. 중간 의견이 반영되지 않는 극단의 결정이 횡행하게 된다. 오늘날의 한국 사회는 과연 어떠한가?

— 박성희, 「의견 양극화와 생산적 논쟁」

30 제시문의 ⓐ가 의미하는 바를 제시문에서 찾아 두 어절로 쓰시오.

31 제시문의 ⓑ에서 글쓴이가 '선스타인'의 견해를 인용한 목적을 서술하시오.

〈유의 사항〉

- 25자(±5)로 기술할 것(공백 제외)

[32~33] 다음 글을 읽고 물음에 답하시오.

정의(情誼)는 친애와 동정의 결합입니다. 친애란 부모가 자식을 보고 귀여워서 정으로써 사랑함이요, 동정이란 자식이 당하는 고와 낙을 자기가 당하는 것같이 여김입니다. 그리고 돈수(敦修)란 있는 정의를 더 커지게, 더 많아지게, 더 두터워지게 한다함입니다. 그러면 다시 말해서, 친애하고 동정하는 것을 공부하고 연습하여 이것이 잘되도록 노력하자 함입니다.

인류 중 불행하고 불쌍한 자 중에 가장 불행하고 불쌍한 자는 무정한 사회에 사는 사람이요, 복 있는 자 중에 가장 다행하고 복 있는 자는 유정한 사회에 사는 사람입니다. 사회에 정의가 있으면 화기가 있고, 화기가 있으면 흥미가 있고, 흥미가 있으면 활동과 용기가 있습니다.

유정한 사회는 태양과 우로(雨露)를 받는 것 같고 화원에 있는 것 같아서, 여기는 고통이 없을뿐더러 모든 일이 잘되어 갑니다. 사람들이 삶에 흥미가 있으므로 용기를 내서 일을 하고, 편안함과 즐거움을 주는 일이 넘쳐 납니다.

PART 1 국어

PART 2 수학

PART 3 해답

이에 반하여 무정한 사회는 가시밭과 같아서 사방에 괴로움뿐이므로, 사람은 자기가 사는 사회를 미워하게 됩니다. 또 비유하면 차가운 바람과 같아서 공포와 우울이 그 사회를 뒤덮고, 사람들은 매사에 흥미를 잃고 위축된 삶을 살아갑니다. 염세와 나약과 불활발이 있을 따름이며, 사회는 사람의 원수가 되니, 이는 사람에게 직접 고통을 줄 뿐 아니라 따라서 모든 일이 안 됩니다.

〈중략〉

우리는 이 정도의 돈수 문제를 결코 심상히 볼 것이 아닙니다. 우리가 우리 사회를 개조하자면 먼저 다정한 사회를 만들어야 하겠습니다. 우리는 선조 적부터 무정한 피를 받았기 때문인지 아무래도 더운 정이 없습니다. 그러므로 정의를 기르는 공부를 해야 하겠습니다. 그러한 뒤에야 참삶의 맛을 알겠습니다.

일언일동(一言一動)에 우리 사이의 정의를 손상하는 자는 우리의 원수입니다. 과거나 현재의 우리 동포는 어디 모인다 하면 으레 싸우는 것으로 압니다. 남의 결점을 지적하더라도 결코 듣기 싫은 말로 하지 말고 사랑으로써 해야 할 것입니다.

이제 정의를 기르는 데 있어서 주의할 몇 가지를 말하겠습니다.

[A]
1. 남의 일에 개입하지 말아야 한다.
2. 남의 개성을 존중해야 한다.
3. 남의 자유를 침범하지 말아야 한다.
4. 남에게 물질적으로 의뢰하지 말아야 한다.
5. 정이 깊고 얕음을 탓하지 말아야 한다.
6. 신의를 지켜야 한다.
7. 예절을 지켜야 한다.

〈중략〉

정의 없는 대한 민족의 고통은 실로 지옥 이상입니다. 대한인의 사회는 가시밭입니다. 아무런 낙이 없습니다. 우리 정의를 길러서 화기 가운데 살아 봅시다.

다시 하는 말은 정의가 있어야 화기가 있고, 화기가 있어야 흥미가 있고, 흥미가 있어야 성공이 있습니다. 그래야 무슨 사업이든지 무슨 의무든지 하고 싶어서 하게 됩니다. 우리는 어디를 가든지 오직 이 정의 돈수 네 글자에 의지하여 삽시다.

– 안창호, 「무정한 사회와 유정한 사회」

32 제시문의 글쓴이가 〈보기〉의 '정후'에 대해 밑줄 친 부분과 같이 평가한 근거를 제시문의 [A]에서 찾아 쓰시오.

> 보기
>
> 산하와 정후는 3년 내리 같은 반입니다. 둘은 서로 눈빛만 봐도 통하는 '절친'이지요. 그런데 어느 날, 정후가 급히 돈이 필요하다고 합니다. 얼마 전 이모에게서 용돈을 받아 새 드론을 살 꿈에 젖어 있던 산하는 정후의 딱한 사정을 듣고 고민하다가 마지못해 돈을 빌려줍니다. 그러나 정후의 행동은 정의를 기르는 데 적절한 행동이 아닙니다.

33 제시문의 필자가 독자에게 전달하고자 하는 내용을 다음의 〈보기〉와 같이 한 문장으로 요약할 때, 빈칸에 들어갈 말을 위의 제시문에서 찾아 각각 한 단어로 쓰시오.

> **보기**
>
> ___ⓐ___ 와 ___ⓑ___ 를 길러 대한 사회를 ___ⓒ___ 넘치는 ___ⓓ___ 한 사회로 만듭시다.

[34～35] 다음 글을 읽고 물음에 답하시오.

삶의 터전을 잃은 북극곰

녹아내린 빙하 사이로 앙상하게 여읜 북극곰이 위태롭게 걷고 있는 사진, 한 번쯤 본 적이 있을 것이다. 북극곰이 어쩌다 이렇게 된 걸까? 바로 지구 온난화 때문이다. 기후 변화에 관한 정부 간 협의체(http://www.ipcc.ch/)는 1906년 이후 100년 간 지구의 평균 온도가 약 0.74도 상승했다고 밝혔다. 그리고 2100년까지 지구의 평균 온도가 약 2.4~2.6도까지 상승할 수 있다고 예측했다. 지구 온도가 1도만 올라가도 생태계의 30퍼센트가 멸종된다고 하니, 다음 세대는 북극곰을 사진으로만 보게 될지도 모르겠다.

최근 '미국 어류 및 야생 동물 보호국'이 '영국 왕립 학술원 과학지'에 게재한 논문에서, 2050년 북극곰 개체 수가 현재보다 30퍼센트 정도 줄어들 것이라고 전망했다는 신문 기사를 본 적이 있다. 전 세계 25,000마리로 추정되는 북극곰 개체 수가 18,000마리로 줄어든다는 것이다. 이것은 지구 온난화로 인해 얼음이 녹으면서 북극곰이 서식지를 잃고 먹잇감도 줄어들고 있기 때문이다.

지구 온난화가 자신에게는 별문제 될 게 없다고 생각하는 사람들도 있을 것이다. 그러나 삶의 터전을 잃는 것은 이제 북극곰만의 문제가 아니다. 지구 온난화는 우리의 삶의 터전도 위협하고 있다.

지구 온난화로 인한 해수면 상승은 저지대 침수를 일으킨다. 지구 온난화가 지금과 같은 속도로 진행된다면 2100년에는 지구 해수면이 1미터 이상 높아지게 되고, 그에 따라 전 세계 인구의 10퍼센트가 거주지를 잃는다고 한다. 남태평양의 섬나라 투발루는 해수면 상승으로 수십 년 간 두 개의 섬이 바다에 잠겼고, 머지않아 전 국토가 바다에 잘길 위험에 처해 있다.

지구 온난화로 인한 사막화도 문제이다. 지구의 온도가 점점 올라가면 토양의 습기가 급속도로 증발되어 토양이 황폐해지고 사막화가 빠르게 진행된다. 해마다 전 세계적으로 6백만 헥타르가 사막화되고 있으며, 지구 표면의 1/3이 사막화 위험에 처해 있다고 한다. 아프리카는 대륙의 43퍼센트, 전 인구의 40퍼센트가 거주하는 지역이 사막화 위험에 처해 있다. 몽골 역시 국토 면적의 78퍼센트가 사막화 되고 있다.

지구 온난화의 유력한 원인으로 온실가스 발생을 꼽는데, 온실가스는 이산화 탄소가 대표적이다. 그렇다면 지구 온난화를 늦추기 위해 우리가 할 수 있는 실천 방법에는 무엇이 있을까?

[A]
첫째, 적정 실내 온도를 유지한다. 에어컨과 난방 기구의 사용을 줄이면 온실가스의 발생을 줄일 수 있다 여름철 적정 실내 온도는 26~28도, 겨울철 적정 실내 온도는 20도 이하이다. 둘째, 대중교통을 이용한다. 자동차에서 나오는 배기가스는 지구 온난화를 유발한다. 그러므로 버스, 지하철 등의 대중교통을 이용함으로써 지구 온난화를 늦출 수 있다. 셋째, 쓰레기 발생을 줄이고 재활용을 생활화한다. 하루에 일회용 종이컵 하나씩만 덜 사용하면 연간 4킬로그램 이상의 이산화 탄소 배출을 줄일 수 있다. 또 유리병과 캔 등을 재활용하면 연간 22킬로그램의 이산화 탄소 발생을 막을 수 있다. 넷째, 물과 전기를 아낀다. 양치할 때 물을 받아 쓰면 연간 5~7킬로그램의 이산화 탄소 발생을 줄일 수 있고, 사용하지 않는 플러그를 뽑아 두는 것만으로도 연간 78킬로그램의 이산화 탄소 발생을 줄일 수 있다.

개인의 작은 노력으로도 지구 온난화를 늦출 수 있다. 이제부터 생활 속 작은 실천으로 지구 환경을 지키도록 하자.

– 「지구 온난화와 북극곰」

34 윗글에서 제시하고 있는 지구 온난화의 주범과 그로 인해 일어나는 대표적 자연 재해 두 가지를 윗글에서 찾아 쓰시오.

지구 온난화의 주범
(ⓐ)

⇒

지구 온난화로 인한 자연 재해
(ⓑ), (ⓒ)

35 윗글의 [A]에서 이산화 탄소 발생을 가장 많이 줄일 수 있는 생활 속 실천방법은 무엇인지 찾아 쓰시오. (단, 구체적 수치가 제시된 방법에 한함)

[36~37] 다음 글을 읽고 물음에 답하시오.

자유주의는 사적 자율성을 중시하는 경제적 자유주의와 공적 자율성을 추구하는 정치적 자유주의 사이의 긴장을 내포한다. 이는 근대 사회가 산업 혁명과 시민 혁명이라는 이중 혁명을 거치면서 형성되었다는 사실에 기인한다. 생산과 분배의 효율성 및 소유권을 중시하는 시장은 산업 혁명에 의해 발전되어 경제적 자유주의의 기초로 확립되었다. 또한 시민 혁명은 보편적 이상으로서 자유 · 평등 · 박애의 실현을 추구하는 정치적 자유주의를 출현시켰다.

침해되거나 간섭받지 않을 개인의 권리로서 자유를 파악하는 경제적 자유주의의 관점은, 제2차 세계 대전 이후 서구에서 강조되었던 재분배적 평등주의에 대한 비판적 입장으로 이어졌다. 개인의 소득과 재산을 자유롭게 처분할 권리를 국가가 복지라는 목적으로 침해하는 것이 정당화될 수 없다는 것이다. 특히 밀턴 프리드먼의 경우, 경제적 자유는 그 자체가 궁극적인 목적이며 정치적 자유를 성취하기 위한 필수 불가결한 수단이라고 보았다. 그는 경제적 자유가 보장되면 정치권력이 개인을 부당하게 간섭하는 것이 차단되어 권력이 분산된다고 보았으며, 정치적 자유의 실현은 경제적 자유의 토대 위에서만 가능하다고 생각했다. 경제적 자유에 대한 훼손이 정치적 자유의 제한으로 이어진다고 본 것이다. 또한 그는 경제적 자유의 보장이 개인들 간의 상호 자발적인 거래와 이를 통한 상호 이득을 가능하게 한다고 주장했다.

반면 자유와 자치를 연결해 이해하는 정치적 자유주의의 관점은 경제적 자유의 확대가 정치적 부자유로 이어질 수 있다고 비판했다. 이러한 관점은 자유를 자발적으로 정치에 참여하여 자신에게 적용될 법과 제도를 스스로 결정하는 적극적인 과정으로 이해한다. 간섭의 부재가 아닌 타인에 의한 자의적 지배의 가능성에서 벗어난 상태를 자유가 실현된 상태로 본 것이다. 특히 마이클 샌델은 개인의 선택과 권리의 우선성을 주장하는 경제적 자유주의가 정치적 자유의 실현을 방해하고 나아가 사회의 공공선을 침식하는 방향으로 흐르는 것을 비판했다. 개인의 권리를 보호한다는 명분 아래 자본가와 노동자 사이의 불평등이 정당화될 수 있으며, 이러한 불평등이 시민들로 하여금 눈앞의 생계와 자기 이익에 집중하게 만듦으로써 스스로 자신의 삶을 지배하는 시민적 역량을 약화시킨다고 본 것이다. 그는 시장 거래가 무엇이든 자유롭게 사고팔 수 있다는 생각을 부추길 때 돈으로 사거나 팔아서는 안 되는 것을 고민함으로써 인간적 가치가 상실되는 것을 경계해야 한다고 주장했다.

– 「경제적 자유주의와 정치적 자유주의」

36 다음의 〈보기〉에서 설명한 신자유주의 정책과 상통하는 자유주의 사상은 무엇인지 제시문에서 찾아 두 어절로 쓰시오.

보기

1970년대 이후 신자유주의를 사상적 배경으로 등장한 영국의 대처 내각과 미국의 레이건 행정부는 노동 시장에서의 각종 규제를 제거하고, 고용 여부와 고용 시간을 자유롭게 결정하는 노동 시장의 유연화를 유도했다. 또한 이들 정부에 의해 국민 소득의 분배는 이자 생활자에게 유리한 상황으로 전환되었다. 예컨대 미국의 경우, 레이건 정부 출범 이전 불과 0.3%에 불과했던 장기 실질 이자율은 1983년 8.1%로 급상승했다. 1990년대 들어 국제 금융 시장은 더욱 투기적으로 변화했다. 1990년대 중반 국제 금융 시장의 하루 평균 매출액은 전 세계 하루 평균 무역액인 100억 달러의 100배가 훨씬 넘는 규모로 성장했다. 그리고 이는 1990년대 유럽 통화 제도, 멕시코, 아시아의 금융 위기로 이어지는 배경으로 작용했다.

37 다음의 〈보기〉는 제시문의 내용을 바탕으로 자유주의 사상에 대한 각 학자들의 관점과 자율성의 측면을 연결한 것이다. 빈칸에 들어갈 학자들과 자율성의 부류를 쓰시오.

학자	관점		자율성
(ⓐ)	개인의 선택권과 자기 이익을 우선시할 경우 공공선을 추구하는 시민적 역량이 훼손되어 공동체를 구성하는 인간적 가치가 상실될 수 있다고 보았다.	⇒	(ⓒ)
(ⓑ)	재분배적 평등주의가 개인의 경제적 자유를 제한하며, 이러한 권리 침해가 복지라는 목적으로 정당화될 수 없다고 보았다.	⇒	(ⓓ)

PART

지수함수와 로그함수

[핵심이론]

1 거듭제곱근

(1) 실수인 거듭제곱근

① a가 실수이고 n이 2 이상의 자연수일 때 a의 n제곱근 중 실수인 것

	$a>0$	$a=0$	$a<0$
n이 짝수	$\sqrt[n]{a}>0$, $-\sqrt[n]{a}<0$	$\sqrt[n]{0}=0$	없다
n이 홀수	$\sqrt[n]{a}>0$	$\sqrt[n]{0}=0$	$\sqrt[n]{a}<0$

② a의 n제곱근 중 실수인 것은 방정식 $x^n=a$의 실근이므로, 함수 $y=x^n$의 그래프와 직선 $y=a$의 교점의 x좌표와 같다.

(2) 거듭제곱근의 성질

$a>0$, $b>0$이고 m, n이 2 이상의 자연수 일 때

① $(\sqrt[n]{a})^n=a$

② $\sqrt[n]{a}\,\sqrt[n]{b}=\sqrt[n]{ab}$

③ $\dfrac{\sqrt[n]{a}}{\sqrt[n]{b}}=\sqrt[n]{\dfrac{a}{b}}$

④ $(\sqrt[n]{a})^m=\sqrt[n]{a^m}$

⑤ $\sqrt[m]{\sqrt[n]{a}}=\sqrt[mn]{a}=\sqrt[n]{\sqrt[m]{a}}$

⑥ $\sqrt[np]{a^{mp}}=\sqrt[n]{a^m}$ (단, p는 자연수)

2 지수의 확장

(1) 지수가 정수인 경우

① $a\neq0$이고 n이 양의 정수일 때

㉠ $a^0=1$

㉡ $a^{-n}=\dfrac{1}{a^n}$

② $a\neq0$, $b\neq0$이고 m, n이 정수일 때

㉠ $a^m a^n=a^{m+n}$

㉡ $a^m \div a^n=a^{m-n}$

㉢ $(a^m)^n=a^{mn}$

㉣ $(ab)^n=a^n b^n$

(2) 지수가 유리수와 실수인 경우

    ① $a>0$이고 m이 정수, n이 2 이상의 정수일 때

        ㉠ $a^{\frac{1}{n}}=\sqrt[n]{a}$ ㉡ $a^{\frac{m}{n}}=\sqrt[n]{a^{m}}$

    ② $a>0$, $b>0$이고 r, s가 유리수일 때

        ㉠ $a^{r}a^{s}=a^{r+s}$ ㉡ $a^{r} \div a^{s}=a^{r-s}$

        ㉢ $(a^{r})^{s}=a^{rs}$ ㉣ $(ab)^{r}=a^{r}b^{r}$

    ③ $a>0$, $b>0$이고 x, y가 실수 일 때

        ㉠ $a^{x}a^{y}=a^{x+y}$ ㉡ $a^{x} \div a^{y}=a^{x-y}$

        ㉢ $(a^{x})^{y}=a^{xy}$ ㉣ $(ab)^{x}=a^{x}b^{x}$

3 로그

(1) 로그의 정의와 조건

    ① 정의

        $a>0$, $a \neq 1$, $N>0$일 때, $a^{x}=N \Longleftrightarrow x=\log_{a}N$

    ② 조건

        $\log_{a}N$이 정의되려면 밑 a는 $a>0$, $a \neq 1$이고 진수 N은 $N>0$이어야 한다.

(2) 로그의 성질

    $a>0$, $a \neq 1$이고 $M>0$, $N>0$일 때

    ① $\log_{a}1=0$, $\log_{a}a=1$ ② $\log_{a}MN=\log_{a}M+\log_{a}N$

    ③ $\log_{a}\dfrac{M}{N}=\log_{a}M-\log_{a}N$ ④ $\log_{a}M^{k}=k\log_{a}M$ (단, k는 실수)

(3) 로그의 밑의 변환

    ① $a>0$, $a \neq 1$, $b>0$, $c>0$, $c \neq 1$일 때

        $\log_{a}b=\dfrac{\log_{c}b}{\log_{c}a}$

    ② 로그 밑의 변환 활용: $a>0$, $a \neq 1$, $b>0$일 때

        ㉠ $\log_{a}b=\dfrac{1}{\log_{b}a}$ (단, $b \neq 1$)

        ㉡ $\log_{a}b \times \log_{b}c=\log_{a}c$ (단, $b \neq 1$, $c>0$)

③ $\log_{a^m} b^n = \dfrac{n}{m}\log_a b$ (단, m, n은 실수이고, $m \neq 0$이다.)

④ $a^{\log_b c} = c^{\log_b a}$ (단, $b \neq 1$, $c > 0$)

4 지수함수

(1) 지수함수의 뜻과 그래프

① 지수함수의 뜻

$y = a^x$ ($a > 0$, $a \neq 1$) $\Rightarrow a$를 밑으로 하는 지수함수

② 지수함수의 그래프

㉠ $a > 1$일 때 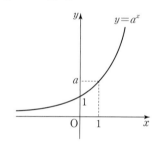   ㉡ $0 < a < 1$일 때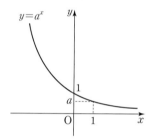

(2) 지수함수의 성질

① $a > 1$일 때 x의 값이 증가하면 y의 값도 증가하고, $0 < a < 1$일 때 x의 값이 증가하면 y의 값은 감소한다.

② 함수 $y = a^x$의 그래프는 점 $(0, 1)$을 지나고, 점근선은 x축(직선 $y = 0$)이다.

③ 함수 $y = a^x$의 그래프와 함수 $y = \left(\dfrac{1}{a}\right)^x$의 그래프는 y축에 대하여 서로 대칭이다.

④ 함수 $y = a^{x-m} + n$의 그래프는 함수 $y = a^x$의 그래프를 x축의 방향으로 m만큼, y축의 방향으로 n만큼 평행이동한 것이다.

(3) 지수함수의 활용

① $a > 0$, $a \neq 1$일 때, $a^{f(x)} = a^{g(x)} \Longleftrightarrow f(x) = g(x)$

② $a > 1$일 때, $a^{f(x)} < a^{g(x)} \Longleftrightarrow f(x) < g(x)$

③ $0 < a < 1$일 때, $a^{f(x)} < a^{g(x)} \Longleftrightarrow f(x) > g(x)$

5 로그함수

(1) 로그함수의 뜻과 그래프

   ① 로그함수의 뜻

      $y=\log_a x\ (a>0,\ a\neq1)\Rightarrow a$를 밑으로 하는 로그함수

   ② 지수함수와 로그함수의 관계

      역함수 관계: $y=a^x\ (a>0,\ a\neq1)\Longleftrightarrow y=\log_a x\ (a>0,\ a\neq1)$

   ③ 로그함수의 그래프

      ㉠ $a>1$일 때   ㉡ $0<a<1$일 때

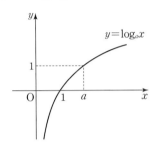
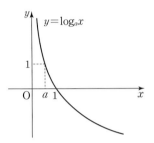

(2) 로그함수의 성질

   ① $a>1$일 때 x의 값이 증가하면 y의 값도 증가하고, $0<a<1$일 때 x의 값이 증가하면 y의 값은 감소한다.

   ② 함수 $y=\log_a x$의 그래프는 점 $(0,\ 1)$을 지나고, 점근선은 y축(직선 $x=0$)이다.

   ③ 함수 $y=\log_a x$의 그래프와 함수 $y=\log_{\frac{1}{a}} x$의 그래프는 x축에 대하여 대칭이다.

   ④ 함수 $y=\log_a(x-m)+n$의 그래프는 함수 $y=\log_a x$의 그래프를 x축의 방향으로 m만큼, y축의 방향으로 n만큼 평행이동한 것이다.

(3) 로그함수의 활용

   ① $a>0,\ a\neq1$일 때, $\log_a f(x)=\log_a g(x)\Longleftrightarrow f(x)=g(x),\ f(x)>0,\ g(x)>0$

   ② $a>1$일 때, $\log_a f(x)<\log_a g(x)\Longleftrightarrow 0<f(x)<g(x)$

   ③ $0<a<1$일 때, $\log_a f(x)<\log_a g(x)\Longleftrightarrow f(x)>g(x)>0$

[실전문제]

해답 p.251

 대표문제

배점(총점)	예상 소요 시간
10점	3분 / 전체 80분

▶ 1이 아닌 두 양수 a, b가

$$\begin{cases} \log_4 a = \log_3 b \\ (\log_3 a) \times (\log_2 b) = \log_2 a \end{cases}$$

를 만족시킬 때, a와 b의 값을 각각 구하시오.

 $\log_4 a = \log_3 b = m$이라 하면

$a = 4^m$, $b = 3^m$

이를 $(\log_3 a) \times (\log_2 b) = \log_2 a$에 대입하면

$(m\log_3 4) \times (m\log_2 3) = m^2 \times (2\log_3 2) \times \left(\dfrac{1}{\log_3 2}\right) = 2m$

$\therefore 2m(m-1) = 0$, $m = 0$ 또는 $m = 1$

이때 a, b는 1이 아닌 양수이므로 $m = 1$

따라서

$a = 4$, $b = 3$

채점기준

답안	배점
$\log_4 a = \log_3 b = m$	3점
$(m\log_3 4) \times (m\log_2 3) = m^2 \times (2\log_3 2) \times \left(\dfrac{1}{\log_3 2}\right) = 2m$	2점
$m = 1$	2점
$a = 4$, $b = 3$	3점

〈EBS 수능완성 변형문제〉

01 다음은 $\log_a(2-\sqrt{2})=2$일 때, a^2+2a^{-2}의 값을 구하는 과정을 논술한 것이다.

빈칸 ① , ② , ③ 을 채우시오.

$\log_a(2-\sqrt{2})=2$에서 지수와 로그의 변환을 이용하면

$a^2=\boxed{①}$ 이므로

$2a^{-2}=\boxed{②}$ 이다.

따라서

$a^2+2a^{-2}=\boxed{③}$

---

02 양수 k에 대하여 k의 세제곱근 중 실수인 것과 $2k$의 네제곱근 중 양의 실수인 것이 서로 같을 때, $\frac{1}{2}k$의 값을 구하는 과정을 논술하시오.

03 $\log_{(x-2)}(-x^2+8x-12)$가 정의되기 위한 모든 정수 x의 값의 범위를 구하는 과정을 논술하시오.

04 x에 관한 이차방정식 $x^2-(\log_3 18)x+k=0$의 두 근이 각각 $\log_3 2$, β라 할 때, 3^k의 값을 구하는 과정을 논술하시오.

05 부등식 $2(3^x+1)^2-(9^x-1)-a>0$가 모든 실수 x에 대해 성립하도록 하는 실수 a의 범위를 구하는 과정을 논술하시오.

06 자연수 k에 대하여 $\sqrt[n]{(2^k)^5}$의 값이 자연수가 되도록 하는 2 이상의 자연수 n의 개수를 $f(k)$라 할 때, $f(k)=3$을 만족시키는 20 이하의 모든 k의 개수를 구하는 과정을 논술하시오.

07 x에 관한 방정식 $k=|3^x-27|$이 서로 다른 두 실근을 가질 때, k값의 범위를 구하는 과정을 논술하시오.

08 $35^x=5$, $\left(\dfrac{1}{7}\right)^y=125$, $a^z=25$를 만족시키는 실수 x, y, z에 대해 $\dfrac{1}{x}+\dfrac{3}{y}-\dfrac{2}{z}=2$가 성립한다. 이때 양수 a의 값을 구하는 과정을 논술하시오.

09 함수 $f(x)=2\log_3(ax-b)$의 그래프가 두 점 $(1, 0)$과 $(0, 2)$를 지날 때, a와 b의 값을 각각 구하는 과정을 논술하시오.

10 $a>0$, $a\neq1$인 실수 a에 대하여 $2^{\log_a 9}=3^{\log_5 8}$일 때, $2\log_a 5$의 값을 구하는 과정을 논술하시오.

11 정의역이 $\{x \mid -2 \leq x \leq 2\}$일 때, 함수 $y = \log_3(2x+5) - 1$의 최댓값과 최솟값을 구하는 과정을 논술하시오.

12 함수 $f(x) = \dfrac{3^x}{3^x+1}$에 대해서

$a = f(1) + f(2) + \cdots + f(100)$,

$b = f(-1) + f(-2) + \cdots + f(-100)$

이라 할 때, $a+b$의 값을 구하는 과정을 논술하시오.

13 함수 $y=|2^x-8|$의 그래프가 직선 $y=n$과 만나는 서로 다른 점의 개수를 a_n이라고 할 때, $\sum\limits_{k=1}^{10} a_k$의 값을 구하는 과정을 논술하시오.

14 함수 $y=2^{x+1}+1$의 그래프가 y축과 만나는 점을 A, 함수 $y=\log_3(x+k)-1$의 그래프가 x축과 만나는 점을 B라 할 때, 선분 AB의 길이가 5가 되도록 하는 모든 실수 k의 곱을 구하는 과정을 논술한 것이다. 빈칸 ① , ② , ③ 을 채우시오

> 함수 $y=2^{x+1}+1$의 그래프가 y축과 만나는 점은 x의 좌표가 0이므로, A의 좌표는 $(0, 3)$이다.
> 함수 $y=\log_3(x+k)-1$의 그래프가 x축과 만나는 점은 y의 좌표가 0이므로, B의 좌표는 $(3-k, 0)$이다.
> 이때 선분 AB의 길이가 5이므로
> $\overline{AB}=$ ① ,
> 따라서 이를 정리한 식은 ② 이다.
> 근과 계수의 관계를 이용하여 두 근의 곱을 구하면 ③

15 부등식 $\log_2(2x+a) \le \log_2(-x^2+4)$의 해가 $x = b$일 때, ab의 값을 구하는 과정을 논술하시오.

16 식 $(\log_a\beta^3)^2 + (\log_\beta a)^2$의 최솟값을 구하는 과정을 논술하시오. (단, $a>1$, $\beta>1$)

17 방정식 $3^x - 3^{1-x} = 5 - 3^{2-x}$의 모든 실근의 곱을 구하는 과정을 논술하시오.

18 함수 $y = \left(\dfrac{1}{3}\right)^{x^2+4x+a}$의 최댓값이 27일 때, 상수 a의 값을 구하는 과정을 논술하시오.

19 두 함수 $y=\left(\dfrac{1}{3}\right)^{x}$, $y=3^{x-1}$의 그래프가 직선 $y=27$과 만나는 교점의 x좌표를 각각 A, B라고 할 때 A, B 사이의 길이를 구하는 과정을 논술하시오.

20 함수 $f(x)=\begin{cases} \left(\dfrac{1}{2}\right)^{x-3} & (x \leq 2) \\ -\log_2 x +3 & (x > 2) \end{cases}$에 대하여 $2\displaystyle\sum_{n=1}^{6} f\left(f\left(\dfrac{n}{2}\right)\right)$의 값을 구하는 과정을 논술하시오.

21 $x^{\frac{1}{2}}+x^{-\frac{1}{2}}=3$일 때, $\dfrac{x^{\frac{3}{2}}+x^{-\frac{3}{2}}}{x+x^{-1}-1}$의 값을 구하는 과정을 논술하시오.

22 함수 $y=3^{x-1}-9$의 그래프를 x축의 방향으로 a만큼 평행이동한 그래프가 제4사분면을 지나지 않을 때, 실수 a의 최댓값을 구하는 과정을 논술하시오.

PART 1 국어

PART 2 수학

PART 3 해답

23 함수 $y=3^{x-m}+n$의 그래프와 그 역함수의 그래프가 두 점에서 만날 때, 두 교점의 x좌표가 각각 1, 4이다. 이때 $3^m \times n$의 값을 구하는 과정을 논술하시오.

24 $x=3^{\frac{1}{3}}+3^{-\frac{1}{3}}$일 때 $3x^3-9x+10$의 값을 구하는 과정을 논술하시오.

25 방정식 $x^2 - 8x + 4 = 0$의 두 근이 각각 $\log_2 \alpha$, $\log_2 \beta$일 때 $\log_\alpha \beta + \log_\beta \alpha$의 값을 구하는 과정을 논술하시오.

II 삼각함수

[핵심이론]

1 일반각과 호도법

(1) 일반각

시초선 OX와 동경 OP로 주어진 ∠XOP에 대하여 동경 OP가 나타내는 한 각의 크기를 $\alpha°$라 할 때, ∠XOP의 크기를 다음과 같이 나타내고, 이것을 동경 OP가 나타내는 일반각이라고 한다.

> 일반각: $360° \times n + \alpha°$ (n은 정수)

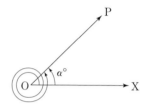

(2) 호도법

반지름의 길이와 호의 길이가 같을 때, 부채꼴의 중심각의 크기를 1라디안(rad)이라 한다.

① $1(\text{라디안}) = \dfrac{180°}{\pi}$

② $1° = \dfrac{\pi}{180°}(\text{라디안})$

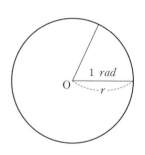

(3) 부채꼴의 호의 길이와 넓이

반지름의 길이가 r, 중심각의 크기가 θ(라디안)인 부채꼴에서 호의 길이를 l, 넓이를 S라하면

① $l = r\theta$

② $S = \dfrac{1}{2}r^2\theta = \dfrac{1}{2}rl$

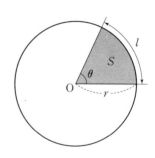

2 삼각함수의 정의 및 관계

(1) 삼각함수의 정의

좌표평면에서 중심이 원점 O이고 반지름의 길이가 r인 원 위의 한 점을 $P(x, y)$라 하고, x축의 양의 방향을 시초선으로 하는 동경 OP가 나타내는 각의 크기를 θ라 할 때, θ에 대한 삼각함수를 다음과 같이 정의한다.

$$\sin \theta = \frac{y}{r},\ \cos \theta = \frac{x}{r},\ \tan \theta = \frac{y}{x}\ (x \neq 0)$$

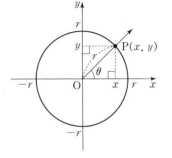

(2) 삼각함수의 부호

사분면	x, y 부호	$\sin \theta$	$\cos \theta$	$\tan \theta$
제 1 사분면	$x>0,\ y>0$	$+$	$+$	$+$
제 2 사분면	$x<0,\ y>0$	$+$	$-$	$-$
제 3 사분면	$x<0,\ y<0$	$-$	$-$	$+$
제 4 사분면	$x>0,\ y<0$	$-$	$+$	$-$

(3) 삼각함수 사이의 관계

① $\tan \theta = \dfrac{\sin \theta}{\cos \theta}$ ② $\sin^2 \theta + \cos^2 \theta = 1$ ③ $1 + \tan^2 \theta = \dfrac{1}{\cos^2 \theta}$

(4) 특수각의 삼각비

구분	$0°$	$30°$	$45°$	$60°$	$90°$
$\sin \theta$	0	$\dfrac{1}{2}$	$\dfrac{1}{\sqrt{2}}$	$\dfrac{\sqrt{3}}{2}$	1
$\cos \theta$	1	$\dfrac{\sqrt{3}}{2}$	$\dfrac{1}{\sqrt{2}}$	$\dfrac{1}{2}$	0
$\tan \theta$	0	$\dfrac{1}{\sqrt{3}}$	1	$\sqrt{3}$	∞

3 삼각함수의 그래프

(1) $y=\sin x$

  ① 정의역은 실수 전체의 집합이고, 치역은
    $\{y|-1\leq y\leq 1\}$이다.

  ② 모든 실수 x에 대하여 $\sin(-x)=-\sin x$이다. 즉,
    그래프는 원점에 대하여 대칭이다.

  ③ 모든 실수 x에 대하여 $\sin(2n\pi+x)=\sin x$ (n은
    정수)이고, 주기가 2π인 주기함수이다.

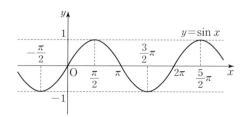

(2) $y=\cos x$

  ① 정의역은 실수 전체의 집합이고, 치역은
    $\{y|-1\leq y\leq 1\}$이다.

  ② 모든 실수 x에 대하여 $\cos(-x)=\cos x$이다. 즉, 그
    래프는 y축에 대하여 대칭이다.

  ③ 모든 실수 x에 대하여 $\cos(2n\pi+x)=\cos x$ (n은
    정수)이고, 주기가 2π인 주기함수이다.

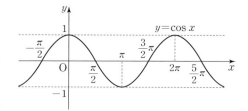

(3) $y=\tan x$

  ① 정의역은 $x\neq n\pi+\dfrac{\pi}{2}$ (n은 정수)인 실수 전체의 집
    합이고, 치역은 실수 전체의 집합이다.

  ② 정의역에 속하는 모든 실수 x에 대하여
    $\tan(-x)=-\tan x$이다. 즉, 그래프는 원점에 대
    하여 대칭이다.

  ③ 모든 실수 x에 대하여 $\tan(n\pi+x)=\tan x$ (n은 정수)
    이고, 주기가 π인 주기함수이다.

  ④ 그래프의 점근선은 직선 $x=n\pi+\dfrac{\pi}{2}$ (n은 정수)이다.

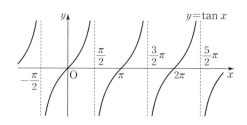

④ 삼각함수의 성질 및 활용

(1) 삼각함수의 성질

　① $2n\pi+\theta$의 삼각함수 (단, n은 정수)

　　㉠ $\sin(2n\pi+\theta)=\sin\theta$　　㉡ $\cos(2n\pi+\theta)=\cos\theta$　　㉢ $\tan(2n\pi+\theta)=\tan\theta$

　② $-\theta$의 삼각함수

　　㉠ $\sin(-\theta)=-\sin\theta$　　㉡ $\cos(-\theta)=\cos\theta$　　㉢ $\tan(-\theta)=-\tan\theta$

　③ $\pi+\theta$의 삼각함수

　　㉠ $\sin(\pi+\theta)=-\sin\theta$　　㉡ $\cos(\pi+\theta)=-\cos\theta$　　㉢ $\tan(\pi+\theta)=\tan\theta$

　④ $\dfrac{\pi}{2}+\theta$의 삼각함수

　　㉠ $\sin\left(\dfrac{\pi}{2}+\theta\right)=\cos\theta$　　㉡ $\cos\left(\dfrac{\pi}{2}+\theta\right)=-\sin\theta$　　㉢ $\tan\left(\dfrac{\pi}{2}+\theta\right)=-\dfrac{1}{\tan\theta}$

(2) 삼각함수의 활용

　① 방정식에의 활용

　　방정식 $2\sin x=1$, $2\cos x=-1$, $1+\tan x=0$과 같이 각의 크기가 미지수인 삼각함수를 포함한
　　방정식은 삼각함수의 그래프를 이용하여 다음과 같이 풀 수 있다.

　　㉠ 주어진 방정식을 $\sin x=k(\cos x=k$, $\tan x=k)$의 꼴로 변형

　　㉡ 주어진 범위에서 함수 $y=\sin x(y=\cos x$, $y=\tan x)$의 그래프와 직선 $y=k$의 교점의 x좌표
　　　를 찾아서 해를 구함

　② 부등식에의 활용

　　부등식 $2\sin x>1$, $2\cos x<-1$, $1-\tan x>0$과 같이 각의 크기가 미지수인 삼각함수를 포함한
　　부등식은 삼각함수의 그래프를 이용하여 다음과 같이 풀 수 있다.

　　㉠ 주어진 부등식을 $\sin x>k(\cos x<k$, $\tan x<k)$의 꼴로 변형

　　㉡ 주어진 범위에서 함수 $y=\sin x(y=\cos x$, $y=\tan x)$의 그래프와 직선 $y=k$의 교점의 x좌표
　　　를 구함

　　㉢ 함수 $y=\sin x(y=\cos x$, $y=\tan x)$의 그래프가 직선 $y=k$보다 위쪽(또는 아래쪽)에 있는 x
　　　값의 범위를 찾아서 해를 구함

PART 1 국어　PART 2 수학　PART 3 해설

5 사인 및 코사인 법칙

(1) 사인법칙

　① $\triangle ABC$의 외접원의 반지름의 길이를 R이라 하면

　$$\dfrac{a}{\sin A}=\dfrac{b}{\sin B}=\dfrac{c}{\sin C}=2R$$

　② 사인법칙의 변형

　　① $a=2R\sin A,\ b=2R\sin B,\ c=2R\sin C$

　　② $\sin B=\dfrac{a}{2R},\ \sin B=\dfrac{b}{2R},\ \sin C=\dfrac{c}{2R}$

　　③ $a:b:c=\sin A:\sin B:\sin C$

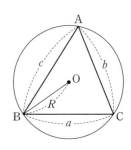

(2) 코사인법칙

　① $a^2=b^2+c^2-2bc\cos A \Rightarrow \cos A=\dfrac{b^2+c^2-a^2}{2bc}$

　② $b^2=c^2+a^2-2ca\cos B \Rightarrow \cos B=\dfrac{c^2+a^2-b^2}{2ca}$

　③ $c^2=a^2+b^2-2ab\cos C \Rightarrow \cos C=\dfrac{a^2+b^2-c^2}{2ab}$

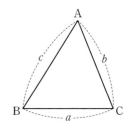

6 삼각형의 넓이

(1) 두 변의 길이와 끼인각의 크기가 주어진 삼각형의 넓이

$$S=\dfrac{1}{2}ab\sin C=\dfrac{1}{2}ac\sin B=\dfrac{1}{2}bc\sin A$$

(2) 내접원의 반지름의 길이(r)이 주어진 삼각형의 넓이

$$S=rs\left(단,\ s=\dfrac{a+b+c}{2}\right)$$

(3) 사각형의 넓이

　① 평행사변형의 넓이 $S=xy\sin\theta$

　② 사각형의 넓이 $S=\dfrac{1}{2}xy\sin\theta$

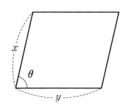
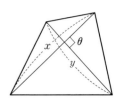

[실전문제]

해답 p.254

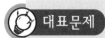 대표문제

배점(총점)	예상 소요 시간
10점	3분 / 전체 80분

▶ $0 < x \leq 2\pi$에서 방정식 $2\sin(\pi+x)\cos\left(\dfrac{\pi}{2}+x\right)=\cos x-1$의 해를 구하시오.

모범답안 $\sin(\pi+x)=-\sin x$, $\cos\left(\dfrac{\pi}{2}+x\right)=-\sin x$이므로

$(-2\sin x)\times(-\sin x)-\cos x+1=0$, $2\sin^2 x-\cos x+1=0$

또한 $\sin^2 x=1-\cos^2 x$이므로

$2\sin^2 x-\cos x+1=2(1-\cos^2 x)-\cos x+1=0$,

$2\cos^2 x+\cos x-3=(2\cos x+3)(\cos x-1)=0$

$\therefore \cos x=-\dfrac{3}{2}$ 또는 $\cos x=1$

$0 < x \leq 2\pi$에서 $\cos x$의 범위는 $-1 \leq \cos x \leq 1$이므로 $\cos x=1$

따라서 $\cos x=1$을 만족시키는 x값은 2π

$\therefore x=2\pi$

채점기준

답안	배점
$\sin(\pi+x)=-\sin x$, $\cos\left(\dfrac{\pi}{2}+x\right)=-\sin x$	4점
$(2\cos x+3)(\cos x-1)=0$	2점
$\cos x=1$	2점
$x=2\pi$	2점

〈EBS 수능완성 변형문제〉

01 $0 \leq x < 2\pi$에서 부등식 $2\cos^2 x + 5\sin x > 4$를 만족시키는 모든 x의 값의 범위를 구하는 과정을 논술한 것이다. 빈칸 ① , ② , ③ 을 채우시오.

$\sin^2 x + \cos^2 x$이고 $-1 \leq \sin x \leq 1$이므로

$2\cos^2 x + 5\sin x > 4$의 식을 $\sin x$에 관해 정리

하면 ① < 0

따라서 $\sin x$의 범위는 ②

이를 만족시키는 x값의 범위는 ③

---

02 좌표평면에서 제2사분면에 있는 점 P를 y축에 대하여 대칭이동한 점을 Q라 하고, 점 P를 직선 $y = x$에 대하여 대칭이동한 점을 R이라 하자. 세 동경 OP, OQ, OR이 나타내는 각의 크기를 각각 α, β, γ라 하자.

$\sin\alpha \cos\beta = \dfrac{2}{5}$, $\cos(\angle PQR) < 0$일 때, $\dfrac{1}{\tan\gamma}$의 값을 구하는 과정을 논술하시오.

(단, O는 원점이고, $\angle PQR < \pi$이다.)

03 $\triangle ABC$의 두 변이 각각 $a=3$, $b=3\sqrt{3}$이고 이 삼각형에 외접하는 원의 반지름의 길이가 3일 때, $\triangle ABC$의 넓이를 구하는 과정을 논술하시오.

04 $\sin\theta-\cos\theta=\dfrac{1}{\sqrt{2}}$, $\tan\theta-\dfrac{1}{\tan\theta}=3$일 때 $\cos^2\theta$의 값을 구하는 과정을 논술하시오.

05 함수 $y=3\sin^2 x-2\sin x$의 최솟값을 N이라 할 때, $3N$의 값을 구하는 과정을 논술하시오.

06 다음 그림과 같이 두 변의 길이가 각각 7 m, 10 m이고 그 사이의 각이 135°인 평행사변형 모양의 농장의 넓이를 구하는 과정을 논술하시오.

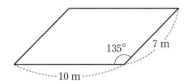

07 $\dfrac{3}{2}\pi < \theta < 2\pi$일 때,

$$\sin(\pi+\theta) +$$

$$\dfrac{\sqrt{\cos^2\left(\dfrac{\pi}{2}-\theta\right)}}{\mid \tan\theta \mid} - \mid \sin\theta - \cos\theta \mid$$

의 값을 구하는 과정을 논술하시오.

08 부등식 $2x^2 + 2x\sin\theta + \dfrac{3}{8} \geq 0$가 모든 실수 x에 대해서 성립할 때, $\cos\theta$의 범위를 구하는 과정을 논술하시오. $\left(\text{단, } \dfrac{\pi}{2} < \theta < \dfrac{3}{2}\pi\right)$

09 x값의 범위가 $0 \leq x < 2\pi$일 때, 방정식 $\sin x = -\dfrac{1}{3}$를 만족시키는 모든 x값의 합을 a, 방정식 $\cos x = \dfrac{5}{6}$를 만족시키는 모든 x값의 합을 b라 할 때, $a+b$의 값을 구하는 과정을 논술하시오.

10 부채꼴의 둘레의 길이가 10일 때, 넓이가 최대가 되도록 하는 반지름의 길이를 구하는 과정을 논술하시오.

11 함수
$$f(x)=\sin^2\left(\frac{3}{2}\pi-x\right)$$
$$+k\cos\left(x+\frac{\pi}{2}\right)+k+1$$
의 최댓값이 3이 되도록 하는 실수 k의 값을 구하는 과정을 논술하시오.

12 x에 관한 이차방정식 $x^2+4tx+6t^2=0$의 두 근이 각각 $\sin\theta$, $\cos\theta$일 때, 모든 상수 t의 값들의 곱을 구하는 과정을 논술하시오.

13 세 내각의 크기의 비가 $A : B : C = 1 : 1 : 2$인 $\triangle ABC$의 세 변의 길이의 비 $a : b : c$의 값을 구하는 과정을 논술하시오.

14 함수 $y = a\cos\left(3x - \dfrac{2}{3}\pi\right) + b$의 최솟값이 -2이고, $f\left(\dfrac{\pi}{3}\right) = 4$일 때, 함수 $f(x)$의 최댓값을 구하는 과정을 논술한 것이다. 빈칸 ① , ② , ③ , ④ 을 채우시오.

(단, $a > 0$)

함수 $y = a\cos\left(3x - \dfrac{2}{3}\pi\right) + b$의 최댓값과 최솟값의 범위는 $-a + b \leq f(x) \leq a + b$이다.

(i) 최솟값이 -2이므로

$\therefore$ ① $= -2$

(ii) $f\left(\dfrac{\pi}{3}\right) = a\cos\left(\pi - \dfrac{2}{3}\pi\right) + b$

$= $ ② $= 4$

(i), (ii)를 연립하면 $a = $ ③ , $b = $ ④ 이다.

따라서 $f(x)$의 최댓값은 $a + b = 2$

---

15 $\dfrac{\cos B}{b} - \dfrac{\cos A}{a} = \dfrac{c}{ab}$ 를 만족시키는 삼각형의 두 변의 길이 b와 c가 각각 2일 때 변 a의 길이를 구하는 과정을 논술하시오.

16 $\triangle ABC$에서 $\angle A = 30°$, $b = 8\sqrt{3}$이고 이 삼각형에 외접하는 외접원의 반지름의 길이가 8일 때, $\triangle ABC$의 넓이가 될 수 있는 모든 값의 합을 구하는 과정을 논술하시오.

17 삼각형 ABC에서

$\sin A = \sin C$, $\sin A : \sin B = 2 : 3$일 때,

$\dfrac{\cos C}{\cos A + \cos B}$의 값을 구하는 과정을 논술하시오.

18 $0 \le x \le 5\pi$까지 정의된 함수

$f(x) = \sin x + 3$의 그래프와 직선 $y = n$이

만나는 서로 다른 점의 개수를 $g(n)$이라 할 때

$\displaystyle\sum_{k=1}^{6} g(k)$의 값을 구하는 과정을 논술하시오.

(단, n은 자연수)

19 $\{\cos^2(91°) + \cos^2(92°) + \cos^2(93°) + \cdots$
$+ \cos^2(120°)\}$
$+ \{\cos^2(181°) + \cos^2(182°)$
$+ \cos^2(183) + \cdots + \cos^2(210°)\}$
의 값을 구하는 과정을 논술하시오.

20 △ABC에 외접하는 외접원의 반지름의 길이가 3이고 $\sin\left(A + C - \dfrac{\pi}{2}\right) + \cos B = 1$의 조건을 만족시킬 때, 삼각형의 한 변인 b의 길이를 구하는 과정을 논술하시오.

21 부등식 $x^2+2x\cos\theta>-1-\sin\theta$가 모든 실수 x에 대해 성립할 때, θ값의 범위를 구하는 과정을 논술하시오. (단, $0\le\theta<2\pi$)

22 그림과 같이 지름의 길이가 6인 원에 내접하고 $\overline{BC}=5$인 삼각형 ABC가 있다. $\overline{AB}=\overline{DE}$, $\overline{AB}/\!/\overline{DE}$를 만족시키는 원 위의 두 점 D, E에 대하여 $\cos(\angle ACB)>0$, $\cos(\angle EBD)=\dfrac{1}{3}$ 일 때, $\overline{AC}=p+q\sqrt{22}$이다. $p-q$의 값을 구하는 과정을 논술하시오.

(단, 두 직선 AD, BE는 한 점에서 만나고, p와 q는 유리수이다.)

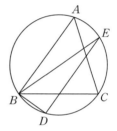

23 $\tan\theta + \dfrac{1}{\tan\theta} = 2$일 때 $\sin\theta - \cos\theta$의 값을 구하는 과정을 논술하시오.

24 한 원의 중심이 O(원점)이고 반지름의 길이가 r 일 때, 원 위의 점 $A(4, a)$에 대해 동경 OA가 나타내는 각의 크기를 θ라고 한다. $\cos\theta = \dfrac{1}{2}$ 일 때, $\dfrac{a\sqrt{3}}{6}\sin^2\theta$의 값을 구하는 과정을 논술 하시오.

25 부등식 $\sin x \geq \cos \dfrac{\pi}{3}$을 만족시키는 x값의 범위에서 $\cos x$의 최댓값을 구하는 과정을 논술하시오. (단, $0 \leq x \leq 2\pi$)

Ⅲ 수열

[핵심이론]

① 1. 등차수열

(1) 일반항 및 등차중항

① 일반항

첫째항이 a, 공차가 d인 등차수열 $\{a_n\}$의 일반항 a_n은

$a_n = a + (n-1)d$ (단, $n = 1, 2, 3, \cdots$)

② 등차중항

세 수 a, b, c가 이 순서대로 등차수열을 이룰 때, b를 a와 c의 등차중항이라고 한다.

$b - a = c - b$이므로 $b = \dfrac{a+c}{2}$

(2) 등차수열의 합

등차수열의 첫째항부터 제n항까지의 합 S_n은 다음과 같다.

① 첫째항이 a, 제n항이 l일 때: $S_n = \dfrac{n(a+l)}{2}$

② 첫째항이 a, 공차가 d일 때: $S_n = \dfrac{n\{2a+(n-1)d\}}{2}$

② 등비수열

(1) 일반항 및 등비중항

① 일반항

첫째항이 a, 공비가 $r(r \neq 0)$인 등비수열 $\{a_n\}$의 일반항 a_n은

$a_n = ar^{n-1}$ (단, $n = 1, 2, 3, \cdots$)

② 등비중항

0이 아닌 세 수 a, b, c가 이 순서대로 등비수열을 이룰 때, b를 a와 c의 등비중항이라고 한다.

$\dfrac{b}{a} = \dfrac{c}{b}$이므로 $b^2 = ac$

(2) 등비수열의 합

첫째항이 a, 공비가 $r(r \neq 0)$인 등비수열의 첫째항부터 제n항까지의 합 S_n은 다음과 같다.

① $r=1$일 때: $S_n = na$

② $r \neq 1$일 때: $S_n = \dfrac{a(r^n - 1)}{r-1} = \dfrac{a(1-r^n)}{1-r}$

(3) 수열의 합과 일반항 사이의 관계

수열 $\{a_n\}$의 첫째항부터 제 n항까지의 합을 S_n이라 하면

$a_1 = S_1$, $a_n = S_n - S_{n-1}$ $(n \geq 2)$

③ 수열의 합

(1) 정의

수열 $\{a_n\}$의 첫째항부터 n번째 항까지의 합

$$\sum_{k=1}^{n} a_k = S_n = a_1 + a_2 + a_3 + \cdots + a_n$$

(2) 성질

① $\displaystyle\sum_{k=1}^{n} (a_k + b_k) = \sum_{k=1}^{n} a_k + \sum_{k=1}^{n} b_k$ ② $\displaystyle\sum_{k=1}^{n} (a_k - b_k) = \sum_{k=1}^{n} a_k - \sum_{k=1}^{n} b_k$

③ $\displaystyle\sum_{k=1}^{n} c a_k = c \sum_{k=1}^{n} a_k$ (단, c는 상수)   ④ $\displaystyle\sum_{k=1}^{n} c = cn$ (단, c는 상수)

(3) 여러 가지 수열의 합

① 자연수의 합

㉠ $\displaystyle\sum_{k=1}^{n} k = 1 + 2 + 3 + \cdots + n = \dfrac{n(n+1)}{2}$

㉡ $\displaystyle\sum_{k=1}^{n} k^2 = 1^2 + 2^2 + 3^2 + \cdots + n^2 = \dfrac{n(n+1)(2n+1)}{6}$

㉢ $\displaystyle\sum_{k=1}^{n} k^3 = 1^3 + 2^3 + 3^3 + \cdots + n^3 = \left\{ \dfrac{n(n+1)}{2} \right\}^2$

② 분수 꼴인 수열의 합

① $\displaystyle\sum_{k=1}^{n} \dfrac{1}{k(k+a)} = \sum_{k=1}^{n} \dfrac{1}{a} \left(\dfrac{1}{k} - \dfrac{1}{k+a} \right)$

② $\displaystyle\sum_{k=1}^{n} \dfrac{1}{(k+a)(k+b)} = \dfrac{1}{b-a} \sum_{k=1}^{n} \left(\dfrac{1}{k+a} - \dfrac{1}{k+b} \right)$ (단, $a \neq b$)

③ 무리식으로 나타내어진 수열의 합

㉠ $\displaystyle\sum_{k=1}^{n} \frac{1}{\sqrt{k+a}+\sqrt{k}} = \frac{1}{a}\sum_{k=1}^{n}(\sqrt{k+a}-\sqrt{k})$ (단, $a \neq 0$)

㉡ $\displaystyle\sum_{k=1}^{n} \frac{1}{\sqrt{k+a}+\sqrt{k+b}} = \frac{1}{a-b}\sum_{k=1}^{n}(\sqrt{k+a}-\sqrt{k+b})$ (단, $a \neq b$)

4 수학적 귀납법

(1) 귀납적 정의

① 수열: $\{a_n\}$을 첫째항 a_1, 서로 이웃하는 a_n과 a_{n+1} 사이의 관계식으로 정의하는 것

② 등차수열: $a_{n+1}-a_n=d$(일정), $2a_{n+1}=a_n+a_{n+2}$

③ 등비수열: $a_{n+1} \div a_n = r$(일정), $(a_{n+1})^2 = a_n \times a_{n+2}$

(2) 수학적 귀납법

자연수 n과 관련된 어떤 명제 $p(n)$이 모든 자여수에 대하여 성립한다는 것을 증명하려면 다음 두 가지를 보이면 된다.

① $n=1$일 때: 명제 $p(n)$이 성립한다.

② $n=k$일 때: 명제 $p(n)$이 성립함을 가정하면, $n=k+1$일 때에도 명제 $p(n)$이 성립한다.

 **대표문제**

배점(총점)	예상 소요 시간
10점	3분 / 전체 80분

▶ 수열 $\{a_n\}$의 첫째항부터 제n항까지의 합을 S_n이라고 할 때, 다음 조건을 만족시킨다.

> (가) 점 (n, a_n)은 함수 $y=5x+4$ 위에 있다.
>
> (나) $\dfrac{S_n}{n}=\dfrac{33}{2}$

이때 n의 값을 구하시오.

모범답안 (가)의 조건에서 $a_n=5n+4$이고 첫째항부터 제n항까지의 합이 S_n이므로

$$S_n=\sum_{k=1}^{n}(5k+4)=5\times\frac{n(n+1)}{2}+4n$$

$$=\frac{5n^2+13n}{2}$$

채점기준 따라서 $\dfrac{S_n}{n}=\dfrac{1}{n}\times\dfrac{5n^2+13n}{2}=\dfrac{5n+13}{2}=\dfrac{33}{2}$

$\therefore n=4$

답안	배점
(가)의 조건에 따라 $a_n=5n+4$	3점
$S_n=\dfrac{5n^2+13n}{2}$	3점
$n=4$	4점

〈EBS 수능완성 변형문제〉

01 네 수 a, 1, b, c가 이 순서대로 등차수열을 이루고, $2a-c=2b$를 만족한다. 이때 $a+b+c$의 값을 구하는 과정을 논술한 것이다. 빈칸 ① , ② , ③ 을 채우시오.

> 네 수 a, 1, b, c가 이 순서대로 등차수열을 이루므로 공차를 d(d는 상수)라 할 때 a, b, c를 각각 d에 관한 식으로 정리하면
>
> $a=1-d$, $b=1+d$, $c=$ ①
>
> 이를 $2a-c=2b$에 대입하면
>
> $d=$ ②
>
> 따라서
>
> $a+b+c=$ ③

02 공차가 양수인 등차수열 $\{a_n\}$에 대하여 $(a_5)^2-(a_3)^2=4$, $(a_9)^2-(a_7)^2=20$일 때, a_5의 값을 구하는 과정을 논술하시오.

03 $\sum\limits_{k=2}^{63} \log_6\{\log_k(k+1)\}$의 값을 구하는 과정을 논술하시오.

04 첫째항과 공차가 같은 등차수열 $\{a_n\}$의 첫 째항부터 제 n항까지의 합을 S_n이라 할 때, $S_n=ka_n$을 만족하는 k가 두 자리 자연수가 되도록 하는 n의 최댓값과 최솟값의 합을 구하는 과정을 논술하시오.

05 두 수열 $\{a_n\}$, $\{b_n\}$에서 a_n, b_n을 두 근으로 하는 이차방정식이 $x^2-\sqrt{3}\,nx+2n=0$일 때, $\sum\limits_{k=1}^{5}(a_k^2+b_k^2)$의 값을 구하는 과정을 논술하시오.

06 모든 항이 양수인 수열 $\{a_n\}$이 다음 조건을 만족시킨다. a_1-a_3의 값을 구하는 과정을 논술하시오.

> (가) 모든 자연수 n에 대하여
> $\log_2 a_{n+1}-\log_2 a_n=1$이다.
> (나) $a_1a_3a_5a_7=2^{10}$

PART 1
국어

PART 2
수학

PART 3
해답

07 $\sum_{k=1}^{13} \dfrac{1}{(2k-1)(2k+1)}$ 의 해를 구하는 과정을 논술하시오.

08 $\{a_n\}$ 이 등차수열 일 때, $a_3 = 5$, $a_{10} = 19$ 이다. 이때 $\sum_{k=1}^{50} a_{2k} - \sum_{k=1}^{50} a_{2k-1}$ 의 값을 구하는 과정을 논술하시오.

09 n이 자연수일 때, x에 대한 이차방정식
$x^2-33x+n(n+1)=0$의 두 근을 α_n, β_n
이라 하자. 이때 $\sum_{n=1}^{10}\left(\dfrac{1}{\alpha_n}+\dfrac{1}{\beta_n}\right)$의 값을 구하는
과정을 서술하시오.

10 $\sum_{k=1}^{n}a_k=2n^2+n$일 때, $\sum_{k=1}^{8}ka_k$의 값을 구하는
과정을 논술하시오.

11 등비수열을 이루는 세 실수의 합과 곱이 각각 13, -64일 때, 세 실수를 구하는 과정을 논술하시오.

12 함수 $f(x)=2^x$에 대하여 세 실수 $f(\log_2 3)$, $f(\log_2 3+2)$, $f(\log_2(t^2+4t))$가 이 순서대로 등차수열을 이룰 때, $\dfrac{1}{3}t$의 값을 구하는 과정을 논술하시오. (단, t는 양수)

13 $\displaystyle\sum_{k=1}^{n}\{(n-2)+2k\}=1$을 만족시키는 양수 n 의 값을 구하는 과정을 논술하시오.

14 등차수열 $\{a_n\}$에서 $a_2=-10$, $a_5=14$일 때, $|a_1|+|a_2|+|a_3|+\cdots+|a_{10}|$의 값을 구하는 과정을 논술한 것이다. 빈칸 ① , ② , ③ 을 채우시오.

> 등차수열 $\{a_n\}$의 첫째항을 a, 공차를 d라고 하면
>
> $a_n=a+(n-1)d$
>
> $a_2=a+d=-10$, $a_5=a+4d=14$
>
> 두 식을 연립하면
>
> $(a, d)=$ ①
>
> 따라서 등차수열 $\{a_n\}$은 제 ② 항까지 음수 이므로
>
> $|a_1|+|a_2|+|a_3|+\cdots+|a_{10}|$
>
> $=$ ③ $+(a_4+\cdots+a_{10})$
>
> $=-(-18-10-2)+\dfrac{7(6+54)}{2}$
>
> $=30+210=240$

15 $\displaystyle\sum_{k=1}^{n}(a_{4k-3}+a_{4k-2}+a_{4k-1}+a_{4k})$

$=n(2n+2)$

일 때, $\displaystyle\sum_{k=1}^{8}a_k$의 값을 구하는 과정을 논술하시오.

16 수열 $\{a_n\}$에 대하여

$A=\displaystyle\sum_{k=1}^{n}(2a_k+1)(a_k-1)$,

$B=\displaystyle\sum_{k=1}^{n}(2a_k-3)(a_k+1)$일 때

$A-B=50$이다.

이 때 자연수 n의 값을 구하는 과정을 논술하시오.

17 두 수열 $\{a_n\}$, $\{b_n\}$이 모든 자연수 n에 대하여 $a_n + \dfrac{5}{2}b_n = \dfrac{3}{4}$을 만족시킬 때, $4\displaystyle\sum_{n=1}^{5} a_n + 10\displaystyle\sum_{n=1}^{5} b_n$의 값을 구하는 과정을 논술하시오.

18 첫째항이 1인 등차수열 $\{a_n\}$에 대하여 $\displaystyle\sum_{n=1}^{2020} a_{2n} = 4040 + \displaystyle\sum_{n=1}^{2020} a_{2n-1}$이 성립할 때, $\displaystyle\sum_{n=1}^{2020} a_n$의 값을 구하는 과정을 논술하시오.

19 등비수열 $\{a_n\}$의 첫째항부터 제 n항까지의 합을 $S_n = 3^{3n-1} - k$이라고 할 때, $\{a_n\}$이 첫째항부터 등비수열을 이루기 위한 k값을 구하는 과정을 논술하시오.

20 수열 $\{a_n\}$에 대해서 $a_1 = 1$, $\displaystyle\sum_{k=1}^{80} a_k = 50$, $a_{81} = \dfrac{11}{81}$일 때, $\displaystyle\sum_{k=2}^{81} k(a_{k-1} - a_k)$의 값을 구하는 과정을 논술하시오.

21 자연수 n에 대하여 x에 대한 이차방정식 $n^2x^2 - nx + \dfrac{1}{4} = 0$의 실근을 a_n이라 할 때, $\displaystyle\sum_{n=1}^{4} a_n a_{n+1}$의 값을 구하는 과정을 논술하시오.

22 $\displaystyle\sum_{n=1}^{m}\left\{\sum_{i=1}^{n}(2i+1)\right\} = 26$일 때 m의 값을 구하는 과정을 논술하시오.

23 등차수열 $\{a_n\}$의 첫째항부터 제5항까지의 합이 25, 첫째항부터 제15항까지의 합이 150이라고 한다. 이때 a_{20}의 값을 구하는 과정을 논술하시오.

24 등비수열 $\{a_n\}$은 다음 두 조건을 만족시킨다고 한다.

$$3a_2 - 2a_1 = 0, \quad a_5 + a_4 = \frac{40}{81}$$

이때 $\displaystyle\sum_{k=1}^{m} a_k = \frac{19}{9}$가 성립하도록 하는 m의 값을 구하는 과정을 논술하시오.

25 등차수열 $\{a_n\}$에 관하여,

$x^2-8x+5=0$의 두 근이 각각 a_5, a_9일 때

$\sum\limits_{n=5}^{9} a_n$의 값을 구하는 과정을 논술하시오.

수학 II

IV 함수의 극한과 연속

[핵심이론]

1 함수의 극한

(1) 함수의 수렴과 발산

① 함수의 수렴

함수 $f(x)$에서 x가 a가 아닌 값이면서 a에 한없이 가까워질 때, $f(x)$의 값이 일정한 값 α에 한없이 가까워지면 함수 $f(x)$는 α에 수렴한다고 하며, α를 $x \to a$일 때의 $f(x)$의 극한이라고 한다.

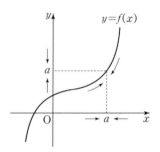

$$\lim_{x \to a} f(x) = \alpha \text{ 또는 } x \to a일 \text{ 때, } f(x) \to \alpha$$

② 함수의 발산

함수 $f(x)$에서 x가 a가 아닌 값이면서 a에 한없이 가까워질 때, $f(x)$의 값이 한없이 커지거나 작아지면 $f(x)$는 양의 무한대 또는 음의 무한대로 발산한다고 한다.

$$\lim_{x \to a} f(x) = \infty(-\infty) \text{ 또는 } x \to a일 \text{ 때, } f(x) \to \infty(-\infty)$$

(2) 함수의 좌극한과 우극한

① 함수의 좌극한

함수 $f(x)$에서 x가 a보다 작으면서 a에 한없이 가까워질 때, $f(x)$가 일정한 값 α에 한없이 가까워지면 α를 $x = a$에서 함수 $f(x)$의 좌극한값이라고 한다.

$$\lim_{x \to a-} f(x) = \alpha \text{ 또는 } x \to a-일 \text{ 때, } f(x) \to \alpha$$

② 함수의 우극한

함수 $f(x)$에서 x가 a보다 크면서 a에 한없이 가까워질 때, $f(x)$가 일정한 값 α에 한없이 가까워지면 α를 $x = a$에서 함수 $f(x)$의 우극한값이라고 한다.

$$\lim_{x \to a+} f(x) = \alpha \text{ 또는 } x \to a+일 \text{ 때, } f(x) \to \alpha$$

③ 극한값의 존재

좌극한값과 우극한값이 같을 때, 극한값이 존재한다고 한다.

$$\lim_{x \to a-} f(x) = \lim_{x \to a+} f(x) = \alpha \text{ 일 때, } \lim_{x \to a} f(x) \to \alpha$$

(3) 함수의 극한에 대한 성질

① 기본 성질

두 함수 $f(x)$, $g(x)$에 대하여 $\lim_{x \to a} f(x) = \alpha$, $\lim_{x \to a} g(x) = \beta$ (α, β는 실수)일 때

㉠ $\lim_{x \to a} \{cf(x)\} = c\lim_{x \to a} f(x) = c\alpha$ (단, c는 상수)

㉡ $\lim_{x \to a} \{f(x) + g(x)\} = \lim_{x \to a} f(x) + \lim_{x \to a} g(x) = \alpha + \beta$

㉢ $\lim_{x \to a} \{f(x) - g(x)\} = \lim_{x \to a} f(x) - \lim_{x \to a} g(x) = \alpha - \beta$

㉣ $\lim_{x \to a} \{f(x)g(x)\} = \lim_{x \to a} f(x) \times \lim_{x \to a} g(x) = \alpha\beta$

㉤ $\lim_{x \to a} \dfrac{f(x)}{g(x)} = \dfrac{\lim_{x \to a} f(x)}{\lim_{x \to a} g(x)} = \dfrac{\alpha}{\beta}$ (단, $\beta \neq 0$)

② 함수의 극한과 부등식

㉠ $f(x) \leq g(x)$이면 $\lim_{x \to a} f(x) \leq \lim_{x \to a} g(x)$

㉡ $f(x) \leq h(x) \leq g(x)$이고 $\lim_{x \to a} f(x) = \lim_{x \to a} g(x) = \alpha$이면 $\lim_{x \to a} h(x) = \alpha$

(4) 미정계수의 결정

두 함수 $f(x)$, $g(x)$에 대하여 다음 성질을 이용하여 미정계수를 결정할 수 있다.

① $\lim_{x \to a} \dfrac{f(x)}{g(x)} = \alpha$ (α는 실수)이고 $\lim_{x \to a} g(x) = 0$이면 $\lim_{x \to a} f(x) = 0$이다.

② $\lim_{x \to a} \dfrac{f(x)}{g(x)} = \alpha$ ($\alpha \neq 0$인 실수)이고 $\lim_{x \to a} f(x) = 0$이면 $\lim_{x \to a} g(x) = 0$이다.

2 함수의 연속

(1) 연속과 불연속

① 함수의 연속

함수 $f(x)$가 실수 a에 대하여 다음의 세 조건을 만족시킬 때, 함수 $f(x)$는 $x = a$에서 연속이라고 한다.

$$\begin{cases} \text{함수 } f(x)\text{가 } x=a\text{에서 정의되어 있다.} \\ \lim_{x \to a} f(x)\text{가 존재한다.} \\ \lim_{x \to a} f(x)=f(a)\text{이다.} \end{cases}$$

② 함수의 불연속

함수 $f(x)$가 위의 세 조건 중 하나라도 만족하지 않을 때, $f(x)$는 $x=a$에서 불연속이라고 한다.

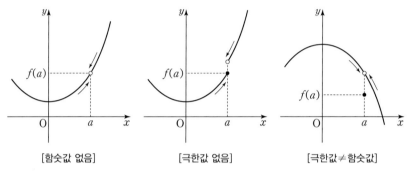

[함숫값 없음]　　　　[극한값 없음]　　　　[극한값≠함숫값]

(2) 연속함수의 성질

함수 $f(x)$, $g(x)$가 $x=a$에서 연속이면 다음 함수도 $x=a$에서 연속이다.

① $cf(x)$ (단, c는 상수)　　　　② $f(x) \pm g(x)$

③ $f(x)g(x)$　　　　④ $\dfrac{f(x)}{g(x)}$ (단, $g(x) \neq 0$)

(3) 최대 · 최소 정리

함수 $f(x)$가 닫힌구간 $[a, b]$에서 연속이면 함수 $f(x)$는 이 구간에서 반드시 최댓값과 최솟값을 갖는다.

(4) 사잇값 정리

① 함수 $f(x)$가 닫힌구간 $[a, b]$에서 연속이고 $f(a) \neq f(b)$이면 $f(a)$와 $f(b)$ 사이의 임의의 값 k에 대하여 $f(c)=k$가 열린구간 (a, b)에 적어도 하나 존재한다.

② 함수 $f(x)$가 닫힌구간 $[a, b]$에서 연속이고 $f(a)$와 $f(b)$의 부호가 서로 다르면 $f(c)=0$인 c가 열린구간 (a, b)에 적어도 하나 존재한다.

[실전문제]

정답 및 해설 p.262

대표문제

배점(총점)	예상 소요 시간
10점	3분 / 전체 80분

▶ 실수 전체의 집합에서 연속인 함수 $f(x)$가 있다.

이때 모든 실수 x에 대하여 $(x+1)f(x)=\dfrac{\sqrt{x+k}-1}{x^3+2}$를 만족한다.

$kf(-1)$의 값을 구하는 과정을 논술하시오.

모범답안 함수 $f(x)$가 $x=-1$에서 연속이므로 $\lim\limits_{x \to -1} f(x)=f(-1)$이다.

$x \neq -1$일 때, $f(x)=\dfrac{\sqrt{x+k}-1}{(x+1)(x^3+2)}$이다.

$\lim\limits_{x \to -1} f(x)=\lim\limits_{x \to -1} \dfrac{\sqrt{x+k}-1}{(x+1)(x^3+2)}$

$x \to -1$일 때 (분모) → 0이며 극한값이 존재하므로 (분자) → 0이어야 한다.

즉, $\lim\limits_{x \to -1}(\sqrt{x+k}-1)=\sqrt{k-1}-1=0$, $k=2$이다.

$\lim\limits_{x \to -1} f(x)=\lim\limits_{x \to -1} \dfrac{\sqrt{x+2}-1}{(x+1)(x^3+2)}=\lim\limits_{x \to -1} \dfrac{(\sqrt{x+2}-1)(\sqrt{x+2}+1)}{(x+1)(x^3+2)(\sqrt{x+2}+1)}$

$=\lim\limits_{x \to -1} \dfrac{(x+1)}{(x+1)(x^3+2)(\sqrt{x+2}+1)}=\lim\limits_{x \to -1} \dfrac{1}{(x^3+2)(\sqrt{x+2}+1)}=\dfrac{1}{1(\sqrt{1}+1)}=\dfrac{1}{2}$

$\therefore f(-1)=\dfrac{1}{2}$, $k=2$, $kf(-1)=1$

채점기준

답안	배점
$<x=-1$에서의 극한 계산$>$ $\lim\limits_{x \to -1} f(x)=\lim\limits_{x \to -1} \dfrac{\sqrt{x+k}-1}{(x+1)(x^3+2)}$	3점
$<k$값 구하기 및 $\lim\limits_{x \to -1} f(x)$의 값 계산$>$ $\lim\limits_{x \to -1} f(x)=\lim\limits_{x \to -1} \dfrac{\sqrt{x+k}-1}{(x+1)(x^3+2)}$ $x \to -1$일 때 (분모) → 0이며 극한값이 존재하므로 (분자) → 0이어야 한다. 즉, $\lim\limits_{x \to -1}(\sqrt{x+k}-1)=\sqrt{k-1}-1=0$, $k=2$이다. $\lim\limits_{x \to -1} f(x)=\lim\limits_{x \to -1} \dfrac{\sqrt{x+2}-1}{(x+1)(x^3+2)}=\lim\limits_{x \to -1} \dfrac{(\sqrt{x+2}-1)(\sqrt{x+2}+1)}{(x+1)(x^3+2)(\sqrt{x+2}+1)}=\lim\limits_{x \to -1} \dfrac{(x+1)}{(x+1)(x^3+2)(\sqrt{x+2}+1)}$ $=\lim\limits_{x \to -1} \dfrac{1}{(x^3+2)(\sqrt{x+2}+1)}=\dfrac{1}{1(\sqrt{1}+1)}=\dfrac{1}{2}=f(-1)$	4점
$<kf(-1)$ 계산하기$>$ $\therefore f(-1)=\dfrac{1}{2}$, $k=2$, $kf(-1)=1$	4점

〈EBS 수능완성 변형문제〉

01 함수 $f(x)=3x-5$에 대하여 방정식 $f(x^3)=f(5-3x)$가 오직 하나의 실근을 갖는다. 이 실근이 열린구간 $(n, n+1)$에 속할 때, 정수 n의 값을 구하는 과정을 논술한 것이다. 빈칸 ① , ② , ③ , ④ 를 채우시오.

$f(x)=3x-5$는 일대일대응이므로 방정식 $f(x^3)=f(5-3x)$는 방정식 $x^3=5-3x$과 같다.

이때 $h(x)=x^3+3x-5$라 하면

사잇값 정리에 의해 함수 $h(x)$는 연속이므로 임의의 닫힌구간 $[a, b]$에 대하여

$h(a)h(b)<0$이 성립할 경우 (a, b) 사이에 적어도 하나의 실근이 존재한다.

따라서 함수 $h(x)$에 임의의 값 $x=0$, $x=1$, $x=2$, $x=3$을 넣어보면

$h(0)=-5<0$, $h(1)=-1<0$,

$h(2)=9>0$, $h(3)=31>0$

사잇값의 정리를 사용할 수 있는 열린구간 $(n, n+1)$을 위의 $h(0), h(1), h(2), h(3)$의 부호를 비교하여 판단할 수 있다.

$h(0)h(1)=(-5)\times(-1)$,

$h(1)h(2)=(-1)\times9$, $h(2)h(3)=9\times31$

따라서 x의 범위가 ① 일 때 사잇값정리가 성립한다.

$h'(x)=$ ② >0인 증가함수이므로 구간 ③ 사이에서 실근을 한 개 갖는다.

$\therefore n=$ ④

---

02 함수 $f(x)=\begin{cases} ax-1 & (x\leq1) \\ x^2+ax+4 & (x>1) \end{cases}$

에 대하여

$\left\{\displaystyle\lim_{x\to1-}f(x)\right\}^2=\displaystyle\lim_{x\to1+}f(x)$를 만족시키는 a의 모든 값의 합을 구하는 과정을 논술하시오.

03 다항함수 $f(x)$에 대하여

$$\lim_{x \to 2} \frac{(x^3 - 8)}{(x^2 - 4)f(x)} = 1$$을 만족한다. 이때, $f(2)$의 값을 구하는 과정을 논술하시오.

04 두 함수 $f(x)$, $g(x)$가 있다. 닫힌 구간 $[-5, -2]$에서 $f(x) = -\dfrac{8}{x+6}$의 최댓값을 M, 함수 $g(x) = \sqrt{x+6} - 3$의 최솟값을 m이라고 할 때 $M \times m$ 값을 구하는 과정을 논술하시오.

05 삼차함수 $f(x)$가

$$\lim_{x \to -1} \frac{f(x)}{x+1} = 2, \lim_{x \to 1} \frac{f(x)}{x-1} = 6$$을 만족시킬

때, $f(x)$를 구하는 과정을 논술하시오.

06 함수 $f(x)$가 $\lim_{x \to k} \frac{f(x-k)}{x-k} = 3(k$는 상수$)$

를 만족한다. $\lim_{x \to 0} \frac{4x+7f(x)}{5x^2+f(x)} = \frac{p}{q}$

(단, p, q는 서로소)일 때, $p+q$의 값을 구하

는 과정을 논술하시오.

07 다항함수 $f(x)$가 $\lim\limits_{x \to 0} \dfrac{f(x)-3}{x}=4$를 만족시킬 때, $\lim\limits_{x \to 0} \dfrac{\{f(x)\}^2-2f(x)-3}{x}$의 값을 구하는 과정을 논술하시오.

08 다항함수 $f(x)$가 $\lim\limits_{x \to \infty} \dfrac{f(x)-x^3}{3x^2}=1$, $\lim\limits_{x \to 0} \dfrac{f(x)}{x}=-1$을 만족한다. 이 때, $f(3)$의 값을 구하는 과정을 논술하시오.

09 모든 실수 x에서 연속인 함수 $f(x)$가
$f(x) = -f(-x)$를 만족한다.
$f(1)f(3) < 0$, $f(3)f(5) < 0$일 때, 방정식
$f(x) = 0$은 적어도 몇 개의 실근을 갖는지를
구하는 과정을 논술하시오.

10 삼차함수 $f(x)$가 $\lim\limits_{x \to 1} \dfrac{f(x) - f(-1)}{x - 1} = 3$,
$\lim\limits_{x \to 0} \dfrac{f(x+1)}{f(x-1)} = -3$을 만족시킬 때,
$f(2)$의 값을 구하는 과정을 논술하시오.

11 두 함수

$$f(x)=\begin{cases}5x+5 & (|x|\le 5) \\ x^2+1 & (|x|>5)\end{cases}$$

$$g(x)=x^2+ax+b$$

가 있다. 이때 함수 $f(x)g(x)$가 실수 전체에서 연속이 되도록 하는 a, b의 값을 각각 구하는 과정을 논술하시오.

12 연속함수 $f(x)$가 모든 실수 x에 대하여 $f(x)=f(x+4)$를 만족한다. 이때 구간 $[0, 4]$에서 함수 $f(x)$가

$$f(x)=\begin{cases}2x+4 & (0\le x<2) \\ x^2+ax+b & (2\le x\le 4)\end{cases}$$

일 때, $f(7)$의 값을 구하는 과정을 논술하시오.

13 함수 $f(x)$가 모든 실수 x에 대하여

$-4x^2+2x \leq f(x) \leq 4x^2+2x$를 만족한다.

이때 극한값

$$\lim_{x \to 0+} \frac{\{f(x)\}^3}{3x\{5x^2+(f(x)^2)\}} = \frac{p}{q}$$에서

$p+q$의 값을 구하는 과정을 논술하시오.

14 다항함수 $f(x)$가 $\lim_{x \to 0+} \dfrac{x^3 f\left(\dfrac{1}{x}\right)-1}{x^3+x}=0$,

$\lim_{x \to 1} \dfrac{f(x)}{x-1}=0$을 만족할 때, $f(x)$의 값을 구

하는 과정을 논술한 것이다. 빈칸 ① ,

② , ③ , ④ , ⑤ 를 채우시오.

> $\lim_{x \to 1} \dfrac{f(x)}{x-1}=0$에서
>
> (분모) $\to 0$이므로 (분자) $\to 0$
>
> 따라서 $f(1)=$ ①
>
> $\lim_{x \to 0+} \dfrac{x^3 f\left(\dfrac{1}{x}\right)-1}{x^3+x}=0$에서 $\dfrac{1}{x}=t$라 하면
>
> $x \to 0+$일 때, $t \to \infty$이므로
>
> $\lim_{t \to \infty} \dfrac{\left(\dfrac{1}{t}\right)^3 f(t)-1}{\left(\dfrac{1}{t}\right)^3+\left(\dfrac{1}{t}\right)}=\lim_{t \to \infty} \dfrac{f(t)-t^3}{1+t^2}=0$
>
> 이때 분모가 $1+t^2$이므로 $f(t)-t^3$은 일차식이
> 다.
>
> 따라서 $f(t)-t^3=at+b$(단, a, b는 상수)라
> 고 하면
>
> $\therefore f(x)=x^3+ax+b$
>
> $x=1$을 대입하면
>
> $f(1)=1+a+b=0$이므로 $a=$ ②
>
> 한편 $\lim_{x \to 1} \dfrac{f(x)}{x-1}=\lim_{x \to 1} \dfrac{x^2+ax+b}{x-1}=0$를
>
> 이용하여 a와 b의 값을 구하면
>
> $b=$ ③ , $a=$ ④
>
> $\therefore f(x)=$ ⑤

15 닫힌구간 $[0, 6]$에서 정의된 함수 $f(x)$가

$$f(x) = \lim_{t \to \infty} \frac{2 + xt}{3 + t}(x - 4)$$를 만족한다.

이때, 함수 $f(x)$의 최댓값과 최솟값을 구하는 과정을 논술하시오.

16 최고차항의 계수가 1인 이차함수 $f(x)$에 대하여 두 함수 $g(x)$, $h(x)$를

$$g(x) = \begin{cases} f(x) & (x < 1) \\ 4 & (x \geq 1) \end{cases},$$

$$h(x) = \begin{cases} f(x-2) & (x < 1) \\ 4 & (x \geq 1) \end{cases}$$

이라 하자. 함수 $g(x)$는 $x = 1$에서 불연속이고, 함수 $|g(x)|$와 함수 $h(x)$는 실수 전체의 집합에서 연속일 때, $f(-3)$의 값을 구하는 과정을 논술하시오.

17 두 함수 $f(x)$, $g(x)$에 대하여

$$\lim_{x \to \infty}\{f(x)-g(x)\}=5$$

$$\lim_{x \to \infty}f(x)g(x)=3$$

일 때 $\lim_{x \to \infty}[\{f(x)\}^2+\{g(x)\}^2]$의 값을

구하는 과정을 논술하시오.

18 연속함수 $f(x)$가

$$f(x)=\begin{cases} 2x+1 & (0 \le x < 2) \\ m(x-2)^2+n & (2 \le x < 6) \end{cases}$$

$$(m, n \text{은 상수})$$

일 때 모든 실수 x에 대하여 $f(x+6)=f(x)$

이다. 이때 $f(16)$의 값을 구하는 과정을 논술하

시오.

19 양의 실수 k에 관하여 사차함수 $f(x)$가 다음 조건을 만족한다.

> $f(0)=0$
>
> $\lim\limits_{x \to k}\left\{\dfrac{1}{f(x)}-\dfrac{1}{(x-k)^2}\right\}=2$

이때 k의 값을 구하는 과정을 논술하시오.

20 다항함수 $f(x)$에 대하여 극한값

$$\lim_{x \to 0}\frac{f(x)}{x^2}=a$$일 때,

$$\lim_{x \to 0}\frac{3x^2+2f(x)}{x^4-f(x)}=-1$$이 성립한다.

이때, 상수 a의 값을 구하는 과정을 논술하시오.

21 다항함수 $g(x)$에 대하여 극한값

$$\lim_{x \to 1} \frac{g(x) - 2x}{x - 1}$$ 가 존재할 때

$f(x) + x - 1 = (x-1)g(x)$를 만족한다.

이때 $\displaystyle\lim_{x \to 1} \frac{f(x)g(x)}{x^2 - 1}$의 값을 구하는 과정을

논술하시오.

22 두 함수 $f(x) = x^3 + x^2$, $g(x) = x - 2$와 10 이하의 자연수 n에 대하여 x에 대한 방정식 $f(x) = ng(x)$가 n의 값에 관계없이 오직 하나의 실근을 갖는다. 이 실근이 열린구간 $(-3, -2)$에 속하도록 하는 10 이하의 모든 자연수 n의 값의 곱을 구하는 과정을 논술하시오.

23 함수 $f(x) = \dfrac{ax^2 + bx + c}{x^2 - x - 2}$ 에서

$\displaystyle\lim_{x \to 2} f(x) = 2$, $\displaystyle\lim_{x \to \infty} f(x) = 1$ 을 만족할 때,

abc 의 값을 구하는 과정을 논술하시오.

24 다항함수 $f(x)$, $g(x)$ 에 대하여

$\displaystyle\lim_{x \to 0} \dfrac{f(x)}{x} = 7$, $\displaystyle\lim_{x \to 1} \dfrac{g(x)}{x - 1} = 11$ 일 때,

$\displaystyle\lim_{x \to 2} \dfrac{f(x-2) + g(3-x)}{x^2 - 4}$ 의 값을 구하는 과

정을 논술하시오.

25 이차함수 $f(x)$가 $x=2$일 때, 최댓값 1을 가진다. 이때, $\lim\limits_{x \to 2}[f(x)]$의 값을 구하는 과정을 논술하시오. (단, $[x]$는 x를 넘지 않는 최대 정수)

V 다항함수의 미분법

[핵심이론]

1 1. 평균변화율

(1) 정의

함수 $y=f(x)$에서 x의 값이 a에서 b까지 변할 때, 함수 $y=f(x)$의 평균변화율은

$$\frac{\Delta y}{\Delta x}=\frac{f(b)-f(a)}{b-a}=\frac{f(a+\Delta x)-f(a)}{\Delta x} \ (단, \ \Delta x=b-a)$$

(2) 기하학적 의미

함수 $y=f(x)$에서 x의 값이 a에서 b까지 변할 때, 함수 $y=f(x)$의 평균변화율은 곡선 $y=f(x)$ 위의 두 점 $P(a, f(a))$, $Q(b, f(b))$를 지나는 곡선 PQ의 기울기를 나타낸다.

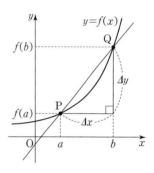

2 미분계수

(1) 정의

함수 $y=f(x)$의 $x=a$에서의 미분계수 $f'(a)$는

$$f'(a)=\lim_{\Delta x \to 0}\frac{\Delta y}{\Delta x}=\lim_{\Delta x \to 0}\frac{f(a+\Delta x)-f(a)}{\Delta x}=\lim_{x \to a}\frac{f(x)-f(a)}{x-a}$$

(2) 기하학적 의미

함수 $y=f(x)$의 $x=a$에서의 미분계수 $f'(a)$는 곡선 $y=f(x)$ 위의 점 $P(a, f(a))$에서의 접선의 기울기를 나타낸다.

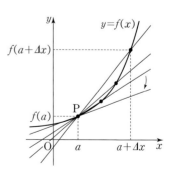

(3) 미분가능과 연속

① 함수 $f(x)$에 대하여 $x=a$에서의 미분계수 $f'(a)$가 존재할 때, 함수 $f(x)$는 $x=a$에서 미분가능하다고 한다.

② 함수 $f(x)$가 어떤 열린구간에 속하는 모든 x에서 미분가능할 때,

함수 $f(x)$는 그 구간에서 미분가능하다고 한다. 또한 함수 $f(x)$가 정의역에 속하는 모든 x에서 미분가능할 때, 함수 $f(x)$를 미분가능한 함수라고 한다.

③ 함수 $f(x)$가 $x=a$에서 미분가능하면 함수 $f(x)$는 $x=a$에서 연속이다. 그러나 일반적으로 그 역은 성립하지 않는다.

③ 도함수

(1) 정의

함수 $y=f(x)$가 정의역 임의의 원소 x에서 미분가능할 때, 정의역 임의의 원소에 대하여 미분계수 $f'(x)$를 대응시키는 함수를 $y=f(x)$의 도함수라 하고 $f'(x)$로 나타낸다.

$$f'(x)=\lim_{\Delta x \to 0}\frac{\Delta y}{\Delta x}=\lim_{\Delta x \to 0}\frac{f(x+\Delta x)-f(x)}{\Delta x}$$

(2) 기하학적 의미

$y=f(x)$의 도함수 $f'(x)$는 함수 $y=f(x)$의 그래프 위의 임의의 점 $(x, f(x))$에서의 접선의 기울기와 같다.

(3) 미분법 공식

$f(x)$, $g(x)$가 미분가능할 때,

① $y=c$ (단, c는 상수)이면 $y'=0$

② $y=x^n$이면 $y'=nx^{n-1}$

③ $y=cf(x)$ (단, c는 상수)이면 $y'=cf'(x)$

④ $y=f(x) \pm g(x)$이면 $y'=f'(x) \pm g'(x)$

⑤ $y=f(x) \cdot g(x)$이면 $y'=f'(x)g(x)+f(x)g'(x)$

⑥ $y=\{f(x)\}^n$이면 $y'=n\{f(x)\}^{n-1}f'(x)$

④ 도함수의 활용

(1) 접선의 방정식

① 접점 $(a, f(a))$에서 접선의 방정식

곡선 $y=f(x)$ 위의 점 $(a, f(a))$에서 접선의 방정식은

$$y - f(a) = f'(a)(x-a)$$

② 접점 $(a, f(a))$에서의 법선이 방정식

곡선 $y = f(x)$ 위의 점 $(a, f(a))$에서 접선에 수직인 법선의 방정식은

$$y - f(a) = \frac{1}{f'(a)}(x-a)$$

③ 기울기가 m인 접선의 방정식

　㉠ $f'(a) = m$에서 접점의 x, y 좌표를 구한다.

　㉡ $y - f(a) = m(x-a)$에 대입한다.

④ 곡선 밖의 한 점 (x_1, y_1)에서 그은 접선의 방정식

　① 접점의 좌표를 $(a, f(a))$로 놓는다.

　② $y - f(a) = f'(a)(x-a)$에 점 (x_1, y_1)을 대입하여 a를 구한다.

(2) 평균값의 정리

함수 $f(x)$가 닫힌구간 $[a, b]$에서 연속이고, 열린구간 (a, b)에서 미분가능하면 $\dfrac{f(b)-f(a)}{b-a} = f'(c)$ (단, $a < c < b$)를 만족시키는 c가 열린구간 (a, b)에 적어도 하나 존재한다.

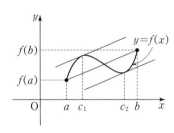

(3) 함수의 증가와 감소

① 함수 $f(x)$가 미분가능한 구간의 모든 실수 x에 대하여

　㉠ $f'(x) > 0$이면 $f(x)$는 이 구간에서 증가한다.

　㉡ $f'(x) < 0$이면 $f(x)$는 이 구간에서 감소한다.

② 함수 $f(x)$가 어떤 미분가능하고

　㉠ $f(x)$가 증가하면 그 구간 모든 실수 x에 대하여 $f'(x) \geq 0$이다.

　㉡ $f(x)$가 감소하면 그 구간 모든 실수 x에 대하여 $f'(x) \leq 0$이다.

(4) 함수의 극대와 극소

① 정의

함수 $y = f(x)$가 $x = a$에서 연속이고 x가 $x = a$를 지날 때

　㉠ $f(x)$가 증가 상태에서 감소 상태로 변하면, $f(x)$는 $x = a$에서 극대라 하고 $f(a)$를 극댓값이라고 한다.

　㉡ $f(x)$가 감소 상태에서 증가 상태로 변하면, $f(x)$는 $x = a$에서 극소라 하고 $f(a)$를 극솟값이라고 한다.

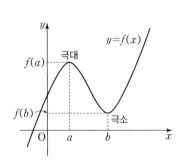

② 극값과 미분계수

$x=a$에서 미분가능한 함수 $f(x)$에 대하여

㉠ $x=a$에서 극값을 가지면 $f'(a)=0$이다.

㉡ $x=a$에서 극값 b를 가지면 $f'(a)=0$, $f(a)=b$이다.

(5) 함수의 최댓값과 최솟값

닫힌구간 $[a,\ b]$에서 연속인 함수 $y=f(x)$의 최댓값, 최솟값을 구할 때

① 열린구간 $(a,\ b)$에서의 모든 극값을 구한다.

② 닫힌구간 $[a,\ b]$의 양 끝점에서 함숫값 $f(a)$, $f(b)$를 구한다.

③ 위에서 구한 극값과 함숫값 $f(a)$, $f(b)$ 중에서 최대인 것이 최댓값, 최소인 것이 최솟값이다.

(6) 방정식의 근과 도함수

① 방정식 $f(x)=0$의 실근의 개수

함수 $y=f(x)$의 그래프와 x축과의 교점의 개수와 같다.

② $f(x)=g(x)$의 실근의 개수

함수 $y=f(x)$의 그래프와 $y=g(x)$의 그래프의 교점의 개수와 같다.

③ 삼차방정식의 실근의 개수

삼차함수 $f(x)$가 $x=\alpha$, $x=\beta$에서 극값을 가질 때, 삼차방정식 $f(x)=0$의 실근의 개수는 다음과 같다.

㉠ $f(\alpha)f(\beta)<0$이면 서로 다른 세 실근을 갖는다.

㉡ $f(\alpha)f(\beta)=0$이면 중근과 다른 한 실근을 갖는다.

㉢ $f(\alpha)f(\beta)>0$이면 한 실근과 서로 다른 두 허근을 갖는다.

(7) 속도와 가속도

수직선 위를 움직이는 점 P의 시간 t에서의 위치 x가 $x=f(t)$로 주어질 때, t에서의 속도와 가속도는 다음과 같다.

① 속도: 위치의 시간에 대한 변화율

$$v=\frac{dx}{dt}=\lim_{\Delta t \to 0}\frac{f(t+\Delta t)-f(t)}{\Delta t}=f'(t)$$

② 가속도: 속도의 시간에 대한 변화율

$$v=\frac{dv}{dt}=\lim_{\Delta t \to 0}\frac{v(t+\Delta t)-v(t)}{\Delta t}=v'(t)$$

배점(총점)	예상 소요 시간
10점	3분 / 전체 80분

▶ 함수 $f(x)=x^3+kx^2+x-4$가 $\lim\limits_{t \to -\infty}(-t)\left\{f\left(2-\dfrac{1}{t}\right)-f\left(2+\dfrac{1}{t}\right)\right\}=12$를 만족한다.

이때 k값을 구하는 과정을 서술하시오.

모범답안 $t=-\dfrac{1}{h}$로 놓으면 $t \to \infty$일 때, $h \to 0+$이다.

그러므로

$$\lim_{t \to -\infty}(-t)\left\{f\left(2-\dfrac{1}{t}\right)-f\left(2+\dfrac{1}{t}\right)\right\}=\lim_{h \to 0+}\dfrac{1}{h}\{f(2+h)-f(2-h)\}=\lim_{h \to 0+}\dfrac{\{f(2+h)-f(2-h)\}}{h}$$

$$=\lim_{h \to 0+}\dfrac{\{f(2+h)-f(2)\}-\{f(2-h)-f(2)\}}{h}$$

$$=\lim_{h \to 0+}\dfrac{\{f(2+h)-f(2)\}}{h}+\lim_{h \to 0+}\dfrac{\{f(2-h)-f(2)\}}{(-h)}=2f'(2)=12$$

$f'(2)=6$이다.

$f'(x)=3x^2+2kx+1$

$f'(2)=12+4k+1=6$

$\therefore 4k=-7,\ k=-\dfrac{7}{4}$

채점기준

답안	배점
$<t=-\dfrac{1}{h}$로 치환하기$>$ $t=-\dfrac{1}{h}$로 놓으면 $t \to \infty$일 때, $h \to 0+$이다. 그러므로 $\lim\limits_{t \to -\infty}(-t)\left\{f\left(2-\dfrac{1}{t}\right)-f\left(2+\dfrac{1}{t}\right)\right\}=\lim\limits_{h \to 0+}\dfrac{1}{h}\left(f(2+h)-f(2-h)\right)=\lim\limits_{h \to 0+}\dfrac{\{f(2+h)-f(2-h)\}}{h}$	3점
$<f'(2)$구하기$>$ $=\lim\limits_{h \to 0+}\dfrac{\{f(2+h)-f(2)\}-\{f(2-h)-f(2)\}}{h}$ $=\lim\limits_{h \to 0+}\dfrac{\{f(2+h)-f(2)\}}{h}+\lim\limits_{h \to 0+}\dfrac{\{f(2-h)-f(2)\}}{(-h)}=2f'(2)=12$ $f'(2)=6$이다.	4점
$<k$값 구하기$>$ $f'(2)=6$이다. $f'(2)=8+4k+2-4=4k+6=6$이다. $\therefore k=0$	3점

〈EBS 수능완성 변형문제〉

01 함수 $f(x)=x^3+3x^2+kx+1$이 열린구간 $(-2, 2)$에서 극댓값과 극솟값을 모두 갖도록 하는 실수 k의 값의 범위를 구하는 과정을 논술한 것이다. 빈칸 ① , ② , ③ , ④ 를 채우시오.

$f'(x)=3x^2+6x+k$이며,

이차방정식 $f'(x)=0$은 $-2<x<2$에서 서로 다른 두 실근을 가져야 한다.

(i) 방정식 $f'(x)=0$의 판별식을 D라고 하면

$$\frac{D}{4}=\boxed{①}>0$$

(ii) $f'(-2)>0$이므로

$$f'(-2)=\boxed{②}>0$$

(iii) $f'(2)>0$이므로

$$f'(2)=\boxed{③}>0$$

(i)~(iii)에 의해 k값의 범위는 $\boxed{④}$

---

02 함수
$$f(x)=\begin{cases} 2x-4 & (x<a) \\ x^2-4x+b & (x\geq a) \end{cases}$$
가 실수 전체의 집합에서 미분가능할 때,

$f(2b-a)$의 값을 구하는 과정을 논술하시오.

(단, a, b는 상수이다.)

03 함수 $f(x)=2x^2-5x+3$에 대하여 닫힌구간 $[-4, 4]$에서 평균값 정리를 만족시키는 실수 c의 값을 구하는 과정을 논술하시오.

04 곡선 $y=(x-a)(x-b)(x-c)(x-d)$ 위의 점 $(4, 8)$에서의 접선의 기울기가 24이다. 이때 $\dfrac{1}{4-a}+\dfrac{1}{4-b}+\dfrac{1}{4-c}+\dfrac{1}{4-d}$의 값을 구하는 과정을 논술하시오. (단, a, b, c, d는 상수)

05 함수 $f(x) = 2x^3 - ax^2 + \left(a - \dfrac{4}{3}\right)x + 3$가 $x_1 < x_2$인 임의의 실수 x_1, x_2에 대하여 항상 $f(x_1) < f(x_2)$를 만족한다. 이때 실수 a의 값의 범위를 구하는 과정을 논술하시오.

06 다음 함수 $f(x)$가 $x = 4$에서 미분가능할 때, 상수 m, n의 값을 구하는 과정을 논술하시오.

$$f(x) = \begin{cases} 2x^2 & (x < 4) \\ mx + n & (x \geq 4) \end{cases}$$

07 다항함수 $f(x)$와 양수 a에 대하여 함수 $g(x)$를 $g(x)=(x^2+a)f(x)$라 하자.
$f'(1)=g(1)$, $g'(1)=11f(1)$일 때, $\dfrac{f'(1)}{2f(1)}$의 값을 구하는 과정을 논술하시오.

08 직선 도로를 달리는 어떤 오토바이 운전자가 200m 앞의 정지선을 발견하고 브레이크를 밟았다. 브레이크를 밟은 후 t초 동안 달린 거리를 Xm라고 할 때, $X=10t-kt^2$이다. 이때 정지선을 넘지 않고 멈추기 위한 양수 k의 최솟값을 구하는 과정을 논술하시오.

09 미분가능한 함수 $f(x)$가 모든 실수 x, y에 대하여 $f(x+y)=f(x)+f(y)+3xy$를 만족한다. $f'(0)=5$일 때, $f'(3)$의 값을 구하는 과정을 논술하시오.

10 함수 $f(x)=x^4-7x^2+12$에 대하여 닫힌구간 $[-2, \sqrt{3}]$에서 롤의 정리를 만족시키는 실수 c가 될 수 있는 모든 값의 합을 구하는 과정을 논술하시오.

11 두 함수 $f(x) = x^3 - 3x^2 + 2x + a$, $g(x) = x^2 + bx + c$가 다음 조건을 만족시킬 때, $\dfrac{|abc|}{2}$의 값을 구하는 과정을 논술하시오. (단, a, b, c는 상수이다.)

> (가) 두 곡선 $y = f(x)$, $y = g(x)$가 점 $A(1, 2)$에서 만난다.
>
> (나) 곡선 $y = f(x)$ 위의 점 A에서의 접선과 곡선 $y = g(x)$ 위의 점 A에서의 접선이 서로 수직이다.

12 다항식 $x^5 + x^3 + x + 1$을 $(x-1)^2$으로 나누었을 때의 나머지를 구하는 과정을 논술하시오.

13 함수 $f(x)$의 도함수 $f'(x)$가 연속함수이다. 모든 실수 x에 대하여 $(x-3)f'(x)=x^2-9-f(x)$를 만족할 때, $f'(3)$의 값을 구하는 과정을 논술하시오.

14 실수 전체의 집합에서 정의된 함수 $f(x)=x^3+3ax^2+2ax+1$의 역함수가 존재하도록 하는 a값의 범위를 구하는 과정을 논술한 것이다. 빈칸 ① , ② , ③ 을 채우시오.

> 역함수가 존재하기 위해서는 $f(x)$는 일대일 응이어야 한다.
> 따라서 $f'(x) \geq 0$ 또는 $f'(x) \leq 0$이어야 한다.
> $f'(x) = \boxed{\quad ① \quad}$ 는 최고차항이
> 양수이므로 $f'(x) \geq 0$
> 이차방정식 $f'(x)=0$의 판별식을 D라고 하면
> $D \leq 0$
> $\dfrac{D}{4} = \boxed{\quad ② \quad} \leq 0$
> 그러므로 a의 범위는 $\boxed{\quad ③ \quad}$

15 다음 조건을 만족하는 최고차항의 계수가 1인 삼차함수 $f(x)$에 대하여 $\dfrac{f'(2)}{f(2)}$의 최댓값을 구하는 과정을 논술하시오.

> (가) 함수 $|f(x)|$는 $x=0$에서만 미분불가능하다.
>
> (나) 방정식 $f(x)=0$은 닫힌 구간 [3, 5]에서 적어도 하나의 실근을 갖는다.

16 양수 a와 함수 $f(x)=a(x+2)^2(x-2)^2$에 대하여 함수 $y=f(x)$의 그래프와 $y=4$가 만나는 서로 다른 점의 개수가 3일 때, $f(12a)$의 값을 구하는 과정을 논술하시오.

17 다항함수 $f(x)$와 실수 전체의 집합에서 미분가능한 함수 $g(x)$가 모든 실수 x에 대하여 $(x^2-4)g(x)=f(x)-4$를 만족한다. 이때 함수 $h(x)=f(x)g(x)$에 대하여 $f'(2)=2$, $h'(2)=4$일 때, $g'(2)$를 구하는 과정을 논술하시오.

18 $x>0$인 모든 실수 x에 대하여 부등식 $2x^3+6x^2+4-a^2>0$이 항상 성립하도록 하는 모든 정수 a의 개수를 구하는 과정을 논술하시오.

19 수직선 위를 움직이는 두 점 P, Q가 어느 한 시각 $t(t \geq 0)$에서의 위치를 x_1, x_2라고 할 때 $x_1 = t^2 - 6t$, $x_2 = t^3 - 3t^2 - 24t$이다. 두 점 P, Q가 서로 다른 방향으로 움직일 때, t의 범위가 $p < t < q$이다. 이때 $p \times q$의 값을 구하는 과정을 논술하시오.

20 서로 다른 두 양의 정수 a, b에 대하여 함수 $f(x) = (2x - a)(2x - b)$에서 x의 값이 a에서 b까지 변할 때의 평균변화율을 $M(a, b)$라 하자. $M(a, b) < 9$를 만족시키는 모든 순서쌍 (a, b)의 개수를 구하는 과정을 논술하시오.

PART 1 국어

PART 2 수학

PART 3 해답

21 수직선 위를 움직이는 점 P의 시각 $t\,(t\geq 0)$에서의 위치 x가 $x=t^3-4t^2+kt+1$이다. 시각 $t=1$에서의 점 P의 속도와 시각 $t=\alpha$ $(\alpha>1)$에서의 점 P의 속도가 모두 5일 때, 시각 $t=\dfrac{k}{\alpha}$에서의 점 P의 가속도를 구하는 과정을 논술하시오. (단, α, k는 상수이다.)

22 함수
$$f(x)=(a-4)x^3+3(b-2)x^2-3ax+3$$
가 극값을 갖지 않을 때, 점 $(a,\,b)$가 존재하는 영역의 넓이를 구하는 과정을 논술하시오.

23 두 곡선 $y=x^3-x+3$과 $y=x^2+a$가 한 점에서 접하도록 하는 정수 a의 값을 구하는 과정을 논술하시오.

24 함수 $f(x)=ax^3-3(a^2+1)x^2+12ax$가 모든 실수 x에서 항상 증가하거나 감소할 때, 모든 a값의 곱을 구하는 과정을 논술하시오.

25 두 점 $A(2, 0)$, $B(8, 0)$에 대하여 점 P가
포물선 $f(x) = x^2 + 1$ 위를 움직일 때,
$\overline{AP}^2 + \overline{BP}^2$의 최솟값을 구하는 과정을 논술하시오.

VI 다항함수의 적분법

[핵심이론]

1 부정적분

(1) 정의와 표현

① 정의

함수 $f(x)$에 대하여 $F'(x)=f(x)$를 만족시키는 함수 $F(x)$를 $f(x)$의 부정적분이라 하고, $f(x)$의 부정적분을 구하는 것을 $f(x)$를 적분한다고 한다.

② 표현

함수 $f(x)$의 부정적분을 $F(x)$라 하면

$$\int f(x)dx = F(x)+C \text{ (단, } C\text{는 적분상수)}$$

(2) 부정적분과 미분의 관계

함수 $f(x)$의 부정적분은 미분의 역이다.

① $\int \left\{ \dfrac{d}{dx}f(x) \right\}dx = f(x)+C$ ② $\dfrac{d}{dx}\left\{ \int f(x)dx \right\} = f(x)$

(3) 부정적분의 공식

① $\int k dx = kx+C$ (단, k는 상수)

② $\int x^n dx = \dfrac{1}{n+1}x^{n+1}+C$ (단, $n \neq -1$)

③ $\int kf(x)dx = k\int f(x)dx$ (단, k는 상수)

④ $\int (f(x)+g(x))dx = \int f(x)dx + \int g(x)dx$

⑤ $\int (f(x)-g(x))dx = \int f(x)dx - \int g(x)dx$

2 정적분

(1) 정의와 표현

① 정의

함수 $y=f(x)$의 닫힌구간 $[a, b]$에서 연속일 때, 함수 $y=f(x)$의 부정적분 중 하나를 $F(x)$라 하면 $F(b)-F(a)$를 구하는 것을 함수 $f(x)$를 a에서 b까지 적분한다고 한다.

② 표현

닫힌구간 $[a, b]$에서 연속인 함수 $f(x)$의 부정적분이 $F(x)$이면

$$\int_a^b f(x)dx = \left[f(x) \right]_a^b = F(b) - F(a)$$

(2) 정적분과 미분의 관계

① $\dfrac{d}{dx}\displaystyle\int_a^x f(t)dt = f(x)$ 　　　② $\dfrac{d}{dx}\displaystyle\int_x^{x+a} f(t)dt = f(x+a)-f(x)$

③ $\displaystyle\lim_{x \to a} \dfrac{1}{x-a}\int_a^x f(t)dt = f(a)$ 　　　④ $\displaystyle\lim_{x \to 0} \dfrac{1}{x}\int_x^{x+a} f(t)dt = f(a)$

(3) 정적분의 공식

① $\displaystyle\int_a^a f(x)dx = 0$

② $\displaystyle\int_a^b f(x)dx = -\int_b^a f(x)dx$

③ $\displaystyle\int_a^b kf(x)dx = k\int_a^b f(x)dx$ (단, k는 상수)

④ $\displaystyle\int_a^b \{f(x) \pm g(x)\}dx = \int_a^b f(x)dx \pm \int_a^b g(x)dx$

⑤ $\displaystyle\int_a^b f(x)dx = \int_a^c f(x)dx + \int_c^b f(x)dx$

(4) 우함수와 기함수의 정적분

① 우함수의 정적분

$f(x)$가 y축에 대하여 대칭인 함수(우함수)인 경우 연속인 함수 $f(x)$가 모든 실수 x에 대하여 $f(-x)=f(x)$이면

$$\int_{-a}^a f(x)dx = 2\int_0^a f(x)dx$$

② 기함수의 정적분

$f(x)$가 원점에 대하여 대칭인 함수(기함수)인 경우 연속인 함수 $f(x)$가 모든 실수 x에 대하여

$f(-x)=-f(x)$이면

$$\int_{-a}^{a}f(x)dx=0$$

③ 정적분의 활용

(1) 곡선과 x축 사이의 넓이

함수 $f(x)$가 닫힌구간 $[a, b]$에서 연속일 때, 곡선 $y=f(x)$와 x축 및 두 직선 $x=a$, $x=b$로 둘러싸인 부분의 넓이 S는

$$S=\int_{a}^{b}|f(x)|\,dx$$

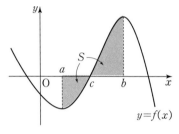

(2) 두 곡선 사이의 넓이

닫힌구간 $[a, b]$에서 연속인 두 곡선 $y=f(x)$, $y=g(x)$와 두 직선 $x=a$, $x=b$로 둘러싸인 도형의 넓이 S는

$$S=\int_{a}^{b}|f(x)-g(x)|\,dx$$

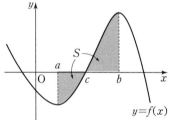

(3) 서로 역함수인 두 곡선 사이의 넓이

함수 $f(x)$, $g(x)$가 서로 역함수이고 곡선의 교점의 x좌표가 a, b일 때

$$S=\int_{a}^{b}|f(x)-g(x)|\,dx=2\int_{a}^{b}|f(x)-x|\,dx=2\int_{a}^{b}|g(x)-x|\,dx$$

(4) 수직선 위를 움직이는 점의 위치와 거리

① 수직선 위를 움직이는 점의 위치: 수직선 위를 움직이는 점 P의 시각 t에서의 속도가 $v(t)$이고, 시각 t_0에서의 위치가 x_0이면

  ㉠ 시각 t에서의 점 P의 위치: $x_0+\int v(t)dt$

  ㉡ 시각 $t=a$에서 $t=b$까지 점 P의 위치 변화량: $\int_{a}^{b}v(t)dt$

② 수직선 위를 움직이는 점의 실제 이동거리: 수직선 위를 움직이는 점 P의 시각 t에서의 속도가 $v(t)$이고 시각 $t=a$에서 $t=b$까지의 실제 이동 거리

$$\int_{a}^{b}|v(t)|\,dt$$

[실전문제]

해답 p.271

🔘 **대표문제**

배점(총점)	예상 소요 시간
10점	3분 / 전체 80분

▶ 이차함수 $f(x)=x^2-(k+2)x+2k$가 $\displaystyle\int_2^3(x^2+1)f'(x)dx+\int_2^3 2xf(x)dx=0$을 만족한다. $\displaystyle\int_2^k f(x)dx$의 값을 구하는 과정을 서술하시오.

모범답안 $f(x)=x^2-(k+2)x+2k=(x-2)(x-k)$에서 $f(2)=0, f(k)=0$이며

$\dfrac{d}{dx}\{(x^2+1)f(x)\}=(x^2+1)f'(x)+2xf(x)$이므로

$\displaystyle\int_2^3(x^2+1)f'(x)dx+\int_2^3 2xf(x)dx=\int_2^3\{(x^2+1)f'(x)+2xf(x)\}dx$

$\displaystyle\qquad\qquad=\int_2^3\{(x^2+x)f(x)\}'dx$

$\displaystyle\qquad\qquad=\Big[(x^2+x)f(x)\Big]_2^3=12f(3)-6f(2)=12f(3)=0$

$f(3)=9-3k-6+2k=0, k=3$

따라서 $f(x)=x^2-5x+6=(x-2)(x-3)$이므로

$\displaystyle\int_2^k f(x)dx=\int_2^3\{x^2-5x+6\}dx=\Big[\dfrac{1}{3}x^3-\dfrac{5}{2}x^2+6x\Big]_2^3$

$\displaystyle\qquad\qquad=-\dfrac{1}{6}$

채점기준

답안	배점
$<f(x)$조사하기$>$ $f(x)=x^2-(k+2)x+2k=(x-2)(x-k)$에서 $f(2)=0, f(k)=0$이며 $\dfrac{d}{dx}\{(x^2+1)f(x)\}=(x^2+1)f'(x)+2xf(x)$	1점
$<k$값 구하기$>$ $\displaystyle\int_2^3(x^2+1)f'(x)dx+\int_2^3 2xf(x)dx=\int_2^3\{(x^2+1)f'(x)dx+2xf(x)\}dx=\int_2^3\{(x^2+x)f(x)\}'dx$ $\qquad=\Big[(x^2+x)f(x)\Big]_2^3=12f(3)-6f(2)=12f(3)=0$ $f(3)=9-3k-6+2k=0, k=3$	5점
$\displaystyle\int_2^k f(x)dx=\int_2^3\{x^2-5x+6\}dx=\Big[\dfrac{1}{3}x^3-\dfrac{5}{2}x^2+6x\Big]_2^3=-\dfrac{1}{6}$	4점

〈EBS 수능완성 변형문제〉

01 시각 $t=0$일 때 점 $A(12)$에서 출발하여 수직선 위를 움직이는 점 P의 시각 $t(t \geq 0)$에서의 속도 $v(t)$가 $v(t)=3t^2-4t$이다. 점 P와 원점 사이의 거리가 최소일 때, 점 P의 위치를 구하는 과정을 논술한 것이다. 빈칸 ① , ② , ③ 을 채우시오.

시각 $t=0$일 때 점 $A(12)$에서 출발하여 수직선 위를 움직이는 점 P의 시각 $t=a$에서의 위치 x는

$$x=12+\int_0^a v(t)dt=12+\int_0^a (3t^2-4t)dt$$
$$= \boxed{\quad ① \quad}$$

이때 $f(a)=a^3-2a^2+12$라고 하면

점 P와 원점 사이의 거리가 최소가 되기 위해서는 $f(a)$의 값이 최소가 되어야 한다.

따라서 $f'(a)=3a^2-4a=3a\left(a-\dfrac{4}{3}\right)$이다.

이때 증감을 따져보면 $a=\boxed{\quad ② \quad}$에서 최소를 갖는다.

그러므로 점 P와 원점 사이의 거리가 최소일 때, 점 P의 위치 $\boxed{\quad ③ \quad}$

---

02 다항함수 $f(x)$가

$$\int \{f(x)-3\}dx+\int xf'(x)dx$$
$$=x^3-2x^2$$을 만족시킨다.

함수 $f(x)$가 $x=a$에서 극값을 가질 때, $f(2a)$의 값을 구하는 과정을 논술하시오.

(단, a는 상수이다.)

03 $\displaystyle\int_{1}^{k}(3x^2-4x+3)dx=0$을 만족하는, 상수 k의 값이 존재하는지의 유무를 따지는 과정을 논술하시오. (단, $k>1$)

04 다항함수 $f(x)$와 그 도함수 $f'(x)$에 대하여 $\displaystyle\lim_{x\to\infty}\frac{f'(x)}{x}=1,\ \lim_{x\to-1}\frac{f(x)}{x+1}=-1$을 만족할 때, 다항함수 $f(x)$를 구하는 과정을 논술하시오.

05 정적분 $\int_0^1 (6k^2x^2+24kx+15)dx$의 값이 최소가 되도록 하는 실수 k의 값을 m, 그때의 정적분 값을 n이라고 한다. 이때, $m \times n$의 값을 구하는 과정을 서술하시오.

06 모든 실수 x에 대하여 연속인 함수 $f(x)$가 $f(x+3)=f(x)$를 만족한다. $\int_{-5}^{-2} f(x)dx=2$일 때, 정적분 $\int_{-2}^{10} f(x)dx$의 값을 구하는 과정을 논술하시오.

07 곡선 $y=x^2-4x$와 직선 $y=ax$로 둘러싸인 넓이가 288일 때, 양수 a의 값을 구하는 과정을 논술하시오.

08 최고차항의 계수가 1인 삼차함수 $f(x)$가 $x=-1$, $x=2$에서 극값을 갖고, $\int_{-2}^{2} f(x)dx=0$일 때, $f(-1)$의 값을 구하는 과정을 논술하시오.

09 함수 $f(x)=\sqrt{x-6}$의 역함수를 $g(x)$라고 할 때 $\int_6^{10} f(x)dx+\int_0^2 g(x)dx$의 값을 구하는 과정을 논술하시오.

10 함수 $f(x)=(x-2)^3+27$이 있다. 이때, 다음 그림과 같이 곡선 $y=f(x)$가 x축과 만나는 점을 P라 하고, 점 P를 지나면서 x축에 수직인 직선을 l이라고 하자. 이때 곡선 $y=f(x)$와 y축 및 직선 $y=k$로 둘러싸인 도형의 넓이를 S_1이라 하고, 곡선 $y=f(x)$와 직선 l 및 직선 $y=k$로 둘러싸인 도형의 넓이를 S_2라고 하자. $S_1=S_2$일 때, 상수 k의 값을 구하는 과정을 논술하시오. (단 $0<k<19$)

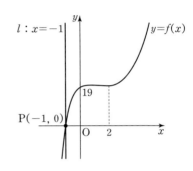

11 이차함수 $f(x)$가

$$\int_{-2}^{2} f(x)dx = \int_{-2}^{0} f(x)dx = \int_{0}^{2} f(x)dx$$

를 만족할 때, $f(4)$의 값을 구하는 과정을 논술하시오.

12 이차함수 $f(x)$와 다항함수 $g(x)$가

$$g(x) = \int_{0}^{x} \{(t^2 + 2t) - f(t)\}dt,$$

$$f(x)g(x) = x^4 + 4x^2$$을 만족한다. 이때 $f(x)$와 $g(x)$를 구하는 과정을 논술하시오.

13 다음은 함수 $f(x)=4x^3+2x-1$에서 $\int_{-3}^{1}f(x)dx-\int_{3}^{1}f(x)dx$의 값을 구하는 과정을 논술한 것이다. 빈칸 ① , ② , ③ 을 채우시오.

$\int_{b}^{a}f(x)dx=-\int_{a}^{b}f(x)dx$이므로

$\int_{-3}^{1}f(x)dx-\int_{3}^{1}f(x)dx$의 식을 변형하면

$\int_{-3}^{1}f(x)dx+$ ①

따라서

$=\int_{-3}^{3}f(x)dx=\int_{-3}^{3}(4x^3+2x-1)dx$

$=$ ②

$=(3^4+3^2-3)-\{(-3)^4+(-3)^2+3\}$

$=$ ③

14 다음 조건을 만족시키는 모든 다항함수 $f(x)$에 대하여 모든 $f(0)$의 값의 곱을 구하는 과정을 논술하시오.

모든 실수 x에 대하여
$f(x)=-2x+3\left|\int_{0}^{1}f(t)dt\right|$이다.

15 함수 $F(x)=2x^3+ax$는 함수 $f(x)$의 한 부정적분이며 $f(1)=6$이다. 함수 $G(x)$는 함수 $2xf(x)$의 한 부정적분이며 $G(0)=0$이다. 이때 $G(1)$의 값을 구하는 과정을 논술하시오.

16 다항함수 $f(x)$가 모든 실수 x에 대하여 $f(-x)+f(x)=0$을 만족한다. $\displaystyle\int_0^2 xf(x)dx=4$일 때, $\displaystyle\int_{-2}^2 (x+1)^2 f(x)dx$의 값을 구하는 과정을 논술하시오.

17 그림과 같이 $a>3$인 상수 a에 대하여 직선 $y=ax$, 곡선 $y=\dfrac{1}{a}x^2$과 세 점 $A(3,\,0)$, $B(3,\,3)$, $C(0,\,3)$이 있다.

직선 $y=ax$와 y축 및 선분 BC를 둘러싸인 부분의 넓이를 S_1, 곡선 $y=\dfrac{1}{a}x^2$과 x축 및 선분 AB로 둘러싸인 부분의 넓이를 S_2, 직선 $y=ax$, 곡선 $y=\dfrac{1}{a}x^2$ 및 두 선분 AB, BC로 둘러싸인 부분의 넓이를 S_3이라 하자. S_1, S_2, S_3이 이 순서대로 등비수열을 이룰 때, $\dfrac{1}{3}a$의 값을 구하는 과정을 논술하시오.

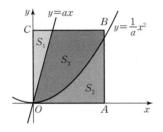

18 실수 전체의 집합에서 연속인 함수 $f(x)$가 모든 실수 x에 대하여 $f(x+3)=f(x)$를 만족한다.

$\displaystyle\int_{-3}^{6}f(x)dx=6$일 때, $\displaystyle\int_{0}^{18}f(x)dx$의 값을 구하는 과정을 논술하시오.

19 함수 $f(x)=1+x+x^2+x^3+x^4$에 대하여

$$\lim_{x\to 3}\frac{1}{x^2(x^2-9)}\int_9^{x^2}f(t)dt=\frac{3^q-1}{p}$$

일 때, $p+q$의 값을 구하는 과정을 논술하시오.

20 함수 $f(x)=x^3-2x^2+2x$의 역함수를 $g(x)$라 할 때, 두 곡선 $y=f(x)$, $y=g(x)$로 둘러싸인 도형의 넓이를 구하는 과정을 논술하시오.

21 함수 $f(x)=\displaystyle\int(x^2-3x+2)dx$의 극댓값이 $\dfrac{4}{3}$일 때, 극솟값을 구하는 과정을 논술하시오.

22 함수 $f(x)=x^2+ax+b$가 다음의 두 조건을 모두 만족한다.

$$\lim_{x\to 1}\frac{\displaystyle\int_1^x f(t)dt}{x-1}=1,\quad \int_0^1 f(x)dx=0$$

이 때, 실수 a, b의 곱을 구하는 과정을 논술하시오.

23 함수 $y=x^3+2$의 그래프와 이 함수 위의 점 $(1, 3)$에서 그은 접선으로 둘러싸인 도형의 넓이를 S라고 할 때, $4S$의 값을 구하는 과정을 논술하시오.

24 최고차항의 계수가 1인 삼차함수 $f(x)$가 다음 조건을 만족시킬 때, $f(9)$의 값을 구하는 과정을 논술하시오.

> (가) 방정식 $f(x)=0$은 서로 다른 세 실근 a, 1, b $(a<1<b)$를 갖고, a, 1, b는 이 순서대로 등차수열을 이룬다.
> (나) 곡선 $y=f(x)$와 x축으로 둘러싸인 부분의 넓이는 128이다.

25 함수 $y=f(x)$의 그래프가 원점과 점 $(6, 6)$을 지난다.

$\displaystyle\int_0^6 \{f(x)-x\}dx=6$일 때,

$\displaystyle\int_0^6 \{6-f^{-1}(x)\}dx$의 값을 구하는 과정을 논술하시오.

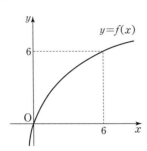

2024학년도
수원대
논술 기출문제

국어

수학

국어

▶ 해답 p.278

[01~02] 다음 글을 읽고 물음에 답하시오.

원자력 발전은 핵분열 연쇄 반응을 유도하여 에너지를 얻는다. 원자력 발전의 연료로는 주로 우라늄이 사용되는데, 천연 우라늄을 구성하는 물질의 99% 이상은 핵분열이 일어나지 않는 우라늄-238이고 핵분열이 가능한 우라늄-235는 천연 우라늄 속에 0.7% 정도만 포함되어 있다. 이 상태로는 우라늄-235의 비율이 낮아 핵분열을 유도할 수 없기 때문에 우라늄-235의 비율을 3% 이상으로 높여야 하고, 이 과정을 우라늄 농축이라고 한다. 우라늄-235의 비율을 3~5%로 높여 원기둥 모양의 연료봉으로 만든 후 이를 다발로 묶어서 핵연료봉을 만든다. 이렇게 만들어진 핵연료를 원자로에 넣고 중성자를 충돌시켜 핵분열을 유도하는 것이다. 원자로에 넣은 핵연료의 우라늄-235의 비율이 낮아져서 반응력이 떨어지면 원자로에서 꺼내는데, 이를 사용 후 핵연료 라고 한다. 사용 후 핵연료에는 핵분열이 일어나지 않은 우라늄-235가 남아 있고, 우라늄-238, 우라늄-238이 중성자와 반응하여 만들어진 물질인 플루토늄-239, 그리고 이 외에도 핵분열 과정에서 생성된 핵물질들이 포함되어 있다. 이중 우라늄-235와 플루토늄-239는 핵분열을 일으킬 수 있는 물질이므로 사용 후 핵연료에서 추출한 후 원자력 발전의 연료로 재사용할 수 있는데, 이 분리 공정을 핵 재처리라고 한다.

현재 사용하고 있는 대표적인 핵 재처리 방식으로 사용 후 핵연료를 액체 상태로 만든 뒤에 우라늄-235와 플루토늄-239를 추출하는 퓨렉스 공법이 있다. 퓨렉스 공법은 먼저 사용 후 핵연료를 해체한 후 연료봉을 작게 절단한다. 다음으로는 절단한 연료봉을 90℃ 정도의 질산 용액에 담가 녹인다. 이후 질산에 녹인 핵연료를 유기 용매인 TBP 용액과 접촉시키면 우라늄-235와 플루토늄-239는 TBP 용액에 달라붙고 나머지 핵물질들은 질산 용액에 남는다. 이후 산화 및 환원 반응을 통해 우라늄-235와 플루토늄-239를 상호분리하게 된다. 퓨렉스 공법은 공정을 반복할 때마다 더 많은 양과 높은 순도의 우라늄-235와 플루토늄-239를 얻을 수 있다. 우라늄-235는 기존의 원자로에 넣어서 원자력 발전이 가능하지만 플루토늄-239는 고속 증식로*에서만 사용이 가능한데, 고속 증식로는 안정성이 부족하여 폭발의 위험성이 크기 때문에 아직 실용화되지 못하고 있다. 그리고 플루토늄-239는 핵무기의 원료로 사용되기 때문에 국제적으로도 민감한 문제가 될 수 있다.

이러한 문제를 해결하기 위해 개발 중인 핵 재처리 방식으로 파이로프로세싱 공법이 있다. 파이로프로세싱은 핵분열 물질을 추출하기 위해 용액이 아닌 전기를 활용한다. 먼저 사용 후 핵연료를 해체하고 연료봉을 절단한 후, 절단한 연료봉을 600℃ 이상의 고온에서 산화 우라늄 형태의 분말로 만든다. 이를 전기 분해하여 산소를 없애면 금속 물질로 변환되는데, 여기에는 우라늄-235와 플루토늄-239, 기타 다양한 핵물질이 포함되어 있다. 이 금속 물질을 용융염에 넣고 온도를 500℃까지 올려 용해시킨다. 여기에 전극을 연결하고 일정 전압 이하의 전기를 흘려 주는데, 우라늄-235는 다른 물질에 비해 낮은 전압에서도 쉽게 음극으로 움직이므로 음극에는 우라늄-235만 달라붙는다. 여기에서 우라늄-235를 일부 회수할 수 있다. 이후 전압을 올리면 남아 있던 우라늄-235와 플루토늄-239, 다른 핵물질들이 음극으로 와서 달라붙게 된다. 파이로프로세싱은 플루토늄-239가 다른 핵물질들과 섞인 채로 추출되기 때문에 퓨렉스 공법에서 발생할 수 있는 폭발의 위험성을 상대적으로 줄일 수 있다.

* 고속 증식로: 고속 중성자에 의한 핵분열의 연쇄 반응을 이용하여, 소비한 연료 이상의 핵분열 물질과 에너지를 만드는 원자로.

01 다음은 원자력 발전의 과정을 정리한 것이다. ㉠, ㉡에 들어갈 내용을 기술하시오.

(㉠)		핵연료봉 제작		핵분열 유도		에너지 생성
우라늄-235의 비율을 3~5%로 높이기	⇒	원기둥 모양의 연료봉을 만든 후 다발로 묶기	⇒	핵연료를 원자로에 넣고 (㉡)	⇒	핵분열 연쇄 반응

02 다음은 핵 재처리 공법의 차이를 정리한 것이다. ㉠ ~ ㉢에 들어갈 말을 쓰시오.

공법	핵물질 추출	결과	특성
퓨렉스 공법	(㉡) 활용	많은 양과 높은 순도의 우라늄-235와 플루토늄-239을 추출	- (㉢)원료로 사용 가능성 - 폭발의 위험성
(㉠) 공법	전기 활용	우라늄-235과 플루토늄-239가 다른 핵물질들과 섞인 채로 추출	폭발의 위험성 줄임

[03] 다음 글을 읽고 물음에 답하시오.

행정청이 상대방에게 법을 집행하는 것을 처분이라 하고 처분은 법적 효과에 따라 두 가지로 구분한다. 세금 부과처럼 처분의 상대방이 가진 이익을 침해하는 것은 침익적 처분이라 한다. 반면에 영업 허가처럼 처분의 상대방에게 이익을 부여하거나, 처벌 기간을 줄여서 처분의 상대방이 입을 불이익을 줄여 주는 것을 수익적 처분이라 한다. 그런데 처분이 어떤 사유로 인하여 무효이거나, 취소 또는 철회가 된다면 처분의 효력은 소멸된다.

처분이 적합한 요건을 갖추지 못하여 흠이 있는 상태를 하자라고 하며, 하자의 판단은 처분을 내린 시점을 기준으로 이루어진다. 그래서 처분을 내린 뒤에 근거가 되는 법령의 내용이 바뀌었더라도 처분 당시의 법령을 따랐다면 그 처분은 적법이다. 무효란 처분 당시에 중대한 하자가 있어서 그 처분은 처음부터 효력이 없는 것을 말한다. 가령 처분 당시 근거가 되는 법률이 위헌이었거나, 권한이 없는 행정청이 처분을 했거나, 행정청의 서명 날인이 없는 경우, 처분의 상대방이 사망을 한 경우 행정법에서는 이들을 중대한 하자로 본다.

반면에 행정청의 착오로 세금의 액수를 법령의 내용과 다르게 거둔 경우나, 행정청이 영업 정지 처분을 하기 전에 처분의 상대방으로 하여금 반박할 수 있는 기회를 주는 청문 절차를 거치지 않은 경우 등을 행정법에서는 중대한 하자까지는 아니라고 보고 취소의 사유로 정해 놓았다. 이러한 처분은 분명 하자는 있지만 일단 처분을 내린 시점부터 처분의 효력은 발생한다. 그리고 나중에 하자를 이유로 행정청이나 법원이 처분을 취소해야 처분의 효력은 소멸된다.

행정청이 자신이 내린 처분에 대해 스스로 취소하는 것을 직권 취소라 한다. 침익적 처분에 대한 직권 취소는 처분의 상대방에 대한 권리를 보호하는 것이므로 별도의 법적인 근거가 없더라도 가능하며, 취소하면 그 처분은 처음부터 없었던 것처럼 된다. 다만 수익적 처분을 취소한다는 것은 처분의 상대방에게 손해를 입히는 것이므로 '상당성의 원칙'에 따른다. 즉 적법한 행정으로 얻는 공익과 취소에 의해 상대방이 입게 될 손해를 비교하여, 공익이 더 크다면 취소할 수 있다. 그리고 이 경우는 취소가 결정된 이후부터 효력이 소멸된다. 단 처분의 상대방이 사실을 은폐했기 때문에 행정 기관이 하자 있는 처분을 내린 경우라면, 상대방은 위법한 처분이 취소될 수 있음을 알고 있었을 것이므로 행정청은 이러한 위법한 처분으로 얻는 상대방의 이익을 고려하지 않고 직권 취소할 수 있다.

직권 취소가 이루어지지 않으면, 처분의 상대방은 법원을 통한 재판으로 자신의 이익이 침해당한 것을 구제받아야 하는데 이를 쟁송 취소라 한다. 쟁송 취소는 처분의 상대방이 잃은 권리를 회복시키는 것이 목적이므로 원고가 승소하면 법원에 의해 그 처분은 취소되어 처음부터 없었던 것처럼 된다. 그래서 쟁송 취소의 대부분은 침익적 처분의 효력을 소멸시킬 목적으로 이루어 진다.

철회란 처분 당시에는 적법했지만 이후 발생한 새로운 사정에 의해서 집행했던 행정청이 그 처분을 소멸시키는 행위이다. 철회가 결정되면 결정된 이후부터 효력이 소멸된다. 이때 침익적 처분의 철회는 쉽게 가능하지만, 수익적 처분의 철회는 상당성의 원칙에 따른다.

하자가 있는 처분일지라도 적법한 처분인 것으로 만들 수 있다. 사후 보완을 통해 처분의 취소 사유를 없애는 것을 하자의 치유라 한다. 하자가 치유되면 그 처분은 처음부터 적법했던 것으로 다루어진다. 무효인 처분은 치유될 수 없으며, 사후 보완의 기한은 쟁송 취소를 제기하기 전까지이다. 한편 무효인 처분을 적법한 다른 처분으로 변경시키는 것을 하자의 전환이라 한다. 가령 사망한 자에 대한 영업 허가 처분은 무효이지만 이를 가족 중 다른 사람이 영업할 수 있게 처분의 상대방을 변경하는 경우가 이에 해당한다.

03 윗글의 내용을 토대로 할 때, ㉠, ㉡에 들어갈 말을 쓰시오.

> [사례 1] 자영업자 A는 자신의 소득을 속이고 보조금을 받았다. A가 사실을 은폐했기 때문에 행정청이 잘못된 처분을 내린 것이다. 행정청은 해당 처분으로 얻은 상대방의 이익을 고려하지 않고 (㉠)을/를 할 수 있다.

> [사례 2] 행정청은 식당의 환기 시설을 보완하라는 처분을 이행하지 않은 음식점주 B에게 영업 정지 처분을 내렸다. 이에 대해 B는 영업 정지 처분에 대한 청문 절차를 거치지 않았으므로 영업 정지 처분에 (㉡) 이/가 있다고 판단하여 법원에 소송을 제기하였다.

[04~05] 다음 글을 읽고 물음에 답하시오.

> "아무것도 안 보이는데, 길을 지키려구 초소를 지었을 리는 없구."
> 역시 문 상병은 고개를 흔들었다.
> "그러고 보니까, R의 임무는 뭐야? 도대체 모두 철수해 버린 보급 대대 앞 노상을 지킬 무슨 이점이라두 있니?"
> "탑이 있거든."
> "탑이라니……."
> "그전엔 여기 사원(寺院)이 있었어. 무너진 사원을 불도저루 밀어낼 때 주민들의 반대루 탑만 남겨 놓았거든. 월남인들의 감정에 큰 영향을 준다는 이유로 부대 진주 초기부터 지켜 왔던 거야. 우리는 저 탑을 적이 옮겨가지 못하도록 무사히 보존했다가 정부군에게 물려주는 거지. 저 따위를 지켜야 된다구 생각해 낸 자들은 바보야. 전략적 가치와 정치적 가치가 어떻다느니 하지만, 이놈의 전쟁은 시작부터가 전략적이라 그 말이지."
> 장난감과 같은 작은 탑을 지켜야 하는 일이란 걸 알았을 때, 나는 지프에 실려 이곳으로 오면서 느꼈던 공포감마저도 억울하다는 생각이 들었다. 실로, 그것은 탑이라는 거창한 말을 붙이기엔 너무나도 초라한 물건이었다. 초소와 숲 사이의 마당에 사람 두 키 정도의 높이로 세워져 있는 보잘것없는 돌덩이에 지나지 않았다.
> 돌은 조잡한 솜씨로 여섯 모 비슷하게 다듬어졌고, 중간중간에 희미하게 지워진 문자가 새겨져 있었다. 그러나 자세히 윗부분을 관찰하면서 나는 차츰 그렇게까지 초라한 것은 아님을 깨닫게 되었다. 탑의 위층부터 춤추는 듯한 사람들의 옷자락에 둘러싸인 부처의 좌상이 부조(浮彫)되어 있었는데, 그 꼭대기 부분만은 진짜인 듯했고, 나머지 부분은 나중에 보수한 것 같았다. 부녀들의 옷자락과 긴 띠와 손가락들의 윤곽은 아주 섬세했으며, 부처님의 거의 희미해

[중략 줄거리] '나'는 비롯한 적군의 공격을 막아내고 많은 희생을 감수하며 탑을 지킨다. 그러던 어느 날 미군이 도착하여 불도저로 탑을 밀어 버리려 한다.

불도저는 드디어 초소 뒤의 빈터를 향하여 굴러왔다. 우리는 담배를 내던지고 벌떡 일어섰다. 선임 조장이 불도저 앞으로 달려갔다. 그는 자동소총을 운전사에게로 겨누었다.

"꺼져 이 새끼."

"갈겨 버려."

미군 중사는 발동을 끄고 어처구니없다는 듯이 우리를 두리번거리고 나서 두 손을 벌리며 어깨를 으쓱했다. 내가 어리둥절해 있는 장교에게 다가가서 말을 걸었다.

"뭐 하는 겁니까?"

장교가 얼굴이 새빨개져서 말했다.

"바나나숲을 밀어내야겠어. 캠프와 토치카를 지을 걸세. 저 해병이 막는 이유가 뭔지 모르겠네."

"우리는 ㉠ 작전 명령 에 따라서 저 탑을 지켰습니다."

나는 초라하게 서 있는 작은 석탑을 가리켰다. 중위가 고개를 저었다.

"탑이라구? 나는 저런 물건에 관해서 명령받은 일이 없는데."

"아직 통고되지 않았을 겁니다. 아군은 월남군에게 탑을 인계하기로 되어 있었습니다. 인민해방전선은 저것을 빼앗아 옮겨가기로 했습니다."

나는 얘기하고 싶지 않았으나, 불교와 주민들의 관계, 참모들의 심리적인 판단이며 마을에 관해서 설명하려고 애썼다. 그렇지만 말하고 나자마자 우리는 깨끗이 속아 왔다는 것을 알았다. 그게 누구의 것인가. 내 말이 다 끝나기 전에 불교라는 낱말이 나오자 이 단순한 서양친구는 으흥, 하면서 고개를 끄덕였다. 중위가 말했다.

"그런 골치 아픈 것은 없애 버려야지. 미합중국 군대는 언제 어디서나 변화시키고 새롭게 할 수가 있네. 세계의 도처에서 말이지."

나는 우리가 탑과 맺게 된 더럽고 끈끈한 관계에 대해서 달리 설명할 방도가 없음을 깨달았다. 장교는 자기가 가장 실질적이며 합리적인 강대국 아메리카인의 전형임을 내세우고, 탑에 대한 견해도 그런 바탕에서 출발한 것이다. 한 무더기의 작은 돌덩어리가 무슨 피를 흘려 지킬 가치가 있었겠는가. 나는 안다. 우리가 싸워 지켜 낸 것은 겨우 우리들 자신의 개같은 목숨에 지나지 않는다는 것을. 그러나 나는 역겨움을 꾹 참고 말했다.

"중지시켜 주십시오."

중위는 내게 한쪽 눈을 찡긋 감아 보이면서 고개를 끄덕였다. 그는 기계 앞으로 걸어가서 중사에게 뭔가 일렀다. 배불뚝이 미군 중사는 불도저 위에서 뛰어내리며 투덜거렸다.

"노란 놈들은 이해할 수 없단 말야."

중위가 비워 둔 2.5톤을 가리키며 여단본부까지 태워다 주겠다고 말했다. 우리는 전사자의 시체와 장비를 싣고 R를 떠났다. 차가 바나나숲을 채 돌아가지 못해서, 나는 불도저의 굵직하게 가동하는 엔진 소리를 들었다. 불도저는 빈터의 가운데로 돌격했고, 떠받친 탑이 기우뚱했다가 무너져 자취를 감추었다. 탑의 그림자마저 짓이겨졌을 것이다. 달리는 트럭이 일으켜 놓는 먼지가 시야를 차단했다.

– 황석영, 「탑」

04 ㉗ 작전 명령 의 구체적인 내용을 윗글에서 찾아 쓰시오.

〈유의 사항〉

– 하나의 완전한 문장으로 쓸 것.

05 다음은 '탑'에 대한 주인공 '나'의 인식의 변화 과정을 그리고 있다. ㉠, ㉡에 들어갈 말을 찾아 쓰시오.

'나'는 '처음에는 보잘것없는 돌덩이'로 인식했지만, 탑을 직접 보고 나서는 (㉠   )임을 알게 되었다. 하지만 자신이 목숨을 바쳐 지킨 탑이 미군들에게는 (㉡   )에 지나지 않는다는 것을 알고 좌절하게 된다.

수학

▶ 해답 p.279

06 실수 a와 b가 $a\log_3 8 = b\log_3 \dfrac{1}{5} = 1$을 만족시킬 때, $3^{\frac{1}{a} - \frac{3}{b}} + {}^{3a}\sqrt{3^{10}}$의 값을 구하는 과정을 논술하시오.

07 함수 $y = \log_2 x$의 그래프 위의 두 점 A와 B, 그리고 원점 O를 꼭짓점으로 하는 삼각형 AOB의 $\angle AOB$가 직각이고 점 A의 y좌표가 2일 때, 직각삼각형 AOB의 넓이를 구하는 과정을 논술하시오.

08 방정식
$$\frac{\sqrt{2}}{2}\cos\left(\frac{\pi}{2}+x\right)+\cos^2 x-2\cos\left(\frac{\pi}{2}-x\right)$$
$=1+\sqrt{2}$의 모든 해 x를 구하는 과정을 논술하시오. (단, $0\leq x\leq 2\pi$)

09 등차수열 $\{a_n\}$의 첫째항부터 제n항까지의 합을 S_n이라 하자. $a_3=14$, $S_5=S_7$일 때, S_n의 최댓값을 구하는 과정을 논술하시오.

10 다항함수 $f(x)$가 두 조건

$$\lim_{x \to \infty} \frac{f(x) - x^2}{x-1} = 2, \quad \lim_{x \to 1} \frac{f(x) - 2}{x-1} = a$$

를 만족시킬 때, 상수 a의 값을 구하는 과정을 논술하시오.

11 다항함수 $y = f(x)$의 $x = 1$에서의 접선의 방정식이 $y = 3x - 1$일 때, 함수 $y = \{f(x)\}^2 - 2f(x)$의 $x = 1$에서의 접선의 방정식을 구하는 과정을 논술하시오.

12 그림과 같이 반지름의 길이가 3인 구에 내접하는 원뿔 중에 그 부피가 최대가 되도록 하는 원뿔의 높이를 구하는 과정을 논술하시오.

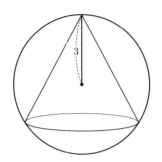

13 다항함수 $f(x)$가 다음 두 조건을 만족시킨다.

> **(가)** 곡선 $y=f(x)$ 위의 임의의 점 $(x, f(x))$ 에서의 접선의 기울기가 x^2-kx이다.
>
> **(나)** 함수 $f(x)$의 극댓값과 극솟값의 차이가 $\dfrac{4}{3}$ 이다.

이때 $\displaystyle\int_{-k}^{k}(x^2-kx)dx$를 구하는 과정을 논술하시오. (단, k는 양의 상수)

14 다항함수 $f(x)$가 모든 실수 x에 대하여

$$(x^2+1)f(x)=(x^2+1)^2+2\int_0^x tf(t)dt$$

를 만족시킬 때, $f(x)$를 구하는 과정을 논술하시오.

15 자연수 $n=2,\ 3,\ 4,\ \cdots$에 대하여 두 곡선 $y=x-x^2$과 $y=\dfrac{x}{n}-\left(\dfrac{x}{n}\right)^2$으로 둘러싸인 부분의 넓이를 S_n이라 할 때, $S_n=\dfrac{5}{54}$인 자연수 n의 값을 구하는 과정을 논술하시오.

PART **3**

해답

① 국어

Ⅰ. 문학

[01~02]

갈래	자유시, 서정시, 주지시	특징	• 시각적 이미지를 통한 감각적 표현으로 작품을 효과적으로 형상화함
성격	상징직, 비판적, 우의적		• 흰색과 푸른색의 이미지를 통해 희망적이고 긍정적인 이미지를 표현함
제재	흰나비		• 상징적 소재들을 통해 물질문명의 냉혹함을 형상화함
주제	현대 문명의 폭력성 비판 및 극복 의지		

01 [모범답안]

또 한번 스스로의 신화와 더불어 대결하여본다

[바른해설]

위의 작품에서 마지막 연의 마지막 시행은 '흰나비'가 '스스로의 신화와 더불어 대결'한다는 점에서 적극적인 태도를 통해 폭력적인 현실을 극복해 보고자 하는 시적 화자의 의지를 드러내고 있다.

02 [모범답안]

거리 두기

[바른해설]

〈보기〉에서 모더니즘 시의 '거리 두기'와 같은 형상화 방법은 인간이 아닌 특정 대상을 활용하여 현실을 우회적으로 표현한다고 하였다. 즉, 이 작품은 현대 문명에 의해 개발된 무기들의 폭력성 때문에 희생되는 인간들의 처지를 '흰나비'를 통해 투영하고 있다.

[03~04]

갈래	자유시, 저항시	특징	• 역동적인 이미지로 미래에 완성될 이상적 현실을 제시함
성격	의지적, 저항적		• 의지적이고 확신에 찬 어조로 미래에 대한 기다림을 다짐함
제재	꽃		
주제	현실에 대한 극복 의지와 미래에 도달할 새로운 세계에 대한 확신		

03 [모범답안]

① '저버리지 못할 약속(約束)'

② '바람결 따라 타오르는 꽃성(城)'

[바른해설]

'북(北)쪽 툰드라의 찬 새벽' 같은 생명을 위협하는 일제 강점기의 혹독한 시대를 지나, '눈 속 깊이 꽃 맹아리가 옴작거려 제비 때 까맣게 날아오길' 기다리며 희망을 품고, 조국 광복의 염원을 포기하지 않음으로써 마침내 '저버리지 못할 약속(約束)'이자 '바람결 따라 타오르는 꽃성(城)'처럼 민족의 해방을 맞이한다.

04 [모범답안]

북(北)쪽 툰드라

[바른해설]

〈보기〉에서 ⓑ의 '하늘도 그만 지쳐 끝난 고원'은 일제 강점기라는 극한 상황을 표현한 공간으로, 위 작품의 '북(北)쪽 툰드라'에 해당한다. 시적 화자는 생명을 위협하는 가혹한 상황 속에서도 눈 속 깊이 꽃 맹아리가 옴작거려 제비 때 까맣게 날아오길 기다린다고 노래함으로써 이를 극복할 수 있다는 강한 의지를 드러내고 있다.

[05~06]

갈래	현대 소설		
성격	사실적, 비극적, 비판적		
배경	시간 – 일제 강점기 공간 – 간도	**특징**	• 일제 강점기 간도 이주민의 힘겨운 삶을 사실적으로 형상화함 • 소금이라는 소재를 통해서 타향살이의 힘겨움과 고향에 대한 그리움을 효과적으로 부각함 • 봉염 모를 통해 이주 여성이 겪어야 했던 수난과 더불어 그것을 극복하려는 의지적 삶의 자세를 드러냄
주제	간도 이주민의 힘겨운 현실과 의지적 삶의 자세		

05 [모범답안]

ⓐ 소금

ⓑ 소금 자루

[바른해설]

ⓐ '소금'은 식생활에서 꼭 필요한 요소인데도 소금이 비싸다 보니 구할 길이 없어서 장을 단번에 담지 못하고 싱거운 반찬을 먹으며 힘겹게 살아가는 데서 타향에서의 궁핍한 삶을 체감할 수 있다. 또한 고향에서는 소금으로 이를 닦을 수 있었는데 타향에서는 그럴 수 없었다는 것에서 고향에서의 삶을 그리워하는 모습을 엿볼 수 있다.

ⓑ '소금 자루'를 이고 순사의 눈을 피해 땀을 흘리며 소금 밀수를 강행하는 봉염 모의 모습에서 목숨을 걸고 생계를 유지해 나가야 하는 절박한 처지와 비극적 상황을 엿볼 수 있다.

06 [모범답안]

자기들의 신세도 신세려니와 이 부인의 신세가 한층 더 불쌍한 맘이 들었다.

[바른해설]

위 작품의 마지막 단락에서 앞서가던 밀수 일행이 낙오된 봉염의 어머니와 그녀를 구하러 간 길잡이가 무사히 돌아올 때까지 '맘을 졸이며' 기다리다가, 두 사람이 나타나자 '두 사람을 어루만지며 어떤 사람은 눈물까지 흘리'면서 이들을 반기는 모습을 보인다. 이는 위험을 무릅쓰며 순사의 눈을 피해 일행이 함께 걷고 있는 상황에서 '자기들의 신세'는 물론, '이 부인의 신세'를 '불쌍'하게 여기는 마음, 즉 비슷한 고통을 겪고 있는 사람들 간에 내적 연대가 형성된 모습을 보여 준다고 볼 수 있다.

[07~08]

갈래	단편 소설		
성격	사실적, 풍자적, 상징적		
배경	• 시간적 배경: 1970년대 • 공간적 배경: 어느 기업	특징	• 상징적 소재를 통해 현실의 문제를 제기함 • 등장인물의 심리에 초점을 맞춰 사건을 전개함
시점	전지적 작가 시점		
주제	불합리한 권력에 대응하는 인물들의 양상		

07 [모범답안]

ⓐ 제복 / ⓑ 사복

[바른해설]

위 작품의 제목인 『날개 또는 수갑』에서 '날개'는 인간의 자유와 개성을 마음껏 드러낼 수 있는 상징물을 의미하고, '수갑'은 조직이 부과하는 책임과 의무를 수행하도록 강제된 자유와 권리를 속박한다. 윗글의 내용 중 '사복'은 자유와 개성을 의미하는 소재이고, '제복'은 개성과 자유를 억압하는 '수갑'에 해당하는 소재이다.

08 [모범답안]

① 민도식의 처
② 민도식
③ 우기환

[바른해설]

체육대회가 열리는 제1공장까지 가려면 다른 날보다 더 일찍 나서야 하는 데도 가지 않는 남편을 보며 바가지를 긁는 '민도식의 처'가 제복 착용에 대해 가장 순응적인 태도를 가지고 있으며 뒤늦게 집을 나서 체육대회 개회식에 도착한 '민도식'이 그 다음이다. '우기환'은 들어올 때는 마음대로 못 들어오지만 나갈 때는 마음대로 나갈 수 있다며 사장실을 나섰으므로 제복의 착용에 대해 가장 반감을 드러내는 인물이다.

[09~10]

갈래	전기 소설, 한문 소설		
성격	전기적, 낭만적, 비극적	특징	• 현실의 제도, 전쟁, 운명과 대결하는 인간의 의지가 드러남 • 산 사람과 죽은 사람 간의 사랑을 다룬 부분에 전기적 특성이 나타남 • 삽입 시를 활용하여 등장인물의 심리를 효과적으로 전달함 • 유(儒) · 불(佛) · 선(仙) 사상이 혼재하여 나타남
제재	• 시간: 고려 말 • 공간: 고려의 개성(송도)		
주제	죽음을 초월한 남녀 간의 애절한 사랑		

09 [모범답안]

그런데, 바쳤지요

[바른해설]

이 작품의 제목인 『이생규장전(李生窺墻傳)』은 '이생이 담장을 엿본 이야기'라는 뜻으로, 개성에 사는 이생이 어느 봄날 우연히 담 너머로 보게 된 최 씨와의 죽음을 초월한 사랑을 다루고 있다. 위의 작품에서 "그런데 당신께서 붉은 살구꽃이 핀 담장 안을 한 번 엿보신 후 제가 스스로 푸른 바다의 구슬을 바쳤지요."라는 문장에 제목의 유래가 잘 드러나 있다. 그러므로 첫 어절은 '그런데'이고, 마지막 어절은 '바쳤지요'이다.

10 [모범답안]

죽음을 초월한 남녀 간의 애절한 사랑

[바른해설]

위 작품의 [A]는 홍건적의 난 때 도적에게 죽임을 당한 최 씨가 이승으로 돌아와 이생과 재회하며 사랑을 재확인하는 내용이다. 이러한 비현실적인 전기적 요소를 통해 이 작품의 주제인 '죽음을 초월한 남겨 간의 애절한 사랑'을 엿볼 수 있다.

[11~12]

갈래	가사, 소지형 시가	특징	• 송사의 과정에 따른 시상 전개
성격	비판적, 고발적, 사실적, 묘사적, 송사적		• 사건의 순서대로 진행되는 순행적ㆍ직렬적 구성
표현	대구법, 대조법, 설의법, 영탄법, 연쇄법, 풍유법		• 동일한 사건을 두고 원고와 피고의 입장 차가 드러남
주제	부도덕한 지배층의 횡포		• 사건의 배경이 명확하게 제시됨

11 [모범답안]

ⓐ 최윤재(또는 순창 서리)

ⓑ 사또

ⓒ 의녀(또는 기생)

[바른해설]

ⓐ 최윤제(순창 서리)가 억울함을 호소하는 소장을 사또에게 제출함

ⓑ 최윤제가 자신이 겪은 피해 상황을 사또에게 진술함

ⓒ 피고가 된 의녀(기생)가 사또에게 억울함을 호소하며 변론함

12 [모범답안]

네 쇠뿔이 아니런들 내 담이 무너지랴

[바른해설]

'네 쇠뿔이 아니런들 내 담이 무너지랴'는 '너의 소 뿔이 아니면 어찌 나의 담장이 무너지겠느냐?'라는 뜻으로, 다른 사람으로 인해 자신이 손해를 보았음을 항의할 때 쓰는 속담이다. 즉, 최윤제가 자신의 상황이 모두 기생들 때문에 발생한 것임을 하소연하기 위해 해당 속담을 인용하고 있다.

[13~14]

갈래	사설 시조, 염정 가사	특징	• 이별하여 볼 수 없는 임을 일시적으로 만나는 매개로 꿈이 활용됨
성격	서정적, 애상적, 풍자적		
제재	꿈		• 과장적인 표현을 통해 간절한 그리움을 희화화함
주제	이별한 임에 대한 그리움과 간절한 기다림		

13 [모범답안]

꿈

[바른해설]

부재하는 임에 대한 그리움을 노래한 고전 시가의 작품들에서 시적 화자는 이별 후에 만나지 못한 임을 기다리며 임이 돌아오기를 바라는데, '꿈'이라는 매개를 통해 현실에서 만날 수 없는 임과 잠시라도 소통하려고 하는 갈망을 드러낸다.

14 [모범답안]
삼생(三生) 숙연(宿緣)을 저버리지 말게 하라

[바른해설]
위 작품의 마지막 행에서 '삼생(三生) 숙연(宿緣)'은 불교의 윤회사상이 반영되어 전생(前生), 현생(現生), 내생(來生)에 걸친 오래된 인연을 의미하는 것이므로, '삼생(三生) 숙연(宿緣)을 저버리지 말게 하라'에서 화자가 임과의 인연을 운명적인 것으로 인식하고 있음을 알 수 있다.

[15~16]
[성삼문의 시조]

갈래	평시조, 정형시, 서정시	특징	• 백이와 숙제의 태도를 새로운 시각으로 평가함으로써 자신의 절의를 강조하고 있다.
성격	의지적, 절의적, 지사적		
시점	백이와 숙제의 고사		• 중의법, 설의법을 사용하여 화자의 의지를 부각하고 있다.
주제	죽음을 각오한 굳은 지조와 절의		

[황진이의 시조]

갈래	평시조, 정형시, 서정시	특징	• 도치법(또는 행간 걸침)의 표현을 통해 화자의 심리를 드러내고 있다.
성격	감상적, 애상적, 서정적		
시점	이별과 그리움		• 우리말의 절묘한 구사를 통해 자존심과 연정 사이에서 갈등하는 화자의 모습을 드러내고 있다.
주제	임을 그리워하는 마음, 이별의 회환		

[김천택의 시조]

갈래	평시조, 정형시, 서정시	특징	• 동물을 의인화하고 있다.
성격	풍류적, 자연 친화적		
시점	갈매기		• 대화체를 사용하여 자연에 동화되고 싶은 화자의 정서를 드러내고 있다.
주제	자연과 하나가 되고 싶은 마음		

[작자 미상의 시조]

갈래	사설시조	특징	• '마음'에 '창'을 낸다는 기발한 시적 발상이 돋보인다.
성격	해학적		
시점	답답한 마음		• 반복법과 열거법 등을 사용하여 화자의 심정을 강조하고 있다.
주제	삶의 답답함에서 벗어나고 싶은 마은		

15 [모범답안]
이제[백이와 숙제]보다 더 굳은 자신의 충절[절의, 지조]을 강조하기 위해서

[바른해설]
작품 (가)에서 화자는 백이와 숙제가 굶주려 죽을지언정 주나라 땅에서 난 고사리를 먹지 말았어야 했다고 이제(夷齊)의 고사를 인용하며, '이제[백이와 숙제]보다 더 굳은 자신의 충절[절의, 지조]'을 강조하고 있다.

16 [모범답안]
① '임이 굳이 가셨겠냐마는'
② '내가 굳이 보내고'

[바른해설]
글 (나)에서 @의 '제 구타야'는 주체를 누구로 보느냐에 따라 중의적 해석이 가능하다. 중장과 연결했을 때는 '임이 굳이 가셨겠냐마는'으로 해석할 수 있고, 종장과 연결했을 때는 '내가 굳이 보내고'라고 해석할 수 있다.

[17~18]

갈래	양반 가사, 기행 가사, 정격 가사	해제	• 관리로서의 현실 인식을 바탕으로 우국, 연군, 애민의 정과 개인으로서의 풍류 사이에서의 갈등을 꿈을 통하여 해소하는 모습이 잘 드러남 • 영탄법, 대구법, 생략법 등을 활용하여 금강산과 관동 팔경의 절경을 생동감 있게 묘사함 • 우리말의 아름다움을 잘 살려 뛰어난 언어적 기교가 나타남
성격	서정적, 지사적, 서경적		
운율	3(4) · 4조, 4음보 연속체		
제재	내금강과 관동 팔경		
주제	관동 지방의 절경 감상과 선정의 포부		

17 [모범답안]

ⓐ 황뎡경 / ⓑ 명월

[바른해설]

ⓐ '황뎡경(黃庭經) 일쟈(一字)를 엇디 그릇 닐거 두고'에서 '황뎡경'은 신선이 옥황상제 앞에서 이 경서의 한 글자만 잘못 읽어도 그 죄로 지상으로 내쳐진다는 말이 있는 도가의 경서이다. 그러므로 '황뎡경'은 〈보기〉에서 천상계의 신선이 죄를 지어 인간계로 쫓겨나는 것과 관계된 소재이다.

ⓑ '명월이 천산 만낙(千山萬落)의 아니 비쵠 대 업다'에서 '명월'은 임금의 은혜를 상징하며, 화자가 다스리는 관동 지방의 백성들이 선정을 통해 임금의 덕을 누리는 상황을 드러낸 것이다. 그러므로 '명월'은 〈보기〉에서 백성들이 임금의 덕을 누리게 하겠다는 소망을 나타내는 상징적 자연물과 관계된 소재이다.

18 [모범답안]

ⓐ 구태야 뉵면은 므어슬 샹(象)톳던고
ⓑ 돌기둥 천백 개를 육각으로 깎아 내어

[바른해설]

[A]의 '구태야 뉵면은 므어슬 샹(象)톳던고'와 〈보기〉의 '돌기둥 천백 개를 육각으로 깎아 내어'는 총석정 주변의 돌기둥(주상절리)이 육각형 모형임을 구체적 수치를 통해 나타낸 시행이다.

[19~20]

갈래	현대 소설, 중편 소설, 사실주의 소설	특징	• 일본에서 조선(부산—김천—서울)으로 돌아오는 여정을 중심으로 전개되는 여로형 소설임 • 상세한 묘사와 함께 세태를 사실적으로 묘사함
성격	사실적, 비판적, 자조적		
시점	1인칭 주인공 시점		
배경	• 시간: 3 · 1 만세 운동 전 • 공간: 일본에서 돌아오는 여정		
주제	지식인의 눈으로 바라본 일제 강점기의 암울한 조선의 현실		

19 [모범답안]

ⓐ 일제의 침략에 짓밟힌 조선의 암울한 현실
ⓑ 암울한 현실 속에서 비참하게 살아가는 조선의 민중

[바른해설]

ⓐ의 '무덤'은 일제의 침략에 짓밟힌 '조선의 암울한 현실'을 반영하고 있고, ⓑ의 '구더기'는 묘지와 같이 암울한 현실 속에서 생의 본능에만 매달려 '비참하게 살아가는 조선의 민중'을 상징하고 있다.

20 **[모범답안]**

ⓐ 저항적 / ⓑ 냉소적

[바른해설]

〈보기 1〉의 시적 화자는 백마 타고 오는 '초인'을 통해 식민지 조선의 암담한 현실을 극복하고자 광야에서 목 놓아 부르는 '저항적' 태도를 보이는 반면, 윗글의 '나'는 식민지 조선의 암담한 현실을 목격하고도 혼자 코웃음을 치듯 무기력하고 '냉소적'인 태도를 보이고 있다.

[21~22]

갈래	단편 소설	특징	• 1960년대 우리 사회의 전형성을 지닌 인물들을 통해 당시 시대가 당면한 문제를 제시하고 있다. • 특별한 사건 없이 단편적인 삽화들이 시간적으로 연결되는 구성을 지니고 있다. • 등장인물 간의 비현실적이고 무의미한 대화를 통해 의사소통이 불가능해진 현실을 나타내고 있다.
성격	현실 고발적, 사실적		
제재	세 남자의 우연한 만남		
주제	가치관을 상실한 현대인의 심리적 방황과 인간 소외		

21 **[모범답안]**

익명성

[바른해설]

윗글의 ⓐ에서 '나'가 숙박계에 거짓 이름, 거짓 주소, 거짓 나이, 거짓 직업을 쓴 것은 개인의 노출을 꺼려하는 현대인의 '익명성'을 나타낸 것이다. '익명성'이란 어떤 행위를 한 사람이 누구인지 모르는 것으로, 현대의 대중사회를 구성하는 대중이 누구인지를 모르는 현상을 말한다.

22 **[모범답안]**

인간 소외

[바른해설]

윗글에서 아내의 죽음에 대한 죄책감 때문에 괴로워하는 '사내'는 '나'와 '안'으로부터 위로와 공감을 받고 싶었으나 '나'와 '안'은 이를 외면한다. 또한 '사내'가 끝내 죽음을 선택한 후에도 '나'와 '안'은 주변 사람들이 알기 전에 여관에서 도망치듯 달아난다. 그러므로 윗글에서 '나'와 '안'이 외면한 '사내의 죽음'을 통해 작가가 말하고자 하는 주제 의식은 '인간 소외'이다.

[23~24]

갈래	현대 소설, 모더니즘 소설, 세태 소설, 심리 소설	특징	• 특별한 줄거리 없이 주인공의 의식의 흐름에 따라 서술됨 • 주인공의 하루 여정에 따라 사건이 전개되는 여로형 구성임 • 당대 서울의 모습과 세태를 구체적으로 보여 줌
성격	심리적, 관찰적, 묘사적		
제재	• 시간: 1930년대의 어느 날 • 공간: 서울 시내		
주제	무기력한 소설가의 눈에 비친 1930년대 서울의 일상과 그의 내면 의식		

23 **[모범답안]**

'행복'은 '안타까움'의 대상이지만, '너'는 '기다림'의 대상이다.

[바른해설]

이 작품에서 '구보'는 ㉠의 '행복'이 여자와 함께 가 버렸을지도 모른다며 안타까워하지만, 〈보기〉의 작품에서 '나'는 ㉡의 '너'가 오랜 세월을 다하며 오고 있으니 기다리겠다고 한다. 즉, ㉠의 '행복'은 '안타까움'의 대상이지만, ㉡의 '너'는 '기다림'의 대상이다.

24 [모범답안]

ⓐ 의식의 흐름

ⓑ 내면 의식

[바른해설]

이 작품은 시간의 순서와 논리성을 무시한 채 구보의 내면을 '의식의 흐름' 기법을 사용하여 서술하고 있다. 생각의 흐름대로 이어지는 '의식의 흐름' 기법은 일제 강점하에서 무기력하게 살아가는 인물들의 '내면 의식', 즉 생각과 심리를 드러내는 데 효과적이다.

[25~26]

갈래	판소리 사설	특징	• 3 · 4조, 4 · 4조의 운문과 산문이 혼재되어 나타난다.
성격	해학적, 풍자적, 교훈적		• 과장과 해학이 두드러지게 나타난다.
제재	흥보의 선행과 놀보의 악행		• 양반 계층의 한문 투와 평민의 비속어가 함께 나타난다.
주제	① 형제간의 우애와 권선징악 ② 빈부의 갈등, 낡은 관념과 새로운 생활 사이의 갈등		• 일상적 구어와 현재행 시제를 사용하여 현장감을 부여하고 있다. • 판소리 작품 중 서민적 취향이 강하게 드러나며, 조선 후기 민중들의 힘겨운 생활상이 드러난다.

25 [모범답안]

죽 말국이 코끝에서 소주(燒酒) 후주 내리듯 댕강댕강하겄다.

[바른해설]

〈보기〉는 우리 문학 속의 해학적 표현에 대해 설명하고 있는 글이다. 윗글의 [A]는 흥보 가족들의 자는 모습을 해학적으로 표현하고 있는데, 특히 '죽 말국이 코끝에서 소주(燒酒) 후주 내리듯 댕강댕강하겄다.'라는 문장은 토속적인 어휘와 과장된 표현 그리고 언어유희 등을 통한 해학미가 잘 드러나 있다.

26 [모범답안]

아니리

[바른해설]

소리, 발림과 함께 판소리를 구성하는 주요 3요소 중 하나는 '아니리'로, 창을 하는 중간에 가락을 붙이지 않고 이야기하듯 말하는 사설 부분을 말한다. 첫 번째 (A)의 '아니리'는 흥보가 환자를 얻으러 갔다가 호방으로부터 매품팔이 일을 얻게 되는 사설이고, 두 번째 (A)의 '아니리'는 흥부가 벌어온 돈의 출처를 흥부의 처에게 밝히는 사설이다.

> **TIP**
> • **소리**: 판소리나 창이라고도 부르며 소리꾼이 여러 가지 대목들을 창법으로 부르는 것
> • **아니리**: 창을 하는 중간에 가락을 붙이지 않고 이야기하듯 말하는 사설
> • **발림**: 소리의 극적인 전개를 돕기 위해 하는 몸짓이나 손짓

[27~28]

갈래	현대 소설	해제	• 개인적인 공간과 사물에 주목하여 주제를 형상화함
제재	피아노, 반지하방		• 개인의 일상적인 삶을 그리며 그에 내재된 사회의 문제를 표현함
주제	청년들의 고단한 삶		• 참신하고 감각적인 표현을 사용함

27 [모범답안]

피아노가 물에 잠겨 가고 있다는 사실을 깨달았기 때문이다.

[바른해설]

윗글에서 '나'는 반지하방에 빗물이 들어오는 문제 상황을 극복하기 위해 애를 쓰지만 다시금 차오르는 빗물을 보며 좌절한다. 그리고는 피아노가 물에 잠겨 가고 있다는 사실을 깨달은 뒤, '나'는 물을 퍼내는 것을 포기하고 피아노를 치는 것으로 '나'가 현실에서 나름대로 할 수 있는 항거를 표출한다.

28 [모범답안]

매캐하고 비릿한 도시 냄새

[바른해설]

'나'가 발등까지 차오른 빗물에서 맡은 '매캐하고 비릿한 도시 냄새'는 혼자의 힘으로 감당하기 어려운 비정하고 힘든 도시 생활을 후각적으로 표현한 것이라고 볼 수 있다.

[29~30]

갈래	수필	특징	• 사물과 관련한 경험을 떠올리며 자신의 삶을 성찰함
성격	성찰적, 반성적, 회고적		• 다른 사람의 삶을 바탕으로 삶의 교훈을 이끌어 냄
제재	존재의 테이블		
주제	존재의 가치를 되찾으려는 노력		

29 [모범답안]

자기 성찰

[바른해설]

윗글에서 글쓴이는 거울과도 같은 '존재의 테이블'을 통해 '자기 성찰'의 시간이 갖는 중요함을 주제로 내세우고 있다. 즉, 글쓴이는 나의 테이블은 테이블이 아니라 실은 하나의 거울이며, 내가 지금 어디에 어떻게 앉아 있는가를 가장 잘 비추어 주는 거울이라며 '자기 성찰'의 대상으로 여기고 있다.

30 [모범답안]

(구리)거울

[바른해설]

윗글에서 화자는 내가 닦고 있는 것이 테이블이 아니라 실은 하나의 거울이며, 내가 지금 어디에 어떻게 앉아 있는가를 가장 잘 비추어 주는 거울이라고 하였다. 그러므로 ⓐ의 '테이블'은 '자기 성찰'의 대상이다. 〈보기〉의 시적 화자도 '구리거울'을 통해 참회와 고백을 통한 '자기 성찰'을 실천하고 있으므로, ⓐ의 '테이블'과 같은 역할을 하는 대상은 '(구리)거울'이다.

[31~32]

갈래	현대 수필	특징	• 글쓴이의 경험을 통해 인식의 변화를 드러냄
성격	사색적, 교훈적		• 자연의 본성과 관련된 말을 인용하여 내용을 효과적으로 전달함
제재	풀독이 오른 경험		
주제	인간 중심적 사고에 대한 성찰과 반성		

31 [모범답안]

ⓐ 이기주의적 / ⓑ 이타주의적

[바른해설]

ⓐ 풀독이 오르기 전, 글쓴이가 고추밭과 집터서리에 뒤덮인 잡풀을 필요가 없다하여 뽑고 베어 낸 것은 인간 중심의 이기주의적 사고를 실현한 것이다.

ⓑ 풀독이 오르고 난 후, 글쓴이가 잡풀도 인간과 동등하게 자신을 인위적으로 해하려는 대상에 반박할 수 있으며 이 때문에 풀독이 올랐다고 생각한 것은 생명을 존중하는 이타주의적 사고로 전환된 것이다.

32 [모범답안]

자연의 순리를 거스르지 않기 위해

[바른해설]

윗글에서 '풀독'은 인간 중심적인 사고로 자연의 순리를 거스르는 삶의 태도를 경고하고 질책하는 소재로 사용되었다. 글쓴이는 인위적으로 주사를 맞아 풀독을 낫게 하는 것이 자연의 순리를 거스르는 행동이라고 생각했기 때문에 병원을 찾지 않았다.

[33~34]

갈래	희곡, 현대극, 단막극	특징	• 서로 상반된 가치관을 지닌 인물 간의 갈등을 통해 사건을 전개하고 주제를 부각함
성격	상징적, 비판적		• 창고, 상자, 북어 대가리와 같은 상징적인 배경과 소재를 활용하여 주제를 우의적으로 표현함
배경	현대의 어느 창고 안		
주제	현대 사회에서 기계 부품처럼 살아가는 현대인의 모습		

33 [모범답안]

가치관의 혼란을 겪으며 삶의 방향성을 상실한 현대인의 모습

[바른해설]

자신의 일에 대한 책임감과 자부심이 있었던 자앙은 창고에 혼자 남은 자신의 모습을 '북어 대가리'와 같다고 느낀다. 맡은 일을 성실히 하는 것이 옳다고 믿으며 창고 안의 삶에 만족했던 자앙은 요령을 부리며 창고 밖의 삶을 동경한 기임이 떠난 후, 자신의 신념과 태도가 헛된 것일 수도 있다는 회의감에 흔들린다. 그러므로 자앙의 회의감을 통해 '북어 대가리'는 '가치관의 혼란을 겪으며 삶의 방향성을 상실한 현대인의 모습'을 나타낸다고 볼 수 있다.

34 [모범답안]

ⓐ 이성적 / ⓑ 육체적

ⓒ 이성적 / ⓓ 육체적

ⓔ 육체적

[바른해설]

• 성실함을 중요하게 생각하는 의식적 존재인 자앙은 이성적 자아를, 아무런 의식 없이 현실적 행복을 찾아 떠나는 기임은 육체적 자아를 상징한다. 그러므로 ⓐ에는 '이성적', ⓑ에는 '육체적'이 들어갈 말로 적절하다.

- 정신적 자아를 상징하는 자양이 육체적 자아의 상징인 기임을 의붓어미처럼 보살펴 주었다는 말을 통해 이성적 자아가 정신적 자아보다 우위에 있는 모습을 확인할 수 있다. 그러므로 ⓒ에는 '이성적', ⓓ에는 '육체적'이 들어갈 말로 적절하다.
- 기임이 떠난 뒤 자양이 자신을 몸통(육체) 없이 머리(정신)만 남은 '북어 대가리'와 같다고 느끼는 것을 통해 몸통이라는 육체적 자아를 상실하면 머리만 남는 무기력한 존재로 남게 됨을 확인할 수 있다. 그러므로 ⓔ에 들어갈 말로 '육체적'이 적절하다.

[35~36]

갈래	희곡, 시나리오	특징	· 남북 대립이라는 비극적 상황을 휴머니즘으로 접근 · 공동 경비 구역을 배경으로 남북한 병사들 사이에서 벌어지는 다양한 에피소드와 인간적 유대 관계를 형상화함
성격	휴머니즘		
배경	판문점의 공동 경비 구역(JSA)		
주제	남북 분단의 현실과 이념을 뛰어넘은 남북한 병사들의 우정		

35 [모범답안]

① 수혁 / ② 성식 / ③ 경필

[바른해설]

① S# 60에서 성식은 '안 가면 안 될까요?'라고 거부 의사를 밝혔지만, 수혁의 성화에 이끌려 군사 분계선을 넘고 있다.

② S# 60에서 경필은 성식을 처음 만났을 때, 성식에 관하여 이야기를 많이 들었다며 반갑게 인사하고 있다.

③ S# 70을 볼 때, 경필은 전쟁이 개시되면 삼 분 내에 공동 경비 구역 내 남과 북이 모두 전멸할 수 있다는 점을 알고 있다.

36 [모범답안]

증명서

[바른해설]

위 작품에서 '증명서'는 전쟁이 터졌을 때 성식의 안전을 보장하기 위해 우진이 생각해 낸 방법으로, 성식에 대한 신뢰를 바탕으로 성식의 안위를 걱정하는 우진의 심리가 반영되어 있다.

Ⅱ. 독서

[01~02]

주제	교과서에 포함된 글의 분류와 제재의 선정 방법	해제	교과서를 효율적으로 활용하기 위해서는 교과서에 포함된 글의 성격을 아는 것이 중요하다. 교과서에 포함된 글은 기능에 따라 메타 텍스트, 서술 텍스트, 자료 텍스트로 나뉜다. 이때 자료 텍스트를 '제재'라고도 부르는데, 제재는 서술 텍스트에서 배운 내용을 적용해 볼 수 있고 학습을 위한 활동의 대상이 되는 글이다. 제재를 학년에 맞게 선정하기 위해서는 양적 평가와 질적 평가를 함께 사용하는 것이 권장되며, 제재를 선정할 때는 대자성, 균형성, 계열성도 함께 고려된다.
구성	· 1문단: 기능에 따라 분류한 교과서에 포함된 글 · 2문단: 제재의 수준을 측정할 때 사용되는 평가법 · 3문단: 제재를 선정할 때 고려하는 요소들		

01 [모범답안]

① 자료 ② 자료 ③ 서술

[바른해설]

① · ② ㉠에 실린 「속미인곡」과 ㉡에 실린 「진달래꽃」은 제시문의 1문단에 따르면 학습을 위한 활동의 대상이 되는 글이므로 모두 '자료' 텍스트에 해당한다.

③ ㉡에 포함된 '화자의 정서와 태도'를 설명한 글은 학습해야 하는 내용을 직접 서술한 글이므로, 제시문의 1문단에 따르면 '서술' 텍스트에 해당한다.

02 [모범답안]

① 균형성 ② 대자성 ③ 계열성

[바른해설]

① 제시문의 3문단에서 균형성을 갖추기 위해서는 설명문, 논설문, 문학이 모두 수록되어야 한다고 하였으므로, ㉠에 설명문, 논설문, 문학이 모두 제재로 수록된 것은 균형성을 갖추었다고 볼 수 있다.

② ㉡에 실린 시 「진달래꽃」의 마지막 구절은 중의적이어서 토론을 했다고 하였으므로, 제시문의 3문단에 따라 이 시는 다양하게 해석할 수 있는 글인 대자성이 있는 글에 해당한다. 반면, ㉠의 마지막 장에 소개된 '저자의 약력'은 제시문의 3문단에 따르면 의미가 고정된 글이므로 대자성이 없는 글에 해당한다.

③ ㉠은 시 「진달래꽃」을 활용하여 학습 내용을 심화하고 있고 ㉡에서 배운 것과도 연관된다고 하였으므로, 제시문의 3문단에 따라 학년이 높아질수록 배우는 내용이 심화되거나 현재 배우는 것과 과거에 배운 것이 서로 관련된 계열성을 갖춘 글에 해당한다.

[03~04]

주제	법정 최고 금리의 필요성과 시장에 미치는 영향	해제	법정 최고 금리의 필요성을 소개하고 최고 가격제의 한 유형인 법정 최고 금리의 개념과 특징에 대해 설명하고 있다.
구성	• 1문단: 금리의 개념과 결정 방식 • 2문단: 최고 금리를 법으로 규정하여 제한하는 이유 • 3문단: 가격 통제를 시행하는 이유와 최고 가격제의 의미 • 4문단: 법정 최고 금리가 시장에 미치는 영향		

03 [모범답안]

수요량이 공급량을 초과한 초과 수요가 발생하여 공급량이 부족하게 된다.

[바른해설]

제시문의 마지막 문단에서 자금 수요자들은 법정 최고 금리를 통해 시장의 균형점보다 낮은 금리로 자금을 빌릴 수 있게 되지만, 시장에서 결정된 금리보다 낮은 금리로 돈을 빌릴 수 있게 됨에 따라 '수요량이 공급량을 초과한 초과 수요가 발생하여 공급량이 부족하게 되는 현상'이 발생하기도 한다고 '법정 최고금리'의 부작용에 대해 설명하고 있다.

04 [모범답안]

최고 가격의 경우 현재 시장에서 결정되는 가격보다 낮은 수준에서 설정될 때 그 영향력이 발휘되기 때문이다.

[바른해설]

법정 최고 금리는 최고 가격제의 일종이고, 최고 가격제는 시장에 상품의 공급량이 절대적으로 부족하여 물가가 치솟을 때 물가를 안정시키고 수요자를 보호할 목적으로 정부가 가격의 상한선을 설정하고 그 상한선 이상에서의 거래를 법으로 금지하는 제도를 말한다. 제시된 그래프에서 E는 공급과 수요의 균형점을 의미하므로 시장에서 형성된 금리이다. 제시문의 [A]에서 '최고 가격의 경우 현재 시장에서 결정되는 가격보다 낮은 수준에서 설정될 때 그 영향력이 발휘된다.'고 하였으므로, 정부가 법정 최고 금리를 통해 금리 상한을 규제할 때에는 E에서 도출된 금리보다 낮은 수준에서 금리를 결정해야 한다.

[05~06]

갈래	에세이	특징	• 인물 사진과 풍경 사진으로 나누어 각각의 사진을 찍는 법을 소개함
성격	분석적, 예시적		• 사진의 결과물을 하나의 예로 활용하여 독자의 이해를 도움
제재	내가 찍고 싶은 사진		
주제	스스로 발견해 낸 소중한 가치를 담아야 하는 사진		

05 [모범답안]

① 겁내지 말고 사람을 찍어라.

② 사람에 대해 애정을 가지고 찍어라.

[바른해설]

제시문에서 글쓴이는 첫째로 사람이라는 소재는 마르는 법이 없으므로 무엇보다 먼저 사람에 초점을 맞추어 '겁내지 말고 사람을 찍어라.'라고 주문하고 있다. 둘째로 사진 속의 삶을 이어 가는 수많은 인물이 끝없는 감동을 만들어 갈 것이기 때문에 '사람에 대해 애정을 가지고 찍어라'라고 주문하고 있다.

06 [모범답안]

ⓐ 입체적 / ⓑ 이차원 / ⓒ 프레임

[바른해설]

제시문에서 아무리 자연 풍경을 정밀한 묘사력으로 재현한다 하더라도 실제의 감동에 미치지 못하는 이유는 애초에 눈앞에 펼쳐지는 '입체적' 공간의 느낌을 '이차원' 평면인 사진으로 표현한다는 것 자체가 불가능한 일이기 때문이라고 그 한계를 설명하고 있다. 또한, 어차피 실제의 입체적인 느낌을 살려 낼 수 없다면 풍경 사진을 찍을 때 염두에 두어야 하는 것은 바로 풍경을 보는 자신의 인식과 '프레임'이라고 그 극복 방안을 제시하고 있다.

[07~08]

주제	운동량 및 충격량의 개념과 충격량 공식이 의미하는 것	해제	이 글은 물체의 운동과 관련된 물리량인 운동량과 충격량에 대해 설명하고, 이 개념이 적용될 수 있는 사례들을 제시하고 있다. 운동량에 대해 데카르트는 물체의 질량과 속력의 곱으로 정의를 했지만, 스칼라양인 속력을 사용했기 때문에 실제 실험과 맞지 않는 사례가 있었다. 뉴턴은 속력 대신 벡터양인 속도를 사용하여 데카르트가 정의한 운동량의 문제를 해결했다. 뉴턴의 운동 제2 법칙을 이용하면 충격량은 힘과 작용 시간의 곱으로 나타낼 수 있다. 이 공식을 통해 같은 힘으로도 작용 시간을 길게 하면 충격량을 크게 할 수 있으며, 충격량이 같을 경우 작용 시간이 길면 힘은 작아진다. 야구 글러브나 에어백 등이 충격을 완화해 주는 원리는 작용 시간을 길게 하여 사람에게 작용하는 힘을 줄인 것이다.
구성	• 1문단: 역학의 관점에서 본 구기 스포츠 • 2문단: 운동량에 대한 데카르트와 뉴턴의 정의와 운동량 보존 법칙 • 3문단: 충격량 공식과 충격량을 늘리는 원리 • 4문단: 충격량 공식과 충돌 시 받는 힘을 완화하는 원리		

07 [모범답안]

ㄱ, ㄴ, ㄹ

[바른해설]

ㄱ → (○)

같은 탄환을 쓸 경우 화약의 폭발력은 같다. 이는 공식에서 F가 같다는 것을 의미한다. 그런데 총열이 길수록 더 멀리 날아간다는 것은 충격력 $m \times \Delta v$가 커진다는 것을 의미한다. $F \times \Delta t = m \times \Delta v$ 공식에서 F가 일정함에도 $m \times \Delta v$가 커지는 것은 바로 작용 시간인 Δt가 커졌기 때문이다.

ㄴ → (O)

타격할 때 하체와 몸통 회전을 하여 더 큰 힘을 냄으로써 공을 더 멀리 보낼 수 있다는 것은 $F \times \varDelta t = m \times \varDelta v$에서 F를 크게 하여 $m \times \varDelta v$를 크게 하는 것이다.

ㄷ → (X)

범퍼카끼리 정면충돌을 하면 반대 방향으로 튕겨 나가게 되는 것은 작용에 따른 반작용이 일어나는 것을 보여 주므로, ㉠으로 설명하기 어려운 사례이다.

ㄹ → (O)

스펀지로 포장을 하면 제품에 작용하는 충격이 줄어든다는 것은 $F \times \varDelta t = m \times \varDelta v$에서 $\varDelta t$를 늘려서 전달되는 힘 F를 줄일 수 있다는 것이다.

08 [모범답안]

$-2v \times m$

[바른해설]

물체 A의 운동 방향이 반대일 경우 운동량은 $-2v \times m$이다. 〈보기〉에 따르면 두 물체가 충돌할 때 속도 교환이 일어나므로 충돌 후에는 $-4v \times m$이 된다. 2문단에 따르면 충격량은 충돌 후의 운동량에서 충돌 전의 운동량을 뺀 값이므로 '$-4v \times m - (-2v \times m) = -2v \times m$'이다.

[09~10]

갈래	논설문	**특징**	• 친숙한 동화를 예로 들어 철학적 주제에 쉽게 접근함
성격	설명적, 예시적, 설득적		• 로봇 과학자들의 주장을 인용하여 앞으로 로봇과 관련하여 야기될 문제들을 제기함
제재	인간과 로봇의 관계		
주제	로봇에게 인권을 부여해야 하는가의 문제가 제기하는 새로운 철학적 과제와 인간 존재 성찰의 필요성		• 로봇에 대한 새로운 시각을 보이며 로봇을 대하는 인간의 태도가 달라져야 함을 강조함

09 [모범답안]

ⓐ 인공 노예

ⓑ 동반자

[바른해설]

로봇(robot)이라는 말이 원래 '강제 노동'을 뜻하는 체코어 '로보타(robota)'에서 유래했듯이, 초기의 로봇은 인간 대신에 천하고 힘든 일을 하게 될 '인공 노예'를 의미하였다. 그러나 오늘날의 로봇은 노예나 단순 노동자보다는 삶의 '동반자' 역할이 강조된다. 그러므로 ⓐ에는 '인공 노예', ⓑ에는 '동반자'가 들어갈 말로 타당하다.

10 [모범답안]

착한 로봇

[바른해설]

〈보기〉의 '로봇 공학의 3원칙'은 모두 인간의 명령에 따르며 인간을 위해 살아가는 '착한 로봇'을 전제로 한다. '로봇이 자기 자신을 보호해야 한다.'는 로봇 공학의 제3의 원칙도 '인간에게 해를 끼쳐서는 안 된다.'는 제1 원칙과 '인간의 명령에 복종해야 한다.'는 제2 원칙에 위배되지 않아야 하므로, 결국 인간의 통제 하에 놓여있는 '착한 로봇'을 전제로 함을 유추할 수 있다.

[11~12]

갈래	기고문, 편지글	해제	• 수신자를 정하고 그를 설득하는 형식을 취함 • 주장의 정당성을 밝히기 위해 구체적인 사실을 근거로 제시함 • 사건과 관계 있는 여러 인물들의 잘못된 행위를 구체적으로 밝히며 비판함
제재	프랑스 군부의 잘못된 사법 행위		
주제	잘못된 군사 재판에 대해 고발함		

11 [모범답안]

ⓐ 드레퓌스 / ⓑ 드클랑 / ⓒ 에스테라지 / ⓓ 피카르 / ⓔ 케스트네르 / ⓕ 에밀 졸라

[바른해설]

ⓐ 드레퓌스: 적국 독일에게 기밀을 팔아넘겼다고 간첩 누명을 쓴 피고인

ⓑ 드클랑: 드레퓌스에게 간첩 누명을 씌워 사건을 조작한 인물

ⓒ 에스테라지: 피카르 중령이 밝혀낸 진범

ⓓ 피카르: 에스테라지 소령이 진범임을 밝혀낸 사람

ⓔ 케스트네르: 드레퓌스의 재심 청원 운동을 주도한 국회 상원 부의장

ⓕ 에밀 졸라: 프랑스 대통령에게 편지를 보낸 글쓴이

12 [모범답안]

① 명세서상의 필적이 드레퓌스의 것이다.

② 기밀 서류상의 'D'라는 이니셜로 불리는 자가 바로 드레퓌스이다.

[바른해설]

① 명세서의 필적 감정이 문제가 되었다는 내용에서, 참모 본부는 명세서의 필적을 근거로 하여 드레퓌스가 명세서의 작성자라고 주장했음을 알 수 있다.

② 'D'라는 이니셜로 불리는 자가 등장하는 기밀 서류를 증거로 하여 드레퓌스의 유죄 선고를 정당화했다고 하였으므로, 'D'라는 이니셜로 불리는 자가 드레퓌스를 의미한다고 주장했음을 추론할 수 있다.

[13~14]

갈래	설명문	특징	• 잘 알려진 소설 『80일간의 세계 일주』의 내용을 인용함 • 실생활과 밀접한 관련이 있는 경제 개념을 이해하기 쉽게 설명함 • 소비자 잉여가 발생하는 상황을 예로 들어 설명함
성격	예시적, 사실적, 분석적		
제재	소비자 잉여		
주제	『80일간의 세계 일주』를 통해 알아본 소비자 잉여의 개념과 특성		

13 [모범답안]

각 소비자에게 같은 상품에 대한 가격을 다르게 받지 말아야 한다.

[바른해설]

제시문에서 기업이 어떤 상품을 독점해서 판매하는 경우가 아니라면 공급자가 각 소비자에게 같은 상품에 대한 가격을 다르게 받을 수 없을 때 소비자 잉여가 발생하며, 이 사실은 경쟁적 시장이 소비자에게 효율적이라는 것을 증명한다고 하였다.

14 [모범답안]

1,500원 / 1,000원 / 1,000원 / 500원 / 500원

[바른해설]

A 소비자는 사과 한 개를 사는데 1,500원까지 지불할 수 있다고 생각하였으므로 A 소비자의 지불 용의 가격은 1,500원이고, B 소비자는 1,000원까지 지불할 수 있다고 생각하였으므로 B 소비자의 지불 용의 가격은 1,000원이다. 그런데 사과 한 개의 가격이 500원이므로 A 소비자는 1,500원에서 500원을 차감한 1,000원의 소비자 잉여가 발생하고, B 소비자는 1,000원에서 500원을 차감한 500원의 소비자 잉여가 발생한다. 만일 사과 한 개의 가격이 1,000원이라면 A 소비자는 1,500원에서 1,000원을 차감한 500원의 소비자 잉여가 발생하고, B 소비자는 1,000원에서 1,000원을 차감하여 소비자 잉여가 발생하지 않게 된다.

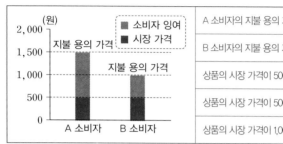

A 소비자의 지불 용의 가격	1,500 원
B 소비자의 지불 용의 가격	1,000 원
상품의 시장 가격이 500원일 때 A 소비자의 소비자 잉여	1,000 원
상품의 시장 가격이 500원일 때 B 소비자의 소비자 잉여	500 원
상품의 시장 가격이 1,000원일 때 A 소비자의 소비자 잉여	500 원

[15~16]

주제	검색 엔진에서의 매칭 알고리즘과 인덱스의 구성 방식		
구성	• 1문단: 검색 엔진에서 사용되는 두 개의 알고리즘 • 2문단: 매칭 알고리즘에 인덱스를 사용하는 이유 • 3문단: 웹 페이지 번호를 부여하는 방식의 인덱스 • 4문단: 단어 위치 방식의 인덱스가 고안된 이유와 활용 사례 • 5문단: 태그를 이용하는 방식의 인덱스가 고안된 이유와 활용 사례	특징	검색 엔진에서 검색어에 부합하는 웹 페이지를 찾아내는 매칭 알고리즘에 대해 설명하고 있다.

15 [모범답안]

ⓐ 웹 페이지의 내용은 수시로 바뀌기 때문에

ⓑ 검색되는 웹 페이지의 수가 줄어들기 때문에

[바른해설]

ⓐ 2문단에서 매칭 알고리즘은 미리 저장해 놓은 인덱스를 이용한다고 하였다. 그래서 인덱스가 만들어진 시점이 검색이 요청되는 시점보다 앞서게 된다. '웹 페이지의 내용은 수시로 바뀌기 때문에' 인덱스를 자주 갱신해 주어야 검색어에 부합하는 웹 페이지를 찾을 수 있게 된다.

ⓑ 1문단에서 사용자는 적은 수의 결과만을 보고 싶어 한다고 하였다. truck은 세 개의 웹 페이지에 모두 등장하는 단어이다. 만약 제목에만 truck이 사용된 웹 페이지를 검색할 수 있다면 결과로 나타나는 웹 페이지 수는 한 개로 줄어들게 된다. 즉, '검색되는 웹 페이지의 수가 줄어들기 때문에' 사용자는 만족도가 높아지게 될 것이다.

16 [모범답안]

2

[바른해설]

[웹 페이지 1]의 'my'를 '단어 위치 방식의 인덱스'로 나타내면 (1–2)이다. 그리고 [웹 페이지 2]의 'my'를 '태그를 이용하는 방식의 인덱스'로 나타내면 (2–2)인데, 이는 my 앞에 제목의 시작을 나타내는 태그 〈title〉이 들어가기 때문이다. 따라서 두 상황에서 my의 위칫값은 2로 같다.

[17~19]

주제	동조 현상의 원인과 분류	해제	이 글은 동조 현상에 대해 설명하고 있다. 동조 현상은 집단이 구성원에게 가하는 압력에 의해 개인의 행동이나 태도가 변하는 것이며, 집단의 규범과 밀접한 관련이 있다. 동조 현상이 일어나는 원인 중 규범적 영향력은 개인이 집단에서 고립되지 않기 위해 집단의 규범을 따르는 것이며, 정보적 영향력은 개인이 판단하기 어려울 때 집단의 규범이나 의견을 정보로 여기고 따르는 것이다. 동조 현상은 순응, 동일시, 내면화로 나눌 수 있는데, 순응은 보상을 얻거나 벌을 피하기 위해 일시적으로 동조하는 것이고, 동일시는 집단의 특정 구성원과 비슷해지고 싶다는 욕구 때문에 일어나는 동조이며, 내면화는 집단의 규범을 자신의 내면에 완벽하게 수용한 것이다.
구성	• 1문단: 동조 현상의 정의 • 2문단: 동조 현상과 집단의 규범 • 3문단: 동조 현상의 원인1 – 규범적 영향력 • 4문단: 동조 현상의 원인2 – 정보적 영향력 • 5문단: 동조 현상의 분류 – 순응, 동일시, 내면화		

17 [모범답안]

묵시적 규범

[바른해설]

제시문의 2문단에 따르면 '묵시적 규범'이란 명문화되어 있지 않으며 공식적으로 발표되지 않았지만 사람들이 암묵적으로 동의하는 규범을 의미한다. 〈보기 1〉에서 '답변 1'을 통해 세 명의 피험자가 처음에는 광점의 이동 범위에 대한 생각이 모두 달랐으나, '답변 2'와 '답변 3'을 거치면서 광점의 이동 범위에 대한 묵시적 규범이 점차 생기고 있음을 알 수 있다. 또한 최종적으로 '답변 4'에서 피험자 집단에 생긴 묵시적 규범을 각각의 피험자가 스스로 옳다고 생각하고 받아들이고 있으며, 이는 정답에 대한 판단이 모호한 문제에 대해서도 집단의 '묵시적 규범'이 정해질 수 있음을 알 수 있다.

18 [모범답안]

정보적 영향력

[바른해설]

제시문의 4문단에서 '정보적 영향력'은 개인이 판단의 근거가 부족하거나 판단이 어려울 때 집단의 규범이나 의견을 정보로 여기고 따르는 것을 의미함을 알 수 있다. 〈보기〉에서는 B에 있는 선분 중 A에 있는 선분과 길이가 같은 선분을 피험자가 명확하게 판단할 수 있다고 하였다. 즉 〈보기〉의 실험은 피험자에게 정보적 영향력이 발생하기 어려운 상황이며, 이를 통해 정보적 영향력이 발생하기 어려운 상황에서도 동조 현상이 일어나는 것을 알 수 있다.

19 [모범답안]

동일시

[바른해설]

〈보기〉에서 갑은 점점 을을 신뢰하고 존경하게 되면서 을처럼 되고 싶다고 생각했으므로, 갑은 을에 대한 '동일시'의 욕구를 가진 것이다. 제시문의 5문단에 따르면 '동일시'는 집단의 특정 구성원과 비슷해지고 싶다는 욕구 때문에 일어나는 동조 현상을 말한다.

[20~21]

갈래	설명문	특징	밀리미터파의 특성과 원리를 설명하고 그것이 기술적으로 어떻게 응용되고 있는지를 설명하고 있다.
성격	논증적		
제재	밀리미터파		
주제	밀리미터파의 특성과 원리 및 응용 분야		

20 [모범답안]

ⓐ 짧은 파장 / ⓑ 넓은 가용 대역폭

ⓐ 직진성 / ⓑ 대기 감쇠 특성

[바른해설]

제시문에 따르면 밀리미터파는 파장이 짧아 전자 회로와 안테나의 크기를 작게 만들 수 있고, 가용 대역폭이 넓어서 수 기가헤르츠 대역폭을 필요로 하는 대용량 데이터의 고속 전송에 유용한 장점이 있다. 그러나 직진성과 대기 감쇠 특성 때문에 한 번에 먼 거리로 데이터를 전송하는 데 어려운 점이 있다.

21 [모범답안]

① 94기가헤르츠 / ② 60기가헤르츠 / ③ 77기가헤르츠

[바른해설]

제시문에 따르면 '94기가헤르츠' 대역은 이미지 스캐닝 시스템에 활용되어 항공 시스템의 전방 스캔용 또는 공항이나 은행의 무기 탐지용으로 사용되고 있다. 또한 '60기가헤르츠' 대역은 넓은 가용 대역폭을 활용해 근거리에서 대용량의 데이터를 고속 전송하는 데 사용되며, '77기가헤르츠' 대역은 차량 충돌 방지 레이더에 쓰인다.

[22~23]

갈래	설명문	특징	• 인공 지능과 관련하여 화제를 일으켰던 바둑 대결을 소재로 독자의 흥미를 유발함
성격	해설적, 분석적		
제재	인공 지능과 딥 러닝		• 인공 지능이 활용되고 있는 여러 분야를 소개하며 효과적으로 내용을 전달함
주제	인공 지능의 미래와 인공 지능의 핵심 기술인 딥 러닝에 대한 소개		

22 [모범답안]

ⓐ 이미지 분류

ⓑ 제약 산업

ⓒ 마케팅 분야

ⓓ 자율 주행 자동차

[바른해설]

ⓐ 이미지 분류: 딥 러닝을 이용해 자동으로 영상을 인식하여 이를 분류하고 분류 목적에 맞게 저장까지 할 수 있게 되었다.

ⓑ 제약 산업: 딥 러닝을 이용한 가상 실험 방법이 가능해지면서 많은 연구자들이 약물 개발에 유용하게 활용하고 있다.

ⓒ 마케팅 분야: 딥 러닝은 고객에 따라 활용 가능한 마케팅 방법을 선정하고 효과를 예측하는 데 활용되고 있다.

ⓓ 자율 주행 자동차: 자율 주행 자동차는 앞에 횡단보도가 있는지 사람이 있는지와 같은 정해진 물음에 답할 뿐 아니라, 안전하거나 위험한 상황을 담은 동영상 정보를 기반으로 스스로 학습해 자동차를 운행한다.

23 [모범답안]

스마트폰에 미리 입력해 둔 오늘의 일정을 확인하였다.

[바른해설]

스마트폰에 미리 입력해 둔 오늘의 일정을 확인하는 것은 단순히 정보를 입력하고 저장하는 기능일 뿐 인공 지능을 활용한 사례로 보기 어렵다.

〈일기에 적힌 인공 지능 활용 사례〉
- 스피커에게 오늘 날씨에 어울리는 노래를 틀어 달라고 말했다.
- 자동차에 타 목적지를 입력하니 자동차가 스스로 시동을 걸고 주행을 시작하였다.
- 쇼핑몰 사이트에 접속하자 내 취향과 쇼핑 습관에 맞는 추천 제품 목록이 떴다.
- 홈 네트워크를 통해 거실의 로봇 청소기를 작동시켰다.

[24~25]

갈래	일기	특징	• 자신의 독서 경험과 당대의 독서 문화 등을 일기 형식으로 서술함 • 당시에 유행하던 책 소장 형태 및 독서 방식에 대한 비판적 인식을 드러냄
성격	독백적, 주관적		
제재	유만주의 독서 경험		
주제	자신이 읽은 책에 대한 감상과 당대의 독서 문화에 대한 비판		

24 [모범답안]

책을 소장하려고만 하고 남에게 빌려주지 않는 사람

[바른해설]

1780년 6월 21일 일기의 서두에서 책이 있으면서 남에게 빌려주지 않으면 '책 바보'라고 하였고, 자신에게 없는 책을 무슨 수를 써서든 소장하려고 드는 것도 '책 바보'라고 하였다. 그러므로 '책 바보'는 '책을 소장하려고만 하고 남에게 빌려주지 않는 사람'을 의미한다.

25 [모범답안]

주제 통합적 읽기

[바른해설]

1780년 10월 20일 일기에서 ⓑ의 '오이 덩굴을 뽑아내는 방식'은 관련 서적을 모두 참고하여 읽는 독서 방법이므로, 현대의 독서 방법 중 '주제 통합적 읽기'에 해당된다. '주제 통합적 읽기'란 같은 화제를 다룬 여러 글을 읽고 비판적·통합적으로 이해하여 의미를 재구성하는 읽기 방법이다.

[26~27]

갈래	책 서문	특징	• 한문체인 '서(序)'의 형식을 통해 주장을 논리 정연하게 밝힘
제재	북학의 의미		
주제	• 청나라의 선진 문물 수용의 필요성 • 청을 배척하는 지식인들에 대한 비판		• 성현의 고사를 인용하여 주장의 정당성을 강화하고 당대 지식인들의 현실 인식을 비판함

26 [모범답안]

ⓐ 사농공상 / ⓑ 이용후생

[바른해설]

ⓐ 사농공상(士農工商)은 조선 시대 백성을 나누던 네 가지 계급으로 사민(四民)을 말한다. 사민은 여러 일을 다스리는 선비, 농사에 힘쓰는 농부, 공예를 맡은 공장(工匠), 물화를 유통시키는 상인으로 구분된다.

ⓑ 이용후생(利用厚生)은 실학사상의 실천 이론으로, 기구를 편리하게 쓰고 먹을 것과 입을 것을 넉넉하게 하여 국민의 생활을 나아지게 한다는 뜻이다.

27 [모범답안]

실학사상

[바른해설]

윗글 [A]의 '그는 농사짓고 ~ 비교해 보지 않은 것이 없었다.'는 백성들의 삶을 보다 풍요롭게 하기 위한 실용적이고 실증적인 학문의 필요성을 강조하고 있다. 〈보기〉의 우리 실정에 맞는 새로운 사상이란 이러한 실용적이고 실증적인 학문을 의미하므로, 윗글의 [A]에 드러난 사상은 '실학사상'이다.

[28~29]

갈래	설명문	해제	우리 몸의 가장 중요한 기관 중의 하나인 뇌에서 신경 세포 간의 정보 전달이 신경 전달 물질에 의해 어떻게 전달되는지 그 과정을 설명하고 있다.
제재	신경 전달 물질		
주제	신경 전달 물질의 발견과 신경 세포 간의 정보 전달		

28 [모범답안]

ⓐ 음전하 / ⓑ 양전하 / ⓒ 음전하

[바른해설]

제시문의 2문단에 따르면 평상시 신경 세포는 ⓐ음전하를 띠고 있으며, 나트륨 이온, 칼슘 이온 등의 양이온이 들어오면 신경 세포는 ⓑ양전하를 띠게 되어 흥분하게 되고, 반대로 염소 이온과 같은 음이온이 세포 내로 들어오면 세포의 ⓒ음전하가 커지게 되어 신경 세포의 흥분이 억제된다고 설명하고 있다.

29 [모범답안]

방출되는 신경 전달 물질의 양이 감소하면 수용체의 수는 증가하고, 반대로 방출 되는 신경 전달 물질의 양이 증가하면 수용체의 수는 감소한다.

[바른해설]

제시문의 [A]에 따르면 방출되는 신경 전달 물질의 양이 어떤 이유로 줄어들면 수용체의 수는 증가하고, 반대로 방출되는 신경 전달 물질의 양이 너무 많아지면 수용체의 수는 줄어든다고 하였다. 이것이 우리 뇌의 기능이 일정하게 유지되는 항상성의 원리이며, 이러한 항상성이 깨지면 여러 가지 신경 정신 질환이 발생하게 된다.

[30~31]

갈래	논설문	특징	• 현실의 문제를 비판적으로 분석하고 그 해결 방안을 제안함 • 대조, 비유 등을 사용하여 독자의 이해를 돕고 설득의 효과를 높임 • 전문가(학자)의 견해를 인용하여 주장의 설득력을 높임
제재	우리 사회의 토론 문화		
주제	우리 사회의 의견 스펙트럼의 다양화를 위한 토론과 논쟁의 필요성		

30 [모범답안]

집단 편향[집단 극화]

[바른해설]

제시문의 ⓐ에서 '자신과 비슷한 생각을 가진 사람들에게 동조하면서 기존의 의견과 입장을 더욱 강화하는 경향'은 서로 다른 의견을 가진 사람들 각각의 '집단 편향[집단 극화]'을 의미하는 것으로, 사람들의 의견이 극단적으로 나뉘는 현상을 유발시킨다.

31 [모범답안]

논쟁을 기피하는 사람들이 야기할 수 있는 문제점을 드러내기 위해

[바른해설]

선스타인은 "나는 네 의견에 동의하지 않는다."라고 말하지 않는 사람은 집단에 동조하기, 자기 합리화, 상호 비방 등의 문제점을 보인다고 하였다. 따라서 이를 인용한 까닭은 논쟁을 피하는 사람들이 지닌 문제점을 드러내기 위함이라고 할 수 있다.

[32~33]

갈래	논설문	특징	• 주장을 내세우기 위해 '정의'와 '돈수'의 개념을 정의함 • 무정한 사회와 유정한 사회의 모습을 대조적으로 제시함 • 당시 사회의 문제 원인을 무정함에서 찾고 '정의 돈수'에 힘써 유정한 사회로 나아갈 것을 강조함
성격	논리적, 설득적, 대조적		
제재	무정한 사회와 유정한 사회		
주제	정의 돈수를 길러 대한 사회를 화기 넘치는 유정한 사회로 만들자		

32 [모범답안]

남에게 물질적으로 의뢰하지 말아야 한다.

[바른해설]

정후는 친구인 산하에게 돈을 빌렸으므로, 글쓴이가 정의를 기르는 데 당부한 몇 가지 주의사항 중 4의 '남에게 물질적으로 의뢰하지 말아야 한다.'는 항목에 어긋난 행동을 한 것이다.

33 [모범답안]

ⓐ 정의 / ⓑ 돈수 / ⓒ 화기 / ⓓ 유정

[바른해설]

제시문의 필자는 무정한 대한 사회를 비판하고 정의와 돈수를 길러 화기 넘치는 유정한 사회를 만들자고 독자를 설득하고 있다. 즉, '정의와 돈수를 길러 대한 사회를 화기 넘치는 유정한 사회로 만들자'가 윗글의 주제문에 해당한다. 그러므로 ⓐ에는 '정의', ⓑ에는 '돈수', ⓒ에는 '화기', ⓓ에는 '유정'이 들어갈 말로 적절하다.

[34~35]

매체 유형	블로그 글 (인터넷 매체)	해제	사진, 그래프, 동영상, 포스트 등의 다양한 자료를 복합적으로 활용하여 지구 온난화로 인한 생태 환경 파괴와 그 해결 방안을 제시하고 있는 블로그 글이다. 지구 온난화로 인한 기후 변화의 양상을 전문 기관의 자료를 인용하여 제시한 후, 그 피해를 북극곰에서부터 인류에게까지 확장하여 설명하고 있다.
제재	지구 온난화로 인한 생태 환경 파괴		
주제	지구 온난화가 북극곰과 인류에게 미치는 부정적 영향과 대책		

34 [모범답안]

ⓐ 온실가스

ⓑ 해수면 상승

ⓒ 사막화

[바른해설]

ⓐ 지구 온난화의 유력한 원인으로 '온실가스' 발생을 꼽는데, 온실가스로는 이산화 탄소가 대표적이다.

ⓑ 지구 온난화로 인한 '해수면 상승'은 저지대 침수를 일으킨다.

ⓒ 지구 온난화로 지구의 온도가 점점 올라가면 토양의 습기가 급속도로 증발되어 토양의 황폐화와 '사막화'가 빠르게 진행된다.

35 [모범답안]

사용하지 않는 플러그 뽑아 두기

[바른해설]

이산화 탄소를 줄일 수 있는 생활 속 실천방법 중 윗글의 [A]에서 제시한 구체적 수치에 근거하여 가장 많이 줄일 수 있는 방법부터 순서대로 나열하면 다음과 같다.

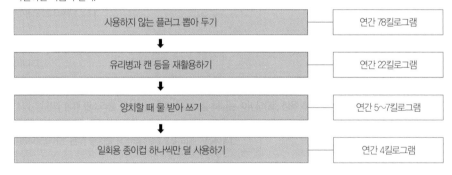

사용하지 않는 플러그 뽑아 두기	→	연간 78킬로그램
유리병과 캔 등을 재활용하기	→	연간 22킬로그램
양치할 때 물 받아 쓰기	→	연간 5~7킬로그램
일회용 종이컵 하나씩만 덜 사용하기	→	연간 4킬로그램

[36~37]

주제	경제적 자유주의와 정치적 자유주의 사이의 긴장	특징	이 글은 자유주의 안에서 경제적 자유주의와 정치적 자유주의가 일으키는 긴장 상태에 대해 설명하고 있다.
구성	• 1문단: 자유주의에 내재된 긴장 • 2문단: 경제적 자유주의의 관점 • 3문단: 정치적 자유주의의 관점		

36 [모범답안]

경제적 자유주의

[바른해설]

〈보기〉에서 설명한 신자유주의 정책은 시장에서의 각종 규제를 제거하고 노동 시장을 유연화하는 것을 그 내용으로 하므로 경제적 자유주의와 상통한다고 볼 수 있으며, 이는 재분배적 평등주의 정책과 배치되는 것이다.

37 [모범답안]
  ⓐ 마이클 샌델 / ⓑ 밀턴 프리드먼
  ⓒ 공적 자율성 / ⓓ 사적 자율성

[바른해설]
제시문의 3문단에 따르면, 마이클 샌델은 개인의 선택과 우선성을 주장하는 경제적 자유주의로 인한 불평등이 시민들로 하여금 눈앞에 생계와 자기 이익에 집중하게 만듦으로써 스스로 자신의 삶을 지배할 수 있는 시민 역량을 약화시킨다고 보았다. 이러한 관점은 '공적 자율성'을 중시하는 정치적 자유주의 사상에 근거한다.

제시문의 2문단에 따르면, 밀턴 프리먼은 경제적 자유가 궁극적인 목적이자 정치적 자유를 성취하기 위한 필수 불가결한 수단이라고 보았다. 즉, 복지라는 목적으로 경제적 자유를 침해하는 재분배적 평등주의는 결과적으로 정치적 자유까지 위협하기 때문에 그 침해가 정당화될 수 없다고 보았다. 이러한 관점은 '사적 자율성'을 중시하는 경제적 자유주의에 사상에 근거한다.

② 수학

[수학 I]

Ⅰ. 지수함수와 로그함수

01 [모범답안]

$\log_a(2-\sqrt{2})=2$를 지수로 변환하면

$a^2=2-\sqrt{2}$ ⋯⋯①

$2a^{-2}=\dfrac{2}{2-\sqrt{2}}=2+\sqrt{2}$ ⋯⋯②

따라서

$a^2+2a^{-2}=(2-\sqrt{2})+(2+\sqrt{2})=4$ ⋯⋯③

02 [모범답안]

$\sqrt[3]{k}=\sqrt[4]{2k}$에서 $(\sqrt[3]{k})^{12}=(\sqrt[4]{2k})^{12}$

이때 $(\sqrt[3]{k})^{12}=\{(\sqrt[3]{k})^3\}^4=k^4$,

$(\sqrt[4]{2k})^{12}=\{(\sqrt[4]{2k})^4\}^3=(2k)^3=8k^3$이므로

$k^4=8k^3$, $k^3(k-8)=0$

$k>0$이므로 $k=8$

$\therefore \dfrac{1}{2}k=4$

03 [모범답안]

$\log_{(x-2)}(-x^2+8x-12)$에서

(i) 밑 조건에 의해 $x-2$는 1이 아닌 양수이므로

$x-2>0$, $x-2\neq1$이다.

따라서 $2<x<3$, $x>3$

(ii) 진수 조건에 의해 $(-x^2+8x-12)$는 양수이므로

$-x^2+8x-12>0$

$x^2-8x+12<0$

$(x-2)(x-6)<0$

$2<x<6$

(i), (ii)에 의해 x의 공통범위는 $2<x<3$, $3<x<6$이다.

04 [모범답안]

$x^2-(\log_3 18)x+k=0$의 두 근이 $\log_3 2$, β이므로 근과 계수의 관계를 이용하면

$\log_3 2+\beta=\log_3 18$, $\beta\log_3 2=k$

$\log_3 2+\beta=\log_3 18$에서 $\beta=\log_3 18-\log_3 2=\log_3 9=2$

이므로

$\therefore \beta=2$

따라서 $k=2\log_3 2=\log_3 4$이므로

$\therefore 3^k=3^{\log_3 4}=4$

05 [모범답안]

$3^x=t$라고 하면 지수함수는 $y>0$의 범위에 존재하므로 $t>0$이다.

$2(3^x+1)^2-(9^x-1)-a=2(t+1)^2-(t^2-1)-a$

$f(t)=t^2+4t+3-a>0$

$f(t)=(t^2+4t+4)-4+3-a>0$

$\therefore f(t)=(t+2)^2-1-a>0$

따라서 주어진 부등식이 모든 실수 x에 대해 성립하기 위해서는 $t>0$의 범위에서 함수 $f(t)=(t+2)^2-1-a>0$의 조건을 만족시켜야 하므로 $t=0$일 때 $f(0)\geq0$이어야 한다.

$f(0)=3-a\geq0$이므로

실수 a의 범위는 $a\leq3$

06 [모범답안]

$\sqrt[n]{(2^k)^5}=\sqrt[n]{2^{5k}}=2^{\frac{5k}{n}}$의 값이 자연수가 되기 위해서는 n은 2 이상인 $5k$의 양의 약수이어야 한다. 그러므로 $f(k)$의 값은 $5k$의 양의 약수의 개수에서 1을 뺀 값과 같고 $f(k)=3$에서 $5k$의 양의 약수의 개수는 4이다.

$4=1\times4=2\times2$이므로 $k=5^2$ 또는 k는 5가 아닌 소수이다.

$k\leq20$이므로 k의 값은 2, 3, 7, 11, 13, 17, 19이고 그 개수는 7개이다.

07 [모범답안]

x에 관한 방정식 $k=|3^x-27|$에서 절댓값에 의해 k의 범위는 $k>0$

$x\geq3$일 때 $k=3^x-27$이므로 $3^x=27+k$

$x<3$일 때 $k=-(3^x-27)=-3^x+27$이므로 $3^x=27-k$

이때 주어진 방정식이 서로 다른 두 실근을 가질 조건은

$27+k>0$, $27-k>0$, $k>0$이므로

k값의 범위는

$0<k<27$

08 [모범답안]

$35^x=5$에서 $5^{\frac{1}{x}}=35$,

$\left(\dfrac{1}{7}\right)^y=125$에서 $125^{\frac{1}{y}}=5^{\frac{3}{y}}=\dfrac{1}{7}$,

$a^z = 25$에서 $25^{\frac{1}{z}} = 5^{\frac{2}{z}} = a$이고

$\dfrac{1}{x} + \dfrac{3}{y} - \dfrac{2}{z} = 2$가 성립함으로

$5^{\frac{1}{x} + \frac{3}{y} - \frac{2}{z}} = 5^2 = 35 \times \dfrac{1}{7} \div a$

따라서

$25 = 5 \div a$이므로 $a = \dfrac{1}{5}$

09 [모범답안]

$f(x) = 2\log_3(ax-b)$에 $(1, 0)$을 대입하면

$f(1) = 2\log_3(a-b) = 0$

따라서 $a - b = 1$이므로

$\therefore a = 1 + b$

$f(x) = 2\log_3(ax-b)$에 $(0, 2)$를 대입하면

$f(0) = 2\log_3(-b) = 2$, $\log_3(-b) = 1$

따라서 $-b = 3$이므로

$\therefore b = -3$

a와 b의 값은 각각 $a = -2$, $b = -3$이다.

10 [모범답안]

$2^{\log_a 9} = 3^{\log_5 8}$에서

$3^{\log_5 8} = 8^{\log_5 3} = (2^3)^{\log_5 3} = 2^{3\log_5 3}$이므로

$2^{\log_a 9} = 2^{3\log_5 3}$ ...... ㉠

㉠의 양변에 밑이 2인 로그를 취하면

$\log_2 2^{\log_a 9} = \log_2 2^{3\log_5 3}$

$\log_a 9 \times \log_2 2 = 3\log_5 3 \times \log_2 2$

$\log_a 9 = 3\log_5 3$, $\log_a 3^2 = 3\log_5 3$,

$2\log_a 3 = 3\log_5 3$

$\dfrac{\log 3}{\log_5 3} = \dfrac{\log_5 5}{\log_3 a} = \dfrac{3}{2}$

$\dfrac{\log_5 5}{\log_3 a} = \log_a 5$이므로 $\log_a 5 = \dfrac{3}{2}$ $\therefore 2\log_a 5 = 3$

11 [모범답안]

함수 $y = \log_3(2x+5) - 1$은 밑이 1보다 크므로 x의 값이
증가할 때 y의 값도 증가하는 증가함수이다.

따라서 정의역 $\{x \mid -2 \le x \le 2\}$의 범위에서

$x = -2$일 때 최솟값을, $x = 2$일 때 최댓값을 갖는다.

$x = -2$일 때, $y = \log_3(2x+5) - 1$은 최솟값 $y = -1$을,

$x = 2$일 때, $y = \log_3(2x+5) - 1$은 최댓값 $y = 1$을 갖는다.

12 [모범답안]

함수 $f(x) = \dfrac{3^x}{3^x+1}$에서 x의 값에 $-x$를 대입하면

$f(-x) = \dfrac{3^{-x}}{3^{-x}+1}$으로

두 식을 양변끼리 더하면

$f(x) + f(-x) = \dfrac{3^x}{3^x+1} + \dfrac{3^{-x}}{3^{-x}+1} = \dfrac{3^x}{3^x+1} + \dfrac{1}{3^x+1}$

$= \dfrac{3^x+1}{3^x+1}$

$\therefore f(x) + f(-x) = 1$

한편,

a와 b의 식을 더해주면

$a + b = \{f(1) + f(-1)\} + \{f(2) + f(-2)\} + \cdots$
$+ \{f(100) + f(-100)\}$이므로

$\therefore a + b = 1 \times 100 = 100$

13 [모범답안]

함수 $y = |2^x - 8|$의 그래프는 다음 그림과 같다.

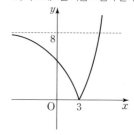

함수 $y = |2^x - 8|$과 직선 $y = n$이 만나는 교점의 개수는
$y = 8$을 기준으로 달라진다.

따라서

$1 \le n \le 7$일 때 $a_n = 2$

$8 \le n \le 10$일 때 $a_n = 1$

$\therefore \displaystyle\sum_{k=1}^{10} a_k = 2 \times 7 + 1 \times 3 = 17$

14 [모범답안]

함수 $y = 2^{x+1} + 1$의 그래프가 y축과 만나는 점은 x의 좌표가
0이므로, A의 좌표는 $(0, 3)$이다.

함수 $y = \log_3(x+k) - 1$의 그래프가 x축과 만나는 점은 y
의 좌표가 0이므로, B의 좌표는 $(3-k, 0)$이다.

이때 선분 AB의 길이가 5이므로

$\overline{AB} = \sqrt{(3-k)^2 + 3^2} = \sqrt{k^2 - 6k + 18} = 5$ ......①

$k^2 - 6k + 18 = 25$ ......②

따라서 $k^2 - 6k - 7 = 0$이므로 근과 계수의 관계에 의해 두 근
의 곱은 -7 ......③

15 [모범답안]

로그의 진수 조건에 의하여

$2x + a > 0$, $-x^2 + 4 > 0$

$\log_2(2x+a) \le \log_2(-x^2+4)$에서 밑 2가 1보다 크므로

$2x + a \le -x^2 + 4$

$x^2+2x+(a-4)\leq0$ ...... ㉠

부등식 $\log_2(2x+a)\leq\log_2(-x^2+4)$의 해가 $x=b$가 되기 위해서는

이차방정식 $x^2+2x+(a-4)=0$의 판별식을 D라 하면 $D=0$이어야 하므로

$\dfrac{D}{4}=1^2-(a-4)=-a+5=0$, $a=5$

$a=5$를 ㉠에 대입하면

$x^2+2x+1\leq0$

$(x+1)^2\leq0$에서 $x=-1$

$a=5$, $x=-1$일 때

$2x+a>0$, $-x^2+4>0$이므로 $b=-1$

따라서 $ab=5\times(-1)=-5$

16 [모범답안]

$(\log_a\beta^3)^2>0$, $(\log_\beta\alpha)^2>0$이므로 산술·기하평균의 관계를 이용하면

$(3\log_a\beta)^2+(\log_\beta\alpha)^2\geq2\sqrt{(3\log_a\beta)^2\times(\log_\beta\alpha)^2}$

$=2\sqrt{9\left(\log_a\beta\times\dfrac{1}{\log_a\beta}\right)^2}$

$=6$

(단, 등호는 $(\log_a\beta^3)^2=(\log_\beta\alpha)^2$일 때 성립)

따라서 $(\log_a\beta^3)^2+(\log_\beta\alpha)^2$의 최솟값은 6이다.

17 [모범답안]

$3^x=t$라고 하면 t값의 범위는 $t>0$

$3^x-3^{1-x}=5-3^{2-x}$는 $t-\dfrac{3}{t}=5-\dfrac{9}{t}$

t값의 범위는 양수이므로 양변에 t를 곱하여 식을 정리하면

$t^2-5t+6=0$, $(t-3)(t-2)=0$

$\therefore t=2$ 또는 $t=3$

따라서 $3^x=2$ 또는 $3^x=3$이므로

$3^x=2$에서 $x=\log_32$이고

$3^x=3$에서 $x=1$이다.

따라서 모든 실근의 곱은 $\log_32\times1=\log_32$

18 [모범답안]

함수 $y=\left(\dfrac{1}{3}\right)^{x^2+4x+a}$는 밑이 1보다 작으므로 x값이 증가할수록 y값이 감소하는 감소함수이다.

따라서 함수 $y=\left(\dfrac{1}{3}\right)^{x^2+4x+a}$는 x^2+4x+a의 값이 최소일 때 최댓값을 갖는다.

$x^2+4x+a=(x+2)^2+a-4$

따라서

$x=-2$일 때 x^2+4x+a가 최솟값을 가지므로

$\left(\dfrac{1}{3}\right)^{a-4}=27$, $3^{4-a}=27$, $4-a=3$

$\therefore a=1$

19 [모범답안]

함수 $y=\left(\dfrac{1}{3}\right)^x$의 그래프와 직선 $y=27$이 만나는 점의 x좌표는 $27=3^{-x}$이므로 $A=-3$

함수 $y=3^{x-1}$의 그래프와 직선 $y=27$이 만나는 점의 x좌표는 $27=3^{x-1}$이므로 $B=4$

따라서 두 점 A, B 사이의 길이는

$\therefore |A-B|=7$

20 [모범답안]

함수 $y=\left(\dfrac{1}{2}\right)^{x-3}$의 역함수는 $x=\left(\dfrac{1}{2}\right)^{y-3}$

$y-3=\log_{\frac{1}{2}}x$, $y=-\log_2x+3$이고

$\left(\dfrac{1}{2}\right)^{2-3}=2$이므로

곡선 $y=\left(\dfrac{1}{2}\right)^{x-3}$ $(x\leq2)$를

직선 $y=x$에 대하여 대칭이동한 곡선은 $y=-\log_2x+3$ $(x\geq2)$이다.

즉, 함수 $f(x)$의 역함수는 $f(x)$이고 $f(f(x))=x$이다.

따라서

$2\sum\limits_{n=1}^{6}f\left(f\left(\dfrac{n}{2}\right)\right)=2\sum\limits_{n=1}^{6}\dfrac{n}{2}=\sum\limits_{n=1}^{6}n=\dfrac{6\times7}{2}=21$

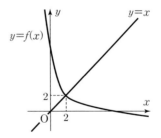

21 [모범답안]

$x^{\frac{1}{2}}+x^{-\frac{1}{2}}=3$에서 $\left(x^{\frac{1}{2}}+x^{-\frac{1}{2}}\right)^2=9$이므로

$x^1+x^{-1}+2=9$

$\therefore x^1+x^{-1}=7$

따라서

$\dfrac{x^{\frac{3}{2}}+x^{-\frac{3}{2}}}{x+x^{-1}-1}=\dfrac{\left(x^{\frac{1}{2}}+x^{-\frac{1}{2}}\right)^3-3\left(x^{\frac{1}{2}}+x^{-\frac{1}{2}}\right)}{7-1}$

$=\dfrac{27-9}{6}=3$

22 [모범답안]

함수 $y=3^{x-1}-9$의 그래프가 x축의 방향으로 a만큼 평행이동한 그래프는 $y=3^{x-1-a}-9$이다.

이때 함수 $y=3^{x-1-a}-9$가 제4사분면을 지나지 않기 위해서는 $f(0)\geq0$의 조건을 만족해야 한다.

따라서

$3^{0-1-a}-9\geq0$, $3^{-1-a}\geq9$, $-1-a\geq2$이므로

$-3\geq a$

$\therefore a$의 최댓값은 -3

23 [모범답안]

함수 $y=3^{x-m}+n$의 그래프와 그 역함수 그래프의 교점은 직선 $y=x$ 위에 있으므로 교점의 좌표는 각각 $(1, 1)$, $(4, 4)$이다.

따라서

(ⅰ) $1=3^{1-m}+n$

(ⅱ) $4=3^{4-m}+n$

(ⅱ)−(ⅰ)를 하면

$\therefore 3=3^{4-m}-3^{1-m}$이므로 $3^m=26$

(ⅰ)에서 $1=\dfrac{3}{26}+n$이므로

$\therefore n=\dfrac{23}{26}$

따라서 $3^m\times n=26\times\dfrac{23}{26}=23$

24 [모범답안]

$x=3^{\frac{1}{3}}+3^{-\frac{1}{3}}$의 양변을 세제곱 하면

$x^3=3+3^{-1}+3\times3^{\frac{1}{3}}\times3^{-\frac{1}{3}}\left(3^{\frac{1}{3}}+3^{-\frac{1}{3}}\right)$

이때 $x=3^{\frac{1}{3}}+3^{-\frac{1}{3}}$이므로

$x^3=3+\dfrac{1}{3}+3x=\dfrac{10}{3}+3x$

$\therefore x^3-3x=\dfrac{10}{3}$

$3x^3-9x+10=3(x^3-3x)+10$이므로

구하고자 하는 값은

$3\times\dfrac{10}{3}+10=20$

25 [모범답안]

방정식 $x^2-8x+4=0$에서 근과 계수의 관계를 이용하면

$\log_2\alpha+\log_2\beta=8$, $\log_2\alpha\times\log_2\beta=4$이다.

한편,

$\log_\alpha\beta+\log_\beta\alpha=\dfrac{\log_2\beta}{\log_2\alpha}+\dfrac{\log_2\alpha}{\log_2\beta}$

$=\dfrac{(\log_2\beta)^2+(\log_2\alpha)^2}{\log_2\alpha\times\log_2\beta}$

$=\dfrac{(\log_2\alpha\times\log_2\beta)^2-2(\log_2\alpha\times\log_2\beta)}{\log_2\alpha\times\log_2\beta}$

따라서 구하고자 하는 값은

$\dfrac{8^2-2\times4}{4}=16-2=14$

Ⅱ. 삼각함수

01 [모범답안]

$\sin^2x+\cos^2x=1$, $-1\leq\sin x\leq1$이므로

$2\cos^2x+5\sin x>4$, $2(1-\sin^2x)+5\sin x>4$

$2\sin^2x-5\sin x+2<0$,

$(\sin x-2)(2\sin x-1)<0$ ……①

따라서 $\dfrac{1}{2}<\sin x<2$이므로

$\sin x$의 범위는 $\dfrac{1}{2}<\sin x\leq1$ ……②

$\dfrac{1}{2}<\sin x\leq1$를 만족하기 위한 x값의 범위는

$\dfrac{\pi}{6}<x<\dfrac{5}{6}\pi$ ……③

02 [모범답안]

제2사분면의 점 P의 좌표를

(a, b) $(a<0, b>0)$으로 놓자

점 Q는 점 P를 y축에 대하여 대칭이동한 점이므로 점 Q의 좌표는 $(-a, b)$이고, 점 R은 점 P를 직선 $y=x$에 대하여 대칭이동한 점이므로 점 R의 좌표는 (b, a)이다.

세 동경 OP, OQ, OR이 나타내는 각의 크기가 각각 α, β, γ이므로

$\sin\alpha=\dfrac{b}{\sqrt{a^2+b^2}}$, $\cos\beta=\dfrac{-a}{\sqrt{(-a)^2+b^2}}$, $\tan\gamma=\dfrac{a}{b}$

$\sin\alpha\cos\beta=\dfrac{2}{5}$에서

$\dfrac{b}{\sqrt{a^2+b^2}}\times\dfrac{-a}{\sqrt{(-a)^2+b^2}}=\dfrac{2}{5}$

$-5ab=2(a^2+b^2)$ ……㉠

㉠의 양변을 b^2으로 나누면

$2\left(\dfrac{a}{b}\right)^2+5\times\dfrac{a}{b}+2=0$, $\left(\dfrac{a}{b}+2\right)\left(\dfrac{a}{b}+1\right)=0$,

$\dfrac{a}{b}=-2$ 또는 $\dfrac{a}{b}=-\dfrac{1}{2}$

$\cos(\angle PQR)<0$, $\angle PQR<\pi$에서 $\dfrac{\pi}{2}<\angle PQR<\pi$이므로 $\overline{PQ}^2+\overline{QR}^2<\overline{PR}^2$

$(-2a)^2+(\sqrt{(b+a)^2+(a-b)^2})^2$

$<(\sqrt{(b-a)^2+(a-b)^2})^2$

$4a^2+2(a^2+b^2)<2(a-b)^2$, $4a(a+b)<0$

$a<0$, $b>0$이므로 $\dfrac{a}{b}>-1$

따라서 $\tan\gamma=\dfrac{a}{b}=-\dfrac{1}{2}$이고, $\dfrac{1}{\tan\gamma}=-2$

03 [모범답안]

$\triangle ABC$의 두 변이 각각 $a=3$, $b=3\sqrt{3}$이므로 사인법칙을 이용하면

$2\times 3=\dfrac{3}{\sin A}$, $\sin A=\dfrac{1}{2}$

$2\times 3=\dfrac{3\sqrt{3}}{\sin B}$, $\sin B=\dfrac{\sqrt{3}}{2}$

따라서

$\angle A=30°$, $\angle B=60°$

이므로

$\triangle ABC$는 $\angle C=90°$인 직각삼각형이다.

따라서 $\triangle ABC$의 넓이는 $\dfrac{1}{2}\times 3\sqrt{3}\times 3=\dfrac{9\sqrt{3}}{2}$

04 [모범답안]

$\tan\theta=\dfrac{\sin\theta}{\cos\theta}$이므로 $\tan\theta-\dfrac{1}{\tan\theta}=3$에서

$\tan\theta-\dfrac{1}{\tan\theta}=\dfrac{\sin\theta}{\cos\theta}-\dfrac{\cos\theta}{\sin\theta}=\dfrac{\sin^2\theta-\cos^2\theta}{\sin\theta\cos\theta}$

$\qquad\qquad\qquad =\dfrac{(1-\cos^2\theta)-\cos^2\theta}{\sin\theta\cos\theta}=\dfrac{1-2\cos^2\theta}{\sin\theta\cos\theta}$

$\qquad\qquad\qquad =3$

$\sin\theta-\cos\theta=\dfrac{1}{\sqrt{2}}$의 양변을 제곱하면

$\sin^2\theta+\cos^2\theta-2\sin\theta\cos\theta=\dfrac{1}{2}$, $1-2\sin\theta\cos\theta=\dfrac{1}{2}$

$\sin\theta\cos\theta=\dfrac{1}{4}$

따라서

$\dfrac{1-2\cos^2\theta}{\sin\theta\cos\theta}=4-8\cos^2\theta=3$

$\therefore \cos^2\theta=\dfrac{1}{8}$

05 [모범답안]

함수 $y=3\sin^2 x-2\sin x$에서 $\sin x=t$라 하면 t값의 범위는 $-1\le t\le 1$

$3\sin^2 x-2\sin x=3t^2-2t=3\left(t-\dfrac{1}{3}\right)^2-\dfrac{1}{3}$

따라서 $t=\dfrac{1}{3}$일 때, 최솟값 $-\dfrac{1}{3}$을 갖는다.

$\therefore 3N=3\times\left(-\dfrac{1}{3}\right)=-1$

06 [모범답안]

그림의 평행사변형은 두 변의 길이가 각각 7 m, 10 m이고 그 사이의 각이 135°인 삼각형 두 개를 합해놓은 것과 같다. 따라서 농장의 넓이는

$2\times\left(\dfrac{1}{2}\times 10\times 7\times\sin 135°\right)$

$=10\times 7\times\dfrac{\sqrt{2}}{2}$

$=35\sqrt{2}$

07 모범답안

$\sin(\pi+\theta)=-\sin\theta$, $\cos\left(\dfrac{\pi}{2}-\theta\right)=\sin\theta$

$\dfrac{3}{2}\pi<\theta<2\pi$일 때, $\sin\theta<0$, $\cos\theta>0$, $\tan\theta<0$이므로 $\sin\theta-\cos\theta<0$

따라서

$\sin(\pi+\theta)+\sqrt{\dfrac{\cos^2\left(\dfrac{\pi}{2}-\theta\right)}{|\tan\theta|}}-|\sin\theta-\cos\theta|$

$=-\sin\theta+\dfrac{\sqrt{\sin^2\theta}}{-\tan\theta}+(\sin\theta-\cos\theta)$

$=-\sin\theta+\dfrac{-\sin\theta}{-\tan\theta}+(\sin\theta-\cos\theta)$

$=-\sin\theta+\cos\theta+\sin\theta-\cos\theta=0$

08 [모범답안]

부등식 $2x^2+2x\sin\theta+\dfrac{3}{8}\ge 0$가 모든 실수 x에 대해 성립하기 위해서는 판별식 $D\le 0$의 조건을 만족해야 한다.

따라서

$\dfrac{D}{4}=\sin^2\theta-\dfrac{3}{4}=(1-\cos^2\theta)-\dfrac{3}{4}\le 0$

$\cos^2\theta-\dfrac{1}{4}\ge 0$, $\left(\cos\theta-\dfrac{1}{2}\right)\left(\cos\theta+\dfrac{1}{2}\right)\ge 0$

$\therefore \cos\theta\le-\dfrac{1}{2}$ 또는 $\cos\theta\ge\dfrac{1}{2}$

한편 $\dfrac{\pi}{2}<\theta<\dfrac{3}{2}\pi$에서 $\cos\theta$는 $-1\le\cos\theta<0$이므로

$\cos\theta$의 범위는 $-1\le\cos\theta\le-\dfrac{1}{2}$

09 [모범답안]

$0\le x<2\pi$에서 $y=\sin x$의 그래프와 직선 $y=-\dfrac{1}{3}$이 만나는 모든 점의 x좌표를 M, m이라 하면

$\dfrac{M+m}{2}=\dfrac{3}{2}\pi$

따라서 $a=M+m=3\pi$

또한,

$0\le x<2\pi$에서 $y=\cos x$의 그래프와 직선 $y=\dfrac{5}{6}$가 만나는

모든 점의 x좌표를 N, n라 하면

$$\frac{N+n}{2}=\pi$$

따라서 $b=N+n=2\pi$

$\therefore a+b=3\pi+2\pi=5\pi$

10 [모범답안]

부채꼴의 반지름을 r, 호의 길이를 l, 중심각의 크기를 θ라 하면 $10=2r+l$, $l=10-2r$

부채꼴의 넓이는

$$\frac{1}{2}rl=\frac{1}{2}r(10-2r)=-\left(r^2-5r+\frac{25}{4}-\frac{25}{4}\right)$$

$$=-\left(r-\frac{5}{2}\right)^2+\frac{25}{4}$$

따라서 부채꼴의 넓이는 $r=\dfrac{5}{2}$일 때 최댓값 $\dfrac{25}{4}$를 갖는다.

11 [모범답안]

$$\sin\left(\frac{3}{2}\pi-x\right)=\sin\left(\pi+\frac{\pi}{2}-x\right)$$

$$=-\sin\left(\frac{\pi}{2}-x\right)=-\cos x$$

$\cos\left(x+\dfrac{\pi}{2}\right)=-\sin x$이므로

$$f(x)=\sin^2\left(\frac{3}{2}\pi-x\right)+k\cos\left(x+\frac{\pi}{2}\right)+k+1$$

$$=(-\cos x)^2+k(-\sin x)+k+1$$

$$=1-\sin^2 x-k\sin x+k+1$$

$$=-\sin^2 x-k\sin x+k+2$$

$$=-\left(\sin x+\frac{k}{2}\right)^2+\frac{k^2}{4}+k+2$$

$\sin x=t$ $(-1\le t\le 1)$로 놓으면

$$f(x)=-\left(t+\frac{k}{2}\right)^2+\frac{k^2}{4}+k+2$$

(ⅰ) $-\dfrac{k}{2}>1$, 즉 $k<-2$일 때

함수 $f(x)$는 $t=\sin x=1$일 때 최대이다.

이때 $-1^2-k+k+2=1\ne 3$이므로 조건을 만족시키지 않는다.

(ⅱ) $-\dfrac{k}{2}<-1$, 즉 $k>2$일 때

함수 $f(x)$는 $t=\sin x=-1$일 때 최대이다.

$-(-1)^2+k+k+2=3$, $2k+1=3$에서 $k=1$

이때 $k>2$를 만족시키지 않는다.

(ⅲ) $-1\le-\dfrac{k}{2}\le 1$, 즉 $-2\le k\le 2$일 때

함수 $f(x)$는 $t=\sin x=-\dfrac{k}{2}$일 때 최대이므로

$$\frac{k^2}{4}+k+2=3,\ k^2+4k-4=0,$$

$$k=-2\pm 2\sqrt{2}$$

$-2\le k\le 2$이므로

$$k=-2\pm 2\sqrt{2}=2(\sqrt{2}-1)$$

(ⅰ), (ⅱ), (ⅲ)에서 조건을 만족시키는 실수 k의 값은 $2(\sqrt{2}-1)$이다.

12 [모범답안]

$x^2+4tx+6t^2=0$에서 근과 계수의 관계를 이용하면

$$\sin\theta+\cos\theta=-4t,\ \sin\theta\cos\theta=6t^2$$

이때 $\sin\theta+\cos\theta=-4t$의 양변을 제곱하면

$$(\sin\theta+\cos\theta)^2=\sin^2\theta+\cos^2\theta+2\sin\theta\cos\theta=16t^2,$$

$$1+12t^2=16t^2,\ t^2=\frac{1}{4}$$

$$\therefore t=\pm\frac{1}{2}$$

따라서 모든 상수 t의 값의 곱은 $\dfrac{1}{2}\times\left(-\dfrac{1}{2}\right)=-\dfrac{1}{4}$

13 [모범답안]

사인법칙에 의해 $\sin A:\sin B:\sin C=a:b:c$

$A:B:C=1:1:2$에서

$A=180°\times\dfrac{1}{4}=45°$, $B=180°\times\dfrac{1}{4}=45°$,

$C=180°\times\dfrac{2}{4}=90°$이므로

$$a:b:c=\sin 45°:\sin 45°:\sin 90°$$

$$=\frac{\sqrt{2}}{2}:\frac{\sqrt{2}}{2}:1$$

14 [모범답안]

함수 $y=a\cos\left(3x-\dfrac{2}{3}\pi\right)+b$의 최댓값과 최솟값의 범위는 $-a+b\le f(x)\le a+b$이다.

(ⅰ) 최솟값은 -2이므로

$\therefore -a+b=-2$ ·······①

(ⅱ) $f\left(\dfrac{\pi}{3}\right)=a\cos\left(\pi-\dfrac{2}{3}\pi\right)+b=a\cos\dfrac{\pi}{3}+b$

$$=\frac{1}{2}a+b$$

$\therefore \dfrac{1}{2}a+b=4$ ·······②

(ⅰ), (ⅱ)를 연립하면 $a=4$, $b=2$ ·······③, ④

따라서 $f(x)$의 최댓값은 $a+b=6$

15 [모범답안]

$\dfrac{\cos B}{b}-\dfrac{\cos A}{a}=\dfrac{c}{ab}$에서 양변에 ab를 곱해주면

(단, $ab>0$)

(ⅰ) $a\cos B - b\cos A = c$

이때 코사인 법칙을 이용하면

$$\cos B = \frac{a^2+c^2-b^2}{2ac}, \cos A = \frac{b^2+c^2-a^2}{2bc}$$

이를 (ⅰ)에 대입하면

$$a\cos B - b\cos A = a \times \frac{a^2+c^2-b^2}{2ac} - b \times \frac{b^2+c^2-a^2}{2bc}$$

$$= \frac{(a^2+c^2-b^2)-(b^2+c^2-a^2)}{2c}$$

$$= \frac{a^2-b^2}{c} = c$$

$$\therefore a^2 = b^2 + c^2$$

따라서 주어진 삼각형은 a가 빗변인 직각삼각형이다.

이때 $b=2, c=2$이므로 변 a의 길이는

$$a^2 = 2^2 + 2^2, a = 2\sqrt{2}$$

16 [모범답안]

사인법칙을 이용하면 $16 = \dfrac{a}{\sin 30°} = \dfrac{8\sqrt{3}}{\sin B}$이므로

$a=8$, $\angle B = 60°$ 또는 $120°$이다.

따라서

(ⅰ) $B=60°$일 때 $C=90°$이므로 $\triangle ABC$의 넓이는

$$\frac{1}{2} \times 8 \times 8\sqrt{3} \times \sin 90° = 32\sqrt{3}$$

(ⅱ) $B=120°$일 때 $C=30°$이므로 $\triangle ABC$의 넓이는

$$\frac{1}{2} \times 8 \times 8\sqrt{3} \times \sin 30° = 16\sqrt{3}$$

$$\therefore 32\sqrt{3} + 16\sqrt{3} = 48\sqrt{3}$$

17 [모범답안]

삼각형 ABC의 외접원의 반지름의 길이를 R이라 하면 사인법칙에 의하여

$$\frac{a}{\sin A} = \frac{b}{\sin B} = \frac{c}{\sin C} = 2R$$

즉, $\sin A = \dfrac{a}{2R}, \sin B = \dfrac{b}{2R}, \sin C = \dfrac{c}{2R}$

$\sin A = \sin C$에서 $a=c$

$\sin A : \sin B = 2 : 3$에서 $a : b = 2 : 3$

$a=2k, b=3k, c=2k \ (k>0)$으로 놓으면 코사인법칙에 의하여

$$\cos A = \frac{(3k)^2+(2k)^2-(2k)^2}{2 \times 3k \times 2k} = \frac{3}{4}$$

$$\cos B = \frac{(2k)^2+(2k)^2-(3k)^2}{2 \times 2k \times 2k} = -\frac{1}{8}$$

$\cos C = \cos A = \dfrac{3}{4}$이므로

$$\frac{\cos C}{\cos A + \cos B} = \frac{\dfrac{3}{4}}{\dfrac{3}{4} - \dfrac{1}{8}} = \frac{6}{5}$$

18 [모범답안]

함수 $f(x) = \sin x + 3$의 그래프는 $\sin x$의 그래프를 y축으로 3만큼 평행이동한 것으로 $f(x)$의 범위가 $2 \le f(x) \le 4$이다.

이때 $0 \le x \le 5\pi$까지 정의된 함수 $f(x)$의 그래프의 개형은 다음과 같다.

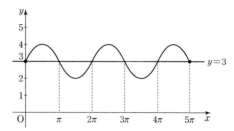

위의 그래프에 직선 $y=n$에서 n의 값을 1부터 6까지 차례대로 대입하면

(1) $n=1$일 때, $f(x)$와 직선 $y=1$이 만나지 않으므로 $g(1)=0$

(2) $n=2$일 때, $f(x)$와 직선 $y=2$는 두 점에서 만나므로 $g(2)=2$

(3) $n=3$일 때, $f(x)$와 직선 $y=3$는 여섯 개의 점에서 만나므로 $g(3)=6$

(4) $n=4$일 때, $f(x)$와 직선 $y=3$는 세 개의 점에서 만나므로 $g(4)=3$

(5), (6) $n=5$, $n=6$일 때, $f(x)$와 직선 $y=5, y=6$은 만나지 않으므로 $g(5)=0, g(6)=0$

$$\therefore \sum_{k=1}^{6} g(k) = 0+2+6+3+0+0 = 11$$

19 [모범답안]

$\{\cos^2(91°) + \cos^2(92°) + \cos^2(93°) + \cdots$
$\qquad\qquad + \cos^2(120°)\}$에서

$$\cos^2(91°) = \cos^2(90°+1°) = -\sin^2(1°)$$

$$\cos^2(92°) = \cos^2(90°+2°) = -\sin^2(2°)$$

$$\vdots$$

$$\cos^2(120°) = \cos^2(90°+30°) = -\sin^2(30°)$$

따라서 $\{\cos^2(91°) + \cos^2(92°) + \cos^2(93°) + \cdots$
$\qquad\qquad + \cos^2(120°)\}$

$$= -\{\sin^2(1°) + \sin^2(2°) + \cdots + \sin^2(30°)\}$$

한편,

$\{\cos^2(181°) + \cos^2(182°) + \cos^2(183°) + \cdots$
$\qquad\qquad + \cos^2(210°)\}$에서

$$\cos^2(181°) = \cos^2(180°+1°) = -\cos^2(1°)$$

$$\cos^2(182°) = \cos^2(180°+2°) = -\cos^2(2°)$$

$$\vdots$$

$$\cos^2(210°) = \cos^2(180°+30°) = -\cos^2(30°)$$

따라서 $\{\cos^2(181°) + \cos^2(182°) + \cos^2(183°) + \cdots$

PART 1 국어

PART 2 수학

PART 3 해설

$$+\cos^2(210°)\}$$
$$=-\{\cos^2(1°)+\cos^2(2°)+\cdots+\cos^2(30°)\}$$

그러므로 구하고자 하는 값은

$$-[\{\sin^2(1°)+\sin^2(2°)+\cdots+\sin^2(30°)\}$$
$$+\{\cos^2(1°)+\cos^2(2°)+\cdots+\cos^2(30°)\}]$$
$$=-30$$

20 [모범답안]

ΔABC의 내각의 크기의 합은 $180°$이므로 $A+C=\pi-B$

$$\sin\left(A+C-\frac{\pi}{2}\right)+\cos B=\sin\left(\frac{\pi}{2}-B\right)+\cos B$$
$$=2\cos B=1$$

$$\therefore \cos B=\frac{1}{2}, \angle B=60°$$

이때 외접원의 반지름의 길이가 3이므로 사인법칙에 의해

$$6=\frac{b}{\sin 60°}, b=6\times\frac{\sqrt{3}}{2}=3\sqrt{3}$$

$$\therefore b=3\sqrt{3}$$

21 [모범답안]

$x^2+2x\cos\theta+\sin\theta+1>0$가 모든 실수 x에 대해 성립하기 위해서는 이차방정식 $x^2+2x\cos\theta+\sin\theta+1=0$의 판별식이 $D<0$인 조건을 만족해야 한다.

따라서

$$\frac{D}{4}=\cos^2\theta-\sin\theta-1<0,$$
$$\cos^2\theta-\sin\theta-1=(1-\sin^2\theta)-\sin\theta-1<0$$

이때 $\sin x=t$라 하면 $-1\le t\le 1$이고

$-t^2-t<0, t(t+1)>0$

$t<-1$ 또는 $0<t$이므로

t값의 범위는 $0<t\le 1$

따라서

θ값의 범위는 $0<\theta<\pi$

22 [모범답안]

$\overline{AB}=\overline{DE}, \overline{AB}//\overline{DE}$에서

사각형 $ABDE$는 평행사변형이므로 $\angle BAE=\angle BDE$

사각형 $ABDE$가 원에 내접하므로

$\angle BAE+\angle BDE=\pi$

따라서 사각형 $ABDE$는 직사각형이므로

두 선분 AD, BE는 원의 지름이다.

$$\cos(\angle ACB)=\cos(\angle AEB)=\cos(\angle EBD)=\frac{1}{3}$$

이므로 $\sin(\angle ACB)=\sqrt{1-\left(\frac{1}{3}\right)^2}=\frac{2\sqrt{2}}{3}$

삼각형 ABC의 외접원의 지름의 길이가 6이므로 사인법칙에 의하여

$$\frac{\overline{AB}}{\sin(\angle ACB)}=6,$$

즉 $\overline{AB}=6\times\frac{2\sqrt{2}}{3}=4\sqrt{2}$

삼각형 ABC에서 $\overline{AC}=k \ (k>0)$으로 놓으면

$\overline{BC}=5$이므로 삼각형 ABC에서 코사인법칙에 의하여

$$\overline{AB}^2=\overline{AC}^2+\overline{BC}^2-2\times\overline{AC}\times\overline{BC}\times\cos(\angle ACB)$$

$$32=k^2+25-\frac{10}{3}k, \ 3k^2-10k-21=0$$

$k>0$이므로

$$k=\frac{5+2\sqrt{22}}{3}, \ 즉 \ \overline{AC}=\frac{5+2\sqrt{22}}{3}$$

따라서 $p=\frac{5}{3}, q=\frac{2}{3}$이므로

$$p-q=\frac{5}{3}-\frac{2}{3}=1$$

23 [모범답안]

$$\tan\theta+\frac{1}{\tan\theta}=\frac{\sin\theta}{\cos\theta}+\frac{\cos\theta}{\sin\theta}=\frac{\sin^2\theta+\cos^2\theta}{\sin\theta\cos\theta}$$
$$=\frac{(\sin\theta-\cos\theta)^2+2\sin\theta\cos\theta}{\sin\theta\cos\theta}=2$$

$$\therefore \frac{(\sin\theta-\cos\theta)^2}{\sin\theta\cos\theta}=0$$

따라서

$\sin\theta-\cos\theta=0$

24 [모범답안]

$$r=\sqrt{4^2+a^2}$$

$\cos\theta=\frac{1}{2}$에서 $\cos\theta=\frac{4}{r}=\frac{4}{\sqrt{4^2+a^2}}=\frac{1}{2}$이므로

$$64=16+a^2$$

따라서

$a=4\sqrt{3}, r=8$

$$\therefore \frac{a\sqrt{3}}{6}\sin^2\theta=\frac{a\sqrt{3}}{6}\times\left(\frac{a}{r}\right)^2=2\times\left(\frac{4\sqrt{3}}{8}\right)^2=\frac{3}{2}$$

25 [모범답안]

부등식 $\sin x\ge\cos\frac{\pi}{3}$에서 $\cos\frac{\pi}{3}=\cos 60°=\frac{1}{2}$

$\sin x\ge\frac{1}{2}$이므로 x값의 범위는 $\frac{\pi}{6}\le x\le\frac{5}{6}\pi$

따라서

$\cos x$의 최댓값은 $x=\frac{\pi}{6}$일 때 이므로

$$\therefore \cos\frac{\pi}{6}=\frac{\sqrt{3}}{2}$$

III. 수열

01 [모범답안]

네 수 a, 1, b, c가 이 순서대로 등차수열을 이루므로

공차를 d(d는 상수)라 하면

$a=1-d$, $b=1+d$, $c=1+2d$ ......①

이를 $2a-c=2b$에 대입하면

$2(1-d)-(1+2d)=2(1+d)$

$2-2d-1-2d=2+2d$

$1-4d=2+2d$, $d=-\dfrac{1}{6}$ ......②

따라서

$a+b+c=(1-d)+(1+d)+(1+2d)=3+2d$

$3+2\times\left(-\dfrac{1}{6}\right)=3-\dfrac{1}{3}=\dfrac{8}{3}$ ......③

02 [모범답안]

등차수열 $\{a_n\}$의 공차를 d($d>0$)이라 하자.

$(a_5)^2-(a_3)^2=(a_5-a_3)(a_5+a_3)$

$=2d(2a_1+6d)$

$(a_9)^2-(a_7)^2=(a_9-a_7)(a_9+a_7)$

$=2d(2a_1+14d)$

$(a_5)^2-(a_3)^2=4$, $(a_9)^2-(a_7)^2=20$에서

$2d(2a_1+6d)=4$ ...... ㉠

$2d(2a_1+14d)=20$ ...... ㉡

㉠, ㉡에서 $\dfrac{2d(2a_1+14d)}{2d(2a_1+6d)}=\dfrac{a_1+7d}{a_1+3d}=5$

$a_1+7d=5a_1+15d$

$a_1=-2d$ ...... ㉢

㉢을 ㉠에 대입하면

$2d(-4d+6d)=4$, $d^2=1$

$d>0$이므로 $d=1$

따라서 $a_5=a_1+4d=-2d+4d=2d=2$

03 [모범답안]

$\displaystyle\sum_{k=2}^{63}\log_6\{\log_k(k+1)\}$

$=\displaystyle\sum_{k=2}^{63}\log_6\left(\dfrac{\log(k+1)}{\log(k)}\right)$

$=\log_6\left(\dfrac{\log3}{\log2}\right)+\log_6\left(\dfrac{\log4}{\log3}\right)+\cdots+\log_6\left(\dfrac{\log64}{\log63}\right)$

$=\log_6\left(\dfrac{\log3}{\log2}\times\dfrac{\log4}{\log3}\times\cdots\times\dfrac{\log64}{\log63}\right)$

$=\log_6\left(\dfrac{\log64}{\log2}\right)=\log_6(\log_2 2^6)=\log_6 6=1$

04 [모범답안]

등차수열 $\{a_n\}$의 첫째항과 공차를 모두 a라 하면

$a_n=a+(n-1)a=na$

$S_n=\dfrac{n(a+na)}{2}=\dfrac{na(n+1)}{2}$

$S_n=ka_n$이므로

$\dfrac{na(n+1)}{2}=kna$

$k=\dfrac{n+1}{2}$

이때, k가 두 자리 자연수이므로

$10\leq k\leq99$, $10\leq\dfrac{n+1}{2}\leq99$,

$20\leq n+1\leq198$, $19\leq n\leq197$

그런데 k는 자연수이므로 n은 홀수이다.

따라서 n의 최솟값은 19, 최댓값은 197

$\therefore 19+197=216$

05 [모범답안]

$x^2-\sqrt{3}nx+2n=0$에서 근과 계수의 관계를 이용하면

$a+b=\sqrt{3}n$, $ab=2n$

따라서

$\displaystyle\sum_{k=1}^{5}(a_k{}^2+b_k{}^2)=\sum_{k=1}^{5}(a_k+b_k)^2-2a_k b_k$

$=\displaystyle\sum_{k=1}^{5}3k^2-\sum_{k=1}^{5}4k$

$=3\times\dfrac{5\times6\times11}{6}-4\times\dfrac{5\times6}{2}$

$\therefore 105$

06 [모범답안]

조건 (가)에서

$\log_2 a_{n+1}=1+\log_2 a_n=\log_2 2a_n$

$a_{n+1}=2a_n$이므로 수열 $\{a_n\}$은 공비가 2인 등비수열이다.

$a_1 a_3 a_5 a_7=a_1\times2^2 a_1\times2^4 a_1\times2^6 a_1=2^{12}a_1{}^4$

이므로 조건 (나)에서

$2^{12}a_1{}^4=2^{10}$, $a_1{}^4=\dfrac{1}{4}$

$a_1=-\dfrac{\sqrt{2}}{2}$ 또는 $a_1=\dfrac{\sqrt{2}}{2}$

$a_1>0$이므로 $a_1=\dfrac{\sqrt{2}}{2}$

따라서

$a_1-a_3=\dfrac{\sqrt{2}}{2}-\left(\dfrac{\sqrt{2}}{2}\times2^2\right)=-\dfrac{3\sqrt{2}}{2}$

07 [모범답안]

$\displaystyle\sum_{k=1}^{13}\dfrac{1}{(2k-1)(2k+1)}$

$=\dfrac{1}{2}\displaystyle\sum_{k=1}^{13}\left\{\dfrac{1}{(2k-1)}-\dfrac{1}{(2k+1)}\right\}$이므로

$$\therefore \frac{1}{2}\left\{\left(\frac{1}{1}-\frac{1}{3}\right)+\left(\frac{1}{3}-\frac{1}{5}\right)+\cdots+\left(\frac{1}{25}-\frac{1}{27}\right)\right\}$$
$$=\frac{1}{2}\left(\frac{1}{1}-\frac{1}{27}\right)=\frac{13}{27}$$

08 [모범답안]

등차수열 $\{a_n\}$의 공차를 d라고 하면
$$\sum_{k=1}^{50}a_{2k}-\sum_{k=1}^{50}a_{2k-1}=\sum_{k=1}^{50}(a_{2k}-a_{2k-1})$$
$$=(a_{100}-a_{99})+(a_{98}-a_{97})+\cdots+(a_2-a_1)=50d$$
$a_3=a+2d=5$,
$a_{10}=a+9d=19$,
두 식을 연립하면
$a=1$, $d=2$가 나온다.
$$\therefore 50\times 2=100$$

09 [모범답안]

이차방정식 $x^2-33x+n(n+1)=0$의 두 근이 a_n, β_n이므로 근과 계수의 관계에 의해
$a_n+\beta_n=33$, $a_n\beta_n=n(n+1)$
따라서
$$\frac{1}{a_n}+\frac{1}{\beta_n}=\frac{a_n+\beta_n}{a_n\beta_n}=\frac{33}{n(n+1)}=33\left(\frac{1}{n}-\frac{1}{n+1}\right)$$
이므로
$$\sum_{n=1}^{10}\left(\frac{1}{a_n}+\frac{1}{\beta_n}\right)$$
$$=33\left\{\left(1-\frac{1}{2}\right)+\left(\frac{1}{2}-\frac{1}{3}\right)+\cdots+\left(\frac{1}{10}-\frac{1}{11}\right)\right\}$$
$$=33\left(1-\frac{1}{11}\right)=30$$

10 [모범답안]

$S_n=\sum_{k=1}^{n}a_k=2n^2+n$이므로
$$a_n=S_n-S_{n-1}$$
$$=(2n^2+n)-\{2(n-1)^2+(n-1)\}$$
$$=4n-1$$
$n=1$일 때, $a_1=S_1=3$이므로 a_n은 $n=1$부터 성립한다.
따라서 $a_n=4n-1$이므로
$$\sum_{k=1}^{8}ka_k=\sum_{k=1}^{8}k(4k-1)=\sum_{k=1}^{8}4k^2-k$$
$$=4\sum_{k=1}^{8}k^2-\sum_{k=1}^{8}k=4\times\frac{8\times 9\times 17}{6}-\frac{8\times 9}{2}$$
$$=780$$

11 [모범답안]

등비수열을 이루는 세 실수의 첫째항을 a, 공비를 r이라고 하면
(ⅰ) $a+ar+ar^2=13$

(ⅱ) $a\times ar\times ar^2=(ar)^3=-64$, $ar=-4$
(ⅰ)과 (ⅱ)을 연립하면
$$-\frac{4}{r}-4-4r=13, \ 4r^2+17r+4=0,$$
$$4r^2+17r+4=0, \ (4r+1)(r+4)=0$$
$$\therefore r=-\frac{1}{4} \ \text{또는} \ r=-4$$
$r=-4$일 때 $a=1$이므로 구하는 세 수는 각각
1, -4, 16이다.
$\left(r=-\frac{1}{4}$도 동일하다.$\right)$

12 [모범답안]

$f(\log_2 3)=2^{\log_2 3}=3^{\log_3 2}=3$
$f(\log_2 3+2)=2^{\log_2 3+2}=2^2\times 2^{\log_2 3}$
$$=4\times 3^{\log_3 2}=4\times 3=12$$
$f(\log_2(t^2+4t))=2^{\log_2(t^2+4t)}$
$$=(t^2+4t)^{\log_2 2}=t^2+4t$$
세 실수
$f(\log_2 3)$, $f(\log_2 3+2)$, $f(\log_2(t^2+4t))$,
즉 3, 12, t^2+4t가 이 순서대로 등차수열을 이루므로
$3+(t^2+4t)=2\times 12$
$t^2+4t-21=0$, $(t-3)(t+7)=0$
$t>0$이므로 $t=3$
따라서 $\frac{1}{3}t=1$

13 [모범답안]

$$\sum_{k=1}^{n}\{(n-2)+2k\}=\sum_{k=1}^{n}(n-2)+2\sum_{k=1}^{n}k$$
$$=n^2-2n+2\times\frac{n(n+1)}{2}$$
$$=2n^2-n$$
따라서
$2n^2-n=1$, $2n^2-n-1=0$,
$(2n+1)(n-1)=0$
이때 n은 양수이므로 $n=1$

14 [모범답안]

등차수열 $\{a_n\}$의 첫째항을 a, 공차를 d라고 하면
$a_n=a+(n-1)d$
$a_2=a+d=-10$, $a_5=a+4d=14$
두 식을 연립하면
$a=-18$, $d=8$ ⋯⋯①
$a_n=-18+(n-1)\times 8=8n-26$
등차수열 $\{a_n\}$은 -18, -10, -2, 6, 14, $\cdots$, 54로 제3항까지 음수이다. ⋯⋯②
따라서

$|a_1|+|a_2|+|a_3|+\cdots+|a_{10}|$

$=-(a_1+a_2+a_3)+(a_4+\cdots+a_{10})$ ······③

$=-(-18-10-2)+\dfrac{7(6+54)}{2}$

$=30+210=240$

15 [모범답안]

$\displaystyle\sum_{k=1}^{n}(a_{4k-3}+a_{4k-2}+a_{4k-1}+a_{4k})$

$=(a_1+a_2+a_3+a_4)+(a_5+a_6+a_7+a_8)+\cdots$
$\qquad\qquad\qquad\qquad +(a_{4n-3}+a_{4n-2}+a_{4n-1}+a_{4n})$

따라서

$\displaystyle\sum_{k=1}^{n}(a_{4k-3}+a_{4k-2}+a_{4k-1}+a_{4k})=\sum_{k=1}^{4n}a_k=n(2n+2)$

위 식에 $n=2$를 대입하면

$\therefore \displaystyle\sum_{k=1}^{8}a=2(2\times2+2)=12$

16 [모범답안]

$A-B=\displaystyle\sum_{k=1}^{n}(2a_k+1)(a_k-1)-\sum_{k=1}^{n}(2a_k-3)(a_k+1)$

$=\displaystyle\sum_{k=1}^{n}(2a_k^2-a_k-1)-\sum_{k=1}^{n}(2a_k^2-a_k-3)$

$=\displaystyle\sum_{k=1}^{n}(2a_k^2-a_k-1-2a_k^2+a_k+3)$

$=\displaystyle\sum_{k=1}^{n}2=2n=50$

$\therefore n=25$

17 [모범답안]

$4\displaystyle\sum_{n=1}^{5}a_n+10\sum_{n=1}^{5}b_n=\sum_{n=1}^{5}4a_n+\sum_{n=1}^{5}10b_n$

$=\displaystyle\sum_{n=1}^{5}(4a_n+10b_n)=\sum_{n=1}^{5}4\left(a_n+\dfrac{5}{2}b_n\right)$

$=\displaystyle\sum_{n=1}^{5}\left(4\times\dfrac{3}{4}\right)=\sum_{n=1}^{5}3=3\times5=15$

18 [모범답안]

등차수열의 공차를 d라 하면

$a_{2n}=a_{2n-1}+d$이므로

$\displaystyle\sum_{n=1}^{2020}a_{2n}=\sum_{n=1}^{2020}(a_{2n-1}+d)=\sum_{n=1}^{2020}a_{2n-1}+2020d$이므로

$2020d=4040$, $d=2$, $a_n=2n-1$

$\therefore \displaystyle\sum_{n=1}^{2020}a_n=\sum_{n=1}^{2020}(2n-1)=2\times\dfrac{2020\times2021}{2}-2020$

$\qquad\qquad =2020^2$

19 [모범답안]

$n\geq2$에서 $a_n=S_n-S_{n-1}$이므로

$a_n=(3^{3n-1}-k)-(3^{3n-4}-k)=3^{3n-1}-3^{3n-4}$

$=\left(\dfrac{27}{81}-\dfrac{1}{81}\right)3^{3n}=\dfrac{26}{81}\times3^{3n}$

이때 등비수열 $\{a_n\}$이 첫째항부터 성립하기 위한 조건은

$S_1=a_1$일 때 이므로

$3^2-k=\dfrac{26}{81}\times3^3$, $k=9-\dfrac{26}{3}$

따라서 $k=\dfrac{1}{3}$

20 [모범답안]

$\displaystyle\sum_{k=2}^{81}k(a_{k-1}-a_k)$

$=2(a_1-a_2)+3(a_2-a_3)+\cdots+81(a_{80}-a_{81})$

$=2a_1+a_2+a_3+\cdots+a_{80}-81a_{81}$

$=a_1+(a_1+a_2+a_3+\cdots+a_{80})-81a_{81}$

$=1+50-81\times\dfrac{11}{81}=40$

21 [모범답안]

$n^2x^2-nx+\dfrac{1}{4}=\left(nx-\dfrac{1}{2}\right)^2=0$에서

$x=\dfrac{1}{2n}$이므로 $a_n=\dfrac{1}{2n}$

따라서

$\displaystyle\sum_{n=1}^{4}a_na_{n+1}=\sum_{n=1}^{4}\left\{\dfrac{1}{2n}\times\dfrac{1}{2(n+1)}\right\}=\dfrac{1}{4}\sum_{n=1}^{4}\dfrac{1}{n(n+1)}$

$=\dfrac{1}{4}\displaystyle\sum_{n=1}^{4}\left(\dfrac{1}{n}-\dfrac{1}{n+1}\right)$

$\dfrac{1}{4}\times\left\{\left(1-\dfrac{1}{2}\right)+\left(\dfrac{1}{2}-\dfrac{1}{3}\right)+\left(\dfrac{1}{3}-\dfrac{1}{4}\right)+\left(\dfrac{1}{4}-\dfrac{1}{5}\right)\right\}$

$\dfrac{1}{4}\times\left(1-\dfrac{1}{5}\right)=\dfrac{1}{5}$

22 [모범답안]

$\displaystyle\sum_{n=1}^{m}\left\{\sum_{i=1}^{n}(2i+1)\right\}$

$=\displaystyle\sum_{n=1}^{m}\left(2\times\dfrac{n(n+1)}{2}+n\right)=\sum_{n=1}^{m}(n^2+2n)$

$=\dfrac{m(m+1)(2m+1)}{6}+2\times\dfrac{m(m+1)}{2}$

$=m(m+1)\left(\dfrac{1}{3}m+\dfrac{1}{6}+1\right)$

$=\dfrac{1}{6}m(m+1)(2m+7)=26$

이므로

$m(m+1)(2m+7)=26\times6=156$

$156=3\times4\times13$이고, m은 자연수이므로 $m=3$

23 [모범답안]

(i) $S_5 = \dfrac{5(2a+4d)}{2} = 250$이므로, $2a+4d=10$

(ii) $S_{15} = \dfrac{15(2a+14d)}{2} = 1500$이므로, $2a+14d=20$

(i)과 (ii)를 연립하면

$\therefore a=3, d=1$

따라서

$a_{20} = 3 + (20-1) \times 1 = 22$

24 [모범답안]

등비수열 $\{a_n\}$의 공비를 r이라 하면

$3a_2 - 2a_1 = 0$에서 $a_2 = \dfrac{2}{3}a_1$이므로 $r = \dfrac{2}{3}$이다.

또한

$a_5 + a_4 = \dfrac{40}{81}$,

$\left(\dfrac{2}{3}\right)^4 a + \left(\dfrac{2}{3}\right)^3 a = \left(\dfrac{2}{3}\right)^3 a \times \left(\dfrac{2}{3}+1\right) = \dfrac{40}{81}$이다.

$\therefore a=1$

따라서 $a_n = \left(\dfrac{2}{3}\right)^{n-1}$

$\displaystyle\sum_{k=1}^{m} a_k = \dfrac{1-\left(\dfrac{2}{3}\right)^m}{1-\dfrac{2}{3}} = 3\left\{1-\left(\dfrac{2}{3}\right)^m\right\} = \dfrac{19}{9}$이므로

$1-\left(\dfrac{2}{3}\right)^m = \dfrac{19}{27}$, $\left(\dfrac{2}{3}\right)^m = \dfrac{8}{27}$

$\therefore m=3$

25 [모범답안]

$x^2 - 8x + 5 = 0$에서 근과 계수의 관계에 의해

$a_5 + a_9 = 8$

또한 a_5부터 a_9까지는 총 5개의 항이 있으므로 등차수열의 합의 공식을 이용하면

$\displaystyle\sum_{n=5}^{9} a_n = \dfrac{5(a_5+a_9)}{2} = \dfrac{5 \times 8}{2} = 20$

[수학 II]

IV. 함수의 극한과 연속

01 [모범답안]

$f(x) = 3x - 5$는 일대일대응이므로 방정식

$f(x^3) = f(5-3x)$는 방정식 $x^3 = 5 - 3x$와 같다.

이때 $h(x) = x^3 + 3x - 5$라 하면

사잇값 정리에 의해 함수 $h(x)$는 연속이므로 임의의 닫힌구간 $[a, b]$에 대하여 $h(a)h(b) < 0$이 성립할 경우 (a, b) 사이에 적어도 하나의 실근이 존재한다.

따라서 함수 $h(x)$에 임의의 값 $x=0$, $x=1$, $x=2$, $x=3$을 넣어보면

$h(0) = -5 < 0$, $h(1) = -1 < 0$, $h(2) = 9 > 0$,

$h(3) = 31 > 0$

사잇값의 정리를 사용할 수 있는 열린구간 $(n, n+1)$을 위의 $h(0)$, $h(1)$, $h(2)$, $h(3)$의 부호를 비교하여 판단할 수 있다.

$h(0)h(1) = (-5) \times (-1)$, $h(1)h(2) = (-1) \times 9$,

$h(2)h(3) = 9 \times 31$

따라서 x의 범위가 $1 < x < 2$ ……① 일 때 사잇값 정리가 성립한다.

$h'(x) = 3x^2 + 3 > 0$ ……② 인 증가함수이므로

구간 $(1, 2)$ ……③ 사이에서 실근을 한 개 갖는다.

$\therefore n=1$ ……④

02 [모범답안]

$\displaystyle\lim_{x \to 1-} f(x) = \lim_{x \to 1-} (ax-1) = a-1$

$\displaystyle\lim_{x \to 1+} f(x) = \lim_{x \to 1+} (x^2+ax+4) = a+5$

$\left\{\displaystyle\lim_{x \to 1-} f(x)\right\}^2 = \lim_{x \to 1+} f(x)$이므로

$(a-1)^2 = a+5$, $a^2 - 3a - 4 = 0$,

$(a+1)(a-4) = 0$

$a = -1$ 또는 $a = 4$

그러므로 a의 모든 값의 합은 $(-1) + 4 = 3$

03 [모범답안]

함수 $f(x)$는 다항함수이므로 연속이다. 따라서

$\displaystyle\lim_{x \to a} f(x) = f(a)$ (단, a는 상수)

$\displaystyle\lim_{x \to 2} \dfrac{(x^3-8)}{(x^2-4)f(x)}$

$= \displaystyle\lim_{x \to 2} \dfrac{(x-2)(x^2+2x+4)}{(x-2)(x+2)f(x)}$

$= \displaystyle\lim_{x \to 2} \dfrac{(x^2+2x+4)}{(x+2)f(x)}$

$$= \frac{(4+4+4)}{4f(2)} = \frac{12}{4f(2)} = \frac{3}{f(2)} = 1$$

$$\therefore f(2) = 3$$

04 [모범답안]

두 함수 $f(x) = -\frac{8}{x+6}$, $g(x) = \sqrt{x+6} - 3$은 각각 닫힌

구간 $[-5, -2]$에서 연속이므로, 최대 · 최소 정리에 따라 이

구간에서 최댓값과 최솟값을 갖는다.

함수 $f(x)$는 닫힌 구간 $[-5, -2]$에서 증가하므로 $x = -2$

에서 최댓값을, 함수 $g(x)$는 $x = -5$에서 최솟값을 갖는다.

$$M = f(-2) = -\frac{8}{6-2} = -2$$

$$m = g(-5) = \sqrt{6-5} - 3 = 1 - 3 = -2$$

따라서 $M \times m = 4$

05 [모범답안]

삼차함수 $f(x)$는 연속이고 $\lim_{x \to -1} \frac{f(x)}{x+1}$, $\lim_{x \to 1} \frac{f(x)}{x-1}$

의 값이 존재하며, 각자의 식에서 (분모) $\to 0$이므로 (분자) $\to 0$

이어야 한다.

그러므로 $\lim_{x \to -1} f(x) = 0$, $\lim_{x \to 1} f(x) = 0$이 성립한다.

즉, $f(-1) = f(1) = 0$이므로

$f(x) = (x-1)(x+1)(mx+n)$ (단, m, n은 상수)

$$\lim_{x \to -1} \frac{f(x)}{x+1} = \lim_{x \to -1} \frac{(x-1)(x+1)(mx+n)}{(x+1)}$$

$$= \lim_{x \to -1} (x-1)(mx+n)$$

$$= -2(-m+n) = 2$$

$$\therefore -m+n = -1$$

$$\lim_{x \to 1} \frac{f(x)}{x-1} = \lim_{x \to 1} \frac{(x-1)(x+1)(mx+n)}{(x-1)}$$

$$= \lim_{x \to 1} (x+1)(mx+n) = 2(m+n) = 6$$

$$\therefore m+n = 3$$

두 식을 연립하여 m과 n의 값을 구하면

$$\therefore m = 2, n = 1$$

따라서 $f(x) = (x-1)(x+1)(2x+1)$이다.

06 [모범답안]

$x - k = t$라고 하면 $\lim_{x \to k} \frac{f(x-k)}{x-k} = 3$에서 $\lim_{t \to 0} \frac{f(t)}{t} = 3$

한편, $\lim_{x \to 0} \frac{4x + 7f(x)}{5x^2 + f(x)}$에서 분모와 분자를 x로 나누면

$$\lim_{x \to 0} \frac{4 + 7\frac{f(x)}{x}}{5x + \frac{f(x)}{x}} = \frac{4 + 7 \times 3}{5 \times 0 + 3} = \frac{25}{3}$$

$p = 25$, $q = 3$ $\quad \therefore p + q = 28$

07 [모범답안]

$\lim_{x \to 0} \frac{f(x) - 3}{x} = 4$에서

$x \to 0$일 때 (분모) $\to 0$이고 극한값이 존재하므로

(분자) $\to 0$이어야 한다.

즉, $\lim_{x \to 0} \{f(x) - 3\} = f(0) - 3 = 0$에서

$f(0) = 3$이므로

$$\lim_{x \to 0} \frac{\{f(x)\}^2 - 2f(x) - 3}{x}$$

$$= \lim_{x \to 0} \frac{\{f(x) + 1\}\{f(x) - 3\}}{x}$$

$$= \lim_{x \to 0} \frac{f(x) - 3}{x} \times \lim_{x \to 0} \{f(x) + 1\}$$

$$= 4 \times 4 = 16$$

08 [모범답안]

$\lim_{x \to \infty} \frac{f(x) - x^3}{3x^2} = 1$에서 $f(x)$의 차수를 알 수 있다. 또한

분모는 이차식이지만 0이 아닌 다른 값으로 수렴하므로

$f(x) - x^3$도 최고차항의 계수가 3인 이차식이다.

그러므로 $f(x) = x^3 + 3x^2 + mx + n$ (m, n은 상수)

한편, $\lim_{x \to 0} \frac{f(x)}{x} = -1$에서 (분모) $\to 0$이므로 (분자) $\to 0$이

고 $f(0) = 0$임을 알 수 있다.

따라서 $n = 0$

$f(x) = x^3 + 3x^2 + mx$, $\lim_{x \to 0} \frac{x^3 + 3x^2 + mx}{x} = -1$에서

$m = -1$

따라서 $f(x) = x^3 + 3x^2 - x$이다.

$$\therefore f(3) = 27 + 27 - 3 = 51$$

09 [모범답안]

$f(1)f(3) < 0$이고 $f(x) = -f(-x)$에서

$$f(1)f(3) = \{-f(-1)\}\{-f(-3)\}$$

$$= f(-1)f(-3) < 0$$

$f(3)f(5) < 0$이고 $f(x) = -f(-x)$에서

$$f(3)f(5) = \{-f(-3)\}\{-f(-5)\}$$

$$= f(-3)f(-5) < 0$$임을 알 수 있다.

그러므로 함수 $f(x)$는

$f(-5)f(-3) < 0$, $f(-1)f(-3) < 0$,

$f(1)f(3) < 0$, $f(3)f(5) < 0$을 만족한다.

사잇값의 정리에 따라 방정식 $f(x) = 0$은

열린구간 $(-5, -3)$, $(-3, -1)$, $(1, 3)$, $(3, 5)$에서 각각

적어도 하나의 실근을 가지므로 방정식 $f(x) = 0$은 적어도 4

개의 실근을 갖는다.

10 [모범답안]

$\lim\limits_{x \to 1} \dfrac{f(x)-f(-1)}{x-1}=3$에서 $x \to 1$일 때

(분모) $\to 0$이고 극한값이 존재하므로 (분자) $\to 0$이어야 한다.

즉, $\lim\limits_{x \to 1}\{f(x)-f(-1)\}=f(1)-f(-1)=0$에서

$f(1)=f(-1)$

이때 $f(1)=f(-1)\neq 0$이면

$\lim\limits_{x \to 0} \dfrac{f(x+1)}{f(x-1)}=\dfrac{f(1)}{f(-1)}=1$이 되어

주어진 조건을 만족시킬 수 없으므로 $f(1)=f(-1)=0$이다.

$f(x)=a(x+1)(x-1)(x-k)$

(a는 0이 아닌 상수, k는 상수)라 하면

$\lim\limits_{x \to 0} \dfrac{f(x+1)}{f(x-1)}=\lim\limits_{x \to 0} \dfrac{ax(x+2)(x+1-k)}{ax(x-2)(x-1-k)}$

$=\lim\limits_{x \to 0} \dfrac{(x+2)(x+1-k)}{(x-2)(x-1-k)}$

$=\dfrac{2(1-k)}{-2(-1-k)}=\dfrac{1-k}{1+k}=-3$에서

$1-k=-3-3k$, $2k=-4$이므로 $k=-2$

$\lim\limits_{x \to 1} \dfrac{f(x)-f(-1)}{x-1}=\lim\limits_{x \to 1} \dfrac{a(x+1)(x-1)(x+2)}{x-1}$

$\lim\limits_{x \to 1} a(x+1)(x+2)=6a=3$에서

$a=\dfrac{1}{2}$

따라서 $f(x)=\dfrac{1}{2}(x+1)(x-1)(x+2)$이므로

$f(2)=\dfrac{1}{2}\times 3\times 1\times 4=6$

11 [모범답안]

함수 $g(x)=x^2+ax+b$는 이차함수이므로 실수 전체에서 연속이다.

그러나 함수 $f(x)$는 구간이 나뉘어진 함수이므로 구간이 변하는 구간에서 연속성을 따져보아야 한다.

$\lim\limits_{x \to -5^-} f(x)=26 \neq \lim\limits_{x \to -5^+} f(x)=-20$이므로

$x=-5$에서 불연속이다.

$\lim\limits_{x \to 5^-} f(x)=30 \neq \lim\limits_{x \to 5^+} f(x)=26$이므로

$x=5$에서 불연속이다.

그러므로 $x=\pm 5$에서 $f(x)g(x)$가 연속인지를 조사하면

(ⅰ) $x=5$일 때,

$\lim\limits_{x \to 5^-} f(x)g(x)=\lim\limits_{x \to 5^+} f(x)g(x)=f(5)g(5)$에서

$\lim\limits_{x \to 5^-} f(x)g(x)=30g(5)$

$\lim\limits_{x \to 5^+} f(x)g(x)=26g(5)$

즉, $30g(5)=26g(5)$이므로 $g(5)=0$이어야 한다.

(ⅱ) $x=-5$일 때,

$\lim\limits_{x \to (-5)^-} f(x)g(x)=\lim\limits_{x \to (-5)^+} f(x)g(x)$

$=f(-5)g(-5)$

$=26g(-5)$

$\lim\limits_{x \to (-5)^+} f(x)g(x)=-20g(-5)$

즉, $26g(-5)=-20g(-5)$이므로 $g(-5)=0$이다.

그러므로 이차방정식 x^2+ax+b의 두 실근은 5, -5이다.

따라서 $a=(-5)+(5)=0$, $b=(-5)(5)=-25$

$\therefore a=0$, $b=-25$

12 [모범답안]

$f(0)=4$이며 $f(x)=f(x+4)$이므로 $f(4)=4$이다.

이때 함수 $f(x)$는 연속함수이므로

$\lim\limits_{x \to 4^-} f(x)=16+4a+b=f(4)=4$를 만족한다.

$\therefore 4a+b=-12$

그리고 함수 $f(x)$는 $x=2$에서 연속이므로

$\lim\limits_{x \to 2^-} f(x)=\lim\limits_{x \to 2^+} f(x)=f(2)$를 만족한다.

$\lim\limits_{x \to 2^-} f(x)=8$

$\lim\limits_{x \to 2^+} f(x)=4+2a+b$

$f(2)=4+2a+b$

$\therefore 2a+b=4$

따라서 $a=-8$, $b=20$

즉, $x^2+ax+b=x^2-8x+20$

$f(7)=f(3+4)$이고 $f(x)=f(x+4)$이므로 $f(7)=f(3)$

$f(3)=9-24+20=5$

13 [모범답안]

$x>0$일 때, $-4x^2+2x \leq f(x) \leq 4x^2+2x$에서 부등식의 각 변을 x로 나누면

$-4x+2 \leq \dfrac{f(x)}{x} \leq 4x+2$

이때 부등식의 모든 변에 극한을 취하면

$\lim\limits_{x \to 0^+}(-4x+2) \leq \lim\limits_{x \to 0^+} \dfrac{f(x)}{x} \leq \lim\limits_{x \to 0^+}(4x+2)$

이때 $\lim\limits_{x \to 0^+}(-4x+2)=2$, $\lim\limits_{x \to 0^+}(4x+2)=2$이므로

$\lim\limits_{x \to 0^+} \dfrac{f(x)}{x}=2$

$\lim\limits_{x \to 0^+} \dfrac{\{f(x)\}^3}{3x\{5x^2+(f(x)^2)\}}$에서 분모와 분자를 x^3으로 나누면

$\lim\limits_{x \to 0^+} \dfrac{\left\{\dfrac{f(x)}{x}\right\}^3}{3\left\{5+\left(\dfrac{f(x)}{x}\right)^2\right\}}=\dfrac{8}{3(5+4)}=\dfrac{8}{27}=\dfrac{p}{q}$

$\therefore p+q=35$

14 [모범답안]

$\lim\limits_{x \to 1} \dfrac{f(x)}{x-1}=0$에서 (분모) $\to$ 0이므로 (분자) $\to$ 0

따라서 $f(1)=0$ ······①

$\lim\limits_{x \to 0+} \dfrac{x^3 f\left(\frac{1}{x}\right)-1}{x^3+x}=0$에서 $\dfrac{1}{x}=t$

$x \to 0+$일 때, $t \to \infty$이다.

$\lim\limits_{t \to \infty} \dfrac{\left(\frac{1}{t}\right)^3 f(t)-1}{\left(\frac{1}{t}\right)^3+\left(\frac{1}{t}\right)}=\lim\limits_{t \to \infty}\dfrac{f(t)-t^3}{1+t^2}=0$

이때 분모가 $1+t^2$이므로 $f(t)-t^3$은 일차식이다.

따라서 $f(t)-t^3=at+b$(단, a, b는 상수)라고 하면

$\therefore f(t)=t^3+at+b$

따라서 $f(x)=x^3+ax+b$

이때, $f(1)=0$을 이용하여 a, b에 관한 관계식을 구할 수 있다.

$1+a+b=0, a=-(b+1)$ ······②

한편, $\lim\limits_{x \to 1}\dfrac{f(x)}{x-1}=\lim\limits_{x \to 1}\dfrac{x^2+ax+b}{x-1}=0$이므로

$\lim\limits_{x \to 1}\dfrac{f(x)}{x-1}=\lim\limits_{x \to 1}\dfrac{x^2+ax+b}{x-1}=\lim\limits_{x \to 1}\dfrac{x^2-(b+1)x+b}{x-1}$

$\qquad =\lim\limits_{x \to 1}\dfrac{(x-1)(x-b)}{x-1}$

$\lim\limits_{x \to 1}(x-b)=1-b=0$

$\therefore b=1$ ······③

따라서 $a=-2$ ······④

$\therefore f(x)=x^3-2x+1$ ······⑤

15 [모범답안]

$f(x)=\lim\limits_{t \to \infty}\dfrac{2+xt}{3+t}(x-4)$이므로

$f(x)=\lim\limits_{t \to \infty}\dfrac{\frac{2}{t}+x}{\frac{3}{t}+1}(x-4)=x(x-4)$이다.

따라서

$f(x)=x^2-4x=(x^2-4x+4)-4=(x-2)^2-4$

닫힌구간 $[0, 6]$에서 최솟값은 $f(2)=-4$이며

$f(0)=0, f(6)=12$이므로 최댓값은 $f(6)=12$이다.

16 [모범답안]

$f(x)=x^2+ax+b$ (a, b는 상수)라 하자.

함수 $g(x)$가 $x=1$에서 불연속이므로

$\lim\limits_{x \to 1-}g(x)=\lim\limits_{x \to 1-}f(x)=f(1)\neq 4$

함수 $|g(x)|$가 실수 전체의 집합에서 연속이므로 $x=1$에서 연속이고

$\lim\limits_{x \to 1-}|g(x)|=\lim\limits_{x \to 1-}|f(x)|=|f(1)|=4$

$f(1)\neq 4$이므로 $f(1)=-4$ ······㉠

함수 $h(x)$가 실수 전체의 집합에서 연속이므로 $x=1$에서 연속이고

$\lim\limits_{x \to 1-}h(x)=\lim\limits_{x \to 1-}f(x-2)=\lim\limits_{x \to -1-}f(x)$

$\qquad =f(-1)=4$ ······㉡

㉠에서 $f(1)=1+a+b=-4$

㉡에서 $f(-1)=1-a+b=4$

두 식을 연립하여 풀면 $a=-4$, $b=-1$

따라서 $f(x)=x^2-4x-1$이므로

$f(-3)=9+12-1=20$

17 [모범답안]

$A^2+B^2=(A-B)^2+2AB$를 이용하면

$A^2+B^2=\lim\limits_{x \to \infty}[\{f(x)\}^2+\{g(x)\}^2]$

$(A-B)=\lim\limits_{x \to \infty}\{f(x)-g(x)\}=5$

$(A-B)^2=\lim\limits_{x \to \infty}\{f(x)-g(x)\}^2=5^2=25$

$2AB=2\lim\limits_{x \to \infty}f(x)g(x)=6$

그러므로 $\lim\limits_{x \to \infty}[\{f(x)\}^2+\{g(x)\}^2]$

$\qquad =(A-B)^2+2AB=25+6=31$

18 [모범답안]

함수 $f(x)$가 $x=2$에서 연속이 되려면

$\lim\limits_{x \to 2-}f(x)=\lim\limits_{x \to 2-}(2x+1)=5$

$\lim\limits_{x \to 2+}f(x)=\lim\limits_{x \to 2+}\{m(x-2)^2+n\}=n$

이므로 $n=5$이다.

또한 $f(0)=f(6)$이므로

$f(0)=1, f(6)=16m+5$

$\therefore m=-\dfrac{1}{4}$

따라서 $f(x)=\begin{cases}2x+1 & (0 \leq x < 2) \\ -\dfrac{1}{4}(x-2)^2+5 & (2 \leq x < 6)\end{cases}$

$f(16)=f(10+6)=f(10)=f(4+6)=f(4)$

$f(4)=4$

19 [모범답안]

$\left\{\dfrac{1}{f(x)}-\dfrac{1}{(x-k)^2}\right\}=\dfrac{(x-k)^2-f(x)}{f(x)(x-k)^2}$

$\lim\limits_{x \to k}\left\{\dfrac{1}{f(x)}-\dfrac{1}{(x-k)^2}\right\}=\lim\limits_{x \to k}\dfrac{(x-k)^2-f(x)}{f(x)(x-k)^2}$

위 식에서 (분모) $\to$ 0이므로 (분자) $\to$ 0이어야 한다.

$\therefore f(k)=0$

즉, $f(x)=(x-k)g(x)$ (단, $g(x)$는 삼차함수)

$$\lim_{x \to k}\frac{(x-k)^2-f(x)}{f(x)(x-k)^2}=\lim_{x \to k}\frac{(x-k)^2-(x-k)g(x)}{(x-k)g(x)(x-k)^2}$$
$$=\lim_{x \to k}\frac{(x-k)-g(x)}{g(x)(x-k)^2}$$

위 식에서 (분모) $\to 0$이므로 (분자) $\to 0$이어야 한다.

$\therefore g(k)=0$

따라서 $f(x)=(x-k)g(x)=(x-k)^2h(x)$(단, $h(x)$는 이차함수)

$$\lim_{x \to k}\frac{(x-k)^2-f(x)}{f(x)(x-k)^2}=\lim_{x \to k}\frac{(x-k)^2-(x-k)^2h(x)}{(x-k)^2h(x)(x-k)^2}$$
$$=\lim_{x \to k}\frac{1-h(x)}{h(x)(x-k)^2}$$

위 식에서 (분모) $\to 0$이므로 (분자) $\to 0$이어야 한다.

$\therefore h(k)=1$

이때 이차함수 $1-h(x)$는 $x-k$를 인수로 가지며 위에서 동일한 구조가 반복된 것으로 보았을 때, 이차함수 $1-h(x)$는 $(x-k)^2$를 인수로 갖는다.

따라서 $h(x)=1-a(x-k)^2$ (단, a는 0이 아닌 실수)

$$\lim_{x \to k}\frac{1-h(x)}{h(x)(x-k)^2}=\lim_{x \to k}\frac{a(x-k)^2}{\{1-a(x-k)^2\}(x-k)^2}$$
$$=\lim_{x \to k}\frac{a}{\{1-a(x-k)^2\}}=a=2$$

$\therefore a=2$

따라서 $h(x)=1-2(x-k)^2$이다.

$\therefore f(x)=-2(x-k)^4+(x-k)^2$

$f(0)=-2k^4+k^2=k^2(1-2k^2)=0$

$k=0, k=\pm\frac{\sqrt{2}}{2}$이다. 이때 $k>0$이므로 $k=\frac{\sqrt{2}}{2}$이다.

20 [모범답안]

주어진 식 $\lim_{x \to 0}\frac{3x^2+2f(x)}{x^4-f(x)}=-1$에서 분모와 분자를 x^2으로 나누면

$$\lim_{x \to 0}\frac{3x^2+2f(x)}{x^4-f(x)}=\lim_{x \to 0}\frac{3+2\frac{f(x)}{x^2}}{x^2-\frac{f(x)}{x^2}}$$

이때, 극한값 $\lim_{x \to 0}\frac{f(x)}{x^2}=a$이므로

$$\lim_{x \to 0}\frac{3+2\frac{f(x)}{x^2}}{x^2-\frac{f(x)}{x^2}}=\frac{3+2a}{-a}=-1$$

$3+2a=a$ $\therefore a=-3$

21 [모범답안]

$\lim_{x \to 1}\frac{g(x)-2x}{x-1}$의 값이 존재하므로

$\lim_{x \to 1}\{g(x)-2x\}=0, g(1)=2$

따라서

$$\lim_{x \to 1}\frac{f(x)g(x)}{x^2-1}=\lim_{x \to 1}\frac{(x-1)\{g(x)-1\}g(x)}{x^2-1}$$
$$\lim_{x \to 1}\frac{\{g(x)-1\}g(x)}{x+1}=\frac{\{g(1)-1\}g(1)}{2}=\frac{1 \times 2}{2}=1$$

22 [모범답안]

$h(x)=f(x)-ng(x)$라 하면 방정식 $f(x)=ng(x)$의 실근은 방정식 $h(x)=0$의 실근과 같다.

$h(x)=x^3+x^2-nx+2n$에서

$h(-3)=5n-18, h(-2)=4n-40$이고,

방정식 $h(x)=0$이 열린구간 $(-3, -2)$에서 오직 하나의 실근을 가지려면

$h(-3)h(-2)<0$이어야 하므로

$(5n-18)(4n-4)<0, 1<n<\frac{18}{5}$

따라서 조건을 만족시키는 자연수 n은 2, 3이고 그 곱은 $2 \times 3=6$이다.

23 [모범답안]

$\lim_{x \to \infty}f(x)=\lim_{x \to \infty}\frac{ax^2+bx+c}{x^2-x-2}=1$에서 $a=1$,

$\lim_{x \to 2}f(x)=\lim_{x \to 2}\frac{x^2+bx+c}{x^2-x-2}$에서 $x \to 2$일 때,

(분모) $\to 0$이고 (분자) $\to 0$이므로

$4+2b+c=0, c=-2b-4$

$$\lim_{x \to 2}f(x)=\lim_{x \to 2}\frac{x^2+bx-2b-4}{x^2-x-2}$$
$$=\lim_{x \to 2}\frac{(x-2)(x+b+2)}{(x-2)(x+1)}$$
$$=\lim_{x \to 2}\frac{(x+b+2)}{(x+1)}=\frac{4+b}{3}=2$$

$\therefore b=2, c=-8$

따라서 $abc=-16$

24 [모범답안]

$$\lim_{x \to 2}\frac{f(x-2)+g(3-x)}{x^2-4}$$
$$=\lim_{x \to 2}\frac{f(x-2)}{(x-2)(x+2)}+\lim_{x \to 2}\frac{g(3-x)}{(x-2)(x+2)}$$

이때, $\lim_{x \to 2}\frac{f(x-2)}{(x-2)(x+2)}$에서 $x-2=t$,

$\lim_{x \to 2}\frac{g(3-x)}{(x-2)(x+2)}$에서 $3-x=s$로 놓으면 (단, t와 s는 상수) $x \to 2$일 때, $t \to 0, s \to 1$이므로

$$\lim_{x \to 2}\frac{f(x-2)}{(x-2)(x+2)}+\lim_{x \to 2}\frac{g(3-x)}{(x-2)(x+2)}$$
$$=\lim_{t \to 0}\frac{f(t)}{t(t+4)}+\lim_{s \to 1}\frac{g(s)}{(5-s)(1-s)}$$
$$=\frac{1}{4}\lim_{t \to 0}\frac{f(t)}{t}-\frac{1}{4}\lim_{s \to 1}\frac{g(s)}{(s-1)}=\frac{7}{4}-\frac{11}{4}=-1$$

25 [모범답안]

$f(x)$의 개형은 다음과 같다.

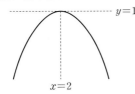

$x=2$일 때 최댓값이 1이다.

이때 $\lim\limits_{x\to2-}f(x)$와 $\lim\limits_{x\to2+}f(x)$는 1에 가까워지지만 1보다 작

으므로 $\lim\limits_{x\to2-}[f(x)]=0$이며 동시에 $\lim\limits_{x\to2+}[f(x)]=0$

$\therefore \lim\limits_{x\to2}[f(x)]=0$

V. 다항함수의 미분법

01 [모범답안]

$f'(x)=3x^2+6x+k$이며, 이차방정식 $f'(x)=0$은

$-2<x<2$에서 서로 다른 두 실근을 가져야 한다.

(i) 방정식 $f'(x)=0$의 판별식을 D라고 하자.

$\dfrac{D}{4}=9-3k>0$ ······①

$\therefore 3>k$

(ii) $f'(-2)>0$이므로 $f'(-2)=k>0$ ······②

(iii) $f'(2)>0$이므로 $f'(2)=24+k>0 \therefore k>-24$

······③

(i)~(iii)에서 $0<k<3$ ······④

02 [모범답안]

함수 $f(x)$가 실수 전체의 집합에서 미분가능하므로 $x=a$

에서도 미분가능하다. 함수 $f(x)$가 $x=a$에서 미분가능하면

$x=a$에서 연속이므로 $\lim\limits_{x\to a-}f(x)=\lim\limits_{x\to a+}f(x)=f(a)$이어

야 한다.

이때

$\lim\limits_{x\to a-}f(x)=\lim\limits_{x\to a-}(2x-4)=2a-4$

$\lim\limits_{x\to a+}f(x)=\lim\limits_{x\to a+}(x^2-4x+b)=a^2-4a+b$

$f(a)=a^2-4a+b$이므로

$2a-4=a^2-4a+b$에서 $b=-a^2+6a-4$

또한 함수 $f(x)$가 $x=a$에서 미분가능하므로

$\lim\limits_{x\to a-}\dfrac{f(x)-f(a)}{x-a}=\lim\limits_{x\to a+}\dfrac{f(x)-f(a)}{x-a}$이어야 한다.

이때

$\lim\limits_{x\to a-}\dfrac{f(x)-f(a)}{x-a}=\lim\limits_{x\to a-}\dfrac{(2x-4)-(a^2-4a+b)}{x-a}$

$=\lim\limits_{x\to a-}\dfrac{(2x-4)-(2a-4)}{x-a}$

$=\lim\limits_{x\to a-}\dfrac{2(x-a)}{x-a}=\lim\limits_{x\to a-}2=2$

$\lim\limits_{x\to a+}\dfrac{f(x)-f(a)}{x-a}$

$=\lim\limits_{x\to a+}\dfrac{(x^2-4x+b)-(a^2-4a+b)}{x-a}$

$=\lim\limits_{x\to a+}\dfrac{(x-a)(x+a-4)}{x-a}$

$=\lim\limits_{x\to a+}(x+a-4)=2a-4$이므로

$2=2a-4$에서 $a=3$

따라서

$b=-a^2+6a-4=-3^2+6\times3-4=5$이므로

$f(x)=\begin{cases}2x-4 & (x<3)\\x^2-4x+5 & (x\ge3)\end{cases}$ 에서

$f(2b-a)=f(10-3)=f(7)=2\times7-4=10$

03 [모범답안]

함수 $f(x)=2x^2-5x+3$은 다항함수이므로 닫힌구간

$[-4,4]$에서 연속이며 열린구간 $(-4,4)$에서 미분가능하다.

이때 평균값 정리에 의하여

$\dfrac{f(4)-f(-4)}{4-(-4)}=f'(c)$인 c가 열린구간 $(-4,4)$에 적어

도 하나 존재한다.

$f(-4)=32+20+3=55,$

$f(4)=32-20+3=15$이며 $f'(x)=4x-5$이므로

$f'(c)=4c-5$

$\dfrac{f(4)-f(-4)}{4-(-4)}=f'(c)$에서 $\dfrac{15-55}{4-(-4)}=4c-5=-5$

따라서 $c=0$

04 [모범답안]

$f(x)=(x-a)(x-b)(x-c)(x-d)$라고 하면

$f(4)=80$이므로

$(4-a)(4-b)(4-c)(4-d)=80$이다.

한편, 점 $(4,8)$에서의 접선의 기울기가 24이므로

$f'(x)=(x-b)(x-c)(x-d)$

$+(x-a)(x-c)(x-d)$

$+(x-a)(x-b)(x-d)$

$+(x-a)(x-b)(x-c)$에서

$f'(4)=(4-b)(4-c)(4-d)$

$+(4-a)(4-c)(4-d)$

$+(4-a)(4-b)(4-d)+(4-a)(4-b)(4-c)=24$

임을 알 수 있다.

$$\frac{1}{4-a}+\frac{1}{4-b}+\frac{1}{4-c}+\frac{1}{4-d}$$

$$=\frac{(4-b)(4-c)(4-d)+(4-a)(4-c)(4-d)+(4-a)(4-b)(4-d)+(4-a)(4-b)(4-c)}{(4-a)(4-b)(4-c)(4-d)}$$

$$=\frac{24}{8}=3$$

05 [모범답안]

$x_1<x_2$인 임의의 실수 x_1, x_2에 대하여 항상 $f(x_1)<f(x_2)$
를 만족하기 위해서는 함수 $f(x)$가 실수 전체에서 증가해야
한다.

$f(x)=2x^3-ax^2+\left(a-\dfrac{4}{3}\right)x+3$에서

$f'(x)=6x^2-2ax+\left(a-\dfrac{4}{3}\right)$

함수 $f(x)$가 실수 전체의 집합에서 증가하려면 모든 실수 x
에 대하여 $f'(x)\geq0$이어야 한다.
이차방정식 $f'(x)=0$의 판별식을 D라 하면

$$\frac{D}{4}=(-a)^2-6\left(a-\frac{4}{3}\right)=a^2-6a+8$$

$$=(a-2)(a-4)\leq0$$

따라서 $2\leq a\leq4$

06 [모범답안]

미분가능하면 연속이므로 $\lim\limits_{x\to4}f(x)=f(4)$

따라서 $\lim\limits_{x\to4^-}f(x)=32=\lim\limits_{x\to4^+}f(x)=4m+n$

$\therefore 4m+n=32,\ n=32-4m$

또한 $x=4$에서 미분가능하면 $f'(4)$의 값이 존재한다. 따라서
좌미분계수와 우미분계수가 같다.

$$\lim\limits_{x\to4^-}\frac{f(x)-f(4)}{x-4}=\lim\limits_{x\to4^-}\frac{2x^2-32}{x-4}$$

$$=\lim\limits_{x\to4^-}\frac{2(x-4)(x+4)}{x-4}$$

$$=\lim\limits_{x\to4^-}2(x+4)=16$$

$$\lim\limits_{x\to4^+}\frac{f(x)-f(4)}{x-4}=\lim\limits_{x\to4^+}\frac{mx+n-32}{x-4}$$

$$=\lim\limits_{x\to4^+}\frac{mx+(32-4m)-32}{x-4}$$

$$=\lim\limits_{x\to4^+}\frac{m(x-4)}{x-4}=m$$

$\therefore m=16,\ n=-32$

07 [모범답안]

$g(x)=(x^2+a)f(x)$에서 $g(1)=(a+1)f(1)$
이때 $f'(1)=g(1)$이므로
$f'(1)=(a+1)f(1)$ ...... ㉠
$g'(x)=2xf(x)+(x^2+a)f'(x)$이므로

$g'(1)=2f(1)+(a+1)f'(1)$ ...... ㉡

㉠을 ㉡에 대입하면

$g'(1)=2f(1)+(a+1)\times(a+1)f(1)$

$\qquad=(a^2+2a+3)f(1)$

이때 $g'(1)=11f(1)$이므로

$(a^2+2a+3)f(1)=11f(1)$,

$(a^2+2a-8)f(1)=0$

$(a+4)(a-2)f(1)=0$

$a>0$, $f(1)\neq0$이므로 $a=2$

㉠에서 $\dfrac{f'(1)}{f(1)}=a+1$이므로

$$\frac{f'(1)}{2f(1)}=\frac{a+1}{2}=\frac{3}{2}$$

08 [모범답안]

t초 후의 오토바이의 속도를 v m/s 라 하자.

이때 $v=\dfrac{dx}{dt}=10-2kt=0$

오토바이가 멈출 때의 속도는 0 m/s이므로

$v=10-2kt=0$에서 $t=\dfrac{5}{k}$이다.

그러므로 오토바이가 멈출 때까지 걸린시간은 $\dfrac{5}{k}$초이며 그때

까지 이동한 거리가 200 m 이내이어야 하므로

$$X_{t=\frac{5}{k}}=\frac{50}{k}-k\left(\frac{5}{k}\right)^2=\frac{50}{k}-\frac{25}{k}=\frac{25}{k}\leq200.$$

$\dfrac{1}{8}\leq k$이므로 구하는 양수 k의 최솟값은 $\dfrac{1}{8}$이다.

09 [모범답안]

$f'(0)=\lim\limits_{h\to0}\dfrac{f(0+h)-f(0)}{h}=\lim\limits_{h\to0}\dfrac{f(h)}{h}=5$

한편, $f(x+y)=f(x)+f(y)+3xy$에서 $x=3$, $y=h$를
대입하면

$f(3+h)=f(3)+f(h)+9h$

따라서

$f'(3)=\lim\limits_{h\to0}\dfrac{f(3+h)-f(3)}{h}=\lim\limits_{h\to0}\dfrac{f(h)+9h}{h}$

$\therefore \lim\limits_{h\to0}\dfrac{f(h)+9h}{h}=\lim\limits_{h\to0}\dfrac{f(h)}{h}+9=f'(0)+9=14$

10 [모범답안]

$f(-2)=0$, $f(\sqrt{3})=0$이므로

$\dfrac{f(\sqrt{3})-f(-2)}{\sqrt{3}-(-2)}=0=f'(c)$인 c값을 구하면

$f'(x)=4x^3-14x=4x\left(x^2-\dfrac{7}{2}\right)=0$의 실근은

$x=-\sqrt{\dfrac{7}{2}},\ x=0,\ x=\sqrt{\dfrac{7}{2}}$이다.

$-2<c<\sqrt{3}$에서 $f'(c)=0$을 만족하는 c는 $0,\ -\sqrt{\dfrac{7}{2}}$

따라서 구하는 값의 합은 $-\sqrt{\dfrac{7}{2}}$이다.

11 [모범답안]

조건 (가)에서 점 $A(1, 2)$가

두 곡선 $y=f(x), y=g(x)$ 위의 점이므로

$f(1)=1-3+2+a=2, a=2$

$g(1)=1+b+c=2, c=1-b$

$f(x)=x^3-3x^2+2x+2$에서

$f'(x)=3x^2-6x+2$이므로

$f'(1)=3-6+2=-1$

$g(x)=x^2+bx+c$에서 $g'(x)=2x+b$이므로

$g'(1)=2+b$

조건 (나)에서 곡선 $y=f(x)$ 위의 점 A에서의 접선과 곡선 $y=g(x)$ 위의 점 A에서의 접선이 서로 수직이므로

$f'(1)g'(1)=-1$

즉, $-1 \times (2+b)=-1$이므로

$b=-1$이고 $c=1-b=1-(-1)=2$

따라서 $\dfrac{|abc|}{2}=\dfrac{|2 \times (-1) \times 2|}{2}=\dfrac{4}{2}=2$

12 [모범답안]

다항식 x^5+x^3+x+1을 $(x-1)^2$으로 나누었을 때 몫을 $Q(x)$, 나머지를 $mx+n(m, n$은 상수)이라고 하면

$x^5+x^3+x+1=(x-1)^2Q(x)+mx+n$

양변에 $x=1$을 대입하면, $m+n=4$

한편, $x^5+x^3+x+1=(x-1)^2Q(x)+mx+n$의 양변을 x에 대하여 미분하면

$5x^4+3x^2+1=2(x-1)Q(x)+(x-1)^2Q'(x)+m$

양변에 $x=1$을 대입하면, $m=9$

$m+n=4$이므로 $m=9, n=-5$

따라서 구하고자 하는 나머지는 $9x-5$이다.

13 [모범답안]

$(x-3)f'(x)=x^2-9-f(x)$에 $x=3$을 대입하면

$0=9-9-f(3), f(3)=0$

한편, $x \neq 3$일 때 $f'(x)=\dfrac{x^2-9-f(x)}{(x-3)}$이다.

이때, 도함수 $f'(x)$가 연속함수이므로 $\lim\limits_{x \to 3}f'(x)=f'(3)$이다.

$f'(3)=\lim\limits_{x \to 3}f'(x)=\lim\limits_{x \to 3}\dfrac{x^2-9-f(x)}{(x-3)}$

$=\lim\limits_{x \to 3}\dfrac{(x-3)(x+3)-\{f(x)-f(3)\}}{(x-3)}$

$=6-f'(3)$

따라서 $f'(3)=6-f'(3)$에서

$2f'(x)=6, f'(3)=3$

14 [모범답안]

역함수가 존재하도록 하기 위해서는 $f(x)$는 일대일대응이 되어야 한다.

그러므로 $f'(x) \geq 0$이거나 $f'(x) \leq 0$이어야 한다.

$f'(x)=3x^2+6ax+2a$ ……①

최고차항이 양수이므로 $f'(x) \geq 0$

이차방정식 $f'(x)=0$의 판별식을 D라고 하자.

이때 $f'(x) \geq 0$을 만족하기 위해서는 판별식 $D \leq 0$이어야 한다.

$\dfrac{D}{4}=(3a)^2-(2a) \times 3=9a^2-6a=3a(3a-2) \leq 0$ ……②

그러므로 a의 범위는 $0 \leq a \leq \dfrac{2}{3}$이어야 한다. ……③

15 [모범답안]

(나)에서 $f(x)=0$의 실근 중 하나를 α라 하면, α의 범위는 $3 \leq \alpha \leq 5$이다.

(가)에서 함수 $|f(x)|$는 $x=\alpha$에서 미분가능하므로,

$f(x)=(x-\alpha)^3$ 또는 $f(x)=(x-\alpha)^2(x-\beta)$이다.

이때 $f(x)=(x-\alpha)^3$인 경우 $x=0$에서 함수 $|f(x)|$가 미분가능하므로 $f(x)=(x-\alpha)^2(x-\beta)$

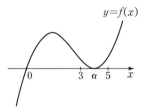

이때 함수 $|f(x)|$는 $x=0$에서만 미분불가능이므로 $\beta=0$, $f(x)=x(x-\alpha)^2$이다.

$f'(x)=(x-\alpha)^2+2x(x-\alpha)=(x-\alpha)(3x-\alpha)$

$\dfrac{f'(x)}{f(x)}=\dfrac{(x-\alpha)(3x-\alpha)}{x(x-\alpha)^2}=\dfrac{(3x-\alpha)}{x(x-\alpha)}$

$\dfrac{f'(2)}{f(2)}=\dfrac{6-\alpha}{4-2\alpha}=\dfrac{\alpha-6}{2\alpha-4}=\dfrac{1}{2}-\dfrac{2}{\alpha-2}$

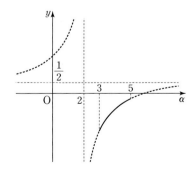

$y=\dfrac{1}{2}-\dfrac{2}{a-2}$ 라고 하면 $3\leq a\leq 5$이므로 y는 $a=5$일 때,

최댓값 $-\dfrac{1}{6}$이다.

16 [모범답안]

$f(x)=a\{(x+2)(x-2)\}^2=a(x^2-4)^2$

$=a(x^4-8x^2+16)$에서

$f'(x)=a(4x^3-16x)=4ax(x+2)(x-2)$

$f'(x)=0$에서 $x=-2$ 또는 $x=0$ 또는 $x=2$

$a>0$이므로 함수 $f(x)$의 증가와 감소를 표로 나타내면 다음과 같다.

x	$\cdots$	-2	$\cdots$	0	$\cdots$	2	$\cdots$
$f'(x)$	$-$	0	$+$	0	$-$	0	$+$
$f(x)$	$\searrow$	극소	$\nearrow$	극대	$\searrow$	극소	$\nearrow$

$f(-2)=0, f(0)=16a, f(2)=0$이므로

함수 $y=f(x)$의 그래프는 그림과 같다.

함수 $y=f(x)$의 그래프와 직선 $y=4$가 만나는

서로 다른 점의 개수가 3이려면 $16a=4$,

즉 $a=\dfrac{1}{4}$이어야 한다.

따라서 $f(x)=\dfrac{1}{4}(x+2)^2(x-2)^2$이므로

$f(12a)=f(3)=\dfrac{1}{4}\times 5^2\times 1^2=\dfrac{25}{4}$

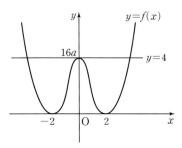

17 [모범답안]

$(x^2-4)g(x)=f(x)-4$에서 양변에 $x=2$를 대입하면,

$(4-4)g(2)=f(2)-4=0, f(2)=4$

$(x^2-4)g(x)=f(x)-4$의 양변을 x에 대해 미분하면,

$2xg(x)+(x^2-4)g'(x)=f'(x)$

위 식의 양변에 $x=2$를 대입하면,

$4g(2)=f'(2)=2, g(2)=\dfrac{1}{2}$

한편, $h(x)=f(x)g(x)$

위 식의 양변을 x에 대해 미분하면,

$h'(x)=f'(x)g(x)+f(x)g'(x)$

위 식의 양변에 $x=2$를 대입하면,

$h'(2)=f'(2)g(2)+f(2)g'(2)$

$=\left(2\times\dfrac{1}{2}\right)+4g'(2)=1+4g'(2)=4,$

$g'(2)=\dfrac{3}{4}$

$\therefore g'(2)=\dfrac{3}{4}$

18 [모범답안]

$f(x)=2x^3+6x^2+4-a^2$이라 하면

$f'(x)=6x^2+12x=6x(x+2)$

$f'(x)=0$에서 $x=-2$ 또는 $x=0$

$x>0$에서 $f'(x)>0$이므로 $f(0)\geq 0$을 만족시키면 $x>0$인 모든 실수 x에 대하여

부등식 $2x^3+6x^2+4-a^2>0$이 항상 성립한다.

$f(0)=4-a^2\geq 0, a^2\leq 4$

$-2\leq a\leq 2$이므로 $a=-2, -1, 0, 1, 2$이고 그 개수는 5개다.

19 [모범답안]

두 점 P, Q의 시각 t에서의 속도를 각각 v_1, v_2라 하면

$v_1=2t-6, v_2=3t^2-6t-24$

두 점 P, Q가 서로 다른 방향으로 움직이려면 $v_1 v_2<0$이므로

$v_1 v_2=2(t-3)\times 3(t-4)(t+2)<0$

$t\geq 0$이므로 $3<t<4$

따라서 $p=3, q=4$

$\therefore p\times q=3\times 4=12$

20 [모범답안]

평균변화율을 $M(a, b)=\dfrac{f(b)-f(a)}{b-a}$이므로

$f(b)=(2b-a)(2b-b)=2b^2-ab$

$f(a)=(2a-a)(2a-b)=2a^2-ab$

$M(a, b)=\dfrac{f(b)-f(a)}{b-a}=\dfrac{2(b^2-a^2)}{b-a}=2(a+b)$

$M(a, b)=2(a+b)<9$

$a+b<\dfrac{9}{2}$를 만족하는 순서쌍은 $(1, 2)(1, 3)(2, 1)(3, 1)$

으로 총 4개이다.

21 [모범답안]

점 P의 시각 t에서의 속도를 v라 하면

$v=\dfrac{dx}{dt}=3t^2-8t+k$

시각 $t=1$에서의 점 P의 속도가 5이므로

$3-8+k=5, k=10$

이때 시각 $t=a$에서의 점 P의 속도도 5이므로 두 수 $1, a$는 방정식 $v=5$의 근이다.

$3t^2-8t+10=5$에서 $3t^2-8t+5=0,$

$(t-1)(3t-5)=0$

$t=1$ 또는 $t=\dfrac{5}{3}$

즉, $a=\dfrac{5}{3}$이므로 $\dfrac{k}{a}=\dfrac{10}{\frac{5}{3}}=6$

점 P의 시각 t에서의 가속도를 a라 하면

$a=\dfrac{dv}{dt}=6t-8$

따라서 시각 $t=\dfrac{k}{a}$, 즉 $t=6$에서의 점 P의 가속도는

$6 \times 6 - 8 = 28$이다.

22 [모범답안]

함수 $f(x)$가 극값을 가지지 않으므로

$f'(x)=0$의 판별식 $D \leq 0$의 조건을 만족시켜야 한다.

$f'(x)=3(a-4)x^2+6(b-2)x-3a$이므로

$\dfrac{D}{4}=9\{(b-2)^2+a(a-4)\}$

$\quad = 9\{(b-2)^2+(a-2)^2-4\} \leq 0$

$(a-2)^2+(b-2)^2 \leq 2^2$이므로

반지름이 2인 원의 넓이는 4π이다.

23 [모범답안]

두 곡선이 한 점에서 접하므로 접하는 점에서의 접선의 기울기는 서로 같다.

$f(x)=x^3-x+3$, $g(x)=x^2+a$라 하면

$f'(x)=3x^2-1$, $g'(x)=2x$

접점의 좌표를 $(k, f(k))$라 하면

$3k^2-1=2k$, $(3k+1)(k-1)=0$, $k=-\dfrac{1}{3}$, 1

이때 a값이 정수이므로 $k=1$

$x=1$일 때 두 곡선이 접하므로

$1-1+3=1+a$

$\therefore a=2$

24 [모범답안]

함수 $f(x)=ax^3-3(a^2+1)x^2+12ax$에서

$f'(x)=3ax^2-6(a^2+1)x+12a$

$f(x)$가 모든 실수 x에서 항상 증가하거나 항상 감소하므로

$f'(x)=0$의 판별식 $D \leq 0$이다.

따라서

$\dfrac{D}{4}=\{3(a^2+1)\}^2-36a^2=9(a+1)^2(a-1)^2 \leq 0$

$a=\pm 1$이다.

따라서 모든 a값의 곱은 -1이다.

25 [모범답안]

점 $P(t, t^2+1)$이라 하면

$\overline{AP}^2=(t-2)^2+(t^2+1)^2$

$\overline{BP}^2=(t-8)^2+(t^2+1)^2$

$\overline{AP}^2+\overline{BP}^2=2t^4+6t^2-20t+70$

이때, $f(t)=2t^4+6t^2-20t+70$이라 하자.

$f'(t)=8t^3+12t-20=(t-1)(8t^2+8t+20)$

x	$\cdots$	1	$\cdots$
$f'(t)$	$-$	0	$+$
$f(t)$	$\searrow$	58	$\nearrow$

즉, $t=1$일 때, $f(t)$는 극솟값을 가지므로 최솟값은 58이다.

Ⅵ. 다항함수의 적분법

01 [모범답안]

시각 $t=0$일 때 점 $A(12)$에서 출발하여 수직선 위를 움직이는 점 P의 시각 $t=a$에서의 위치 x는

$x=12+\displaystyle\int_0^a v(t)dt=12+\int_0^a (3t^2-4t)dt$

$\quad = 12+\left[t^3-2t^2\right]_0^a=a^3-2a^2+12$ $\qquad \cdots\cdots$ ①

이때, $f(a)=a^3-2a^2+12$라고 하자.

점 P와 원점 사이의 거리가 최소가 되려면 $f(a)$의 값이 최소가 되어야 한다.

$f'(a)=3a^2-4a=3a\left(a-\dfrac{4}{3}\right)$이다.

이때, 증감을 따져보면 $a=\dfrac{4}{3}$ $\qquad \cdots\cdots$ ②

에서 최소를 갖는다.

그러므로 점 P와 원점 사이의 거리가 최소일 때, 점 P의 위치

$f\left(\dfrac{4}{3}\right)=\dfrac{292}{27}$ $\qquad \cdots\cdots$ ③

02 [모범답안]

$\displaystyle\int \{f(x)-3\}dx+\int xf'(x)dx=x^3-2x^2$에서

$\displaystyle\int \{f(x)+xf'(x)-3\}dx=x^3-2x^2$

이때 $\{xf(x)\}'=f(x)+xf'(x)$이므로

$xf(x)$는 $f(x)+xf'(x)$의 한 부정적분이다.

$\displaystyle\int \{f(x)+xf'(x)-3\}dx=xf(x)-3x+C$

$\qquad\qquad\qquad\qquad\quad =x^3-2x^2$

$xf(x)=x^3-2x^2+3x-C$ (단, C는 적분상수) $\cdots\cdots$ ㉠

PART 1 국어 PART 2 수학 PART 3 해답

⊙의 양변에 $x=0$을 대입하면 $C=0$이므로
$$xf(x)=x^3-2x^2+3x$$
$x \neq 0$일 때 $f(x)=x^2-2x+3$
이때 함수 $f(x)$가 다항함수이므로
$f(x)=x^2-2x+3$이다.
$f'(x)=2x-2=2(x-1)$이므로
$f'(x)=0$에서 $x=1$
$x=1$의 좌우에서 $f'(x)$의 부호가 음에서 양으로 바뀌므로
함수 $f(x)$는 $x=1$에서 극소이다.
따라서 $a=1$이므로
$f(2a)=f(2)=4-4+3=3$

03 [모범답안]
$$\int_1^k (3x^2-4x+3)dx=\left[x^3-2x^2+3x\right]_1^k$$
$$=k^3-2k^2+3k-2$$
$k^3-2k^2+3k-2=(k-1)(k^2-k+2)=0$
이때 $k>1$이므로 $k^2-k+2=0$인 이차방정식을 풀어야 한다.
그러나 $k^2-k+2=0$의 판별식 $D=1-8<0$이므로 실근을 갖지 않는다.
따라서 $k>1$인 실근은 존재하지 않는다.
즉, $\int_1^k (3x^2-4x+3)dx=0$을 만족하는 k값은 존재하지 않는다.

04 [모범답안]
$\lim\limits_{x\to\infty}\dfrac{f'(x)}{x}=1$에서 분모가 일차식이므로 분자인 $f'(x)$는 최고차항의 계수가 1인 일차식이다.
$f'(x)=x+n$(n은 상수)라 하면
$\lim\limits_{x\to-1}\dfrac{f(x)}{x+1}=-1$에서 극한값이 존재하며 (분모) $\to 0$이므로
(분자) $\to 0$
따라서 $\lim\limits_{x\to-1}f(x)=f(-1)=0$
$\lim\limits_{x\to-1}\dfrac{f(x)}{x+1}=\lim\limits_{x\to-1}\dfrac{f(x)-f(-1)}{x-(-1)}=f'(-1)=-1$
$f'(-1)=n-1=-1$이므로 $n=0$
즉, $f'(x)=x$이므로
$f(x)=\int f'(x)dx=\int xdx=\dfrac{1}{2}x^2+C$
$f(-1)=0$이므로 $f(-1)=\dfrac{1}{2}+C=0$, $C=-\dfrac{1}{2}$
따라서 $f(x)=\dfrac{1}{2}x^2-\dfrac{1}{2}$

05 [모범답안]
$$\int_0^1 (6k^2x^2+24kx+15)dx$$
$$=\left[2k^2x^3+12kx^2+15x\right]_0^1$$
$$=2k^2+12k+15$$
$$=2(k^2+6k+9)-3$$
$$=2(k+3)^2-3$$
따라서 $k=-3$일 때, 최솟값 -3을 가지므로
$m=-3$, $n=-3$
$\therefore mn=9$

06 [모범답안]
함수 $f(x)$가 모든 실수 x에 대하여 $f(x+3)=f(x)$를 만족한다.
따라서
$$\int_{-5}^{-2}f(x)dx=\int_{-5}^{-2}f(x+3)dx=\int_{-2}^{1}f(x)dx$$
또한,
$f(x)=f(x+3)=f(x+6)$이므로
$$\int_{-5}^{-2}f(x)dx=\int_{-5}^{-2}f(x+6)dx=\int_1^4 f(x)dx$$
이를 살펴보면
$$\int_{-5}^{-2}f(x)dx=\int_{-2}^{1}f(x)dx=\int_1^4 f(x)dx$$
$$=\int_4^7 f(x)dx=\int_7^{10}f(x)dx$$
이다.
따라서 $\int_{-2}^{10}f(x)dx=\int_{-2}^{1}f(x)dx+\int_1^4 f(x)dx$
$$+\int_4^7 f(x)dx+\int_7^{10}f(x)dx$$
$$=4\int_{-5}^{-2}f(x)dx=8$$

07 [모범답안]
주어진 곡선과 직선의 교점인 x좌표를 구하면,
$x^2-4x=ax$에서 $x^2=(a+4)x$
따라서 $x=0$, $x=a+4$가 교점이다.

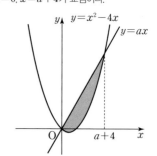

따라서 주어진 곡선과 직선으로 둘러싸인 도형의 넓이는

$$\int_0^{a+4} |(x^2-4x)-ax|\,dx$$

$$=\int_0^{a+4} \{(4+a)x-x^2\}\,dx$$

$$=\left[\frac{1}{2}(4+a)x^2-\frac{1}{3}x^3\right]_0^{a+4}$$

$$=\frac{1}{2}(4+a)(a+4)^2-\frac{1}{3}(a+4)^3$$

$$=\frac{1}{2}(a+4)^3-\frac{1}{3}(a+4)^3$$

$$=\frac{1}{6}(a+4)^3$$

$$=288$$

이때 $288=6^2\times2^3$이므로

$(a+4)^3=6^3\times2^3=12^3$, $a+4=12$

$\therefore a=8$

08 [모범답안]

$f(x)$가 최고차항의 계수가 1인 삼차함수이므로 $f'(x)$는 최고차항의 계수가 3인 이차함수이고, 삼차함수 $f(x)$가 $x=-1$, $x=2$에서 극값을 가지므로

$$f'(x)=3(x+1)(x-2)=3x^2-3x-6$$

$$f(x)=\int f'(x)\,dx=\int(3x^2-3x-6)\,dx$$

$$=x^3-\frac{3}{2}x^2-6x+C \text{ (단, } C\text{는 적분상수)}$$

$$\int_{-2}^2 f(x)\,dx=\int_{-2}^2\left(x^3-\frac{3}{2}x^2-6x+C\right)dx$$

$$=2\int_0^2\left(-\frac{3}{2}x^2+C\right)dx$$

$$=2\left[-\frac{1}{2}x^3\times Cx\right]_0^2=2(-4+2C)=0\text{에서}$$

$$C=2$$

따라서 $f(x)=x^3-\frac{3}{2}x^2-6x+2$이므로

$$f(-1)=(-1)-\frac{3}{2}+6+2=\frac{11}{2}$$

09 [모범답안]

두 곡선 $y=f(x)$, $y=g(x)$는 $y=x$에 대하여 대칭이다.

$f(6)=0$, $f(10)=2$이며 $g(x)$는 $f(x)$의 역함수 관계이므로 $g(0)=6$, $g(2)=10$이다.

$S_1=\int_6^{10} f(x)\,dx$, $S_2=\int_0^2 g(x)\,dx$라고 하면

$$\int_6^{10} f(x)\,dx+\int_0^2 g(x)\,dx=S_1+S_2\text{이다.}$$

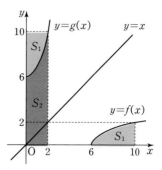

위의 그림과 같이 $\int_6^{10} f(x)\,dx+\int_0^2 g(x)\,dx=S_1+S_2$는 가로 길이가 2, 세로 길이가 10인 직사각형의 넓이이다.

따라서

$$\int_6^{10} f(x)\,dx+\int_0^2 g(x)\,dx=S_1+S_2=10\times2=20$$

10 [모범답안]

곡선과 x축의 교점의 x좌표는 $x=-1$이다. 그러므로 $\mathrm{P}(-1, 0)$임을 알 수 있다.

여기서 곡선 $y=f(x)$를 y축의 방향으로 $-k$만큼 평행이동 하면

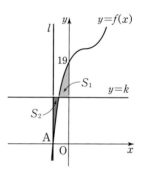

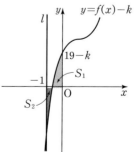

이때, $S_1=S_2$이므로

$$\int_{-1}^0 \{f(x)-k\}\,dx=0\text{이다.}$$

$$\int_{-1}^{0}\{(x-2)^3+27-k\}dx=0.$$

$$\int_{-1}^{0}(x-2)^3dx+\int_{-1}^{0}(27-k)dx=0$$

$$\int_{-1}^{0}(x-2)^3dx=\int_{-1}^{0}(-27+k)dx,$$

$$\left[\frac{1}{4}(x-2)^4\right]_{-1}^{0}=\frac{1}{4}(16-81)=-\frac{65}{4}=k-27$$

$$\therefore k=27-\frac{65}{4}=\frac{108-65}{4}=\frac{43}{4}$$

11 [모범답안]

$f(0)=-1$

$f(x)$는 이차함수이므로

$f(x)=ax^2+bx+c\,(a\neq0,\,a,\,b,\,c$는 상수$)$

$f(0)=-1$이므로 $c=-1$이다.

$f(x)=ax^2+bx-1$

한편,

$$\int_{-2}^{2}f(x)dx=\int_{-2}^{0}f(x)dx=\int_{0}^{2}f(x)dx=A$$라고하자.

$$\int_{-2}^{2}f(x)dx=\int_{-2}^{0}f(x)dx+\int_{0}^{2}f(x)dx=A=A+A$$

이므로 $A=2A$, $A=0$이다.

그러므로 $\int_{-2}^{2}f(x)dx=\int_{-2}^{0}f(x)dx=\int_{0}^{2}f(x)dx=0$

$$\int_{-2}^{2}f(x)dx=\int_{-2}^{2}(ax^2+bx-1)dx$$

$$=\left[\frac{1}{3}ax^3+\frac{1}{2}bx^2-x\right]_{-2}^{2}$$

$$=\frac{16}{3}a-4=0$$

$$\therefore a=\frac{3}{4}$$

한편, $\int_{0}^{2}f(x)dx=\int_{0}^{2}\left(\frac{3}{4}x^2+bx-1\right)dx$

$$=\left[\frac{1}{4}x^3+\frac{1}{2}bx^2-x\right]_{0}^{2}=2+2b-2=0$$

$\therefore b=0$

따라서 $f(x)=\frac{3}{4}x^2-1$이고, $f(4)=12-1=11$

12 [모범답안]

$f(x)g(x)=x^4+4x^2$는 사차함수이다.

따라서

$f(x)$가 이차함수이므로 $g(x)$도 이차함수이다.

$$g(x)=\int_{0}^{x}\{(t^2+2t)-f(t)\}dt$$

이 식의 양변을 x에 대하여 미분하면

$g'(x)=(x^2+2x)-f(x)$

$g'(x)$는 일차식이므로 $\{(x^2+2x)-f(x)\}$도 일차식이 되어야 한다.

그러므로 이차함수 $f(x)$에서 x^2의 계수는 1이다.

한편, $f(x)g(x)=x^4+4x^2=x^2(x^2+4)$

따라서 $\begin{cases}f(x)=x^2\\g(x)=x^2+4\end{cases}$ 또는 $\begin{cases}f(x)=x^2+4\\g(x)=x^2\end{cases}$ 이다.

이때 $g'(x)=(x^2+2x)-f(x)$를 만족해야 하므로,

$\begin{cases}f(x)=x^2+4\\g(x)=x^2\end{cases}$ 는 불가능하다.

따라서 $\begin{cases}f(x)=x^2\\g(x)=x^2+4\end{cases}$

13 [모범답안]

$\int_{a}^{b}f(x)dx-\int_{a}^{b}f(x)dx$이므로

$\int_{-3}^{1}f(x)dx-\int_{3}^{1}f(x)dx$의 식을 변형하면

$$\int_{-3}^{1}f(x)dx+\int_{1}^{3}f(x)dx \qquad\cdots\cdots\text{①}$$

$$=\int_{-3}^{3}f(x)dx$$

$$=\int_{-3}^{3}(4x^3+2x-1)dx$$

$$=\left[x^4+x^2-x\right]_{-3}^{3} \qquad\cdots\cdots\text{②}$$

$$=(3^4+3^2-3)-\{(-3)^4+(-3)^2+3\}$$

$$=-6 \qquad\cdots\cdots\text{③}$$

14 [모범답안]

$\int_{0}^{1}f(t)dt=a\,(a$는 상수$)$라 하면

$f(x)=-2x+3|a|$

(i) $a\geq0$인 경우

$f(x)=-2x+3a$이므로

$$\int_{0}^{1}(-2x-3a)dx=\left[-x^2-3ax\right]_{0}^{1}$$

$$=-1+3a=a$$에서 $a=\frac{1}{2}$

따라서 $f(x)=-2x+\frac{3}{2}$이므로 $f(0)=\frac{3}{2}$

(ii) $a<0$인 경우

$f(x)=-2x-3a$이므로

$$\int_{0}^{1}(-2x+3a)dx=\left[-x^2+3ax\right]_{0}^{1}$$

$$=-1-3a=a$$에서 $a=-\frac{1}{4}$

따라서 $f(x)=-2x+\frac{3}{4}$이므로 $f(0)=\frac{3}{4}$

(i), (ii)에 의하여 모든 $f(0)$의 값의 곱은

$$\frac{3}{2}\times\frac{3}{4}=\frac{9}{8}$$

15 [모범답안]

함수 $F(x)=2x^3+ax$가 함수 $f(x)$의 한 부정적분이므로,

$f(x)=F'(x)=6x^2+a$

$f(1)=6$이므로 $f(1)=6+a=6$, $a=0$

즉, $f(x)=6x^2$

한편, 함수 $G(x)$는 함수 $2xf(x)$의 한 부정적분이므로

$G(x)=\int 2xf(x)dx=\int 2x\times(6x^2)dx=\int 12x^3dx$

$\qquad =3x^4+C$(단, C는 적분상수)

이 때, $G(0)=0$이므로 $C=0$, $G(x)=3x^4$

$G(1)=3$

16 [모범답안]

$f(-x)+f(x)=0$에서 $f(x)$는 원점대칭인 기함수임을 알 수 있다.

$\int_{-2}^{2}(x+1)^2f(x)dx=\int_{-2}^{2}x^2f(x)dx$

$\qquad\qquad\qquad\qquad +2\int_{-2}^{2}xf(x)dx+\int_{-2}^{2}f(x)dx$

이때 $x^2f(x)$=(우함수)×(기함수)=기함수

$xf(x)$=(기함수)×(기함수)=우함수

따라서 $\int_{-2}^{2}x^2f(x)dx+2\int_{-2}^{2}xf(x)dx+\int_{-2}^{2}f(x)dx$

$\qquad =0+4\int_{0}^{2}xf(x)dx+0$

$4\int_{0}^{2}xf(x)dx=4\times 4=16$

17 [모범답안]

$ax=3$에서 $x=\dfrac{3}{a}$이므로 직선 $y=ax$와

선분 BC가 만나는 점의 x좌표가 $\dfrac{3}{a}$이고,

$S_1=\dfrac{1}{2}\times\dfrac{3}{a}\times 3=\dfrac{9}{2a}$

$S_2=\int_{0}^{3}\dfrac{1}{a}x^2dx=\dfrac{1}{a}\int_{0}^{3}x^2dx$

$\quad =\dfrac{1}{a}\left[\dfrac{1}{3}x^3\right]_{0}^{3}=\dfrac{9}{a}$

$S_2=2S_1$이고 S_1, S_2, S_3이 이 순서대로 등비수열을 이루므로

$S_3=2S_2=\dfrac{18}{a}$

원점 O에 대하여 $S_1+S_2+S_3$은

정사각형 $OABC$의 넓이와 같으므로

$\dfrac{9}{2a}+\dfrac{9}{a}+\dfrac{18}{a}=\dfrac{63}{2a}=9$

$2a=7$, 따라서 $\dfrac{1}{3}a=\dfrac{7}{6}$

18 [모범답안]

모든 실수 x에 대하여 $f(x+3)=f(x)$이므로

$\int_{-3}^{0}f(x)dx=\int_{0}^{3}f(x)dx=\int_{3}^{6}f(x)dx$이다.

이 때,

$\int_{-3}^{6}f(x)dx=\int_{-3}^{0}f(x)dx+\int_{0}^{3}f(x)dx$

$\qquad\qquad\qquad +\int_{3}^{6}f(x)dx=3\int_{-3}^{0}f(x)dx=6$이므로

$\int_{-3}^{0}f(x)dx=2$이다.

따라서

$\int_{0}^{18}f(x)dx=\int_{0}^{3}f(x)dx+\int_{3}^{6}f(x)dx$

$\qquad\qquad\quad +\int_{6}^{9}f(x)dx+\int_{9}^{12}f(x)dx+\int_{12}^{15}f(x)dx$

$\qquad\qquad\quad +\int_{15}^{18}f(x)dx=6\int_{0}^{3}f(x)dx=12$

19 [모범답안]

함수 $f(x)$의 부정적분을 $F(x)$라 하면

$\displaystyle\lim_{x\to 3}\dfrac{1}{x^2(x^2-9)}\int_{9}^{x^2}f(t)dt$

$=\displaystyle\lim_{x\to 3}\left\{\dfrac{F(x^2)-F(9)}{(x^2-9)}\times\dfrac{1}{x^2}\right\}$

$=\displaystyle\lim_{x\to 3}\dfrac{F(x^2)-F(9)}{(x^2-9)}\times\dfrac{1}{9}$

이다.

이때 $x^2=u$라고 치환하면 $x\to 3$일 때 $u\to 9$이므로

$\displaystyle\lim_{x\to 3}\dfrac{F(x^2)-F(9)}{(x^2-9)}=\lim_{u\to 9}\dfrac{F(u)-F(9)}{(u-9)}$

$\qquad\qquad\qquad\qquad =F'(9)=f(9)$

$\qquad\qquad\qquad\qquad =1+9+9^2+9^3+9^4$

$\qquad\qquad\qquad\qquad =\dfrac{9^5-1}{9-1}=\dfrac{3^{10}-1}{8}$

따라서

$\displaystyle\lim_{x\to 3}\dfrac{1}{x^2(x^2-9)}\int_{9}^{x^2}f(t)dt=\dfrac{3^{10}-1}{8}\times\dfrac{1}{9}$

$\qquad\qquad\qquad\qquad\qquad\quad =\dfrac{3^{10}-1}{72}$

$p=72$, $q=10$

$\therefore p+q=82$

20 [모범답안]

곡선 $y=f(x)$와 $y=g(x)$는 직선 $y=x$에 대하여 대칭이므로 구하는 도형의 넓이는 곡선 $y=f(x)$와 직선 $y=x$로 둘러싸인 도형의 넓이의 2배와 같다.

함수 $f(x)$와 역함수 $g(x)$의 교점은

$x^3-2x^2+2x=x$, $x(x-1)^2=0$

$\therefore x=0$ 또는 $x=1$

구하는 도형의 넓이를 S라 하면

$$S=2\int_0^1\{(x^3-2x^2+2x)-x\}dx$$

$$=2\int_0^1(x^3-2x^2+x)dx=2\left[\frac{1}{4}x^4-\frac{2}{3}x^3+\frac{1}{2}x^2\right]_0^1$$

$$=\frac{1}{6}$$

21 [모범답안]

$$f(x)=\frac{1}{3}x^3-\frac{3}{2}x^2+2x+C \ (C는 \ 적분상수)$$

$$f'(x)=x^2-3x+2=(x-2)(x-1)$$

이때 $f'(x)=0$을 만족하는 x값은 $x=2$, $x=1$이므로 이를 이용하여 함수 $f(x)$의 극댓값, 극솟값을 구하면

x	$\cdots$	1	$\cdots$	2	$\cdots$
$f'(x)$	+	0	−	0	+
$f(x)$	↗	극대	↘	극소	↗

함수 $f(x)$는 극댓값 $f(1)$, 극솟값 $f(2)$를 갖는다.

$f(1)=\frac{4}{3}$를 대입하면

$$f(1)=\frac{1}{3}-\frac{3}{2}+2+C=\frac{4}{3}, \ C=\frac{1}{2}$$

따라서 $f(x)=\frac{1}{3}x^3-\frac{3}{2}x^2+2x+\frac{1}{2}$

$$\therefore \ 극솟값 \ f(2)=\frac{8}{3}-6+4+\frac{1}{2}=\frac{7}{6}$$

22 [모범답안]

함수 $f(x)$의 한 부정적분을 $F(x)$라 하면

$$\lim_{x\to1}\frac{\int_1^x f(t)dt}{x-1}=\lim_{x\to1}\frac{F(x)-F(1)}{x-1}=F'(1)$$

$$=f(1)=1$$

$1+a+b=1$, $a+b=0$

$$\int_0^1 f(x)dx=\left[\frac{1}{3}x^3+\frac{a}{2}x^2+bx\right]_0^1=\frac{1}{3}+\frac{a}{2}+b=0$$

$3a+6b=-2$

$$\therefore \ a=\frac{2}{3}, \ b=-\frac{2}{3}에서 \ ab=-\frac{4}{9}$$

23 [모범답안]

$f(x)=x^3+2$라고 하면 $f'(x)=3x^2$

$f(x)$ 위의 점 $(1, 3)$에서 접선의 기울기 $f'(1)=3$이므로 접선의 방정식은

$$y=3(x-1)+3=3x$$

곡선 $y=x^3+2$와 직선 $y=3x$의 교점은

$$x^3+2=3x, \ (x-1)^2(x+2)=0, \ x=-2, 1$$

따라서 그래프로 나타내면

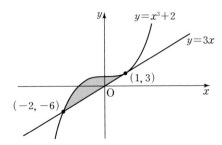

$$S=\int_{-2}^1\{(x^3+2)-3x\}dx=\left|\frac{1}{4}x^4-\frac{3}{2}x^2+2x\right|_{-2}^1$$

$$=\frac{27}{4}$$

$$\therefore \ 4S=27$$

24 [모범답안]

방정식 $f(x)=0$은 서로 다른 세 실근 $a, 1, b \ (a<1<b)$를 갖고 $a, 1, b$는 이 순서대로 등차수열을 이루므로

$b-1=1-a=d \ (d>0)$이라 하면

$$f(x)=(x-1+d)(x-1)(x-1-d)$$

한편, 곡선 $y=f(x)$와 x축으로 둘러싸인 부분의 넓이는 곡선 $y=f(x)$를 x축의 방향으로 -1만큼 평행이동시킨 곡선 $y=f(x+1)$과 x축으로 둘러싸인 부분의 넓이와 같다.

$$f(x+1)=x(x-d)(x+d)$$

$$=x^3-d^2x$$이고 곡선 $y=f(x+1)$은 원점에 대하여 대칭이므로

곡선 $y=f(x+1)$과 x축으로 둘러싸인 부분의 넓이는

$$\int_{-d}^0(x^3-d^2x)dx+\int_0^d(-x^3+d^2x)dx$$

$$=2\int_0^d(-x^3+d^2x)dx=2\left[-\frac{1}{4}x^4+\frac{d^2}{2}x^2\right]_0^d$$

$$=2\left(-\frac{d^4}{4}+\frac{d^4}{2}\right)=\frac{d^4}{2}$$

$\frac{d^4}{2}=128$, 즉 $d^4=256$에서 $d>0$이므로 $d=4$

따라서 $f(x)=(x+3)(x-1)(x-5)$이므로

$$f(9)=12\times8\times4=384$$

25 [모범답안]

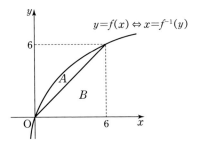

위의 그래프에서

$A = \int_0^6 \{f(x) - x\} dx = 6$이라 하면 $A = 6$이므로

$A + B = \int_0^6 f(x) dx = 6 + \dfrac{1}{2} \times 6 \times 6 = 24$

$\therefore \int_0^6 \{6 - f^{-1}(x)\} dx = A + B = 24$

3 기출(2024학년도)

01 [모범답안]

답안	배점	예상 소요 시간
㉠ 우라늄 농축 (과정) ㉠ 핵연료봉의 우라늄 농축 〈가능답〉 ㉡ 중성자를 충돌 (시킴) / 중성자와 반응 (시킴)	10점	5분 / 전체 80분

[바른해설]

㉠ 원자력 발전의 주연료는 우라늄인데, 천연 우라늄의 99% 이상은 핵분열이 일어나지 않는 우라늄-238이고, 핵분열이 가능한 우라늄-235는 천연 우라늄 속에 0.7% 정도만 포함되어 있다. 이 상태로는 우라늄-235의 비율이 낮아 핵분열을 유도할 수 없기 때문에, 우라늄-235의 비율을 3% 이상으로 높여야 하고, 이 과정을 우라늄 농축이라고 한다.

㉡ 우라늄-235의 비율을 3~5%로 높여 원기둥 모양의 연료봉으로 만든 후 이를 다발로 묶어서 핵연료봉을 만든다. 이렇게 만들어진 핵연료를 원자로에 넣고 중성자를 충돌시켜 핵분열을 유도하는 것이다.

[채점기준]

㉠ '농축'은 3점
㉡ '중성자를 충돌시켜 핵분열 유도'는 3점

02 [모범답안]

답안	배점	예상 소요 시간
㉠ 파이로프로세싱 ㉡ 질산/TBP (용)액 ㉢ 핵무기	10점	5분 / 전체 80분

[바른해설]

㉠ 파이로프로세싱 공법은 핵분열 물질을 추출하기 위해 용액이 아닌 전기를 활용한다.

㉡ 퓨렉스 공법은 사용 후 핵연료를 해체한 후 연료봉을 작게 절단한다. 절단한 연료봉을 90℃ 정도의 질산 용액에 담가 녹인다. 이후 질산에 녹인 핵연료를 유기 용매인 TBP 용액과 접촉시키면 우라늄-235와 플루토늄-239는 TBP 용액에 달라붙고 나머지 핵물질들은 질산 용액에 남는다.

㉢ 플루토늄-239는 핵무기의 원료로 사용되기 때문에 국제적으로도 민감한 문제가 될 수 있다.

[채점기준]

㉡ 질산 : 2점 / TBP : 2점

03 [모범답안]

답안	배점	예상 소요 시간
㉠ 직권 취소 ㉡ 하자	10점	5분 / 전체 80분

[바른해설]

'직권 취소'는 행정청이 자신이 내린 처분에 대해 스스로 취소하는 것을 말한다. [사례 1]에서 자영업자는 사실을 은폐했기 때문에 행정 기관이 하자 있는 처분을 내린 경우에 해당하므로, 행정청은 위법한 처분으로 얻는 상대방의 이익을 고려하지 않고 직권 취소할 수 있다.

'하자'는 처분이 적합한 요건을 갖추지 못하여 흠이 있는 상태를 말한다. [사례 2]에서 행정청이 처분을 이행하지 않은 음식점주 B에게 영업 정지 처분을 내렸지만, 이에 대해 B는 영업 정지 처분에 대한 청문 절차를 거치지 않았으므로 영업 정지 처분에 하자가 있다고 판단하여 법원에 소송을 제기한 것이다.

[채점기준]

㉠ '행정청이 자신이 내린 처분에 대해 스스로 취소하는 것'은 3점
㉡ '처분이 적합한 요건을 갖추지 못하여 흠이 있는 상태'/'취소의 사유'는 3점
– '중대한 하자'는 0점

04 [모범답안]

답안	배점	예상 소요 시간
우리는 저 탑을 적이 옮겨가지 못하도록 무사히 보존했다가 정부군에게 물려주는 거지.	10점	5분 / 전체 80분

[바른해설]

'나'를 비롯한 대원들이 받은 작전 명령은 월남인들의 감정에 큰 영향을 주는 탑을 잘 지키고 있다가 정부군에게 넘겨주는 것이다. 유의사항에 하나의 완전한 문장으로 쓰라고 제시되어

있으므로 이러한 내용이 윗글에서 정확하게 드러나는 것은
'우리는 저 탑을 적이 옮겨가지 못하도록 무사히 보존했다가
정부군에게 물려주는 거지.'이다.

[채점기준]
– 축약이나 재진술/유의 사항 위배는 7점
– '탑의 보존'의 내용만 있으면 5점
– '탑의 인계'의 내용만 있으면 5점
　예 '아군은 월남군에게 탑을 인계하기로 되어 있었습니다.'
　　는 5점

05 [모범답안]

답안	배점	예상 소요 시간
㉠ (지방민의) 사랑과 애착의 대상	10점	5분 / 전체 80분
㉡ (한 무더기의) 작은 돌덩이		

[바른해설]
'나'는 우리가 지켜야 하는 탑이 '처음에는 보잘것없는 돌덩이'
로 인식했지만, 탑의 모습을 찬찬히 살펴 보고나서는 신비감
을 느끼게 된다. 그래서 이 탑이 '지방민의 사랑과 애착의 대
상'임을 알게 된다. 그런데 자신이 목숨을 바쳐 지킨 탑을 미
군들은 불도저로 밀어버리려고 한다. '나'는 이 탑이 미군들에
게는 '한 무더기의 작은 돌덩이'에 지나지 않는다는 것을 알고
좌절하게 된다.

[채점기준]
㉡ '골치 아픈 것'은 2점
– '돌덩이'는 2점

수학

06 [모범답안]

$\dfrac{1}{a}=\log_3 8$이므로 $3^{\frac{1}{a}}=8$ 또한 $3^{\frac{1}{3a}}=2$

$\dfrac{1}{b}=\log_3\dfrac{1}{5}=-\log_3 5$이므로 $3^{-\frac{1}{b}}=5$

$3^{\frac{1}{a}-\frac{3}{b}}=3^{\frac{1}{a}}\left(3^{-\frac{1}{b}}\right)^3=8\cdot 5^3=1000$

$\sqrt[3a]{3^{10}}\left(3^{\frac{1}{3a}}\right)^{10}=2^{10}=1024$

$3^{\frac{1}{a}-\frac{3}{b}}+\sqrt[3a]{3^{10}}=1000+1024=2024$

[채점기준]

예시답안	배점
$\dfrac{1}{a}=\log_3 8$이므로 $3^{\frac{1}{a}}=8$ 또한 $3^{\frac{1}{3a}}=2$	2점
$\dfrac{1}{b}=\log_3\dfrac{1}{5}=-\log_3 5$이므로 $3^{-\frac{1}{b}}=5$	2점
$3^{\frac{1}{a}-\frac{3}{b}}=3^{\frac{1}{a}}\left(3^{-\frac{1}{b}}\right)^3=8\cdot 5^3=1000$	2점
$\sqrt[3a]{3^{10}}\left(3^{\frac{1}{3a}}\right)^{10}=2^{10}=1024$	2점
$3^{\frac{1}{a}-\frac{3}{b}}+\sqrt[3a]{3^{10}}=1000+1024=2024$	2점

07 [모범답안]
점 A는 함수 $y=\log_2 x$의 그래프 위의 점이므로
$2=\log_2 x$에서 $x=4$, 그러므로 $A(4,2)$
선분 OA의 기울기는 $\dfrac{1}{2}$,
그러므로 선분 OB의 기울기는 -2
따라서 $B(b,\log_2 b)$의 좌표는 $(b,-2b)$

$\log_2 b=-2b$에서 $b=\dfrac{1}{2}$ 그러므로 $B\left(\dfrac{1}{2},-1\right)$

$\triangle AOB=\dfrac{1}{2}\times\overline{OA}\times\overline{OB}$

$=\dfrac{1}{2}\sqrt{4^2+2^2}\sqrt{\left(\dfrac{1}{2}\right)^2+(-1)^2}$

$=\dfrac{1}{2}\sqrt{4\cdot 5}\sqrt{\dfrac{5}{4}}=\dfrac{5}{2}$

[채점기준]

예시답안	배점
점 A는 함수 $y=\log_2 x$의 그래프 위의 점이므로 $2=\log_2 x$에서 $x=4$, 그러므로 $A(4,2)$	2점
선분 OA의 기울기는 $\dfrac{1}{2}$, 그러므로 선분 OB의 기울기는 -2	2점
따라서 $B(b,\log_2 b)$의 좌표는 $(b,-2b)$ $\log_2 b=-2b$에서 $b=\dfrac{1}{2}$ 그러므로 $B\left(\dfrac{1}{2},-1\right)$	2점
$\triangle AOB=\dfrac{1}{2}\times\overline{OA}\times\overline{OB}$ $=\dfrac{1}{2}\sqrt{4^2+2^2}\sqrt{\left(\dfrac{1}{2}\right)^2+(-1)^2}$ $=\dfrac{1}{2}\sqrt{4\cdot 5}\sqrt{\dfrac{5}{4}}=\dfrac{5}{2}$	2점

08 [모범답안]

준식 $\Rightarrow \dfrac{\sqrt{2}}{2}(-\sin x)+1-\sin^2 x-2\sin x=1+\sqrt{2}$

$\sin^2 x+\left(2+\dfrac{\sqrt{2}}{2}\right)\sin x+\sqrt{2}=0$

또는 $(\sin x+2)\left(\sin x+\dfrac{\sqrt{2}}{2}\right)=0$

$\sin x+2>0$이므로 $\sin x=-\dfrac{\sqrt{2}}{2}$

PART1 국어　PART 2 수학　PART 3 해설

즉, $x = \dfrac{5}{4}\pi, \dfrac{7}{4}\pi$

[채점기준]

예시답안	배점
준식 $\Rightarrow \dfrac{\sqrt{2}}{2}(-\sin x) + 1 - \sin^2 x - 2\sin x$ $= 1 + \sqrt{2}$	2점
$\sin^2 x + \left(2 + \dfrac{\sqrt{2}}{2}\right)\sin x + \sqrt{2} = 0$ 또는 $(\sin x + 2)\left(\sin x + \dfrac{\sqrt{2}}{2}\right) = 0$	3점
$\sin x + 2 > 0$이므로 $\sin x = -\dfrac{\sqrt{2}}{2}$	2점
즉, $x = \dfrac{5}{4}\pi, \dfrac{7}{4}\pi$	3점

09 [모범답안]

$a_3 = 14 \Rightarrow a_1 + 2d = 14$

$S_7 - S_5 = a_6 + a_7 = 2a_1 + 11d = 0$

두 식을 연립하여 풀면 $d = -4$, $a_1 = 22$

$a_6 + a_7 = 0$, $d = -4$이므로 $a_6 > 0 > a_7$이므로

S_6가 S_n의 최댓값이다.

$S_n = \dfrac{n\{2a_1 + (n-1)d\}}{2}$

$\Rightarrow$ 최댓값 $S_6 = \dfrac{6\{2 \cdot 22 + 5 \cdot (-4)\}}{2} = 72$

[채점기준]

예시답안	배점
$a_3 = 14 \Rightarrow a_1 + 2d = 14$	2점
$S_7 - S_5 = a_6 + a_7 = 2a_1 + 11d = 0$	3점
두 식을 연립하여 풀면 $d = -4$, $a_1 = 22$	2점
$a_6 + a_7 = 0$, $d = -4$이므로 $a_6 > 0 > a_7$이므로 S_6가 S_n의 최댓값이다. $S_n = \dfrac{n\{2a_1 + (n-1)d\}}{2}$ $\Rightarrow$ 최댓값 $S_6 = \dfrac{6\{2 \cdot 22 + 5 \cdot (-4)\}}{2} = 72$	3점

10 [모범답안]

$\lim\limits_{x \to \infty} \dfrac{f(x) - x^2}{x - 1} = 2$를 만족시키는 다항함수 $f(x) - x^2$은

최고차항의 계수가 2인 일차함수이므로

$f(x) = x^2 + 2x + b$ (단, b는 상수) ...... ①

또한 $\lim\limits_{x \to 1} \dfrac{f(x) - 2}{x - 1} = a$에서 $x \to 1$일 때,

분모 $\to 0$이고 극한값이 존재하므로 분자 $\to 0$이다.

$\lim\limits_{x \to 1} f(x) - 2 = f(1) - 2 = 0$, 즉 $f(1) = 2$

①에서 $f(1) = 1 + 2 + b = 2$, 따라서 $b = -1$

$a = \lim\limits_{x \to 1} \dfrac{f(x) - 2}{x - 1} = \lim\limits_{x \to 1} \dfrac{(x^2 + 2x - 1) - 2}{x - 1}$

$= \lim\limits_{x \to 1} \dfrac{(x + 3)(x - 1)}{x - 1} = \lim\limits_{x \to 1}(x + 3) = 4$

[채점기준]

예시답안	배점
$\lim\limits_{x \to \infty} \dfrac{f(x) - x^2}{x - 1} = 2$를 만족시키는 다항함수 $f(x) - x^2$은 최고차항의 계수가 2인 일차함수이므로 $f(x) = x^2 + 2x + b$ (단, b는 상수) ...... ①	3점
또한 $\lim\limits_{x \to 1} \dfrac{f(x) - 2}{x - 1} = a$에서 $x \to 1$일 때, 분모 $\to 0$이고 극한값이 존재하므로 분자 $\to 0$이다. $\lim\limits_{x \to 1} f(x) - 2 = f(1) - 2 = 0$, 즉 $f(1) = 2$	3점
①에서 $f(1) = 1 + 2 + b = 2$, 따라서 $b = -1$ $a = \lim\limits_{x \to 1} \dfrac{f(x) - 2}{x - 1} = \lim\limits_{x \to 1} \dfrac{(x^2 + 2x - 1) - 2}{x - 1}$ $= \lim\limits_{x \to 1} \dfrac{(x + 3)(x - 1)}{x - 1} = \lim\limits_{x \to 1}(x + 3) = 4$ (또는 $a = \lim\limits_{x \to 1} \dfrac{f(x) - 2}{x - 1} = \lim\limits_{x \to 1} \dfrac{f(x) - f(1)}{x - 1}$ $= f'(1) = 2x + 2 = 4$)	4점

11 [모범답안]

$f(1) = 3 \times 1 - 1 = 2$이고 $f'(1) = 3$이다.

$y = \{f(x)\}^2 - 2f(x)$를 미분하면

$y' = 2f(x)f'(x) - 2f'(x)$이다.

$x = 1$을 대입하면 $y'(1) = 2 \times 2 \times 3 - 2 \times 3 = 6$이다.

$y = \{f(x)\}^2 - 2f(x)$의 $x = 1$에서의 값은

$2^2 - 2 \times 2 = 0$이다.

접선의 방정식은 $y - 0 = 6(x - 1)$, 즉 $y = 6x - 6$이다.

[채점기준]

예시답안	배점
$f(1) = 3 \times 1 - 1 = 2$이고 $f'(1) = 3$이다.	3점
$y = \{f(x)\}^2 - 2f(x)$를 미분하면 $y' = 2f(x)f'(x) - 2f'(x)$이다.	3점
$x = 1$을 대입하면 $y'(1) = 2 \times 2 \times 3 - 2 \times 3 = 6$ 이다.	1점
$y = \{f(x)\}^2 - 2f(x)$의 $x = 1$에서의 값은 $2^2 - 2 \times 2 = 0$이다.	1점
접선의 방정식은 $y - 0 = 6(x - 1)$, 즉 $y = 6x - 6$ 이다.	2점

12 [모범답안]

피타고라스의 정리 $9=r^2+(h-3)^2$으로부터

$r^2=6h-h^2$이다.

원뿔 부피공식에 대입하면,

$$V=\frac{1}{3}\pi r^2h=\frac{1}{3}\pi(6h-h^2)h=\frac{1}{3}\pi(6h^2-h^3)$$이다.

미분하면 $\dfrac{dV}{dh}=\dfrac{1}{3}\pi(12h-3h^2)=\pi(4-h)h$이다.

높이 $h=4$일 때 원뿔의 부피가 최대이다.

[채점기준]

예시답안	배점
피타고라스의 정리 $9=r^2+(h-3)^2$으로부터 $r^2=6h-h^2$이다.	2점
원뿔 부피공식에 대입하면, $V=\frac{1}{3}\pi r^2h=\frac{1}{3}\pi(6h-h^2)h$ $=\frac{1}{3}\pi(6h^2-h^3)$이다.	3점
미분하면 $\frac{dV}{dh}=\frac{1}{3}\pi(12h-3h^2)=\pi(4-h)h$ 이다.	3점
높이 $h=4$일 때 원뿔의 부피가 최대이다.	2점

13 [모범답안]

(가)에서 $f'(x)=x^2-kx$이므로

$$f(x)=\frac{1}{3}x^3-\frac{k}{2}x^2+C$$

(나)에서 $|f(0)-f(k)|=\dfrac{4}{3}$이므로 $\dfrac{k^3}{6}=\dfrac{4}{3}$

그러므로 $k=2$

$$\int_{-k}^{k}(x^2-kx)dx=\int_{-2}^{2}f'(x)dx=f(2)-f(-2)=\frac{16}{3}$$

(또는 $\int_{-k}^{k}(x^2-kx)dx=2\int_{0}^{2}x^2dx=\frac{16}{3}$)

[채점기준]

예시답안	배점
(1) 접선의 기울기로부터 함수를 구한다: $f'(x)=x^2-kx$이므로 $f(x)=\frac{1}{3}x^3-\frac{k}{2}x^2+C$	2점
(2) 접선의 기울기로부터 함수의 극대, 극소를 안다: $\lvert f(0)-f(k)\rvert=\frac{4}{3}$	3점
$\frac{k^3}{6}=\frac{4}{3}$ 그러므로 $k=2$	2점
$\int_{-k}^{k}(x^2-kx)dx=\int_{-2}^{2}f'(x)dx$ $=f(2)-f(-2)=\frac{16}{3}$ (또는 $\int_{-k}^{k}(x^2-kx)dx=2\int_{0}^{2}x^2dx=\frac{16}{3}$)	3점

14 [모범답안]

준식을 미분하면, $2xf(x)+(x^2+1)f'(x)$

$=2(x^2+1)(2x)+2xf(x)$

그러므로 $f'(x)4x$이고, $f(x)=2x^2+C$

(단, C는 적분상수)이다.

다시 준식에 $x=0$를 대입하면, $f(0)=1$

그러므로 $f(x)=2x^2+1$

[채점기준]

예시답안	배점
준식을 미분하면, $2xf(x)+(x^2+1)f'(x)$ $=2(x^2+1)(2x)+2xf(x)$	5점
그러므로 $f'(x)4x$	1점
$f(x)=2x^2+C$ (단, C는 적분상수)	1점
준식에 $x=0$를 대입하면, $f(0)=1$	2점
그러므로 $f(x)=2x^2+1$	1점

15 [모범답안]

그래프를 그리면 다음과 같은 형태이다.

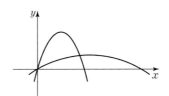

$y=x-x^2=\dfrac{x}{n}-\left(\dfrac{x}{n}\right)^2$에서

교점의 x좌표는 $x=0$, $\dfrac{n}{n+1}$

$$S_n=\int_{0}^{\frac{n}{n+1}}\left(x-x^2-\frac{1}{n}x+\frac{1}{n^2}x^2\right)dx$$

$$=\int_{0}^{\frac{n}{n+1}}\left(\frac{n-1}{n}x-\frac{n^2-1}{n^2}x^2\right)dx$$

$$=\left[\frac{n-1}{2n}x^2-\frac{n^2-1}{3n^2}x^3\right]_{0}^{\frac{n}{n+1}}$$

$$=\frac{n(n-1)}{2(n+1)^2}-\frac{n(n^2-1)}{3(n+1)^3}=\frac{1}{6}\frac{n(n-1)}{(n+1)^2}$$

$S_n=\dfrac{5}{54}$이려면 $\dfrac{n(n-1)}{(n+1)^2}=\dfrac{5}{9}$

즉, $4n^2-19n-5=(4n+1)(n-5)=0$이어야 한다.

그래서 $n=5$

[채점기준]

예시답안	배점
$y=x-x^2=\dfrac{x}{n}-\left(\dfrac{x}{n}\right)^2$ 에서 교점의 x좌표는 $x=0, \dfrac{n}{n+1}$	2점
$S_n=\displaystyle\int_0^{\frac{n}{n+1}}\left(x-x^2-\dfrac{1}{n}x+\dfrac{1}{n^2}x^2\right)dx$	2점
$=\left[\dfrac{n-1}{2n}x^2-\dfrac{n^2-1}{3n^2}x^3\right]_0^{\frac{n}{n+1}}$ $=\dfrac{n(n-1)}{2(n+1)^2}-\dfrac{n(n^2-1)}{3(n+1)^3}=\dfrac{1}{6}\dfrac{n(n-1)}{(n+1)^2}$	2점
$S_n=\dfrac{5}{54}$ 이려면 $\dfrac{n(n-1)}{(n+1)^2}=\dfrac{5}{9}$ 즉, $4n^2-19n-5=(4n+1)(n-5)=0$	2점
$n=5$	2점

It is confidence in our bodies, minds and spirits that allows us
to keep looking for new adventures, new directions to grow in,
and new lessons to learn - which is what life is all about.
자신의 몸, 정신, 영혼에 대한 자신감이야말로 새로운 모험, 새로운 성장 방향,
새로운 교훈을 계속 찾아나서게 하는 원동력이며, 바로 이것이 인생이다.

– 오프라 윈프리 –